W0216530

FEDERHERZ
VERLAG

MICA HEALAND

DARKER THAN *night*

Darker than Night

Bad Hero Romance
Band 1 von 2 einer Reihe

Bildmaterial: Rawpixel, Freepik
Korrektorat: Johannes Eickhorst

Bestellung und Vertrieb: Nova MD GmbH, Vachendorf

ISBN: 978-3-96966-492-6

Druckerei Smilkov Print Ltd
Pokrovnishko shose
2700, Blagoevgrad

Federherz Verlag
Süntelstraße 70
31848 Bad Münder
www.federherzverlag.de
Instagram: @federherz.verlag

... Du kannst deiner Vergangenheit nicht davonlaufen. Niemals. Um dich von ihr zu befreien, hast du nur eine einzige Chance. Dreh dich um und renne ihr mit gefletschten Zähnen, so schnell du kannst, entgegen ... denn ... besiegst du sie nicht, holt sie dich ja doch immer wieder ein.

Für meine (kleine) Schwester.
Du und ich. Für immer.

VORWORT

Dunkler als die Nacht sind auch die Themen, die in diesem Roman aufgegriffen werden.
Du fürchtest dich vor Gewalt? Verabscheust Drogen, Waffen und Alkohol? Dann such dir lieber ein anderes Buch, denn hier gibt es nicht nur Einblicke in die Tiefen der menschlichen Psyche, neben derber Sprache wirst du ebenfalls über Alkoholmissbrauch und häusliche Gewalt stolpern.
Du wirst Kriminellen begegnen und das Gesetz anzweifeln.

Bitte lies nur weiter, wenn du zu all dem bereit bist.

LIS

Damals

»Mom?« Ich kickte meine Tasche neben den Schuhhaufen, der sich grundsätzlich in unserem Eingang stapelte. »Ich habe die Hausarbeit zurück.« In dem Moment, in dem die Tür in meinem Rücken lautstark ins Schloss fiel, bereute ich es schon. Dad hasste es, wenn wir Türen knallten.

Die Sohlen meiner Chucks quietschten auf dem billigen Linoleumboden unserer Diele und waren das einzige Geräusch in unserem kleinen Reihenhaus. Stille war nicht gut. Sie sagte in der Regel einen Sturm voraus, dessen Stärke man erst ausmachen konnte, sobald man mittendrin stand. Und dann gab es kein Entkommen mehr. Auf Zehenspitzen schlich ich durch die Küche. Die Türme aus Tellern und dreckigem Geschirr ließen das ungute Gefühl in meiner Brust weiter anschwellen. Mein Kopf legte sich schief, als könnte ich so besser in Richtung des Wohnzimmers lauschen.

»Mom?«, versuchte ich es wieder. Diesmal flüsternd.

Tick-tack. Tick-tack. Der Sekundenzeiger von Grandma's alter Kuckucksuhr schien viel schneller zu schlagen. Meine Handflächen wurden feucht und ich wischte sie an dem Stoff meiner Jeans ab.

»Komm her.« Die Zeit blieb stehen. Keine Uhr mehr, die ich schlagen hörte. Nur seine donnernde Stimme war zu hören und brachte die ersten Gewitterwolken über mir zum Grollen.

Es war ein guter Tag gewesen. Konnte es nicht einfach eine Weile ein guter Tag bleiben? Er sollte nicht hier sein. Es war noch nicht mal drei Uhr.

Die Tatsache, dass ich noch immer nichts von meiner Mom gehört hatte, legte sich schwer auf meinen Magen. Ich hielt inne. Starrte auf die Macke im Türrahmen, die Kim letztes Weihnachten mit ihrem neuen Fahrrad verursacht hatte.

»Ich sagte, du sollst herkommen.« Mit jeder Silbe, die mir entgegenschepperte, braute sich etwas Fürchterliches zusammen.

»Hi, Dad«, brachte ich mit piepsiger Stimme hervor und meine Füße trugen mich wie von selbst bis zu der abgewetzten Couch. Die Angst schnürte mir fast die Luft ab. Wie eine Schlange, die sich mit jeder Bewegung fester um meinen Hals legte.

Er lag, die Beine übereinandergeschlagen, auf dem Sofa. Der Fernseher lief, aber der Ton war ausgeschaltet. Ohne mich zu bewegen, schmeckte ich Rauch und Alkohol auf meiner Zunge.

»Mach den Scheiß da weg«, maulte er und einzig sein verschleierter Blick deutete auf den ovalen Esstisch, der

vor der Balkontür stand. Meine Mom mochte es, beim Essen hinauszusehen.

Als ich einen Schritt vortrat, um an dem alten Fernsehsessel vorbeizusehen, entwich mir ein Schrei. Sofort unterdrückte ich ihn, indem ich mir die Hand auf den Mund presste.

»Das ganze Haus stinkt schon«, knurrte er unbeirrt weiter und schaltete den Ton der Nachrichtensendung an, ohne mich anzusehen.

»Wo ... wo ist Mom?«, wimmerte ich und ging näher ran. Scherben knirschten unter meinen Schuhen. Blut. So viel Blut. Und Erbrochenes. Meine Zähne klapperten haltlos aufeinander. Im Augenwinkel sah ich, wie er aufstand. Es war nicht unbedingt seine Statur, die mich zurückweichen ließ. Auch nicht das zurückgegelte Haar oder der Bart, der in den letzten Monaten immer grauer geworden war. Es war der Ausdruck in seinen Augen. Seine braunen Iriden schimmerten grau. Kalt und leer. Ich stand mitten in einem verfluchten Tornado, doch es war zu spät. Es gab kein Zurück mehr.

»Ich sagte: Mach das weg. Und zwar jetzt!«

»Wo ist Mom?«, wiederholte ich leise und ging ein paar Schritte rückwärts, bis sich die Kante des Tisches in meine Hüfte bohrte.

»Halt die Klappe!«, donnerte er mir entgegen. Und zum ersten Mal in meinem Leben waren es nicht nur seine Worte, die mir ins Gesicht prallten. Mein Kopf flog durch die Kraft des Schlags zur Seite und ich keuchte vor Schmerz. Meine Haare versperrten mir den Blick in sein Gesicht. Ich konnte nicht reagieren. Dachte nicht mehr

nach. Die Welt stand still. Meine Welt. Ab heute sollte sie nicht länger existieren.

»Denkst du, ich diskutiere mit einer Vierzehnjährigen?« Viel zu grob umfasste er meinen Nacken und drückte mich auf den Boden. Das Glas von Moms Vase schnitt sich in meine Handflächen und ich schluchzte auf, da meine Hände in der Blutlache immer wieder abrutschten. »Und jetzt mach hier endlich sauber oder du kannst was erleben.«

Mit einem Stoß warf er mich von sich und ich schrie auf, während ich erneut auf dem Boden aufprallte.

›Nie … Er würde euch nie anrühren‹, hauchte mir meine Erinnerung Moms Stimme ins Ohr. Ich hatte ihr geglaubt. Bis heute.

Heute

»Ich kann so einfach nicht weiterleben. Es reicht mir langsam, Lis.«

»Was soll das heißen? Was bedeutet *so*? Herrgott nochmal, Phil, du lebst wie ein verdammter Prinz.« Meine Hände fahren wie von selbst durch meine kurzen Haare. Daher kommt die Redewendung: ›Ich könnte mir die Haare ausreißen‹. Man hat wirklich das Gefühl, man müsste sie in Situationen wie diesen einfach büschelweise aus der Kopfhaut ziehen.

»Das machst du immer.« Phil verschränkt die Arme vor der Brust. Dabei spannt sein strahlend weißes Baumwollhemd nur minimal an seinen

Schultern. Er hat mir den Rücken zugewandt und sieht aus meinem winzigen Schlafzimmerfenster. Die Aussicht ist … na ja … sagen wir mal, sie könnte besser sein. Kein Mensch blickt freiwillig auf den vergilbten Trailer von Pam und George. Da nützt es auch nichts, dass die Sonne vom Himmel scheint und schon jetzt am frühen Morgen einen wundervollen Sommertag ankündigt.

»Was mache ich immer?«, frage ich und stelle die Füße vor mein Bett. Mit den Zehen fische ich nach meinem Slip, den ich gestern Abend achtlos davor habe fallen lassen. Es ist nicht mal acht Uhr. Viel zu früh für eine solche Diskussion.

»Dass du mir meinen Wohlstand vorhältst. Als Ausflucht. Du musst immer das Opfer sein.« Seine Worte prallen an dem Kunststofffenster, aus dem er starrt, ab und treffen mich hart. Wie eine Ohrfeige klatschen sie mir ins Gesicht und ich zucke zusammen.

»Spinnst du?«, versuche ich flüsternd zu keifen. »Mann, sie ist meine Schwester, raffst du das denn nicht? Und ich bin kein verfluchtes Opfer.«

Allein das Wort jagt mir einen Schauer über den Rücken. Wir streiten nicht oft, aber wenn, ist es immer das gleiche Thema.

»Ja, und? Du … wir gehören hier nicht her. Sie ist erwachsen, Lis.«

»Phil, sie ist achtzehn. Seit drei Monaten. Da ist man nicht erwachsen.« Langsam, aber sicher geht er mir wirklich auf die Nerven. Ich mag ihn. Ja, ich habe wirklich versucht, ihn auch zu lieben. Aber

Liebe ist ein verdammt großes Wort. Immerhin halten wir es seit acht Monaten miteinander aus. Er ist anständig, hat einen guten Job, der Sex ist … na ja … eben Sex. Nicht, dass ich je ein großer Fan davon war. Für mich allerdings am wichtigsten – er trinkt so gut wie nie. Wahrscheinlich habe ich mich deshalb damals bei unserer ersten Begegnung auf seine Flirtversuche eingelassen.

Aber von Mal zu Mal nimmt diese Diskussion größere Ausmaße an. Und ich bin, was Kim angeht, nicht kompromissbereit. Kein bisschen. Wir werden diesen Ort nur gemeinsam verlassen.

»Sie war erwachsen genug, sich schwängern zu lassen.«

»Okay.« Ich streiche mir ein letztes Mal über den Kopf und verlasse endgültig die angenehme Wärme meiner Laken. Egal, wie schwer es mir fällt, mich gegen seine Meinung zu behaupten. Phil überschreitet eine Grenze. »Weißt du was? Vielleicht hast du recht und es reicht«, murmele ich vor mich hin. Dabei greife ich das nächstbeste Shirt von meinem überfüllten Stuhl und ziehe es über. Großartig. Es musste natürlich ausgerechnet das graue oben liegen, auf dem dick und fett ›Life is happy‹ draufsteht. Schon beim Kauf war ich mir der Ironie bewusst. Aber ein Schnäppchen ist eben ein Schnäppchen.

»Das sage ich ja. Da sind wir ausnahmsweise einer Meinung.« Obwohl er mich nach wie vor nicht ansieht, kann ich mir seinen trotzigen Gesichtsausdruck genau vorstellen. Phil Walker ist auch mit achtundzwanzig das klassische Einzelkind. Mit der perfekten Frisur und dem glatt rasierten Kinn ist alles an ihm perfekt. Er stinkt nach Geld und Arroganz und kann es einfach nicht ertragen, wenn er seinen Willen nicht bekommt.

»Es ist mir egal, ob es dir reicht. Du hast mich falsch verstanden.«

Ich schlinge die Arme um meinen Körper, lasse sie aber wieder sinken, weil mir dabei viel zu schmerzhaft bewusst wird, wie dünn meine Oberarme geworden sind.

»Denn was ich meinte, war, dass es mir reicht!«, bringe ich erschöpft hervor. Es hat einfach keinen Sinn mehr. Ich habe es lange genug versucht. »Und zwar endgültig.«

Ich stemme die Hände in die Hüften. Obwohl Phil erst vor zehn Minuten schwitzend über mir lag, sieht er aus wie aus einem Katalog. Er dreht sich zu mir herum. Das blonde Haar ordentlich nach hinten gelegt. Da liegen keine Schatten unter den braunen Augen. Sein Teint glatt und makellos wie eh und je.

Ich kann selbst nicht glauben, was ich daraufhin sage: »Vielleicht sollten wir uns trennen.«

»Was?«, keucht er erschrocken. Damit hat er eindeutig nicht gerechnet. Mit großen Schritten kommt er auf mich zu. Noch ist er barfuß. Aber seine Beine stecken bereits in den schicken Anzughosen, die er im Büro seines Dads trägt. Er will einfach so gar nicht hierher passen. »Lis«, sagt er und etwas in seiner Stimme gefällt mir nicht, »jetzt kommen wir erstmal runter und dann reden wir heute Abend in aller Ruhe darüber. Bei mir.« Jetzt sind es seine feuchten Finger, die meine Oberarme umklammern. Sein Tonfall ist zwar ruhig und besonnen, aber in seinen Augen sehe ich deutlich den Ärger hervorblitzen. Phil ist es nicht gewohnt, dass ich ihm widerspreche. Niemand ist das.

»Phil«, sage ich eine Spur ruhiger und streiche mir einmal übers Gesicht. Ohne es gesehen zu haben, weiß ich, dass ich nicht halb so frisch aussehe wie er. Es war eine harte Nacht. »Wir müssen heute Abend nicht darüber reden. Ich werde Kim nicht allein lassen. Egal, was du mir neben dem begehbaren Kleiderschrank, dem Wintergarten oder dem Skylineblick sonst noch bietest. Ich werde diesen Ort nicht verlassen! Nicht ohne Kim und Luca!«

Seit Monaten will er, dass ich mit ihm in eine Wohnung in Downtown ziehe. Selbst, wenn ich mit ihm hätte zusammenziehen wollen, würde ich Kim und dem Kleinen nicht einfach den Rücken zudrehen, weil es sich in einer schicken Wohnung mit Dachterrasse besser lebt als in einem ranzigen Trailerpark. Niemals. Ich habe es versprochen und ich halte mein Wort. Immer! Ich passe seit vier Jahren auf meine Schwester auf. Seit fünf Monaten auch auf ihr Baby, das ich wie mein eigenes liebe. Wir haben das zusammen durchgestanden und das werden wir auch weiterhin.

Ich trete einen Schritt zurück und fixiere seinen Blick. »Sie sind meine Familie.«

»Und was bin ich?« Seine Schultern sind angespannt und sein Blick ist so kalt, dass mir ein Schauer über den Rücken läuft. »Wenn du weg wärst, hätten sie hier auch mehr Platz und sie kann mittlerweile auf sich selbst achtgeben.«

Man kann dabei zusehen, wie Zorn mehr und mehr sein feines Benehmen überlagert. Die Hände zu Fäusten geballt, die Adern an seinem Hals angespannt. Ich spüre, wie mein Herz schneller schlägt und mein Kopf sich zwischen meine Schultern verziehen will. »Du bist nicht ihre Mutter, Lis!«

Damit gibt er uns für alle Zeit den Todesstoß.

»Stimmt. Genauso wenig, wie du mein verfickter Vormund bist«, zische ich, kann ihm aber nicht länger in die Augen sehen. Meine Hände fangen an zu schwitzen und Tränen drücken von hinten gegen meine Augenlider.

»Dann sag es mir. Verrate mir, was bin ich für dich, Lis?« Er kommt noch einen Schritt näher. Mir ist bewusst, dass er absichtlich schreit. So, dass es alle hören können. Dass Kim es hören kann. Ich weiche zurück. Spüre, wie die vertraute Angst mir langsam den Nacken hochkriecht.

»Ich sagte: Ich. Gehe. Nicht. Ohne. Sie.« Den Blick auf den Boden gerichtet versuche ich, standhaft zu bleiben. Blanke Angst schießt durch meinen Körper. So muss sich der freie Fall anfühlen. Die unsichtbare Schlinge um meinen Hals zieht sich zu. So wie jedes Mal, wenn er oder irgendwer sonst versucht, die Kontrolle über mich zu bekommen. Ich hasse es, in die Ecke getrieben zu werden. Doch ich lasse mich nicht zwingen, meine Familie im Stich zu lassen. Nicht von ihm. Nicht von irgendwem. Niemals. Eher sterbe ich.

»Also willst du ewig so weitermachen? In diesem Loch hängen? Deine Schwester und das Baby durchfüttern, weil sie zu faul zum Arbeiten ist? Und ich? Ich bin nur gut genug dafür, dir gelegentlich Geld in den Arsch zu stecken und dich zu ficken?«

Phil baut sich vor mir auf. Ich gehe einen weiteren Schritt zurück. Fixiere den fleckigen Teppich unter meinen Füßen. Meine typische Reaktion, sobald ein Mann mich anschreit. Aber ich bin keine vierzehn mehr. Ich konzentriere mich auf meine Atmung. Zwinge mich dazu, den Kopf zu heben und seinem Blick standzuhalten. Ich werde nicht nachgeben. Diesmal nicht.

»Du willst wissen, was du bist? Für mich?«, frage ich in einem ganz ruhigen Ton. Ja, vielleicht war Phil meine Fahrkarte hier raus. Ja, vielleicht hätte er mir das Leben schenken können, das ich mir wünsche. Aber es gibt zwei Dinge, zu denen ich niemals in meinem Leben bereit sein werde. Ich will nie wieder Angst vor einem Mann haben. Und jetzt gerade macht er mir eine Heidenangst. Erst wenn ein Mann seinen Willen nicht durchsetzen kann, zeigt er sein wahres Gesicht. Ich habe mir geschworen, es niemals wieder so weit kommen zu lassen, die Kontrolle zu verlieren.

Abgesehen davon werde ich meine Schwester nicht zurücklassen. Niemals. Sie und mein Neffe sind alles, was mir geblieben ist.

»Ich sag's dir, Phil.« Auf Socken und in meinem ›Life is happy‹-Shirt dränge ich mich an ihm vorbei bis zu meiner Zimmertür. Sie war mal weiß, aber jetzt ist nikotingelb eher die richtige Farbbezeichnung.

Ich nehme all meinen Mut zusammen und spreche es aus: »Du bist mein Ex-Freund.«

»Das meinst du nicht ernst.«

Er öffnet die Fäuste und der Ausdruck in seinem Gesicht verändert sich. Ich bin mir nicht sicher, ob es verletzte Eitelkeit oder ehrliche Trauer ist, die mir aus seinen Augen entgegenströmt.

»Du wolltest eine Entscheidung«, flüstere ich. Ich mache einen Fehler. Das weiß ich. Renne geradewegs auf den Abgrund zu. Und dennoch bringe ich es zu Ende. »Seit Wochen drängst du mich dazu. Jetzt hast du sie. Leb damit und lass mich in Frieden!«

Ich habe nicht die geringste Ahnung, wo das gerade herkommt, aber es fühlt sich verdammt befreiend an. Ich habe es satt, mich zu verstellen, nur um in seine heile Welt zu passen. So unendlich satt. Ich will die Kontrolle über mich zurück. Will keine Angst mehr haben. Und wir werden einen Weg finden, hier rauszukommen. Dafür brauche ich weder sein Geld noch seine ständigen Nörgeleien. Im Grunde genommen war ich ihm nie gut genug. Weder meine Kleider noch mein Make-up. Ich habe ihm nie gereicht, so wie ich war.

»Wenn ich jetzt gehe, komme ich nicht wieder. Ich hoffe, das ist dir klar.«

Er kommt zielstrebig auf mich zu. Sein Gesicht ist so dicht vor meinem, dass ich seinen Atem auf meiner Haut spüren kann. Mein Herz springt beinahe aus meiner Brust, so stark hämmert es von innen dagegen. »Überleg dir gut, ob du das gerade ernst meinst. Denn dann war's das. Und zwar alles.«

Ich recke das Kinn, öffne die Tür und erteile uns beiden den endgültigen Stoß. »Dann sind wir ausnahmsweise mal einer Meinung«, wiederhole ich seine Worte.

Ich kann das nicht mehr. Wenn er in diesem Augenblick denkt, er könnte mich mit Drohungen dazu bringen, bei ihm zu bleiben, war er nicht eine einzige Minute unserer gemeinsamen Zeit wert. Es reicht mir wirklich. Warum war mir nicht schon vor Monaten klar, dass das nicht mein Weg sein kann? Nicht sein darf. Wenigstens vor einer halben Stunde hätte ich darüber nachdenken können, als er mir keuchend, wie bei jedem seiner Orgasmen, die ewige Liebe geschworen hat. Ob einem das immer erst hinterher klar wird, dass es Abschiedssex war?

Phil reißt sich von meinem Blick los, bückt sich, um seine Schuhe und Socken zu schnappen, und zerrt sein Sakko von meiner provisorischen Garderobe. Eigentlich ist es nur eine Stange, die ich auf alten Weinkisten fixiert habe. Die Konstruktion fällt regelmäßig in sich zusammen. Genau wie in diesem Augenblick, in dem er zu fest an dem Kleiderbügel zerrt. Mit einem lauten Scheppern krachen die Kisten ineinander. Zusammen mit meiner Hoffnung auf eine bessere Zukunft.

Ohne mich noch einmal anzusehen, geht er mit schnellen Schritten durch den Trailer. Vorbei an der winzigen Küchennische und dem erbärmlichen Bad, das mehr an eine Abstellkammer erinnert. Die Eingangstür schon in greifbarer Nähe sieht er mich ein letztes Mal an. Sein harter Blick trifft mich mitten ins Herz.

»Dir ist hoffentlich klar, dass du nicht mehr zur Arbeit zu erscheinen brauchst«, raunt er und zerschmettert damit nicht nur mein Leben. Der Job bei seinem Dad ist es, der uns drei ernährt.

»Phil!« Ich lege all meine Verzweiflung in seinen Namen. Druck baut sich hinter meinen Augen auf. »Das kannst du nicht machen!«, wimmere ich. »Ich bin dort offiziell angestellt.«

Wie durch Watte höre ich Luca schreien.

»Ich kann und ich werde«, knurrt Phil. »Das hättest du dir vorher überlegen sollen. Vielleicht kannst du anschaffen gehen. Deine Nachbarn sind bestimmt gut zahlende Kunden.« Er lacht höhnisch. Zehn Minuten. So lange hat es gedauert, bis aus einem Vertrautem, einem Freund, ein Fremder wurde. Ein Feind. Ich hätte es wissen müssen. Ausgerechnet ich hätte es merken müssen.

»Du weißt, was du uns damit antust.« Meine Stimme wird von allein lauter.

»Das hast du selbst entschieden. Und es ist mir offen gestanden scheißegal, Püppchen.«

Lucas Schreie werden energischer. Phil dreht sich ohne ein weiteres Wort um und knallt die schäbige Eingangstür hinter sich zu. Ich lasse mich gegen das Türblatt sinken. Ein hysterisches Lachen verlässt meine Kehle. Und da dachte ich immer, ich gehöre nicht in einen ranzigen Trailerpark. Und jetzt sieh mich einer an. Ich, ohne Hose, werde von meinem Freund angeschrien, bis er mir mit wenigen Worten das ganze Leben kaputt macht. Dabei weint das Baby im Hintergrund. So sehr ich mich bemüht habe, nicht diesem Klischee zu entsprechen, ich passe hierher wie die Faust aufs Auge.

Ich lasse mich zurück auf mein Bett fallen und dann erlaube ich ihn mir. Meinen Moment der Schwäche. Er kommt nicht oft, aber immer mal wieder erwischt er mich wie ein Hammer und ich kann nichts dagegen tun. Die vertraute Dunkelheit legt sich um mich wie ein Umhang, den ich schon lange nicht mehr zu tragen bereit bin.

Die graue Bettwäsche erstickt meine Schluchzer, während ich laut und verzweifelt weine. Wie zum Teufel konnte ich es so weit kommen lassen? Alles, was ich immer wollte, war, für uns zu sorgen. Es besser zu machen. Und wo hat uns das hingeführt? *Er* würde sagen, ich sei da, wo ich hingehöre.

Ich habe keine Ahnung, wie wir zukünftig ohne den Job in der Kanzlei über die Runden kommen sollen. Phils Dad hat mich gut bezahlt. Zu gut für eine einfache Bürohilfe. Ich habe den lieben langen Tag Kaffee gekocht und Tackerklammern aus alten Akten entfernt. Aber es war ein seriöser Job. Ein Anfang.

Ein leises Klopfen ertönt, und ich versuche wie auf Knopfdruck, mein Geheule zu unterdrücken.

»Lissy?«

Ich setze mich auf, wische mir mit den Händen

die Tränen aus dem Gesicht und lege mein bestes Pokerface auf.

»Ja«, bitte ich meine Schwester herein. Was witzlos ist, da die Tür eh nicht richtig schließt. Ich frage mich, wann wir überhaupt angefangen haben, beim anderen anzuklopfen. Kim öffnet zaghaft die Tür einen Spaltbreit und streckt den Kopf herein. Ihre dunklen Locken umranden ihr noch immer rundliches Gesicht. Kein Mensch könnte je auf den Gedanken kommen, dass wir Schwestern sind.

»Oh, Lissybär«, sagt sie seufzend. Kim sieht durch meine Maske einfach hindurch. Sie krabbelt auf mein Bett und nimmt mich in den Arm.

»Schon okay.« Das Zittern in meiner Stimme zu unterdrücken, ist wirklich nicht leicht. »Es ist alles gut. Mach dir keine Sorgen.«

Kim löst sich ein Stück von mir und sieht mir ins Gesicht.

»Ist es gar nicht. Denkst du, ich bin taub? Selbst Alice konnte wahrscheinlich jedes Wort mit anhören.«

Alice' Trailer ist der ganz vorne bei den Parkplätzen. Sie hat ein Auge auf den alten Buick meiner Mom. Das Auto ist das Einzige, was wir an Besitz noch vorzuweisen haben.

»Meinst du, er kommt wirklich nicht wieder?«

Ich schaue über ihre Schulter, um mich bei einem Blick in ihre Augen nicht endgültig zu verraten.

»Es wäre sowieso nicht gut gegangen mit uns«, versuche ich mich aufzuheitern. Denn das wäre es nicht. Ich habe nie an seine Seite gepasst. Es ist ein eigenartiges Gefühl, Phil endlich die Wahrheit ins Gesicht gesagt zu haben. Mich nicht länger von ihm in eine Rolle pressen zu lassen, tut auf eine verquere Art und Weise verdammt gut. Aber mit ihm ist auch ein großer Anteil meiner Sicherheit durch die Tür gegangen und das bereitet mir eine Scheißangst.

»Es ist nur meinetwegen.« Kims Stimme bricht. Als ich ihr ins Gesicht sehe, verlässt eine dicke Träne ihren Augenwinkel. Sie und Phil haben sich nie gut verstanden. Sie hat seine abfälligen Blicke von Anfang an durchschaut. »Geh ruhig mit ihm. Kümmere dich mal um dich. Wir kommen klar. Du musst nicht hier bei uns bleiben, nur weil Mom das von dir verlangt hat.«

Und das ist er. Mein Schalter. Ich bin die Starke von uns beiden. Das war ich immer und das werde ich immer sein. *Ich kümmere mich um sie.*

»Hey, Kimi!« Ich lege meine Hand auf ihre Wange und bitte sie stumm, mich anzusehen. »Wir gehören zusammen.« Ich wische mit meinem Daumen ihre Träne fort. »Wir drei. Du, Luci und ich. Wir sind eine Familie. Für jetzt und für immer. Schon vergessen?« Mein Blick wandert wie von selbst auf unsere Handgelenke. Die liegende Acht, die in feinen Linien in unsere Haut gestochen wurde, erinnert uns immer daran, dass wir zusammengehören. Dass nichts zwischen uns passt. »Und wer damit nicht klarkommt, der hat hier nichts verloren.«

»Aber hast du ihn nicht geliebt?«

Habe ich das? Ich weiß es nicht. Wahrscheinlich weiß ich nicht mal, wie sich Liebe innerhalb einer Beziehung anfühlen sollte. Ich liebe meine Schwester. Ich liebe meinen Neffen. Das ist, was ich sicher weiß.

»Es sollte einfach nicht sein.«

»Und der Job?«, jammert sie. »Was wollen wir jetzt machen? Wenn Brad davon Wind bekommt. Wie sollen wir ihn bezahlen?«

»Scheiß auf den Job«, gehe ich dazwischen. »Es gibt tausend andere Möglichkeiten, um an Geld zu kommen.«

»Das sagst du doch nur so.« Sie hat recht. Ich sage das nur, um sie und mich zu beruhigen. Denn es stimmt, was Kim sagt. Brad darf auf keinen Fall spitzkriegen, dass wir nicht mehr zahlen können. Denn ansonsten kommen ganz andere Zeiten auf uns zu. Seit wir vor über zwei Jahren in den Trailer gezogen sind, konnten wir ihm regelmäßig unsere Miete zahlen. Im Gegensatz zu Alice oder Maggie aus dem Trailer am Ende unseres Ganges. Die beiden waren schon ein paar Mal so weit, dass sich Brad seine Miete auf seine Weise bezahlen ließ. Er und sein noch widerlicherer Bruder kennen keine Skrupel. Sie sind die Letzten, mit denen ich Ärger haben will.

Immer mehr Tränen kullern über ihre sonnengebräunte Haut. Und ehe ich mich versehe, ziehe ich sie in eine Umarmung und tröste meine kleine Schwester, obwohl ich gerade meinen Freund und meine Arbeit verloren habe. Aber ich werde mir was einfallen lassen.

Ein quietschender Schrei übertönt Kims Schluchzen und wir lassen synchron die Schultern absacken.

»Er macht mich einfach wahnsinnig«, wimmert sie in meine Halsbeuge.

»Ich weiß. Mich auch.« Seufzend löse ich sie von mir und streiche ihr zärtlich über die Wangen. »Wir schaffen das, okay?«

»Hm«, brummt sie. Sie knibbelt an ihren Fingernägeln herum, die dringend eine Maniküre gebrauchen könnten.

»Hey!« Ich lege meine Hände auf ihre und sie sieht mich durch ihre feuchten Wimpern an. »Wir schaffen das«, wiederhole ich mit Nachdruck und drücke ihre Finger. Lucas Schreie werden hysterischer und ich kann mir ein Schmunzeln nicht verkneifen.

»Er ist so eine Dramaqueen«, sage ich und steige währenddessen schon aus meinem Bett.

»Du musst nicht, Lis«, sagt Kim und wischt mit ihren Zeigefingern unter den Augen her. »Ich geh schon.«

»Nein«, sage ich und hebe eine Hand, damit sie sitzen bleibt. »Lass mich das machen.«

Ich durchquere unseren minimalistischen Wohnbereich. Eine Wand hat irgendjemand lange vor uns rot gestrichen. Wir haben sie über und über mit Polaroids beklebt, um die abgeblätterte Farbe zu vertuschen. Eine Macke von Kim. An jede freie

Fläche klebt sie irgendwelche Schnappschüsse. Anfangs fand ich es furchtbar, mittlerweile bleibe ich oft davor stehen. Wir schaffen neue Erinnerungen. Gute und schlechte und keine davon wird uns zerstören.

Heute allerdings husche ich in Windeseile über den ranzigen PVC-Boden und erreiche in wenigen Sekunden Kims Zimmer. Es ist etwas größer, damit sie es sich mit dem Kleinen teilen kann. Wir haben die Wände hellblau gestrichen, auch wenn Brad uns verboten hat, etwas zu verändern. Aber nie im Leben hätte ich zugelassen, dass Luca in einer nikotinverseuchten Bude schlafen muss. Er sollte es besser haben.

»Hey, mein Kleiner«, sage ich und beuge mich über das helle Holzbettchen, das gerade so in die Nische zwischen Kims Bett und dem Fenster passt.

Beim Blick in das Gesicht des Kleinen ist alles andere auf dieser Welt nebensächlich. In seinem niedlichen Bärenschlafanzug liegt er da und strampelt wild mit den Beinchen. Das Gesicht dunkelrot – so hat er sich mittlerweile in Rage geschrien. Alles auf der Welt, was für ihn eine Rolle spielt, sind diese blöden Zähne, die einfach nicht aus seinem Kiefer brechen wollen. Wir haben alles versucht. Alles. Aber zurzeit lässt er uns kaum Luft zum Atmen. Ich greife ihm unter die Ärmchen und nehme ihn hoch, um ihn dicht an mich zu drücken. Meine Lippen liegen auf seinem kahlen Köpfchen, und seinen Geruch einzuatmen, beruhigt mich mehr denn je. Für ihn lohnt es sich zu kämpfen.

»Alles ist gut, mein Schatz«, säusele ich auf seine zarte Haut. Seine Schluchzer werden ruhiger und ich streichle ihm beruhigend über den winzigen Rücken. »Alles ist gut«, wiederhole ich flüsternd, glaube mir aber selbst dabei kein einziges Wort.

LIS

Damals

»Komm, ich helfe dir, Blümchen.« Ohne dass ich es verhindern konnte, hatte meine Mom mir das Make-up aus der Hand genommen, welches ich aus ihrem Schrank geklaut hatte und tupfte mit dem Schwamm mein Jochbein ab. Einzig das Zischen, als ich die Luft zwischen den Zähnen einsaugte, war zu hören. Ihre Augen wanderten von meiner Wange über mein ganzes Gesicht bis auf den Boden. Ihre Gedanken waren so laut, dass ich mir am liebsten die Ohren zugehalten hätte. Doch auch dann verstummten die Schreie in meinem Kopf nicht.

»Schon gut«, versuchte ich sie zu trösten, obgleich ich es war, die Trost gebraucht hätte. »Es tut kaum weh.«

Die Wangen bleich und stellenweise grünlich verfärbt schaffte sie es nicht, mir in die Augen zu sehen. Die feinen Schnitte in ihren Händen waren meinen viel zu ähnlich. Akribisch betupfte sie das kleine Schwämmchen immer wieder von Neuem mit Make-Up, obwohl von meiner blauen Wange schon nichts mehr zu sehen war. Ihr Kiefer bibberte genau, wie ihre Finger zitterten. Ich nahm ihr das kleine Döschen aus der Hand und legte es zurück in ihren Kosmetikkoffer.

»Komm«, sie schob meine langen Haare über meine Schulter, »ich flechte dir die Haare.«

Erst im Spiegel begegneten sich zum ersten Mal unsere Blicke und sie hielt inne. Meinen angefangenen Flechtzopf in den Händen, die Wunde an ihrer Augenbraue noch klaffend. Selbst mit allergrößter Mühe wollte mir ein Lächeln einfach nicht gelingen. Die halbe Nacht hatte ich wach gelegen und geweint. Stumm und einsam hatte ich in mein Kissen geschluchzt, während ich mit anhören musste, wie Dad sie angeschrien hatte. Dafür, dass ich nicht ordentlich genug saubergemacht hatte, nachdem er meine Mom beinahe zu Brei geschlagen hatte. Sie war den ganzen Tag nicht mehr richtig zu Bewusstsein gekommen. Und dabei hatte ich doch nichts getan. Ich war einfach da gewesen. Meine Anwesenheit allein hatte genügt, um ihn derart wütend zu machen. Ich wusste, dass es Blödsinn war, sich deswegen Vorwürfe zu machen. Dennoch fühlte ich mich schuldig. Sie war so schwach in meinen Augen. Warum wehrte sie sich nicht? Für mich? Für Kim?

»Das wird nicht nochmal passieren, Blümchen. Mach dir keine Sorgen.« Ich glaubte ihr nicht. Kein Wort. Warum sollte er aufhören? Ausgerechnet jetzt, wo er gerade erst damit angefangen hatte.

»Nein, ich habe keine Erfahrungen in Floristik, aber ich lerne schn…« Aufgelegt. Seufzend lasse ich Kims Handy sinken. Es ist eins der altmodischen Sorte. Man kann weder Netflixserien streamen noch Freundinnen per Videoanruf in Nizza kontaktieren. Aber das ist okay, denn ich habe weder einen Netflixaccount noch Freundinnen. Von einem Nizzaurlaub mal ganz zu schweigen. Wenn man mit Anfang zwanzig damit beschäftigt ist, ein Baby großzuziehen und eine Familie satt und beschützt zu wissen, bleibt nicht viel Zeit geschweige denn Geld für Freizeitaktivitäten.

Ich streiche die elfte Stellenanzeige durch und fahre mit dem Finger weiter. Putzhilfe in Downtown ist die nächste. Dann mal los. Ich tippe die Nummer in Kims Telefon und warte darauf, dass jemand abhebt.

Seit drei Tagen versuche ich nun, einen neuen Job zu bekommen und langsam bin ich nicht mehr aufgeregt, wer sich am anderen Ende meldet oder was für eine Art Job auf mich wartet. Ich bin total genervt. Denn es ist egal. Egal, was für eine Arbeit auf mich wartet. Ich mache es. Denn wir brauchen dringend das Geld. Eine Woche noch und die Monatsmiete steht an. Bislang hat Phil mir hier und da was vorgestreckt, wenn die Gehaltsabrechnung sich mit der Miete überschnitten hat. Darauf brauche ich diesen Monat nicht zu hoffen. Und Brad wird zum Kassieren kommen. Ob ich will oder nicht.

»Stelle nix mehr«, knurrt eine männliche Stimme mir ins Ohr und beendet das Gespräch, ehe ich auch nur meinen Namen nennen konnte. Super.

»Und Schätzchen, kein Erfolg?« Pam schlendert mit einem Korb voller Wäsche um ihren Trailer. Mit den wasserstoffblonden Haaren und den falschen Brüsten könnte sie keinen passenderen Namen haben. Sie hat ihren Hintern wie immer in einen viel zu kurzen Rock gesteckt und wackelt mit den falschen Wimpern, während sie über den provisorischen Gartenzaun späht.

Pam und George sind gute Nachbarn. Sie schreien sich nur selten an, haben, soweit ich mitbekomme, keine Drogenprobleme und sind immer nett zu uns. Ich glaube, sie sieht in uns sowas wie die Töchter, die sie nie hatte.

»Nur drei Anzeigen sind übriggeblieben. In der ersten wird ausdrücklich ein Mann gesucht. Dann gibt's noch die Variante, als riesiger Straßenhotdog zu jobben, der mies dafür bezahlt wird, Flyer zu verteilen, und die dritte scheint nicht wirklich seriös.« Ich rümpfe die Nase, während ich die Annonce zum wiederholten Mal überfliege. »Mädchen für gewisse Stunden. Außerordentlich gut bezahlt.«

Ich hebe eine Augenbraue und sehe zu Pam, die gerade Georges überdimensionale Boxershorts auf die Leine hängt. Eigentlich ist es nur ein Seil, das sie zwischen dem Trailer und einem Baum gespannt haben. Die Parzellen hier sind winzig, aber wir haben das Glück, auf der Waldseite zu stehen. So haben wir am Nachmittag Schatten und kriegen den

Lärm der Interstate nicht aus erster Reihe mit. Detroit war nie meine erste Wahl. Nichts von dem, was ich in meinem Leben tue, war die erste Wahl.

»Und wann seid ihr fällig?«, fragt sie und fischt ein paar Socken aus dem Korb. Der Blick, den sie mir dabei zuwirft, sagt alles. Sie sorgt sich. Genau wie ich. Eine Achtzehnjährige und ein Baby sollten nicht zwischen Brad und die überfällige Miete geraten. Bislang hatten wir keine Probleme, aber nur, weil ich immer bezahlen konnte.

»Nächste Woche«, stöhne ich und lasse den Kopf in die Hände fallen. Die Sonne scheint mir auf den Nacken und hinterlässt eine wohlige Wärme. Ich liebe den Sommer. Der macht für Menschen wie uns vieles leichter. Einfache Dinge wie Wäsche trocknen zum Beispiel. Im Winter sind wir in den wenigen Quadratmetern eingesperrt.

»Also ..., Alice sagte, sie suchen jemanden in einem Club, in den sie öfter geht, aber ich glaube nicht, dass das was für dich ist, Schätzchen.« Ich hebe meinen Kopf, nur um Pams Möpse dicht vor meinem Gesicht wiederzufinden. »Du gehörst nicht in irgendeinen schäbigen Schuppen. Die Hosenanzüge standen dir immer so gut«, seufzt sie vor sich hin und tätschelt mir die Wange. »Vielleicht ziehst du dir was Hübsches an und versuchst es nochmal mit dem Anwaltsjungen.«

Ohne ihr richtig zuzuhören, schüttele ich den Kopf und meine Gedanken verselbstständigen sich bereits.

Ein Club bedeutet Nachtarbeit. So könnte Kim

problemlos ab dem Sommer wieder zur Highschool gehen und ihr versäumtes Jahr nachholen und ich wäre für Luca da. Und wenn wir uns irgendwann einen Babysitter leisten könnten, hätte ich vielleicht die Chance, ein paar Abendkurse zu belegen und mich irgendwann an einem College einzuschreiben. Automatisch fällt mein Blick zum offenen Fenster, hinter dem mein Neffe tief und fest schläft.

»Nun geh schon und frag sie, ich warte hier so lange.«

Ehe ich widersprechen kann, lässt Pam sich auf den Holzstamm fallen, der für Kim und mich als Bank dient, und zerrt ein Päckchen Zigaretten aus ihrem Ausschnitt.

»Du bist die Beste«, flöte ich und gebe ihr einen flüchtigen Kuss auf die Wange. Der Geruch von billigem Parfüm und Make-up steigt mir in die Nase. Dann hüpfe ich über das spärliche Zäunchen. Meine Flipflops versinken bei jedem Schritt in dem weichen Kies, mit dem die Wege ausgelegt sind. Hier, wo die Sonne erbarmungslos auf die Trailer scheint, steht die Hitze zwischen den Wagen und kaum jemand ist in den Vorgärten zu sehen. Hin und wieder schreit ein Kind oder es bellt ein Hund. Aber im vorderen Teil des Parks kennen wir so gut wie niemanden näher. Alice nur, da wir sie an dem Tag, an dem wir hergezogen sind, gebeten haben, ein Auge auf unseren alten Buick zu werfen.

Im Gegensatz zu uns wohnt sie in einem fahrtüchtigen Caravan. Weiter hinten bestehen die Parzellen aus feststehenden Mobilheimen.

»Alice?« Ich unterstreiche mein Rufen mit einem zaghaften Klopfen an die weiße Tür. Ihr Wagen ist modern und relativ neu. Vor der Tür stehen ein schicker Campingsessel und ein kleines Tischchen, unter dem mehrere leere Sektflaschen liegen.

Ich bin schon versucht, wieder umzudrehen, da knarrt die Tür und die hübsche Blondine taucht im Eingang auf. Sie ist nicht viel älter als ich und von Natur aus schön. Doch die Jahre hier im Park haben ihre Spuren hinterlassen. Dunkle Schatten liegen unter ihren Augen. Ich weiß nicht viel über die Menschen hier und ihre Beweggründe, in einem Trailerpark zu wohnen. Darüber redet keiner. Und ich bin dankbar dafür. Denn genau wie wir ist wahrscheinlich niemand sonderlich stolz darauf, in einer Gegend wie dieser zu leben. Allerdings bin ich nicht so blöd zu glauben, dass eine Frau wie Alice sich ihr Geld mit Kellnern verdient.

»Lis, Schatz. Ist was mit dem Auto?« Sie lehnt sich leicht aus ihrem Caravan, um einen Blick auf den Parkplatz zu erhaschen.

»Nein, mit dem Auto ist alles okay.« Denke ich zumindest. Denn ich habe ihn schon mehrere Tage nicht gefahren. Wir sparen, wo wir können. Das gilt auch für Benzin. »Pam sagt, du weißt was von einem Job in irgendeinem Club.«

»Du meinst im Velvet«, korrigiert sie mich und lehnt sich mit verschränkten Armen gegen ihren Eingang. Dabei quetscht sie ihre Brüste fast bis unters Kinn. Im Augenwinkel sehe ich, dass sie untenrum nicht wirklich viel trägt, aber ich konzentriere mich darauf, ihr ins Gesicht zu sehen. »Die suchen ein Mädchen für alles. Theke. Service. All sowas eben.« Sie streicht sich ein paar verirrte Strähnen zurück in ihren hohen Dutt. Dabei wird die Haut an ihrem Bauch sichtbar und ich habe uneingeschränkten Blick auf ihren durchsichtigen Slip. »Was ist aus deinem Anwalt geworden?« Alice ist nicht halb so diskret darin, mich von oben bis unten zu scannen. Als sie an meinen abgeschnittenen Jeans-Hotpants angekommen ist, zieht sie eine Augenbraue nach oben. Ja, ich bin zu alt für SpongeBob-Aufnäher. Klamotten sind teuer. Luca wächst alle paar Wochen aus seinen Sachen raus und Kim passt seit der Schwangerschaft nicht mehr in ihre Teenie-Klamotten. Ich schon.

»Na ja«, stammele ich. Nicht, weil ich nicht zugeben will, dass ich Phil abserviert habe. Aber es ist sicherlich unklug, lauthals zu verkünden, dass kein Mann mehr da ist, der von Zeit zu Zeit nach uns sieht. Nicht an einem Ort wie diesem. Unwillkürlich fällt mein Blick zu Brads Garage, die am Eingang des Parks steht. Wie immer sitzt er davor auf seinem klapprigen Stuhl. In seinem schmierigen Unterhemd und der Arbeitshose sieht er uns mit diesem Blick an, der mir zeigt, dass ich wirklich dringend einen Job brauche. In Zeitlupe fährt er sich mit der Zunge über seine Lippen und ich schaue schnell weg, ehe er mir seine verfaulten Zähne zeigen kann. Die Welt wäre so viel besser dran ohne Männer wie ihn. Ich werde nicht zulassen, dass er einen Fuß in unseren Trailer setzt. Niemals!

»Wo finde ich diesen Club?«, frage ich Alice, statt ihr eine Antwort zu geben, und schüttle die widerlichen Gedanken an Brad ab.

»Das Velvet liegt außerhalb auf der Eight Mile.« Alice mustert mich erneut. »Aber sei mir nicht böse, Kleine. Ich bin nicht sicher, ob das ein Ort für dich ist.«

Ich ignoriere ihre Zweifel, denn den Luxus, mir zu überlegen, welcher Job etwas für mich sein könnte, habe ich leider nicht. »Und du bist sicher, dass sie jemanden suchen?«, frage ich, vielleicht eine Spur zu zickig. Denn ich bin nicht ihre Kleine.

»Frag nach Shakira. Sag ihr, ich hab dich geschickt.«

»Danke«, murmele ich und nehme die zwei Stufen in Alice' Vorgarten. Ich bin noch nicht wieder zurück auf dem Kiesweg, da höre ich schon ihre Tür scheppern. So läuft es nun mal in einer Gegend wie dieser. Ich sollte eigentlich ein schlechtes Gewissen haben, dass ich so distanziert war und Alice sollte sich von mir verabschieden und mir Glück wünschen. Aber hier kämpft unterm Strich jeder für sich allein. Anfangs hatte ich die Hoffnung, hier Freunde oder Verbündete zu finden, diese wurde jedoch schnell im Keim erstickt. Hier hält niemand seine Hand für uns ins Feuer.

∞

Es ist kurz vor Mitternacht. Die Handbremse des alten Buick stöhnt beim Anziehen auf und mein

Herz schlägt mir bis zum Hals. Nicht, weil ich gleich um einen Job betteln werde, sondern weil der Parkplatz des Velvet tatsächlich ein Ort ist, an dem eine Frau nicht allein sein möchte. Oder sollte. Mittlerweile kann ich Alice' Zweifel ganz gut nachvollziehen. Ich rutsche etwas tiefer in den Sitz und beobachte die Gegend. Dabei komme ich mir beinahe vor wie ein Undercover-Cop.

Die spärliche Beleuchtung gibt nicht viel her, aber ich erkenne eine Gruppe Männer am Rande des Parkplatzes. Sie tragen Kopftücher mit Kappen darüber und ich bin mir sicher, dass die Dinge, die sie sich unauffällig mit ihren riesigen dunklen Händen zuschieben, keine Geburtstagspräsente sind. Sie stehen weit genug entfernt. Wenn ich schnell bin, könnte ich es schaffen, unbemerkt zum Eingang zu gelangen.

Was mir mehr Sorgen bereitet, sind zwei Jungs, die sich ein paar Wagen neben meinem eigenen rumdrücken und Blicke in jedes geparkte Auto werfen.

Nach einigen Minuten steigen rechts von mir ein paar Frauen aus einem alten Chevrolet und erwecken deren Aufsehen. So, wie sie gekleidet sind, war genau das ihr Ziel. Sie alle tragen viel zu kurze Röcke, High Heels und schlängeln sich durch die Autos wie Raubkatzen. Das ist meine Chance. Ich schlüpfe aus dem Wagen, schließe die Fahrertür so leise wie möglich und flitze auf Zehenspitzen zum Eingang. Noch immer ist es warm. Eine laue Brise kühlt meine erhitzte Haut ab und ich kann den erleichterten Seufzer nicht unterdrücken, als die Eingangstür des Velvet greifbar vor meiner Nase ist.

»Zwanzig Dollar«, brummt der riesige Türsteher und wirft mir von oben herab einen kalten Blick zu. Von oben herab allein deshalb, weil er mindestens zwei Meter groß ist. Er hat die massigen Arme vor der Brust verschränkt und sein Gesicht ist so schwarz, dass nur das Weiß seiner Augen deutlich erkennbar ist.

»Äh …«, stottere ich. »Ich wollte zu Shakira. Ich habe gehört, hier sei ein Job frei und …«

»Zwanzig Dollar«, wiederholt er monoton durch seinen dichten Vollbart. Na toll. Den Kopf in den Nacken gelegt halte ich ihm einen zwanzig Dollarschein unter die Nase, den ich aus der Tasche meiner Jeans ziehe. Meinen letzten wohlbemerkt.

»Zwanzig Dollar«, imitiere ich seine knurrige Stimme. Der Riese in dem schwarzen Velvet-Poloshirt lächelt und entblößt dabei eine Reihe schneeweißer Zähne inklusive goldenem Eckzahn. Mit einer freundlichen Geste hält er mir die Schwingtür auf und weist mir den Weg zu der Kasse, die direkt hinter der Tür auf mich wartet. Hier drinnen spürt man bereits den Bass unter den Füßen und ein erster Schwall stickiger Luft schwebt mir entgegen. Ich kann mich nicht erinnern, wann ich das letzte Mal in einem Club war. In einem wie diesem sicher noch nie. Höchstens in einer schicken Bar in Downtown mit Phil und seinen Freunden. Nicht oft, denn ich habe Kim ungern abends allein im Trailer gelassen. Aber jetzt geht es nicht anders. Heute müssen wir beide da durch.

»Weißt du, wo ich Shakira finde?«, frage ich die Frau an der Kasse, die gierig nach meinem letzten zwanzig Dollarschein greift. Sie unterbricht ihr aufwendiges Kaugummikauen und zieht eine Augenbraue nach oben. Ihr Gesicht erinnert mich an diese Hunderasse, die erst in ihre Falten reinwachsen müssen.

»Frag an der Theke« ist alles, was sie sagt, bevor mich eine Horde Männer weiterdrängt, die ebenfalls ihr Geld loswerden wollen. Freundlichkeit wird also in der Firmendevise nicht besonders großgeschrieben. Ich winde mich durch den Gang, der mit roten Kordeln auf silbernen Ständern eingerahmt ist, um den Ellbogen der Kerle zu entfliehen. Es geht um mehrere Ecken und mit jedem Schritt wird der Beat der Musik lauter und die Umgebung dunkler, bevor mir die letzte Biegung endlich freien Blick auf den Club gibt. Den rappelvollen Club. Meine Hände sind feucht und ich muss unwillkürlich schlucken. Die Technomusik bebt in meinem Magen und vermischt sich mit der Anspannung. Zu Angst. Mir gefällt das nicht. So viele Menschen. So viele Männer. Alkohol in rauen Mengen. Das ist nie gut.

Hier ist es so laut, dass nichts drumherum eine Rolle zu spielen scheint. Eine eigene Welt. Draußen könnte die Welt von Aliens übernommen werden, oder ein Meteoritenschauer könnte ganz Detroit verschlucken. Hier drinnen spielt ein eigener Film. Menschen tanzen mit geschlossenen Augen, ihre

Haut glänzt im Schein der vielen Lichter. Über der Tanzfläche hängen zwei Käfige, in denen sich Frauen im Bikini räkeln. Ich sollte Abscheu empfinden, doch die Leidenschaft, mit der sie sich bewegen, macht mich höchstens neidisch. Sie brennen für die Musik, für ihren Tanz. Schämen sich nicht, angegafft zu werden. Der Käfig sperrt sie nicht ein – er sperrt die anderen aus. Etwas, um das ich sie ehrlich beneide.

»Na, willst du auch mal da rein?« Die Alkoholfahne, die mir von hinten entgegenweht, reicht aus, um mich erstarren zu lassen. Ich drehe mich leicht um, sehe den schmierigen Kerl, dessen Mund viel zu dicht an meinem Ohr ruht.

»Sorry«, murmele ich, auch wenn mich eh keiner hören kann und schiebe mich schnell weg von ihm durch die Menschenmassen. Am anderen Ende der Tanzfläche erkenne ich die Theke, über der alte Industrielampen hängen und eine Flasche Hochprozentiges neben der anderen auf ihren Einsatz lauert. Die kurze Stille bevor ein neuer Song einsetzt, lässt mich spüren, wie hoch die Geräuschkulisse der vielen Menschen wirklich ist. Automatisch krallen sich meine feuchten Hände in den Taschen meiner Jeans tiefer in meine Oberschenkel. Ein Hip-Hop-Beat ertönt, die Menschen beginnen zu grölen und die Tanzfläche bebt regelrecht. Die Menschen drängen ihre Körper dichter aneinander und mein Weg bis hin zum hohen Tresen ist etwas freier.

»Hi«, schreie ich einen hübschen Barkeeper an. Er trägt ebenfalls ein schwarzes Polo mit dem Logo des Velvet auf dem Rücken. Eine rosa Lotusblüte. Sein blondes Haar fällt ihm in die Stirn, während er sich ein bisschen dichter zu mir lehnt. »Ich suche Shakira.« Obwohl meine Stimmlage im Hals schon wehtut, bin ich nicht sicher, ob er mich verstanden hat. Im gleichen Moment schreit der Kerl neben mir nach Bier und ich befürchte schon, ich habe seine Aufmerksamkeit verloren, als Bill, so steht es zumindest auf seinem Namensschild, mit seinem schmalen Zeigefinger auf einen Gang am Ende der Tanzfläche zeigt. Mein Kehlkopf schon auf einen Dankesschrei vorbereitet hat Bill sich schon wieder abgewendet und nimmt eine neue Bestellung auf, während seine Hände dem Typen neben mir sein Bier reichen. Wow. Multitasking der gehobenen Klasse.

»Ich suche Shakira«, brülle ich auf Zehenspitzen einen Security Mann an, nachdem ich mich bis zum Eingang in einen menschenleeren Flur durchgeschlagen habe. Sein Gesicht wird regelmäßig im Takt der Musik beleuchtet, aber sein Blick bleibt starr geradeaus gerichtet. Mit ebenfalls verschränkten Armen bewacht er den Gang, auf den der Barkeeper gezeigt hat.

»Kennen wir uns?« Ich zucke zusammen und die schwarzhaarige Frau mit unfassbar strahlend blauen Augen schmunzelt nur. Wie aus dem Nichts ist sie neben mir aufgetaucht und sieht mich an. Ganz sicher steht mein Mund offen, so schön ist sie. Ihr offenes Haar fällt weit über ihre Schultern und das Licht der Diskokugel spiegelt sich darin, so glänzend ist es. Mit jeder Sekunde, die ich sie anstarre, verwandelt sich mein eh schon niedriges Selbstwertgefühl in eine welkende Blume. Meine abgetragenen Ballerinas brennen sich in meine Haut und ich habe das Gefühl, ich verglühe unter dem Milchfleck, den Luca auf meiner Jeans hinterlassen hat. Ich habe ganze vierzig Minuten an meiner Frisur und meinem Make-up gefeilt, aber neben ihr komme ich mir vor wie gerade aus dem Bett gestiegen. »Kann ich irgendwas für dich tun, Mäuschen?«

»Äh, ja«, stammele ich und die Musik scheint plötzlich noch viel lauter zu sein. »Sind Sie Shakira?«, brülle ich unnötigerweise, denn ihr Name steht in wunderschön geschwungener Schrift auf dem Kärtchen, das an den Träger ihres kurzen schwarzen Kleides geklammert ist.

»Sieht ganz so aus«, ruft sie und folgt meinem Blick auf ihren Ausschnitt. Nicht nur, dass ihr Gesicht engelsgleich ist, sie hat mit Abstand die beste Figur, die ich je gesehen habe. Das Leben ist echt ungerecht.

»Alice schickt mich. Sie sagt, hier gäbe es eine freie Stelle.«

»Komm mal mit«, schreit sie, und drückt dem Security im Vorbeigehen die Schulter. Ich folge ihr über den schwarzen Teppich, der meine Schritte dämpft und beobachte jede ihrer Bewegungen. Sie ist groß. Und mich zu überragen heißt schon was. Ich zählte nie zu den Kleinen. Mit einem filmreifen Lächeln im Gesicht zieht sie einen kleinen silbernen Schlüssel aus ihrem Dekolleté.

»Wenn Sam auflegt, versteht man sein eigenes Wort nicht mehr«, ruft sie über ihre Schulter hinweg und ihre Hand tastet blind in das Zimmer, das plötzlich in hellem Licht erscheint. Ein Licht, das jedes Gesicht unvorteilhaft wirken lässt, nur ihres nicht.

»Also«, sie schließt die Tür hinter uns und geht zu einem riesigen weißen Hochglanzschreibtisch. Mit der Hüfte lehnt sie sich gegen die Platte und sieht mich an. »Du sagst, Alice schickt dich?«

»Ja genau. Wir woh…«, ich unterbreche mich selbst, und trete ein Stück weiter in das steril, schwarz-weiß gehaltene Büro. »Ich kenn sie von früher und sie meinte, Sie suchen ein Mädchen für alles.«

Diese Shakira lacht laut und ich komme mir noch bescheuerter vor.

»Wie sich das anhört … Mädchen für alles.«

»Na ja«, druckse ich. Ich werde ihr nicht sagen, dass es nicht viel gibt, zu dem ich nicht bereit bin, nur um kommende Woche meine Miete zahlen zu können. Für einen Trailer wohlbemerkt. »Genaueres wusste sie auch nicht.« Streng genommen nicht mal eine Lüge.

»Also, wir suchen in der Tat jemanden.« Sie verschränkt synchron ihre perfekten Arme vor der Brust und schlägt die schlanken Beine übereinander, die in glänzenden High Heels stecken. »Ziemlich dringend sogar. Janet, eine Thekenkraft hat gekündigt und seit gestern ist auch eine unserer Service-Damen ausgefallen.« Sogar ihr Seufzer klingt sexy.

Ich nicke zaghaft. Ich wage es einfach nicht nachzufragen, was Service-Damen so für einen Service anbieten.

»Hast du schon mal in einem Club gearbeitet?« In geschmeidigen Bewegungen schleicht sie um ihren Schreibtisch und durchwühlt ein paar Aktenstapel. Als ich nicht sofort antworte, hebt sie ihr hübsches Gesicht und zieht eine Augenbraue gekonnt nach oben. »Aber reden kannst du schon, oder?«

»Was?«, frage ich ertappt. »Ja, Sorry.« Die Menschenmenge, die Lautstärke. All das hier ist ganz schön viel auf einmal. *Komm schon, Lis. Werd wach. Du brauchst den Job.* »Ich habe eine Zeit lang in einem Café gekellnert. Zählt das?«, frage ich und schaffe es endlich, die Hände aus den Hosentaschen zu nehmen und meinen Mund zu einem Lächeln zu formen.

»Nicht wirklich«, lacht Shakira und wirft ihre Mähne über eine Schulter.

»Aber ich lerne schnell«, unterbreche ich ihr Kichern. »Und ich bin wirklich flexibel.«

»Alles gut.« Ihre Stimme hat etwas Beruhigendes, obwohl sie so rau wie ein Reibeisen klingt. »Von mir aus kannst du es für zwei Wochen probieren. Und dann sehen wir weiter.« Ihr Gesicht hellt sich auf und sie zieht ein Blatt Papier aus dem Stapel. »Hier habe ich einen Vertragsvordruck. Schau ihn dir in Ruhe an, ob du mit allem einverstanden bist. Könntest du morgen schon anfangen?«

Mit dem Vertrag in der Hand kommt sie auf

mich zu und sogar ihr Parfüm, das in meine Nase steigt, ist zauberhaft. Die Männer müssen ihr zu Füßen liegen. Die Welt muss ihr zu Füßen liegen.

»Ja klar«, freue ich mich und schenke ihr zum ersten Mal ein aufrichtiges Lächeln, »Ich kann morgen.«

»Tja, dann«, sagt sie und der Ausdruck in ihrem Gesicht spiegelt meine Freude nicht gerade wider, »gibt es nur noch eine Hürde zu deinem neuen Job.«

»Hürde?«, wiederhole ich wie ein dummes Kind.

»Der Boss«, sagt sie und ihre perfekt geschwungenen Schultern fallen ein Stück ab. Scheiße. Wenn sie nicht der Boss ist, wer ist es dann?

Der Bass schlägt im Hintergrund synchron mit dem Herzschlag in meinem Körper. Mit zittrigen Beinen folge ich Shakira weiter den Flur entlang. Immer tiefer in die Höhle des Velvet.

»Also, du redest nicht. Es sei denn, jemand bittet dich darum. Okay?« Ich kann nur schlucken und schaffe es gerade so zu nicken. Mit amüsierter Miene schiebt sie den Schlüssel ihres Büros in ihren Ausschnitt und stolziert davon. Ich habe Mühe, bei ihrem Tempo Schritt zu halten. Als wäre sie barfuß, gleitet sie in den monströsen Absätzen durch den Flur, immer weiter in das Innere des Gebäudes, bis wir eine verschlossene Tür erreichen. Sie ist schwarz. Davor steht ein weiterer bulliger Security-Mann. Er sieht dem vom Rand der Tanzfläche zum Verwechseln ähnlich. Mein Blick gleitet noch einmal zurück in die Richtung, aus der wir gekommen sind. Ein mulmiges Gefühl schleicht sich durch meine Venen. Das hier erinnert stark an den Eingang zur Hölle.

»Hi Serge«, singt Shakira, beugt sich vor und muss auf die Zehenspitzen steigen, um ihm einen Kuss auf die Wange zu hauchen. »Ist er da?«

Der Glatzkopf schaut kurz zu mir, ehe er mit dem Kopf zur Tür nickt.

»Für dich schon«, murmelt er mit osteuropäischem Akzent und öffnet die Tür.

Ich mag einen gewissen Grad an Nervenkitzel, aber irgendwas an dieser Situation sagt mir, dass ich über diese Schwelle geradewegs in eine Katastrophe schreite. Wie ein hungriges Tier, das genau weiß, dass die Falle zuschnappen wird, sobald es einen Schritt zu weit geht. Und dennoch setze ich einen Fuß vor den anderen und folge Shakira in ein Büro, das mit nichts vergleichbar ist, was ich bislang gesehen habe. Die Tür fällt hinter mir ins Schloss, und instinktiv weiß ich, dass ich längst gefangen bin.

CARLOS

Damals

»Auberginen.« Ich hasste Auberginen. Es gab kaum ein Lebensmittel, das ich mehr verabscheute. Maria stellte jedem mit einem Lächeln den Teller vor die Nase, aber ich war offensichtlich der Einzige, der nicht verzückt »Oh« oder »Ah« sagte. Mir gegenüber saß eine Frau in einem roten Kleid. Sie hatte gesehen, wie ich eine Grimasse gezogen hatte.

»Ich mochte auch nicht so besonders gerne Auberginen, als ich in deinem Alter war«, flüsterte sie. Ihr Lächeln war hübsch. Fast so schön wie Mamás.

Diese saß rechts von mir und ich spürte, wie sie meinen Oberschenkel unter dem feinen Tischtuch suchte und leicht drückte.

Mein Vater räusperte sich zu meiner Linken und Mamá und ich zuckten synchron zusammen. Ich durfte ihn nicht Papá nennen. Er war der Meinung, es schadet unserem Ruf, wenn man hörte, dass ich ein Latino war.

Aber ich war gerne ein Latino. Mamá hatte mir das Spanischsprechen beigebracht. Ich fand, es klang wie Musik.

»Iss deinen Teller leer. Ich dulde nicht, dass du mich vor meinen Gästen blamierst«, flüsterte er.

Er warf mir einen strengen Blick zu. Alles in meinem Hals sträubte sich dagegen, dieses Ding in den Mund zu nehmen. Aber ich hatte keine Wahl. Die hatte ich nie. Also schob ich mir einen Bissen zwischen die Zähne und versuchte, ruhig durch die Nase zu atmen.

»Sehr gut«, hauchte Mamá in meine Richtung, während sie die Serviette vor den Mund hielt. »Du machst das toll.«

Sally lachte. Meine Schwester konnte von Glück reden, dass sie Auberginen mochte.

Ein Blick unseres Vaters und sie war augenblicklich still. Wir sahen uns an und sie äffte meine Grimasse nach, die ich so ganz sicher nicht zog. Ich holte aus und versuchte unter dem Tisch an Mamá vorbei, gegen ihr Schienbein zu treten.

»Ey«, schrie sie, verstummte aber, sobald sie die Wut in den Augen unseres Vaters sah.

»Alex wollte mich treten«, versuchte sie sich zu rechtfertigen.

Es wurde still am Tisch. Mindestens fünf Augenpaare waren auf mich gerichtet. In regelmäßigen Abständen hatten wir Gäste zum Essen. Politiker, Polizisten, Anwälte. Ich hatte keine Ahnung, was das für Leute waren, aber sie alle trugen schicke Kleidung. Bis tief in die Nacht blieben sie und redeten über Dinge, die ich nicht verstand. An Abenden wie diesen war Mamá besonders still und Papá noch lauter als sonst.

»Maria«, rief mein Vater nach unserer Küchenhilfe und mir war klar, dass meine Bestrafung folgte. »Alexander hätte gerne eine extra Portion Auberginen.« Er sang beinahe, so freundlich klang seine Stimme.

Mit einem breiten Grinsen strich er mir über den Kopf und legte seine Hand in meinen Nacken. Keiner sah unter meinen wilden Haaren, wie fest er zupackte. »Die mag er nämlich so gerne, richtig, mein Sohn?« Wie er das mein Sohn *betonte, ließ mich erschaudern.*

Maria presste die Lippen zusammen. Sie wusste, wie sehr ich mich davor gefürchtet hatte, dass ich mich übergeben müsse, wenn sie heute Abend Auberginen auftischte. Aber er hatte sich dennoch nicht davon abbringen lassen. Ich war mir sicher, er hatte es extra getan. Er quälte mich gern.

Sie lud mir den Teller beim zweiten Mal randvoll. Sie konnte nichts dafür. Trotzdem fand ich es gemein.

»Richtig?«, hakte mein Vater nach. Sein Gesicht konnte nicht freundlicher aussehen. »Erzähl unseren Gästen, wie sehr du Auberginen magst.« Sein Blick ließ keine Widerrede zu. Ich hatte keine Chance gegen ihn.

Niemals hatte er mich geschlagen. Aber das musste er auch nicht. Seine Strafen taten mehr weh als alle Prügel dieser Welt.

»Ja«, stieß ich hervor und straffte die Schultern, »ich liebe Auberginen.«

Meine Hand umklammerte die Gabel so fest es ging, während ich sie volllud, und meine Beine krallten sich um die Stuhlbeine. Die Frau im roten Kleid schenkte mir ein anerkennendes Nicken. Ganz recht. Ich würde mich zusammenreißen. So, wie ich es immer tat.

Heute

»Okay, Simon. Das reicht für heute.«

Ich kippe den letzten Schluck meines Wassers hinunter und stütze mein Kinn auf die Hände.

»Wir müssen über diese Frau reden. Sie …«

»Ich sagte, es reicht«, knurre ich. Wir kennen uns lange genug, damit ihm klar sein müsste, dass ich solche Floskeln nicht wahllos in den Raum werfe. Seit drei Stunden diskutieren wir jetzt über alle Belange rund um meine Geschäfte.

»Okay. Du bist der Boss.«

Ich muss ihn nicht ansehen. Ich kann auch so spüren, wie viel Zurückhaltung es ihn kostet, mich nicht zu drängen. Und auch wenn Simon Parker mich schon kennt, seit ich ein kleiner Scheißer war, hat er den nötigen Respekt, den ich von meinem Personal erwarte.

Ich kann es trotzdem nicht gut sein lassen und beobachte ihn. Ganz gleich, wie viele behaupten, ich besäße kein Gewissen. Das stimmt keinesfalls. Um meine Position zu erlangen, bedarf es lediglich eines gewissen Maßes an Skrupellosigkeit. Deshalb bin ich noch lange kein Monster.

Mit zusammengebissenem Kiefer sortiert der hagere Mann alle Unterlagen zurück in seine Ledertasche. Mein Anwalt hatte schon seit vielen Jahren graue Haare. Damals hat er für meinen Vater gearbeitet. Allerdings kann man ihm, seit er für mich tätig ist, förmlich beim Altern zusehen. Ich kann es ihm nicht verdenken. Meine Art von Gesetz und Gerechtigkeit befindet sich in einer Grauzone. Bin ich kriminell? Ich würde sagen, nein, nur die amerikanischen Gesetze sind nicht meine eigenen. Für einen sonst so reglementierten Anwalt kein leichter Job. Doch im Gegensatz zu meinem Vater habe ich ihm die Wahl gelassen. Simon kann gehen, wann immer er es möchte. Die Sklaverei ist nicht mein Metier.

»Was ist mit der Frau?«, brumme ich und fahre mir übers Gesicht. Der ganze Tag ist beschissen und es macht mich müde, für alle den Samariter zu spielen. Hier ein Drogenjunkie, der sich nicht unter Kontrolle hat. Da ein Mädchen, das in der Klemme steckt. Ich kann nicht die ganze beschissene Welt retten. Und ich will es auch überhaupt nicht. Mein Ziel ist ein ganz anderes.

Simons Gesicht hellt sich auf.

»Yvonne Meyers. Sie arbeitete etwa zwei Jahre für deinen Vater. Sie reinigte zweimal wöchentlich sein Büro.«

»Schön für sie.« Meine Stimme kommt nur gedämpft, da ich das Gesicht nach wie vor hinter den Händen halte.

»Sie hat versucht, eine Anzeige gegen ihn vorzubringen.«

Schlagartig lasse ich meine Hände sinken.

»Sprich«, fordere ich Parker auf und kann nicht fassen, dass er diesen Raum verlassen hätte, ohne mir davon zu berichten.

»Sie war auf einem Revier in der Nähe ihres Wohnhauses.«

Wir schauen uns in die Augen. Ich weiß instinktiv, was jetzt kommt.

»In Bricktown«, erfüllt er meine Befürchtungen und hat damit all meine Aufmerksamkeit. Bricktown ist nicht nur eines der korruptesten Reviere überhaupt, sondern auch der Sitz des Polizeichefs. Dem guten Onkel Steve. Der Bruder meines Vaters ist der einzige Mensch auf der Welt, den ich noch mehr verachte als meinen Erzeuger selbst.

»Was weißt du darüber?«

»Nicht besonders viel. Meine Quelle sagt, sie hat einen anderen Job *bekommen«*, das Wort *bekommen* setzt er mit den Fingern in Anführungsstriche.

»Mierda«, schnaube ich. »Diese Wichser.«

»Die Anzeige wurde selbstredend zurückgezogen. Ich kenne ihren Namen, die Adresse, Telefonnummer, sogar ihre Sozialversicherungsnummer. Ich denke, so nah dran waren wir bislang nie.«

Er hat recht. So lange ich denken kann, warte ich auf die Gelegenheit, meinen Vater ans Messer zu liefern, ohne selbst darin zu landen. Außer mir gibt es nicht viele Leute, die genug Leute und Spielchen kennen, um sich immer wieder aus der Affäre zu ziehen. Daniel Edwards steht diesbezüglich sogar über mir. Aber eine Anzeige. Dazu von einer Mitarbeiterin. Das wäre gegebenenfalls endlich mal etwas Brauchbares. Seit Jahren versuche ich auf legalem Weg, etwas gegen ihn in die Hände zu bekommen. Simons Aussagen wären nicht rechtens, weil er damit seine Schweigepflicht verletzen würde. Mal ganz abgesehen davon, dass er den Anwalt von der

Bildfläche verschwinden lassen würde, noch ehe er etwas zu Protokoll gegeben hat. Die Anschuldigungen allein würden sowieso nicht reichen, um ihn hinter Gitter zu bringen. Es muss einen anderen Weg geben.

Meine Gedanken werden von einem Klopfen unterbrochen.

»Was?«, brülle ich, sodass Parker zusammenzuckt. Er ist wirklich der beste Anwalt, den ich kenne. Aber der Kerl hat einfach keine Eier.

»Ich muss dich kurz sprechen.« Shakira hat lediglich ihr perfekt geschminktes Gesicht zur Tür reingeschoben. Ihre wunderschönen Lippen verziehen sich zu einem Lächeln. »Hi, Simon«, flüstert sie.

Ich nicke auf die Sitzgruppe in der Ecke meines Büros und vergrabe mein Gesicht wieder in meinen Händen. Nichts kann seit dem Nachmittag meine Laune heben. Weder die zwei Stunden Training, die ich eiskalt durchgezogen habe, noch der Blowjob von dem Mäuschen, das schon seit Wochen mit ihrem Arsch vor mir her wackelt, sobald ich mein Büro verlasse. Ich hasse es, wenn Frauen sich derart devot geben und vor mir auf den Knien rutschen, nur damit sie meinen Schwanz in den Mund nehmen dürfen.

Scheiße, was stimmt mit diesen Mädchen nicht? Geben sie ihre Würde zusammen mit den Jacken an der Garderobe ab? Ein dämlicher Idiot wie ich findet sich immer, der seinen Stolz beiseiteschiebt, um eine von ihnen für einen Quickie zu nehmen. Damit bin ich nicht besser. Und dafür hasse ich mich. Jeden verfluchten Tag.

»Fuck«, schreie ich und lasse meine Fäuste auf den Schreibtisch knallen. Ich hebe den Blick. Shakira ist nicht allein. Sie hat ein Mädchen dabei. »Was zur Hölle soll das?«, fahre ich sie an und rolle mit meinem Stuhl ein Stück vom Schreibtisch weg. Die Lampe, die meine Unterlagen bescheint, ist die einzige Lichtquelle im hinteren Teil des Raumes. Denn das ist es, was ich bin. Der Mann aus der Dunkelheit. Ein Schatten.

»Es dauert nur eine Minute.« Meine rechte Hand hat Nerven. Kein anderer meiner Mitarbeiter würde sich je trauen, so mit mir zu reden. Shakira spielt mit dem Feuer und sie sollte verdammt nochmal aufpassen, dass sie sich nicht die Finger verbrennt.

»Finde diese Frau«, wende ich mich an Simon. Meine Stimme überschlägt sich beinahe. »Bring sie zum Reden. Biete ihr, was immer sie will. Kauf ihr ein Haus. Schenk ihr ein Boot. Verdammt! Von mir aus heirate sie. Egal ...«, schreie ich unbeirrt weiter. Unfassbar, dass er seit Stunden vor meiner Nase mit seinem teuren Füller fuchtelt, aber das Wichtigste verschweigt. »Hauptsache, sie macht den Mund auf und hilft uns, diesen abartigen Bastard zu stürzen.«

Mein Herz hämmert in meiner Brust und trommelt auf alten Erinnerungen rum. Ich kriege dieses Schwein. Und wenn es das Letzte ist, was ich auf dieser Welt tue.

Simon, der während meiner Ansprache immer

weiter in den Sitz gerutscht ist, sieht sich immer wieder zu den Frauen um und räuspert sich.

»Ich bin schon verheiratet«, flüstert er und überrascht mich damit. Der kleine Mann in den viel zu großen Anzügen arbeitet seit acht Jahren für mich und mir war nicht klar, dass er eine Frau hat. Ich bin echt genau das Arschloch, für das mich alle halten.

»Schön für dich«, knurre ich und deute mit einem Nicken Richtung Tür. Sein Zeichen abzuhauen.

Auf meinem Schreibtisch stapeln sich haufenweise Gehaltsabrechnungen, Immobilienpläne und jede Menge der Arbeit, die Simon besser nicht so genau sehen sollte.

»Danke, Boss«, sagt er leise, aber ich sehe nicht nochmal auf. Die Tür fällt ins Schloss. Erst dann lasse ich alle Luft aus meiner Lunge. Bis mir plötzlich einfällt, dass ich nicht allein bin.

Ich streiche mir die Haare über den Kopf und stöhne gequält.

»Ich weiß, du hast viel zu tun«, schnurrt Shakira wie eine Katze und kommt ohne meine Erlaubnis näher. Sie schleicht um meinen schwarzen Hochglanzschreibtisch herum. Die Frau hat wirklich Nerven.

Als ich aufblicke, um sie zu rügen, fällt mein Blick auf das Mädchen, das sie im Schlepptau hat. Ich habe sie nie zuvor gesehen und meine rechte Hand weiß, was ich davon halte, wenn sie Gäste mit in meinen Bereich bringt. Erst recht nicht, während ich mit Simon spreche.

»Das ist …«, sie zögert und wirft ihr Haar über die Schulter, während sie zu der Kleinen blickt. »Ich hab dich nicht mal nach deinem Namen gefragt. Wie heißt du, Mäuschen?«

Ich sehe sie ebenfalls an. Sie ist schlank. Zu schlank, aber die Beine, die in den engen Skinny Jeans stecken, sind jeden Blick wert.

»Lis.« Sie räuspert sich, da ihre Stimme schon bei diesen drei Buchstaben versagt. Sie sieht mich an, als sei ich der Teufel. Und dabei hat sie Dank der Dunkelheit um mich herum keine Möglichkeit, mir ins Gesicht zu sehen.

Lis also. Ich lehne mich zurück und sehe ihr ins Gesicht. Ihre braunen Augen sehen aus wie die eines Rehs, das von Scheinwerfern geblendet wird, unmittelbar, bevor es überfahren wird. Ich kann es ihr nicht verdenken. Sie hat hier nichts verloren. Wie ein unsicheres Kind steht sie in dem Licht der Sitzecke, während ich im Dunkeln lauere.

Ich kenne Mädchen wie sie. Ihre Klamotten sind billig, die raspelkurze Frisur nichts Besonderes. Ihre braunen Haare stehen in alle Himmelsrichtungen ab. Sie passt nicht hierher.

Die Frauen, die für mich arbeiten, sind alle wie aus dem Ei gepellt. Eine schöner als die andere und dennoch hässlich in meinen Augen.

»Lis will für Janet und Vanessa einspringen.«

Shakira schiebt sich mit der Hälfte ihres saftigen Arsches auf meinen Schreibtisch und wendet sich wieder zu mir. Ich nehme meine Augen nicht von der Kleinen. Irgendwas an ihr stimmt mich milde. *Sie erinnert dich an Esmeralda.*

»So ..., will sie das?«, frage ich mit schmunzelndem Unterton. Was will ein Mädchen wie sie in einem Club wie diesem? Sie gehört dem Alter nach auf ein College. Oder von mir aus soll sie Zeitungen austragen. Aber hier? Ins Velvet? Niemals!

»Komm schon. Gib ihr eine Chance«, jammert Shakira. Ihr sollte klar sein, dass ihr die Anmachnummer bei mir nichts bringt. Ich bin immun gegen so eine Scheiße. Sicher lasse ich mich gerne ficken, wenn eines meiner Mädchen was von mir will. Aber Geschäft ist Geschäft. Und ich stelle keine Kinder ein. Ja, mir ist klar, dass sie Personal sucht, aber das kann nicht ernsthaft ihre Lösung sein.

Ich wette, Shakira klimpert mit ihren langen Wimpern, sehe jedoch nicht hin, um mich zu überzeugen. Es ist mir egal. Ihre schlanken Finger erzeugen auf meiner Wange ein kratzendes Geräusch. Ich sollte mich dringend mal wieder rasieren.

Noch immer betrachte ich unseren Neuankömmling. Ihr Blick flattert nervös durch den Raum. Angst trieft förmlich aus ihren Poren. Wahrscheinlich ist sie nicht mal einundzwanzig. Ich sollte sie vor die Tür setzen oder ihren Daddy anrufen und ihm was über seine Sorgfaltspflicht erzählen.

Ich stehe auf. Verlasse den Schutz der Dunkelheit und trete ins Licht. Die Isolierung meines Büros macht das Schnappen nach Luft der beiden Frauen hörbar. Ich kann spüren, wie Shakira sich verspannt. Und dafür hat sie auch allen Grund. Nicht viele Menschen bekommen mich wirklich so nah zu Gesicht. Und wenn, dann bedeutet das für sie meist nichts Gutes.

Die Kleine versucht mich nicht anzusehen, während ich dicht vor sie trete. Ich nehme ihr Kinn zwischen Zeigefinger und Daumen und zwinge sie, meinem Blick zu begegnen. Die kugelrunden braunen Augen bohren sich in meinen Verstand. Ein Gefühl, das ich nicht kenne und auch nicht kennen will.

Ich will dieses Mädchen nicht in meiner Nähe haben. Soll sie zurück in ihren Kindergarten verschwinden. Ich habe genug eigene Sorgen. Mit einem Schnauben lasse ich sie los und gehe zurück zum Schreibtisch.

»Besorg ihr vernünftige Schuhe«, blaffe ich und überrasche höchstwahrscheinlich uns alle drei. Denn eigentlich hatte ich vor, sie zum Teufel zu jagen.

Sie trägt grässliche flache Treter. Meine Mädchen tragen Heels. Alle. Nicht, weil ich ein Fußfetischist bin. Ich stehe auf einiges, aber Füße gehören nicht unbedingt dazu. Eine Frau in hohen Schuhen wirkt selbstbewusster. Präsenter. Sie können den Gästen damit in den Arsch treten, sollten sie sich nicht benehmen.

Ich muss vollkommen den Verstand verloren haben. »Und drei Monate Probezeit«, schiebe ich nach, ohne eine der Frauen einen Blick zu würdigen. Normalerweise handhaben wir das nicht so, aber irgendwas sagt mir, ich bräuchte eine Hintertür, um die Kleine wieder loszuwerden.

Genau wie Simon weiß Shakira, wann unser Gespräch beendet ist. Dennoch steht sie neben meinem Schreibtisch und sieht mich fassungslos an. Sie kennt meine Geheimnisse. Und bewahrt sie. Daher ist ihr klar, wie untypisch ich mich gerade verhalte.

»Geh«, drohe ich, bevor sie es wagt, den Mund aufzumachen.

»Danke«, murmelt meine neueste Angestellte, ehe die Tür die Geräusche der vielen Gäste wieder ausschließt und mich mit meinen Gedanken allein lässt.

Das Velvet zu eröffnen war seinerzeit eigentlich nur ein Schachzug gegen meinen Vater. Ich brauchte einen Unterschlupf in seiner Nähe. Außerdem wollte er das Gelände kaufen und darauf irgendwas bauen, das die Leute glauben lässt, er sei sozial. Aber ich war ihm einen Schritt voraus. So wie meistens. Das ist eines meiner liebsten Hobbys. Aus der Dunkelheit heraus beobachte ich, was er vorhat und grätsche im richtigen Moment dazwischen. Grundsätzlich mit Scheinfirmen oder ich schicke einen aus der Security in meinem Auftrag. Denn keiner weiß, wer ich wirklich bin. Und das soll auch so bleiben. Alexander Edwards, der Sohn des Bürgermeisters, ist vor vielen Jahren gestorben. Und Carlos Alvarez? Er ist nur eine Legende. Ein Mann, der für Gewalt und Grausamkeit bekannt ist.

Einen Club zu führen, schien zuerst ein sicherer

Weg, um Steuern zu sparen und Geschäfte zu führen, die nicht jeder mitbekommen muss. Der Standort war ideal. Genau auf der Grenze zwischen den weißen und den schwarzen Vierteln. Mit allen Mitteln, die ich zur Verfügung hatte, habe ich mir Respekt verschafft. Die Straßen gehören mir und das wissen die Menschen. Sie halten sich an meine Regeln, und ich sorge im Gegenzug dafür, dass Ordnung herrscht und sie sich nicht auf offener Straße abknallen wie die Tiere.

Mittlerweile ist der Club nicht nur meine Haupteinnahmequelle. Er ist auch meine Kommandozentrale. Ich bin eigentlich immer hier. Mittlerweile wohne ich sogar hier. Scheiße, dieser Laden ist mein Zuhause geworden.

LIS

Damals

»Lissy«, quietschte Kims Stimme fröhlich durch die geschlossene Tür. »Lissy hast du meinen …« Im nächsten Moment stand sie auch schon in meinem Zimmer. Mit der Klinke in der Hand hielt sie inne. Unsere Blicke trafen sich. Ich sagte nichts. Blieb stumm. Meine Schwester war erst acht Jahre alt, aber klug genug, um uns nicht beide mit ihrer lauten Stimme ins Verderben zu schicken. Auf leisen Sohlen flitzte sie zurück, schaute einmal den Flur hinab, ehe sie geräuschlos meine Zimmertür schloss.

»Was ist passiert?«, flüsterte sie und die Matratze gab unter ihrem zierlichen Gewicht kaum nach.

Den ganzen Tag war ich den Fragen meiner Freundinnen ausgewichen, denen meine Verletzungen selbstredend nicht entgangen waren. Warum hast du dich so stark geschminkt? Was ist mit deinen Händen? Das sieht ja eklig aus … Sie hatten es nur gut gemeint. Aber es tat weh. Nicht die Schnitte, nicht der Bluterguss. Sondern mein Herz. Alle Anspannung war aus meinem Körper gewichen, nachdem ich mein Zimmer erreicht hatte und es gab kein Halten mehr für die Tränen, die seit vorgestern Abend, dem bisher schlimmsten Abend meines Lebens, meine stetigen Begleiter waren. Ich war so unendlich traurig. So enttäuscht. So zornig.

»Nichts. Mach dir keine Sorgen.« Ich wischte mir mit dem Ärmel übers Gesicht. Nie und nimmer würde ich Kim die Hoffnung zerschmettern, die sie auf eine liebevolle Familie hegte. Es war schlimm genug für uns, mit anzusehen, was zwischen den Erwachsenen abging, aber wir hatten uns immer in Sicherheit gewähnt. Nur wusste ich, dass die Grenze auf die andere Seite viel zu schnell überschritten werden konnte, und was das mit einem machte. Am liebsten wäre ich meinem Dad nie wieder unter die Augen getreten.

»Das ist aber nicht Nichts. Und du weinst.« Sie zog die Knie an ihren Körper und umschlang sie. Ich weinte nicht vor meiner Schwester. Nie.

»Es ist nur ...« Die Lüge blieb mir im Hals stecken. Die Sonne schien zum Fenster herein und ließ die Schneeflocken, die vor der Scheibe tanzten, wie Diamanten aussehen. Ich konnte nicht mit ihr darüber reden. »Sollen wir rüber zum Banktower Hill gehen? Vielleicht kann man schon Schlitten fahren?« Er durfte ihr nicht wehtun. Das würde ich nicht zulassen. Ich musste für uns beide stark sein.

Kim tippte sich mit dem Zeigefinger gegen die Lippe.

»Sicher?«, fragte sie skeptisch durch ihre dichten Wimpern zu mir hochblickend.

»Absolut«, antwortete ich und das Schauspiel fiel mir viel zu leicht. Vielleicht, weil ich selbst einfach gerne unbekümmert Schlitten fahren wollte. Weil ich die Verletzungen vergessen wollte, während ich mit meiner Freundin Shannon und den anderen darüber nachdachte, wen von uns Mitchell Harris am coolsten fand. Weil ich einfach vierzehn sein wollte. Und weil ich stark sein wollte. Für sie. Für meine kleine Schwester, die ich mit allem beschützen würde, was ich hatte.

Heute

»Und das ist ein richtiger Club?« Kim räkelt sich auf der Decke und streckt ein Bein hoch in die Luft. Die Sonne schafft es nicht durch die Blätter der Bäume und dennoch ist es unangenehm heiß. Der kleine Bach, der hinter dem Trailerpark verläuft, ist so gut wie ausgetrocknet und die Wiesen sind spröde und gelblich.

»Was ist denn ein unrichtiger Club?«, frage ich und kullere meinen Neffen zurück auf die Decke. Langsam fängt er an, die Welt zu entdecken und zupft immer wieder an den Grashalmen herum.

»Na ja … du weißt, was ich meine.«

»Eigentlich nicht«, halte ich dagegen. »Es ist halt ein Club. Die Menschen tanzen und feiern und ich gebe ihnen ihre Jacke, sobald sie damit fertig sind.«

Dass sich Frauen in Käfigen räkeln und der Clubbesitzer an den Teufel persönlich erinnert, lasse ich aus. Noch immer läuft mir ein Schauer über den Rücken, wenn ich an unsere gestrige Begegnung denke. Wie er da saß in diesem skurrilen Büro. In einer dunklen Ecke, sodass er nicht zu erkennen war. Das hätte mir eine Riesenangst einjagen sollen. Trotzdem konnte ich meinen Blick nicht von ihm nehmen. Halleluja. Und dann steht er auf und das Licht der Lampe beleuchtet sein Gesicht wie ein Heiligenschein. Dieser Gedanke ist lächerlich, denn es befindet sich mit Sicherheit nichts auch nur annähernd Heiliges in seiner Nähe. Er ist wie die Dunkelheit. Gefährlich. Ein Kerl, bei dem man die Straßenseite wechselt. Es würde mich nicht wundern, sollte unter seinem Schreibtisch eine Pistole kleben und er mindestens ein Messer in seiner Hose versteckt haben. Alice sollte recht behalten. Das Velvet ist kein Ort für mich. Doch ich habe keine Wahl. So dankbar ich auch für diese Chance bin, ich wünschte mir, ich hätte einen anderen Job gefunden. Etwas Seriöses. Seit Jahren versuche ich, uns aus diesem Sumpf herauszubekommen und ich befürchte, in diesem Club zu arbeiten, für einen Kerl wie ihn, wirft mich dabei eher zurück.

Ich bin nicht dumm genug zu glauben, dass dort keinerlei krumme Dinger gedreht werden. Die Mädchen, die sich den Männern an die Hälse werfen, von normalen Gästen zu unterscheiden, gelingt sogar mir. Auch, wenn das Detroiter Nachtleben bislang nicht unbedingt mein Metier war. Der teuflische Boss wird wohl nicht zum Schreiben der Gehaltsabrechnungen ein schalldichtes, doppelt gesichertes Büro brauchen.

Sicher, es wäre eine Lüge zu behaupten, sein Aussehen hätte mich nicht fasziniert. Ich gehe davon aus, es gibt auf dieser Welt kein weibliches Wesen mit funktionierenden Hormonen, das von einem Mann wie ihm nicht angetörnt wäre. Allein seine riesige Statur. Am meisten allerdings haben mich seine Augen umgehauen. Sie leuchteten wie Saphire. Ungeschliffene, rohe Saphire. Dazu die olivbraune Haut und die dunklen wilden Haare, die in einem Dutt tief an seinem Hinterkopf steckten. Er ist ein Mann, von dessen Optik die Frauen träumen.

Doch sein gutes Aussehen schützt ihn nicht vor dem Eindruck, den er bei mir hinterlassen hat. Die Herrschsucht, mit der er gesprochen hat. Ob ich es zugeben will oder nicht – ich habe richtig Schiss vor meinem neuen Boss.

All das erzähle ich meiner kleinen Schwester nicht. Wir haben so gut wie keine Geheimnisse voreinander. Aber ich bin nun mal auch so etwas wie eine Mutter für sie und da gibt es Dinge, die man besser für sich behält. Auch, dass ich an der Bar arbeiten werde, habe ich Kim bewusst verschwiegen. Sie soll sich keine Sorgen machen. Ein Job hinter der verglasten Garderobe klingt annehmbarer und ich weiß, dass sie so ruhiger schläft.

Sie rollt sich auf den Bauch und beginnt ebenfalls, mit den Grashalmen zu spielen.

»Was?«, frage ich. Ich kenne diesen Gesichtsausdruck. Kim trägt ihre Gedanken offen zur Schau. Sie hat kein Pokerface. Nicht so wie Mom und ich.

»Ich könnte das auch machen.« Aus dem Augenwinkel sieht sie kurz zu mir, ehe sie sich wieder der Wiese widmet.

»Mach dich nicht lächerlich, Kimi.« Ich setze mich auf und umschließe Luca mit meinen schlanken Beinen. Er quietscht vergnügt auf, während ich ihm immer wieder die Zunge rausstrecke. »Du trägst fleißig weiter die Zeitungen aus. Nächsten Monat fängt die Schule wieder an. Sei froh, dass du überhaupt einen Platz bekommen hast. Dann machst du deinen Abschluss. Und danach sehen wir weiter.«

An ihrem Rücken erkenne ich deutlich den tiefen Seufzer.

»Und was ist mit dir?«, fragt sie und ich kann hören, wie ihre Stimme zittert.

»Mir geht es gut.« Ich streichele ihr einmal über die Wirbelsäule. »Ich freue mich auf den neuen Job. Wirklich«, lüge ich. Sie dreht sich zu mir, wir sehen uns kurz an und ich gebe ihr einen Klaps auf den Po. »Und wer weiß, vielleicht schleppe ich einen attraktiven Barkeeper ab.«

»Hast du schon einen gesehen?«, fragt sie und springt auf die Knie. Obwohl sie bereits Mutter ist – wenn es um Jungs geht, merke ich, dass meine Schwester erst achtzehn ist. Und diese Erkenntnis tut mir jedes Mal weh. Ihre wilden Jahre sollte sie unbekümmert mit ihren Freundinnen verbringen und mit pickeligen Jungs knutschen, die keine Ahnung haben, was sie tun. Und nicht mit ihrem Sohn und der Schwester in einem Trailer hausen.

»Vielleicht«, flöte ich. Ich denke dabei an Bill von der Bar. Er würde Kim gewiss gefallen. Blonde Locken. Das typische California Rich Kid–Gesicht. Sie ist jung genug, um sich von einem schneeweißen Lächeln blenden zu lassen. Ich lasse mich auf den Rücken gleiten und kneife die Augen zu, als sich die Sonne durch das dichte Blätterdach schleicht. Manchmal wünschte ich, ich wäre nochmal achtzehn. Auch wenn das keine einfache Zeit war, zumindest war ich noch naiv genug, um geblendet zu werden.

∞

Es ist immer das Gleiche. Kann man etwas nicht erwarten, dauert es ewig. Will man sich lieber vor einer Situation drücken, kommt sie angerauscht wie ein verdammter Tsunami.

So ist der Tag wie im Flug vergangen und ich fühle mich wie in einer Zeitschleife steckend, als ich um zehn Uhr vor dem Velvet stehe. Im Gegensatz zu gestern stehen außer meinem Buick nur vereinzelt Autos auf dem riesigen Parkplatz. Es ist verhältnismäßig früh. Und ich trage ein Paar High Heels, die Pam mir geliehen hat. Meine Füße brennen schon jetzt. Da kann man sie ja gleich in Salzsäure legen. Zum gefühlt hundertsten Mal schüttele ich den Kopf. »All unsere Mädchen tragen hohe Schuhe«, äffe ich Shakira nach und habe gleich ein schlechtes Gewissen. Sie war nett zu mir. Es gibt keinen Grund, meinen Frust an ihr auszulassen. Allerdings ist die Nummer mit den Schuhen einfach lächerlich.

Im Rückspiegel checke ich meine Frisur. Kim hat meine Haare mit Gel gestylt und mir ein filmreifes Makeup verpasst. Ich sehe fremd aus. Auf gute Art und Weise.

Es gibt keinen Grund, heute zum Eingang zu rennen, zumal das mit diesen Schuhen überhaupt nicht machbar wäre. Die Beleuchtung rund um die Tür strahlt schon. Nur die großen Bodenfluter, die später in der Nacht Licht in den Himmel schicken, sind noch dunkel.

Als ich vor sieben Monaten in der Kanzlei von Phils Dad angefangen habe, hätte ich nicht stolzer sein können. Hand in Hand sind wir in jedes Büro gegangen und er hat seine neue Freundin vorgestellt. Ich erinnere mich gut, wie glücklich ich an diesem Tag war.

Heute bin ich so nervös, dass mir die Spaghetti mit Tomatensoße vom Mittag gefühlt immer noch im Hals stecken. Wie aus dem Nichts taucht ein großer dunkelhäutiger Mann vor mir auf und versperrt den Weg. Einzig das Velvetshirt, was er trägt, hält mich davon ab, ihm vor Nervosität auf die Schuhe zu kotzen.

»Zwanzig Dollar«, brummt er und sein Gesicht wirkt so starr, als sei es in Zement gemeißelt. Nicht schon wieder.

»Ähm ... hi«, stammele ich. Ich erkenne, dass es der gleiche Kerl wie gestern Abend ist. »Ich arbeite ab heute hier.«

»Zwanzig Dollar«, wiederholt er und verschränkt die Arme vor der Brust.

»Müssen Angestellte Eintritt bezahlen?« Ich knibbele an meiner Nagelhaut und sehe mich um. Es ist niemand zu sehen außer ihm und mir.

»Zwanzig Dollar«, wiederholt er, aber bei der letzten Silbe kippt seine Stimme und er bricht in schallendes Gelächter aus.

»Ähm.« Ich weiß nicht, was ich sagen soll, während er seine riesige Hand auf die Brust legt und sich kaputtlacht.

»War nur ein Scherz«, bringt er atemlos hervor. Seine riesigen Füße stampfen bei jedem Lacher kräftig auf.

Ich starre den dunklen Riesen nach wie vor an. Es will einfach kein Lachen aus meiner Kehle kommen.

»Sorry.« Er räuspert sich und hat Mühe, ernst zu werden. »Aber du hättest dein Gesicht sehen sollen.«

Mit aller Muskelkraft schiebe ich meine Mundwinkel ein Stück nach oben. Ein wirklich toller Start.

»Willkommen an Bord. Ich bin Mike.«

»Lis«, sage ich und nehme seine Hand, die er mir hinhält. Meine verschwindet vollständig in seiner riesigen Pranke.

»Hi, Lis. Wenn du Ärger hast, schrei nach Onkel Mike.« Er zieht mich etwas näher an sich. »Ich rette dich.« Seine Lippen teilen sich und er strahlt über das ganze Gesicht. Ich bin viel zu baff, um irgendwie reagieren zu können.

»Ich soll dir von Shaki ausrichten, dass sie heute nicht da ist. Michelle wird dir alles zeigen.«

»Okay«, murmele ich. Keine Ahnung, was ich sonst sagen sollte.

Mike hält mir die Tür auf und nickt mir lächelnd zu. Entweder ist er geisteskrank oder ein echt toller Kerl. Ich bin nicht ganz sicher. Das werde ich wohl später entscheiden.

Jetzt wische ich mir die feuchten Hände an der Jeans ab und trete in den Club. Es ist bereits dunkel, nur ein paar lila Strahler erhellen die Theke und die Tanzfläche.

Dieses Gefühl, irgendwo die Neue zu sein, ist einfach nur scheiße. Hinter der Theke entdecke ich Bill, den Barkeeper vom Vorabend, davor sitzen ein paar Mädchen. Eine von ihnen raucht eine Zigarette. Sie unterhalten sich wild durcheinander und ich trete langsam ein paar Schritte näher.

»Bist du Lisa?«

»Lis«, korrigiere ich. Die Frau mit der Zigarette hat sich auf ihrem Hocker umgedreht und taxiert mich von oben bis unten.

»Auch gut«, knurrt sie und lässt sich dabei auf die Füße gleiten. Mit ihren roten Lack Heels ist sie ungefähr genauso groß wie ich, aber sie hat Kurven genau dort, wo sie hingehören und eine traumhafte braune Mähne, die in Wellen über ihren Rücken fließt.

»Bist du Michelle?«, frage ich und sehe zwischen ihr und den anderen hin und her.

»Schnellmerker, he?«, mault sie und zeigt mir

mit einem Nicken, dass ich ihr folgen soll. All meine Hoffnung, dass es vielleicht gar nicht so übel wird, verdünnisiert sich langsam, während ich mit wackeligen Beinen in einen großen Raum neben Shakiras Büro hinter ihr herdackele. Hier gibt es Spinde wie in der Highschool. Alles ist steril gefliest und erinnert bis auf eine Sitzgruppe in einer Ecke an die Umkleiden einer Schwimmhalle.

»Hier ist dein Spind. Zwei Shirts. Eins zum Wechseln. Dreckige Klamotten bringen Ärger. Zieh dich um«, fordert sie und lehnt sich mit der Hüfte gegen die Schränke.

»Äh … jetzt?«, frage ich unnötigerweise und blicke mich nach einer Kabine um.

»Ne, morgen«, faucht sie und tippt mit ihren langen künstlichen Nägeln auf das Metall.

Wie gerne möchte ich Pams bescheuerten Schuhe nach ihr werfen, mich in mein Auto setzen und zurück nach Hause fahren. Ich atme einmal tief durch. Ich brauche diesen Job.

»Nun mach schon«, meckert sie mich an und ich zögere nicht länger. Ziehe mein Shirt über den Kopf und lege es behutsam in den Schrank, den sie mir zugeteilt hat. Dabei lasse ich sie nicht aus den Augen und funkele sie böse an, weil diese dämliche Ziege ihren abwertenden Blick über meinen Blumen-BH wandern lässt.

In meiner Traumvorstellung war mein neuer Job einfach nur toll. Ich lernte neue Leute kennen, servierte coole Drinks zu hipper Musik und brachte eine Menge Geld mit nach Hause. Die Horrorvorstellung von der Arbeit im Velvet ist ebenfalls den ganzen Tag in meinem Kopf rumgespukt. Darin kamen mir betrunkene Männer viel näher, als ich es aushielt. Ich verlor den Überblick und war mit dem, was mir aufgetragen wurde, vollkommen überfordert.

Das alles war allerdings ein Witz im Vergleich zur Realität.

Die letzten Stunden habe ich hinter der Theke gestanden und im Grunde genommen bestand alles, was ich getan habe, darin, irgendwem im Weg zu sein. Sobald ich auch nur ein Glas angerührt habe, hat Michelle mich wütend angefunkelt. Sie ist ätzend. So richtig ätzend. Sie bringt mich dazu, dass der Kloß in meinem Hals minütlich dicker wird. Und ich habe wirklich versucht zu helfen, oder meine Qualitäten irgendwie unter Beweis zu stellen.

»Bill«, ruft einer der Security über die Menge hinweg. Ich hätte nie gedacht, dass an einem Donnerstagabend so viel los sein könnte. »Ein Idiot hat in den Eingang gekotzt. Sagst du Beth Bescheid?« Soweit ich mitbekommen habe, ist Beth die Toilettenfrau. Wahrscheinlich die einzige in dem ganzen Laden, deren Job noch beschissener ist als meiner. Im wahrsten Sinne des Wortes.

Michelles Gesicht verzieht sich zu einem fiesen

Lächeln und eigentlich hätte mir in diesem Moment klar sein sollen, was kommt.

»Lass mal«, schreit sie in Bills Richtung. Währenddessen serviert sie einem Kerl mit Iro-Haarschnitt und zerrissenem T-Shirt zwei Biere, und streicht sie auf seiner Verzehrkarte ab. »Das kann Lisa machen, dann hat sie endlich was Sinnvolles zu tun.« Ich habe schon vor Stunden aufgegeben, meinen Namen zu korrigieren. Uns beiden ist klar, dass sie genau weiß, wie ich heiße.

Mit offenem Mund starre ich sie an. Offenbar stehe ich in der Rangordnung unter Beth.

»Nun mach schon. Je länger du wartest, desto mehr Leute werden durchlatschen. Sowas sieht der Chef nicht gerne.«

Meine Hand zu einer Faust geballt möchte ich ihr am liebsten ihren dämlichen goldenen Stecker aus der Nase boxen.

»Na das wollen wir ja nicht«, gebe ich falsch zurück. Sie kann mich mal! Und er auch! Welcher Mensch unterhält einen solchen Club? In dem Mädchen in Käfigen tanzen und neues Personal behandelt wird wie Dreck. Ich hasse ihn. Er ist mindestens genauso ätzend wie Michelle. Bestimmt hat er ihr sogar befohlen, fies zu mir zu sein, nur um mich auf die Probe zu stellen. Aber dass ich aufgebe, das können sie vergessen. Alle. »Ich mache mich gerne nützlich«, flöte ich deshalb, so laut es meine falsche Stimme zulässt. »Ich bin immer froh, wenn ich helfen kann.« Ich schenke meiner Sklaventreiberin das scheinheiligste Lächeln aller Zeiten.

Ich straffe die Schultern und gehe, so graziös es Pams High Heels zulassen, an der zickigen Brünetten vorbei. Mit einem fetten Grinsen im Gesicht. Wenn sie denkt, dass ein bisschen Erbrochenes mich unterkriegt, dann hat sie sich aber getäuscht. Ich habe schon ganz anderes überstanden.

CARLOS

Damals

»Und das Wasser ist so klar, dass man die bunten Fische sehen kann?« Meine Mamá zog mich ein bisschen enger an sich und schob mir die Decke bis zum Hals.

»Und Delfine auch?« Sally war an mein Fußende geklettert. Sie liebte die Geschichten über Costa Rica genauso wie ich. Noch immer sah sie mich mit gerümpfter Nase an. Als hätte ich eine ansteckende Krankheit oder so.

»Ja klar, auch Delfine. Man kann sogar Wale sehen, sofern man weiß, in welcher Bucht man suchen muss. Und dafür braucht man Geduld.«

Mamás warme Hand auf meiner kalten Stirn tat gut. Sie strich immer wieder durch meine Locken und langsam aber sicher hörten meine Knie auf zu zittern. In Momenten wie diesen, in denen wir drei gemeinsam in einem Bett lagen, war die Welt in Ordnung. Mehr brauchte ich nicht.

»Abends, wenn der Wind lau über den Strand weht,

dann geht eure Nana gern spazieren. Sie sammelt jeden Tag Muscheln und Treibholz und verteilt es in ihrem Vorgarten zwischen den Kakteen.«

»Ich möchte wirklich gerne nach Costa Rica, Mamá.« Sobald Vater nicht in der Nähe war, sprach ich mein ›Mamá‹ besonders spanisch aus.

»Ach mi querido niño«, küsste sie auf meinen Kopf. »Dort würde es dir gefallen.«

»Alex kann gar nicht richtig Spanisch«, mischte Sally sich ein und verdarb mir meine Vorstellung.

»Kann ich wohl. Und nenn mich nicht immer so.« Ich hasste meinen Namen. Alexander. Ich war kein Alexander. Die Jungs aus meiner Schule mit den blonden Haaren und den dünnen Ärmchen waren Alexanders. Ich nicht. Meine Mutter wollte mich nach meinem Großvater benennen. Alejandro. Papá hätte jedoch nie zugelassen, seinem Sohn einen spanischen Namen zu geben.

»Aber so heißt du doch.«

»Na und? Ich will aber nicht so heißen.«

»Wie würdest du gerne heißen, Liebling?«

»Carlos«, antwortete ich, ohne zu zögern. Ich hatte etwas über einen Fischer aus Kuba im Fernseher gesehen. Dieser Mann war bestimmt zwei Meter groß und seine Zunge schnalzte beim Sprechen, wenn er so schnell Spanisch sprach, dass ich kein Wort verstand. Er hatte mich fasziniert.

»Carlos«, wiederholte meine kleine Schwester und kicherte. »Das finde ich witzig. Wie Carlos der kleine Tiger.«

»Du bist so ein Baby«, zischte ich. Sally war viel zu alt für die Sendung von Carlos dem kleinen Tiger.

»Wenn Alex ab heute Carlos heißt, will ich auch einen neuen Namen.«

»Ja?«, fragte Mamá und strich ihr über das speckige Gesicht. »Und wie würdest du gerne heißen, Princesa?«

»Hm«, sie tippte sich mit dem Zeigefinger gegen die Lippen. »Mir fällt nichts ein«, jammerte sie schließlich und ihre Mundwinkel fielen nach unten. Ich sag ja, sie war ein Baby.

»Wie wäre es mit Esmeralda?«

Jetzt war ich derjenige, der kicherte.

»Warum denn Esmeralda?«, fragte meine kleine Schwester und sah Mamá mit großen Augen an.

»Esmeralda bedeutet im spanischen so viel wie Smaragd.«

»Was ist Smagt?« Ich lachte noch etwas lauter.

»Smaragd«, korrigierte ich sie. »Das ist ein grüner Edelstein.«

In Zeitlupe sah sie an sich herunter. »So wie mein Kleid«, stieß sie quietschend aus und stellte sich auf mein Bett, damit der grüne Samtstoff ihr über die Beine fallen konnte.

»Ganz genau. Und in der Geschichte vom Glöckner von Notre Dame ist Esmeralda eine hübsche Frau, die allen Männern den Kopf verdreht. So wie du es eines Tages machen wirst.«

»Dann heißen wir von heute an Carlos und Esmeralda Alvarez.« Alvarez war der Mädchenname meiner Mutter. Er gefiel mir viel besser als Edwards.

»Lass das nicht deinen Dad hören«, warnte Mamá, lachte aber dabei.

»Und wenn wir in Costa Rica sind, denken alle, dass

wir dort wohnen«, fügte ich unserem Plan hinzu. Sally, oder vielmehr Esmeralda, ließ sich strahlend neben mich plumpsen.

»Ich wünschte, wir könnten …«

Das Knarzen meiner Zimmertür ließ mich erstarren. Es war nach zehn. Maria hatte längst Feierabend und so versteckte ich mein Gesicht schnell an der Brust meiner Mamá. Sie roch nach Blumen und Zitrone. Der weiche Stoff ihres Kleides kitzelte mich an der Nase, aber ich hielt ganz still. Vorbei waren unsere Träume.

»Rahel. Es ist spät. Was zur Hölle soll das hier werden?«

»Wir haben nur ein bisschen geredet. Alex ist immer noch so übel.«

»Wir haben Gäste«, knurrte mein Vater und ich spürte, wie meine kleine Schwester sich dicht an mich kuschelte. Esmeralda. Unter der Decke ergriff ich ihre Hand und drückte sie fest.

»Daniel, bitte«, flehte meine Mamá.

»Es wird Zeit, dass der Bengel lernt, sich zu benehmen. Er ist alt genug, für seine Fehler gerade zu stehen. Und jetzt will ich, dass du deine verdammte Pflicht erfüllst.«

Ich hoffte so sehr, das Schließen der Tür zu hören, aber es kam nicht.

»Ruh dich ein bisschen aus. Ich sehe später nochmal nach dir.« Mamá flüsterte ihre Worte zusammen mit einem Kuss auf meine Schläfe. Ich wollte sie an mich drücken, sie anflehen, nicht zu gehen, aber ich wusste, dass mir das nur Ärger einbringen würde. Im Augenwinkel sah ich, wie sie ihre Schuhe von meinem blauen Teppich

hob und mit gesenktem Kopf an unserem Vater vorbeiging. Die Stille, die dann entstand, brachte mich beinahe dazu, mich schon wieder zu übergeben.

»Du kannst mit mir über Costa Rica reden.« Meine kleine Schwester steckte ihre zarten Beine unter meine Decke. Wir lagen auf der Seite und sahen uns an. Sie hatte ihre kleinen Hände unter dem Kopf gefaltet. Dafür, dass sie letzte Woche sechs geworden war, wirkte sie wie eine winzige Puppe. »Carlos«, flüsterte sie nach einer Zeit. Ihre braunen Kulleraugen sahen im Vergleich zum Rest riesig aus.

»Ja«, hauchte ich zurück.

»Tut mir leid, dass ich gelacht habe.«

Wahrscheinlich hätte ich es auch ohne die extra Portion Auberginen nicht bis zum Dessert geschafft, ohne mich zu übergeben.

»Entschuldigung angenommen.« Aus dem hinteren Teil des Hauses klangen lachende Stimmen in unser Zimmer. Aber hier bei uns war es ganz ruhig. »Ich nenne dich ab heute Esmi. Eine Abkürzung von Esmeralda.«

Ich zog die Decke etwas weiter über unsere Köpfe und drückte ihre Hand noch fester.

»Das würde mir gefallen.«

Wir flüsterten leise. Eingeschlossen in unsere kleine Blase voller Hoffnung.

»Eines Tages fahren wir zusammen nach Costa Rica. Ohne Papá. Nur du, ich und Mamá. Und dann sehen wir uns die Wale und Delfine an.«

»Versprochen?« Trotz der Dunkelheit konnte ich spüren, dass sie lächelte.

»Versprochen«, flüsterte ich und schwor mir, eines

Tages würden meine kleine Schwester und ich den Delfinen dabei zusehen, wie sie im Meer auf- und absprangen.

Heute

Drei Nächte. Drei verdammte Nächte verbringe ich mittlerweile in meinem Club und sehe dabei zu, wie meine langjährige Mitarbeiterin die Neue quält. Nicht, dass es mir etwas ausmacht zu sehen, wenn Menschen gequält werden. Normalerweise bin ich nie in meinem Club. Jedenfalls nicht, solange es sich vermeiden lässt. Am ersten Abend der Neuen habe ich sie über die Überwachungskameras beobachtet. Dabei zugesehen, wie sie sich im Umkleideraum geziert hat, sich vor Michelle auszuziehen.

Natürlich sind alle Bereiche des Clubs videoüberwacht. Jeder noch so kleinste Winkel lässt sich auf meinen Bildschirmen anzeigen. Nur ganze zwei Stunden habe ich es ausgehalten, bis ich beschloss, aus meiner Deckung zu kriechen und mich an die Theke zu setzen. Und hier sitze ich seit drei Nächten und bin richtig abgefuckt.

Seit nun fünf Jahren schaffe ich es, mich unter dem Radar zu bewegen. Keiner weiß, wer ich wirklich bin. Das hat bislang nur funktioniert, weil ich mich zurückgehalten habe. Ich bin der Mann im Hintergrund. Der Schatten, dem niemand begegnen will. Ich vermeide es, im Club gesehen zu werden, so gut es geht. Nur Gott allein weiß, warum ich also hier sitze.

Ich habe nicht geschlafen und bin so gereizt, dass man es mir höchstwahrscheinlich aus der Ferne ansieht, denn es spricht mich niemand an. So lebensmüde ist kaum jemand von meinen Leuten und die Gäste kommen erst gar nicht so weit.

»Also, Großer. Willst du mir langsam erzählen, was du hier tust, oder schmollst du weiter und erleidest schon bald einen Koffeinschock?«

Kaum jemand. Außer Shakira. Wir kennen uns schon ewig. Sie weiß viel über mich. Mehr als jeder andere Mensch auf der Welt. Sie ist meine rechte Hand. Meine Beraterin. Meine Freundin. Sie genießt mein Vertrauen, was nicht viele Menschen von sich behaupten können.

»Komisch, ich dachte irgendwie, ich wäre der Chef von dem Laden.«

Ich schneide eine Grimasse, was Shakira zum Lachen bringt. Sie schiebt sich neben mich auf die lederbezogene Sitzbank und nimmt einen Schluck von meinem Kaffee. Ihre zusammengepressten Lippen beweisen, dass er viel zu stark für sie ist. Die Musik hallt laut in unseren Ohren und das Lichterspektakel taucht ihre Haut in verschiedene Farben.

»Und, Chef? Wen observierst du hier seit Nächten? Oder was habe ich verpasst? Wie lange ist es her, dass du dich unters Volk gemischt hast? Zwei Monate? Drei?«

Meine Leute sind es nicht gewohnt, mich so häufig zu Gesicht zu bekommen. Die Gefahr, mein

Vater könnte herausfinden, dass ich mich in Detroit aufhalte, ist zu groß. Denn das würde alles zerstören. Bislang hat er keine Ahnung, gegen wen er ständig zu kämpfen hat. Und das soll auch so bleiben. Dafür habe ich gesorgt. Denn für ihn unsichtbar zu sein, ist bislang mein einziger Vorteil. Und jetzt sitzt der große Herrscher wie ein Vollidiot in seinem überfüllten Club und lässt sich angaffen wie ein Affe im Zoo. Ich vertraue darauf, dass Serge die Lage im Griff hat. Mein persönlicher Leibwächter weiß, auf welche Gäste er achten muss. Seine Loyalität ist mir sicher. Er würde sein Leben für mich geben. Das weiß ich.

»Geh mir nicht auf die Nerven, Shaki«, knurre ich und beobachte, wie Michelle Lis zur Seite schubst, die zum hundertsten Mal versucht, eine Bestellung aufzunehmen. Sie macht das clever. Michelle, meine ich. Sie schafft es, Lis faul und unnütz dastehen zu lassen. Ganz gleich, wie sehr sie sich bemüht. Das bringt ihr nicht gerade Sympathiepunkte bei den durstigen Gästen.

»Das neue Mädchen bringt's nicht, he?«, seufzt meine Sitznachbarin und reibt sich die Schläfen.

Es sind mittlerweile nur noch vereinzelt Menschen auf der Tanzfläche und Sam fährt langsam die Lautstärke runter. Für eine Sonntagnacht war verdammt viel los, aber draußen geht sicher schon die Sonne auf und langsam wird es Zeit, dicht zu machen. Die Feierwütigen, die sich in den Ecken herumdrücken, schrauben nicht mehr an den

Einnahmen. Die meisten sind so besoffen, dass sie kaum geradeaus laufen können.

»Ich bin nicht sicher«, brumme ich vor mich hin. Dabei streiche ich über das glatt rasierte Kinn. Natürlich bin ich sicher, dass Michelle diejenige ist, die hier nichts taugt, aber das werde ich Shakira nicht auf die Nase binden. Noch nicht zumindest. In der ersten Nacht, in der Lis hier gearbeitet hat, konnte ich einfach nicht gehen, bevor sie den Club verlassen hat. Zuerst dachte ich, es läge an der sexy Jeans und den schwarz geschminkten Augen. Doch da ist etwas Anderes an ihr, was mich fasziniert. Ich kann unmöglich sagen, was es ist. Sie hat keinen einzigen Gast bedient, zuckt jedes Mal zusammen, wenn sie von einem Kerl angesprochen wird, und in ihren Augen brodeln Sorgen. Sie hat Angst. Und ich will wissen, wovor. Ein toller Grund, drei Nächte hier zu hocken wie ein Spinner, mich Detroit auf dem Silbertablett zu präsentieren und sie zu stalken wie ein Psychopath.

»Ich denke, ich werd sie wieder feuern, sobald ich Ersatz habe.«

Mein Blick wandert zurück zu Lis. Wie ein Magnet zieht sie meine Blicke immer wieder an. Es ist die Verbissenheit, mit der sie jeder Demütigung trotzt. Wie sie jeden Abend mit einem Lächeln im Gesicht erscheint und die Hiebe, die dieses Flittchen ihr erteilt, einsteckt. Sie wehrt sich mit keinem Wort.

Die Frage ist, was zur Hölle sie hier will? Warum lässt ein junges, halbwegs intelligentes Mädchen so etwas über sich ergehen? Da liegt etwas in ihrem Ausdruck, das mir keine Ruhe lässt.

Wenn sich unsere Blicke im Vorbeigehen begegnen, hält mich etwas davon ab, einfach zurück in den Schutz der Dunkelheit zu kriechen. Jede Nacht warte ich auf meinem Platz, bis sie Feierabend macht. Später als alle anderen. Denn Michelle lässt sie sämtliche Aufräumarbeiten allein erledigen.

Sie spricht kein Wort. Auch nicht, wenn wir zwei die letzten im Club sind. Jeden Morgen, nachdem sie alles erledigt hat, nickt sie mir mit einem schmalen Lächeln zu und geht. Dann, nachdem alle in ihre Betten gefallen sind, gehe ich bei Macy's an der Ecke frühstücken, trinke einen Espresso und starte das Tagesgeschäft. Rechnungen schreiben. Mitarbeiter bezahlen. Und da wären noch meine Immobiliengeschäfte. Mittlerweile gehört mir in Detroit mehr, als man an zwei Händen zählen kann. Das ist gut. Aber es bedeutet neben der gewonnenen Kontrolle leider auch eine Menge Arbeit.

Shakira plappert mir irgendwas ins Ohr, wann unser Getränkelieferant kommt, und warum wir mehr darauf achten müssen, was er macht, weil er sich anscheinend an den Bestellungen bedient.

Aber ich taxiere ausschließlich Lis, wie sie die Zähne aufeinanderbeißt und auf die Knie geht, um Scherben aufzusammeln, die nicht von ihr stammen. Meine Augen beobachten jede ihrer Bewegungen. Mein Geist beschäftigt sich nur mit der Frage, warum sie sich das antut. Sie gehört hier nicht her. Andererseits – wer bin ich, das zu entscheiden?

Michelle sieht sich einmal um, ich verstecke mein Gesicht kurz hinter den Händen, damit ihr nicht auffällt, dass ich sie und Lis beobachte.

Ein fieses Grinsen legt sich auf ihren Botoxmund und ich schnappe nach Luft. Dieses durchtriebene Luder kippt ein großes Glas Kirschlikör über Lis, die nach wie vor auf dem Boden kauert. Sie hält kurz inne, kommt dann aber mit trägen Bewegungen auf die Beine, während sich die Flüssigkeit über ihren Rücken ausbreitet. Die Musik ist zu laut, ich kann nicht hören, was diese dreckige Fotze ihr vorlügt. Sicher heuchelt sie Entschuldigungen. Was für ein Miststück. Ich nehme die Hände runter und warte, bis sie in meine Richtung sieht. Denn das tut sie ungefähr alle dreißig Sekunden, seit ich sie vor vier Wochen für einen Blowjob in mein Büro geholt habe. Definitiv einer der Top Five auf meiner Liste an Fehlern für dieses Jahr. Die Nummer war es nicht wert. Kein bisschen.

Das Gesicht von ihren langen braunen Wellen eingerahmt, lächelt sie mich engelsgleich an. Wenn ich auf dieser Welt eins nicht ausstehen kann, dann ist es Heuchelei. Heuchelei und Lügen. Meine persönlichen Todsünden. Deshalb starre ich sie unverblümt finster an. Am liebsten würde ich mit den Zähnen fletschen wie ein Wolf, werde jedoch vorher abgelenkt, weil ich im Augenwinkel bemerke, wie Lis den Flur zum Personalraum betritt.

»Du entschuldigst mich?«, frage ich Shakira und fordere sie auf, mich rauszulassen. Ihr Blick zuckt zu

Michelle, zu mir und dann in den langen Flur, der für Gäste gesperrt ist.

»Ähm«, stottert sie, hebt ihren Hintern aber geschmeidig wie eine Raubkatze von der Bank.

»Spar's dir«, knurre ich. Schon vor langer Zeit musste sie sich daran gewöhnen, dass ich tue und lasse, wonach mir der Sinn steht und ich darauf verzichten kann, dass das irgendjemand kommentiert. In der Regel hält sie sich daran. Ich streife ihre Schulter und lege kurz meine Hand auf ihre nackte Haut. Shakira verdankt mir ihr Leben. Alles, was ich dafür fordere, ist ihre Loyalität.

Die Tür vom Personalraum ist nur angelehnt und es gelingt mir geräuschlos, mich an die Spindreihe zu lehnen, von der ich ein leises Schluchzen ausmache.

»Warum wehrst du dich nicht?«

Mit einem lauten Keuchen fährt Lis herum und hält sich das versaute Velvet-Polo vor den Oberkörper. Ich verschränke die Arme vor der Brust und bemühe mich nicht mal, ihr ins Gesicht zu sehen. Ihre Beine sind endlos lang in den engen Jeans. Dadurch, dass sie das Shirt über den Kopf gezogen hat, stehen die kurzen Haare in ihrem Nacken etwas ab.

»Was?«, flüstert sie. Ihre Stimme ist hauchzart. Ein winziges Pflänzchen, das beim ersten Sturm aus der Erde gerissen wird.

Ich lege den Kopf schief, warte auf ihre Antwort. Doch es kommt nichts. Sie kann mir nicht mal in die Augen sehen.

»Zieh dich an, du hast für heute Feierabend.« Ich

drücke mich von den Metallschränken ab und gehe zurück zur Tür.

»Ich ...«, haucht sie und ich verharre mit der Hand auf der Türklinke. Durch den Spalt erklingen die letzten Takte eines ruhigen Songs. Ein klassischer Rausschmeißer. Ich warte.

»Es tut mir leid«, schiebt sie flüsternd hinterher. Die Tür knallt ins Schloss. Die vier Schritte bis zu ihr reichen nicht aus, um mich ansatzweise zu beruhigen.

»Denkst du, es ist deine Schuld?«, blaffe ich sie an und sie zuckt zusammen.

Ich habe keine Ahnung, was dieses Mädchen mit mir anstellt, aber das hier bin nicht ich. Ich kümmere mich nicht um Personal. Nie. Nicht so jedenfalls. Sicher, ich bezahle Kautionen, wenn wieder mal einer aus meiner Security hinter Gitter kommt. Ich schicke Mädchen in den Entzug, die in den Drogensumpf Detroits abrutschen. Und ich feuere die Leute, die mir auf den Sack gehen. Aber ich bin kein verfluchter Psychologe. Und schon gar nicht der edle Ritter, der weinende Mädchen tröstet. Ich bin nicht der Boss, an dessen Schulter man sich ausheult. Mich in die Belange unserer Mitarbeiter einzumischen, ist nicht meine Aufgabe. Es ist mir egal, ob sich die Frauen die Augen auskratzen. Solange sie mich dabei in Ruhe lassen. Bisher war das jedenfalls so.

Ob es nur daran liegt, dass sie mich an meine Schwester erinnert? Weil ihre Augen im gleichen warmen Braunton schimmern wie Esmis? Die letzten

Jahre habe ich nicht so oft an sie gedacht wie in den vergangenen drei Nächten. Und das bekommt mir nicht. Im Gegenteil. Es zehrt an meinen Nerven und reißt Wunden weiter auf, die selbst nach Jahren qualvoll schmerzen. Dennoch kann ich nichts dagegen tun. Ich verspüre das dringende Bedürfnis, auf dieses unbeholfene Mädchen hinter der Theke aufzupassen.

Lis starrt mich an. Noch immer verdeckt sie mit dem zerknüllten Shirt ihren hässlichen Blümchen-BH. Sie saugt ihre Unterlippe zwischen die Zähne.

Ich reiße ihr das triefende Shirt aus der Hand und werfe es auf den Boden. Dabei zuckt sie zusammen, als hätte ich sie geschlagen.

»Denkst du, es war deine Schuld?«, wiederhole ich. Dieses Mal halte ich mich nicht zurück. Knurre ihr wie ein wilder Wolf mitten ins Gesicht und balle dabei die Hände zu Fäusten. Mit bebenden Schultern sieht sie auf ihre Schuhe. Bleibt stumm.

Ich hasse es. Hasse es so sehr, wenn Frauen sich einem Mann derart unterwerfen und in seiner Gegenwart den Mund nicht aufkriegen. Und ich provoziere es. Immer wieder. Weil ich ein Arschloch bin. Weil ich nicht besser bin.

»Ich wiederhole mich ungern, Princesa«, schleudere ich ihr entgegen und trete demonstrativ einen Schritt näher. Ich kann sehen, wie der Puls in ihrem Hals rast. Sie hat Angst. Und ich hasse mich dafür.

Sie soll den Kopf heben, mich wegschieben, wenn ich ihr zu nahetrete und mich anbrüllen, sobald ich ihr Angst einjage. Ich stemme beide Hände rechts und links von ihr gegen die Schränke. Dabei klirren meine Ringe auf dem kühlen Metall. Warum wehrt sie sich nicht? Wie oft habe ich mir in den vergangenen zweiundsiebzig Stunden diese eine Frage gestellt?

»Ich warte, Chica«, setze ich sie weiter unter Druck und beobachte, wie sich ihre Augen mit Tränen füllen. »Und wage es nicht, mich anzulügen.«

Ein quälend langer Moment vergeht, ehe sie mich endlich ansieht.

»Nein«, keift sie schließlich, reckt den Kopf und fixiert meine Augen. Ihre eigenen sind tränenverhangen.

»Nein was?«, frage ich in normalerem Tonfall und trete einen weiteren Schritt auf sie zu. Ich kann die Wärme ihrer Brüste auf meinem Körper spüren und werde augenblicklich hart.

»Nein, es tut mir nicht leid. Weil es verdammt nochmal nicht meine Schuld ist. Dieses Miststück will mich zum Scheitern bringen. Sie hasst mich, okay? Keine Ahnung, was ich ihr getan habe. Vielleicht, weil mein Hintern hübscher ist als ihrer? Oder weil Mike mir fröhlicher einen guten Abend wünscht? Was weiß ich schon? Wahrscheinlich hat sie was gegen Kurzhaarige oder ist einfach nur eine dämliche Bitch«, schreit sie mir mitten ins Gesicht und ich kann mich kaum beherrschen, sie nicht mit meinem Schwanz gegen den Spind zu drücken, »Fakt ist, sie will mich fallen sehen, aber diesen Gefallen werde ich ihr verdammt nochmal nicht tun. Denn. Ich. Brauche. Diesen. Job.«

Ihr hektischer Atem ist alles, was bleibt und ich kann in Ruhe dabei zusehen, wie ihre Beherrschung zurückkehrt. Sie presst sich mit dem Rücken gegen die Schrankwand und schlägt ihre Hand vor den süßen Mund.

Ich verheimliche mein Grinsen nicht. Lasse genüsslich und in aller Ruhe meine Mundwinkel nach oben wandern. Denn so gefällt sie mir. Und ehe sie ihren wundervollen Ausbruch zurücknehmen kann oder sich womöglich schon wieder für etwas entschuldigt, das keiner Entschuldigung bedarf, nehme ich ihre Hand runter und schiebe meine Zunge in ihren Mund. Sie schmeckt nach Zitrone. Nach Jugend und Sünde. Nach Unschuld und Reinheit. Ich habe so gut wie nie das Bedürfnis verspürt, jemanden zu küssen, doch ihre Lippen fühlen sich verdammt gut an. Meine Hand umklammert ihr Kinn und ich recke ihren Kopf nach oben, um noch tiefer in ihren Mund einzudringen. Ich kann spüren, wie sie sich ganz leicht gegen meine Brust sinken lässt. Fuck. Ich will sie. Will sie ficken, bis sie meinen Namen schreit. Sie dazu bringen, winselnd um mehr zu betteln.

Irgendetwas in mir zwingt mich dazu, mich von ihr zu lösen. Ob es ihre eigene Zurückhaltung ist, oder einfach mein Gewissen? Ich weiß es nicht.

Ihr schockierter Blick bringt mich ein weiteres Mal zum Grinsen. »Geh nach Hause«, sage ich nickend und drehe mich um. Ich brauche dringend

Schlaf. Im Türrahmen halte ich noch einmal inne. »Und übrigens. Du hast recht.« Über meine Schulter lächele ich sie an. »Sie ist eine dumme Bitch«, mein Grinsen wird noch eine Spur breiter, »und dein Hintern ist in der Tat hübscher!« Sie klebt nach wie vor an ihrem Spind und starrt mich mit großen Augen an. »Und jetzt mach Feierabend«, sage ich und lasse sie allein.

Mit großen Schritten stapfe ich über die Tanzfläche und gebe im Vorbeigehen Sam ein Zeichen, dass er die Musik ausmachen soll. Es reicht. Wir haben alle genug für heute. Er beobachtet, wie ich mit der flachen Hand an meiner Kehle entlangfahre und reckt dann strahlend den Daumen. Seine Locken kringeln sich um die Kopfhörer, die nur eines seiner Ohren bedecken. Mit dem seltsamen Hawaiihemd passte er eher an die Copa Cabana und nicht in ein dreckiges Viertel in Detroit.

»Michelle«, knurre ich und schlage dabei zweimal auf den Tresen, um ihre Aufmerksamkeit zu erlangen. Dabei starrt nicht nur sie mich an, sondern die gesamte Crew. Es sollte mich nicht wundern. Ich richte mein Wort nie persönlich an meine Mitarbeiter. Dafür habe ich Shakira. Das ist mir klar. Manchmal kann es allerdings nicht schaden, wenn sie alle live und in Farbe vor Augen geführt bekommen, wer hier der Boss ist, verdammt.

»Mister Alvarez«, singt sie, als hätten wir uns eine Ewigkeit nicht gesehen. Es kotzt mich an, wie sie bei jedem Schritt künstlich mit Arsch und Titten wackelt. »Du bist gefeuert«, brülle ich, ehe sie auch nur in meine Nähe kommen kann. Ich lege die Ellbogen auf die Theke. »Und zwar fristlos. Keine Ahnung, was du für ein Problem mit der Neuen hast. Hiermit ist es offiziell beendet.«

Die letzten Gäste sind viel zu besoffen oder damit beschäftigt, mit dem Objekt ihrer heutigen Begierde rumzumachen. Aber das Thekenpersonal hält inne. Alle starren mich an. Ich meine ein leises »Was zur Hölle?« von Shakira gehört zu haben, aber ohne auf irgendwen einzugehen, oder mich an Michelles entsetztem Blick zu laben, drehe ich mich um und gehe auf direktem Weg durch mein Büro in meine Privaträume. Dabei legt sich ein zufriedenes Grinsen auf mein Gesicht. Ich glaube, heute kann ich zum ersten Mal seit langem ruhig schlafen.

LIS

Damals

»Mom, darf ich dich was fragen?«

Wie bei allen Familien erfüllten weihnachtliche Lieder unser Haus und es roch seit Tagen nach selbstgebackenen Plätzchen.

»Aber natürlich, Blümchen. Du darfst mich alles fragen.«

Meine Mom und ich waren dabei, den Baum zu schmücken. Bei jeder Kugel, die sie auf Zehenspitzen im oberen Teil des Baumes platzierte, löste sich eine Strähne aus ihrem Zopf. Ihre Haare waren eigentlich noch zu kurz, aber sie mochte es, sie hochzustecken. Kim hing kopfüber in einem der riesigen Kartons und suchte nach der Spitze.

»Denkst du …« Ich unterbrach mich. Es hätte keinen Sinn, meine Frage auszusprechen. Ich hasste es, wenn Mom mich belog. Mir war klar, dass sie es nicht aus böser Absicht tat. Dennoch tat es weh.

Indem sie mir versicherte, dass wir den Heiligabend

zusammen verbrachten und alles gut werden würde, log sie. Denn sie konnte es nicht wissen. Genauso wie sie jeden Tag log, indem sie meinen Dad anstrahlte. Oder an jedem verfluchten Feiertag, an dem wir eine heile Familie vorgaukelten.

»Warum wehrst du dich nie?«, platzte es stattdessen aus mir heraus und ich bereute es im selben Moment. Sie wich meinem Blick aus und das Leuchten in ihren Augen verrutschte eine Sekunde lang.

»Komm schon, Lis«, ermahnte sie mich. Lis. Sie nannte mich nie bei meinem Namen. Niemals. Für sie war ich schon immer ihr Blümchen gewesen. Es klang kindisch und eigentlich total doof, aber ich mochte es. »Mach uns das hier nicht kaputt. Kimi hat sich so sehr aufs Schmücken gefreut.«

Ich hielt mit der silbernen Kugel in meiner Hand inne. Der Geruch nach frischen Tannennadeln drängte sich ungewöhnlich idyllisch in meine Nase. Ich musste schlucken. Wie durch Watte hörte ich meine kleine Schwester Jingle Bells summen. Alles um mich herum verschwand. Alles. Bis auf die Augen meiner Mutter. Wir sahen uns an und ohne ein Wort sagte ich so viel zu ihr. Ich schrie sie an. Brüllte, warum sie mir nicht half. Warum sie nun schon seit zwei Jahren tatenlos dabei zugesehen hatte, wie mein Dad mich schlug. Warum sie mich nicht beschützte, wenn seine raue Hand auf meine Wange prallte oder er mich mit einem Schubser in mein Zimmer stieß? Warum sie nicht zu mir hielt? Wenigstens offen und ehrlich mit mir darüber sprach, anstatt mir mit jedem Monat mehr und mehr das Gefühl zu geben, ich wäre die Schuldige in diesem Albtraum. Die Lippen fest zusammengepresst hinderte ich mich selbst daran, all das laut auszusprechen. Und auch sie sagte kein Wort. Doch ihre Augen flehten. Sie wimmerten immer und immer wieder dasselbe Wort. Verzeihung.

Das Problem war nur, ich wusste nicht, wie lange ich es aushalten würde. Wie lange ich es schaffen würde, ihm zu verzeihen. Ihr zu verzeihen.

Heute

»Oh, heilige Scheiße«, flucht Kim und zieht sich mit einer Hand den Saum ihres Pyjamashirts über die Nase.

»Na, ob das so heilig ist, bleibt fraglich«, spotte ich und rümpfe die Nase. Die Hitze in unserem Trailer macht den Gestank, der aus Lucas Windeln weht, beinahe unerträglich.

»Sorry, haben wir dich geweckt?« In ihrem Pyjama mit den roten Punkten und dem Kopf voll ungezähmter Locken sieht meine kleine Schwester viel jünger aus. Ihr Blick bleibt nicht lange bei mir, denn sie hat Mühe, ihren Sohn sauber zu wischen. Er macht sich offensichtlich einen Spaß daraus, mit den speckigen Beinchen zu strampeln, während Kim versucht, seinen Hintern von der heiligen Scheiße zu befreien.

»Nein«, brumme ich und schlurfe barfuß rüber zu Lucas Wickelkommode. Ich trage lediglich das Shirt, mit dem ich im Morgengrauen von meiner Schicht gekommen bin. Ich beuge mich seitlich über den Kleinen und reibe meine Nase an seiner, bis er gluckst.

»Na mein kleiner Scheißer«, scherze ich und drücke ihm einen Kuss auf seine weiche Haut. »Ich konnte nicht schlafen«, richte ich mich an Kim und weiche wieder ein Stück zurück. Der Gestank ist wirklich abartig. Oft lachen wir darüber, wie ein unschuldiges, süßes Baby so widerlich riechen kann.

»Du warst früh zuhause.«

Mein Schnauben fällt lauter aus, als es nötig gewesen wäre. Früh ist gut. Die ersten Nächte hat mich meine Sklaventreiberin bis acht Uhr in der Früh schuften lassen. Dagegen war es tatsächlich *früh*, dass ich heute um kurz nach fünf zu Hause war.

Luca fixiert mich und brabbelt irgendwas, wobei er seine Faust fast vollständig in seinen Mund schiebt.

Bei dem Gedanken an heute Morgen zieht sich mein Magen schmerzhaft zusammen. Ich habe in den letzten Stunden kein Auge zu getan. Wie sollte ich auch. Jedes Mal, wenn ich die Realität ausklammere, spüre ich Mister Alvarez Mund auf meinem. Seine Zunge, die wild und besitzergreifend in meinen Mund dringt. Ich habe nicht den blassesten Schimmer, warum ich das zugelassen habe. Wieso ich nicht den geringsten Widerstand geleistet habe gegen diesen … Kuss.

Mittlerweile haben sich Traum und Wirklichkeit vermischt und ich kann gar nicht mehr klar sagen, was wirklich passiert ist und welcher Teil dieses Moments den Tiefen meiner Fantasie entsprungen ist.

Mir ist sehr wohl aufgefallen, dass er mich in den letzten Nächten beobachtet hat. Bill hat bereits vor zwei Tagen angemerkt, wie seltsam es sei, dass er im Club sitzt. Normalerweise bekäme ihn keiner zu Gesicht. Ich hatte ja keine Ahnung. Heute Morgen in der Umkleide dachte ich kurz, mein letztes Stündlein hätte geschlagen. Wie seine stechend blauen Augen mich wütend angefunkelt haben. Am meisten hat mich die Tatsache beängstigt, dass ich mich nicht vor ihm gefürchtet habe. Seine Nähe hat weder meine Hände zittern lassen, noch das altbekannte Gefühl heraufbeschworen. Das, wenn meine Kehle sich zuschnürt und ich befürchte zu ersticken. Bevor ich mir darüber Gedanken machen konnte, hat er mich einfach geküsst. Und ich habe es genossen. Ich wollte es nicht. Zumindest denke ich das. Aber ich habe es zweifelsohne genossen.

Stöhnend lasse ich mich auf Kims Bett fallen und schließe die Augen.

»Wirst du mir irgendwann die Wahrheit über deinen neuen Job verraten?«

Als ich ein Auge einen Spalt breit öffne, steht sie vor mir. Luca, mit sauberem Po und nur in Windeln und einem Shirt, auf ihrer Hüfte sitzend. Ihr Gesichtsausdruck bringt mich dazu, beide Augen wieder zu schließen.

»Komm schon, Blümchen.« Ich spüre, wie die Matratze unter ihrem Gewicht nachgibt und im nächsten Moment höre ich Lucas Babysprache direkt neben meinem Ohr. Unkoordiniert versucht er, meine Haare zu fassen. Ich lege meinen Kopf zur

Seite und lächle ihn an. Es ist schön, dass er noch keine Fragen stellt.

»Lis«, holt mich Kim aus meiner Ablenkung. Ich weiß, dass sie sich Sorgen macht. Spätestens, wenn sie mich mit Moms Kosenamen anspricht, ist klar, dass sie es wirklich gut meint. »Bitte. Ich bin kein Kind mehr. Und dumm bin ich auch nicht.«

Ich sehe sie mit hochgezogener Augenbraue an.

»Du brauchst gar nicht so zu tun, Elisabeth Turner«, knurrt sie mittlerweile, »Ich weiß, dass du versuchst, alles von mir fern zu halten, aber ich hab's satt.« Sie richtet sich auf und verschränkt die Arme vor der Brust. Am liebsten würde ich ihr sagen, dass diese Geste kombiniert mit ihrem Schmollmund schon recht kindisch ist, aber das würde uns sicher nicht weiterbringen.

»Seit du in diesem Club arbeitest, hast du permanent schlechte Laune. Du hast Ringe unter den Augen und auch der Rest von dir sieht ganz schön beschissen aus.«

»Na schönen Dank auch«, maule ich und lasse meinen Zeigefinger immer wieder über Lucas Bäuchlein tanzen. Jedes Mal, wenn ich am Kinn ankomme, quietscht er vor Freude. Es ist so herrlich einfach, ihn glücklich zu machen. Wahrscheinlich ist uns allen klar, dass ich Kims Blick ausweiche. Ich weiß, dass sie kein Kind mehr ist und meine Sorgen mit mir teilen möchte. Trotzdem ist der Drang überirdisch groß, sie vor dem ganzen Mist zu beschützen. Ihr ein friedliches Leben zu ermöglichen.

»Ich habe einfach das Gefühl, es tut dir nicht

gut«, quengelt sie weiter und ich knicke schließlich ein.

»Es gibt da eine andere Mitarbeiterin, die mich augenscheinlich nicht mag.« Ich reibe mir über die Augen. Ganz sicher liegen dunkle Schatten darunter, wie Kim sagt. Ich fühle mich auch, als hätte ich Augenringe.

»Wer zur Hölle mag dich nicht?« Sie gibt ihre trotzige Haltung auf und kniet sich neben mich. »Du bist ein verdammter Engel.«

»Na ja«, stöhne ich und richte mich langsam auf. »Das sieht diese Michelle offensichtlich anders.«

Bei der Erinnerung an letzte Nacht wird mir kotzübel. Ich habe keine Ahnung, was ich mir dabei gedacht habe. Ich bin einfach so geplatzt. Habe meinem Boss alles an den Kopf geworfen, was ich denke. Ich war so wütend. So gedemütigt. Und dann …

»Was?«, fragt Kim und ich öffne meine Augen, von denen ich gar nicht gemerkt habe, dass ich sie wieder geschlossen hatte. Ich sehe sie fragend an. Die Hände in die Hüften gestemmt legt sie den Kopf zur Seite. »Du hast gestöhnt.«

Habe ich? »Hab ich?«, gebe ich meinen Gedanken Worte. Auf meinen Armen breitet sich eine Gänsehaut aus bei dem Gedanken an Carlos Alvarez, den Besitzer des Velvet. Wie ich den Kopf in den Nacken legen musste, um in sein makelloses Gesicht zu sehen. Wie sich die kinnlangen wirren Haare um seine kantigen Wangenknochen legen. Der Blick, der nichts zum Schmelzen bringt, sondern eher die

Welt erfrieren lässt. Wie er mein Kinn umfasst hat. Grob und hart. Es hätte mir Angst machen müssen. Er hätte mir Angst machen müssen. Doch das hat er nicht.

»Gott, er hat meinen Blümchen-BH gesehen«, platzt es aus mir heraus und ich wünschte sofort, ich hätte es nicht laut ausgesprochen.

»Was?«, kreischt Kim, »Wer?« Sie krabbelt aus ihrem Bett, in dem Luca vergnügt in die Laken strampelt.

»Mister Alvarez«, gebe ich erschöpft zu und drehe mich zum kleinen Fenster, von dem man zu Tims Trailer sehen kann. Ich will nicht, dass Kim sieht, wie sich die Röte über meine Wangen legt.

»Wer zur Hölle ist Mister Alvarez? Mann Lis, jetzt rede endlich.«

»Carlos Alvarez ist mein Boss«, schnaube ich. Ich bin nicht mal sicher, ob ich noch angestellt bin. Sein *›Mach Feierabend‹* klang verdächtig nach einem *›Du brauchst nicht mehr wiederkommen‹*.

»Und du hast was mit deinem Boss?« Kims Stimme wird immer lauter. »Zugegeben, das ging jetzt schnell.«

»Hallo?«, knurre ich und drehe mich zur ihr um. »Für wen hältst du mich? Natürlich habe ich nichts mit dem Boss.«

Ich schätze, das entspricht nicht zu hundert Prozent der Wahrheit. Aber gelogen ist es auch nicht. Ich habe nichts mit meinem Boss. Er hat mich geküsst. Wobei das Wort Kuss irgendwie nicht wirklich passend scheint. Es war vielmehr ein stürmisches, besitzergreifendes Erkunden, ehe er mich hat stehen lassen.

»Ja, dann rede endlich mal in vollständigen Sätzen, Schwester«, fordert sie mich auf. Jeder andere fände es wahrscheinlich seltsam, dass sie ihren Pyjama trägt und ich nur einen Slip und ein ausgelatschtes Shirt, während wir eine solche Unterhaltung führen. Aber bei uns ist das normal. Selbst der leichte Windelgeruch, der immer noch in der Luft liegt, macht die Situation nicht surrealer, als sie es eh schon ist.

»Also, Carlos Alvarez ist wie gesagt mein Boss. Ein zugegeben heißer, aber auch genauso arschiger Latino.«

»Und weiter ...«

»Ach ... ich weiß auch nicht. Heut Morgen war es irgendwie ... seltsam.« Ich werde Kim nicht erzählen, was wirklich vorgefallen ist.

»Weil er deinen BH gesehen hat.«

»Nein«, lache ich. »Also ja, auch. Aber das war nicht der ausschlaggebende Punkt.«

Ich setze mich auf die Bettkante und beschließe schlussendlich, meine Mauern kurz fallen zu lassen.

»Diese Michelle, die mich anlernen sollte, ist so richtig ätzend.« Ich unterstreiche das, indem ich mir den Finger andeutungsweise in den Hals stecke.

»Verstehe«, lacht Kim, »So richtig, richtig ätzend.«

»Genau«, stimme ich mit ein. »Heut Nacht hat sie mir irgendeinen ekligen Schnaps über den Rücken gekippt. Mit voller Absicht.«

Kims Lächeln verrutscht genauso wie mein eigenes. Sie sagt nichts, deswegen rede ich weiter.

»Als ich mich daraufhin umziehen wollte, ist Carlos alias mein heißer Arschlochboss im Umkleideraum aufgetaucht und es war irgendwie ... keine Ahnung«, seufze ich.

»Hä?« Sie wirft die Hände an den Kopf. »Du kannst nicht kurz vor der Pointe aufhören. Was hat er gesagt?«

»Er wollte wissen, ob ich denke, dass ich schuld daran bin.« Und dann hat er mir die Zunge in den Hals gesteckt, bis ich keine Luft mehr bekommen habe.

»Und du hast hoffentlich gesagt, dass diese Manoelle schuld ist.«

»Michelle«, korrigiere ich sie schmunzelnd. »Ich habe erst gar nichts gesagt. Er ist ziemlich ...«

»Heiß?«

»Einschüchternd.«

»Oh. Okay. Und dann hast du ihm stattdessen deinen Blümchen-BH gezeigt?«

»Kim«, lache ich. Sie kommt zu mir aufs Bett und wir lassen uns beide auf den Rücken sinken. Luca zwischen uns quietscht vor Freude. Wenn ich an die Begegnung mit Carlos denke, vergeht mir das Lachen. »Ehrlich gesagt hat er mich ziemlich bedrängt. Und dann ist ein kleiner Wutausbruch aus mir herausgeplatzt.«

Peinlich berührt treffen mich Erinnerungsfetzen von dem, was ich gesagt habe. Ich muss meine Beine zusammenkneifen bei dem Gedanken an das, was anschließend passiert ist. Die vergangenen Stunden konnte ich an nichts Anderes denken. Was wäre passiert, wäre er nicht gegangen? Es fühlte sich … anders an. Aufregend und einschüchternd. Auf eine gute Art. … Erregend. Ja, ob ich es zugeben mag oder nicht – der Kuss hat mich erregt.

»Und was hat er daraufhin gesagt?«

Wir drehen beide den Kopf so, dass wir uns ansehen können.

»Er hat mich in den Feierabend geschickt«, lüge ich halb.

»Oh.«

»Ja … oh.« Ich lege mir die Hände übers Gesicht und stöhne. »Ich darf gar nicht an heute Abend denken.«

∞

Natürlich kommt der Abend. Ob ich es will oder nicht. Wie, wenn man ohne Regenschirm in den wolkenverhangenen Himmel sieht und weiß, dass es regnen wird, ganz gleich, wie sehr man sich wünscht, die Sonne möge scheinen.

Noch dazu ist Montag. Salsa-Night im Velvet. Von den Plakaten und Flyern weiß ich, dass jede Woche an diesem Abend die heiß begehrte und viel besuchte Latinoparty stattfindet.

Meine Knie zittern wie Espenlaub. Ich straffe die Schultern und ziehe die große Tür zum Club auf. Mike winkt mir im Vorbeigehen und ruft seine allabendliche Begrüßung, während er dabei ist, die Absperrungen aufzubauen. Mittlerweile mutiert der Zwanzig-Dollar-Witz zu einem Running Gag. Ich mag ihn. Er ist bislang der Einzige, der immer nett zu mir ist. Ich muss kichern, denn er pfeift mir hinterher. Ich habe mich heute für eine schwarze, enge Röhrenjeans entschieden und Pam hat mir rote Pumps passend zu meinem roten Lippenstift geliehen. Phil hat ihn mir mal besorgt. Ich fand ihn damals nuttig und habe mich geweigert, ihn zu tragen. Ich fühle mich verkleidet, aber auch irgendwie sexy, und dass der schwarze Riese mir hinterherpfeift, ist schon mal eine winzige Bestätigung. Ich habe das Gefühl, davon bräuchte ich einige, um die Nacht zu überstehen.

»Mister Alvarez will dich sehen«, ruft Bill, der hübsche Barmann, ohne eine Form der Begrüßung und schubst mich so den Abgrund meiner Angst hinab. Scheiße. ›*Ich bin sowas von gefeuert*‹. Immer und immer wieder denke ich an diesen Satz, während ich auf wackeligen Beinen die leere Tanzfläche hinter mir lasse und über den schwarzen Teppich durch den sterilen Gang schreite, der mir schon beim ersten Mal Magenschmerzen bereitet hat. Und damals wusste ich nicht mal, was mich erwartet.

Selbst jetzt, da noch kein einziger Gast ins Velvet gelassen wurde, steht ein Wachmann im Flur vor Mister Alvarez' Büro. Ich nicke ihm freundlich zu, aber er zuckt nicht mal mit der gepiercten Augenbraue. Allerdings hält er mich auch nicht auf.

Zaghaft klopfe ich an die schwarze Tür, die mein persönliches Höllentor darstellt. Auch wenn ich erst seit einigen Nächten hier arbeite, weiß ich, dass dieses Büro absolute Sperrzone für uns Mitarbeiter ist. Lediglich Shakira darf dort hinein. Vermutlich, weil sie seine Freundin ist. So zumindest meine Theorie.

Gott, ich bin eifersüchtig auf eine Tussi, der ich niemals das Wasser reichen könnte. Wegen meines Bosses, der ein Arschloch ist. Dazu ein Krimineller, der mich wahrscheinlich jeden Moment feuern wird. Ich fürchte, ich kann nicht mehr klar denken.

Nichts passiert. Gerade, als ich meine Faust anhebe, um ein zweites Mal zu klopfen, führt sie ins Leere, da die Tür sich öffnet.

»Bill sagt, Carlos will mich sehen.« Meine Stimme klingt genauso erbärmlich, wie ich mich fühle.

Shakira sieht von oben auf mich herab und schiebt die Tür ein Stück weiter auf.

»Für dich immer noch Mister Alvarez«, meckert sie und wirft ihre schwarze Mähne über eine Schulter. Wie jeden Abend trägt sie ein enges kurzes Kleid, das sie aussehen lässt wie ein Model. Allerdings ist der weiche Ausdruck in ihrem Gesicht verschwunden.

»Fahr die Krallen ein, Shaki.«

Auch wenn seine Stimme nur leise zu mir vordringt, breitet sich eine Gänsehaut auf meinen Armen aus. Ich fühle mich nicht gekränkt dadurch, dass Shakira mir den Rücken zuwendet und mit verschränkten Armen in den Raum hinein verschwindet. Ich schiebe die Tür auf und folge ihr zu der

Sitzgruppe, in der auch mein Boss sitzt. Wie auch beim letzten Mal ist nur dieser Bereich des Büros beleuchtet.

Sein Blick trifft meinen und ich habe keine Ahnung, wie ich mich auf den Beinen halten soll. Alle Muskeln verwandeln sich in Pudding, sobald er mich so ansieht. Um mich abzulenken, versuche ich, mich in seinem Büro umzusehen.

Das letzte Mal sind mir schon ein paar Dinge aufgefallen.

Erstens: Mister Alvarez steht offensichtlich auf schwarz. Denn auch im Dämmerlicht erkenne ich nur schwarze Möbel.

Zweitens: Der Raum ist absolut schalldicht. Sobald die Tür ins Schloss fällt, fühlt es sich an wie in einer Hörtestkabine.

Und drittens: Alles in diesem Raum riecht nach Mann. Nach ausgesprochen gut riechendem Mann. Nach Stärke und Dominanz und das wiederum macht mir Angst.

Heute sitzt er, ganz anders als bei meinem Vorstellungsgespräch, relaxt auf einem der Zweiersofas. Das eine Bein locker auf dem anderem Knie abgelegt. Bislang trug er meistens eine Anzughose und perfekt sitzende Hemden, wenn ich ihn zu Gesicht bekommen habe. Heute allerdings spannt ein schwarzes enges Shirt über seinen Oberkörper und die langen Beine stecken in verwaschenen Jeans. Das kleine Sofa lässt seine muskulöse Gestalt viel größer wirken. Wie ein riesiger Bär, der auf einem winzig kleinen Puppenstubenstuhl sitzt.

Mit vier Ringen an seiner rechten Hand deutet er auf den Sessel ihm gegenüber. Mein Herz rast und mir ist schlecht. Das hier wird sowas von mein Rausschmiss. Noch immer wage ich nicht, ihm wieder in die Augen zu sehen.

Ich wünschte, ich hätte irgendetwas im Mund, das ich schlucken könnte, aber er ist staubtrocken. Ich wische mir die feuchten Hände an meinen Oberschenkeln ab und setze mich.

Mister Alvarez beobachtet all das mit einer beneidenswerten Gelassenheit. Seine Haare hat er heute wieder im Nacken zusammengefasst. Nur die vorderen Strähnen stecken hinter seinen Ohren, weil sie sich immer wieder aus der wilden Frisur lösen.

»Also, ich machs kurz«, beginnt er zu reden, nachdem ich mich, die Hände auf dem Schoß gefaltet, halbwegs gefangen habe. »Michelle ist entlassen. Bill und Candy sind außer dir heute Nacht die einzigen an der Bar.«

Ich schüttele mich kurz, weil mein Gehirn bei ›Michelle ist entlassen‹ stehen geblieben ist. Mein Blick schießt kurz zu Shakira, die auf der Lehne eines weiteren schwarzen Ledersessels sitzt. Mit übereinandergeschlagenen Beinen zupfen ihre perfekt manikürten Finger Fussel von ihrem Kleid, die garantiert nicht vorhanden sind.

»Das bedeutet«, knurrt Mister Alvarez eine Spur lauter, um meine Aufmerksamkeit wieder auf ihn zu ziehen. »Deine Schonfrist ist hiermit vorbei. Du hast lange genug zugesehen.«

Ich möchte allzu gerne etwas erwidern, aber meine Lippen teilen sich einfach nicht. Also nicke ich nur dumm, den Blick wieder auf den Boden gerichtet.

»Heute ist Latinonacht. Das heißt das Doppelte an Umsatz, aber auch das Doppelte an Arbeit.«

Ich habe Schwierigkeiten, ihm zu folgen. Die Bedeutung seiner Worte ist so … nett. Wobei seine Stimme den Eindruck vermittelt, als bereitet er mich geradewegs auf meinen Tod vor.

»Hiermit ist deine Probezeit vorbei«, knurrt er und lehnt sich nach vorne, um nach einer Zigarettenschachtel zu greifen. Mit dem Daumen öffnet er sie und fischt anschließend mit den Lippen eine Zigarette aus dem Päckchen. All das beobachte ich im Augenwinkel. Traue mich allerdings nicht, mich zu bewegen.

Wieder nicke ich wie eine Idiotin.

Einen Moment ist es still im Raum, dann deutet Carlos mit dem Kopf zur Tür. In dem Moment, in dem ich aufstehen will, erhebt sich allerdings Shakira und verlässt ohne ein Wort den Raum. Ich befürchte, ich muss mich jede Sekunde übergeben, so aufgeregt bin ich.

»Lis.« Mein Name aus seinem Mund klingt wie ein Donner. Laut und aufdringlich, aber lange nicht so bedrohlich wie der Blitz.

Ich sehe auf und unsere Blicke treffen sich. Konnte ich noch vor wenigen Sekunden kaum atmen, spüre ich jetzt, wie meine Lunge sich ganz von allein mit Luft füllt. Fühle mich wie ein Blinder, der wieder etwas sehen kann. Als wäre der blaue Ton die erste Farbe in einer grauen Welt.

Ich muss es geträumt haben. Der Kuss. Das Gefühl seiner Lippen auf meinen. Es kann nur ein Traum gewesen sein. Ich kann unmöglich diesen Mann in einem Umkleideraum dicht an mich herangelassen haben, um seine Zunge immer tiefer in meinen Mund zu lassen.

»Lass es mich nicht bereuen«, warnt er. Seine Lippen umschließen die Zigarette und ziehen kräftig daran. Ich starre erst auf seinen Mund, dann wieder zurück zu den Augen.

»Nein, Mister Alvarez«, flüstere ich endlich.

»Carlos«, korrigiert er und ein winziges Lächeln zupft an seinem Mundwinkel.

Ohne den Blickkontakt zu unterbrechen, nickt er Richtung Tür. Meine Brust hebt und senkt sich unter meinen Atemzügen und ich habe das Gefühl, der Bügel meines BH's bohrt sich in mein Herz.

»Du wirst es nicht bereuen«, murmele ich vor mich hin. Er bläst eine Schwade Rauch durch die vollen Lippen und nickt kaum merklich. Ich stehe auf und bemühe mich trotz zitternder Knie zu einem schnellen Schritt.

»Das hoffe ich, Princesa«, höre ich seine Stimme hinter mir. Ich drehe mich nicht noch einmal um.

CARLOS

Damals

»Mamá weint«, flüsterte Esmi, während sie ihren Kopf zur Tür hineinstreckte.

»Ich weiß«, sagte ich, ohne den Blick von meinen Government-Hausaufgaben zu heben. Eigentlich mochte ich die politischen Fächer, aber in letzter Zeit stellte ich das System mehr und mehr in Frage. Warum sollte ich etwas über eine Regierung lernen, die ich blöd fand? Ich war dreizehn. Alt genug, um zu verstehen, dass Leute wie mein Vater oder sein Bruder, Onkel Steve, die Gesetze nicht befolgen mussten.

»Kann ich zu dir kommen?« Meine Schwester war acht Jahre alt und dennoch benahm sie sich wie ein Baby.

»Du musst die Klappe halten und stillsitzen«, knurrte ich. Es tat mir bereits in dem Augenblick leid, in dem unsere Blicke sich trafen. Ich klang wie unser Dad. »Ich hab Kekse unterm Bett versteckt«, schob ich daher nach und deutete auf die große Schublade unter meinem weißen Holzbett.

»Echt?«, fragte sie und ihre Augen leuchteten. Sie waren rot und ganz glasig. Ich hatte gehört, wie auch sie geweint hatte und es ignoriert.

»Es hilft Mamá nicht, wenn du auch heulst«, murmelte ich vor mich hin und tat so, als widmete ich mich wieder meinem Aufsatz über die Kennedys. Seit Stunden hockte ich hier und meine Gedanken gingen immer wieder zurück zu meiner Mamá. Ich hatte sie weinen gesehen. Sie hatte die Tränen weggewischt, doch ich hatte sie gesehen.

»Sie weint oft in letzter Zeit.« Esmi wühlte zwischen meiner Bettwäsche. Wahrscheinlich breitete sich gerade ein Lächeln auf ihrem Gesicht aus, denn ich konnte das Rascheln der Keksverpackung hören. Esmi ... mittlerweile war mir der Name in Fleisch und Blut übergegangen. Nur vor Papá nannten wir uns bei den alten dummen, amerikanischen Namen.

»Ich weiß«, brummte ich. Esmi war zu klein. Mit acht verstand sie nicht, dass es an Meredith lag. Immer, wenn sie bei unserem Dad war, weinte Mamá. Ich glaubte, weil er die blöde Assistentin lieber mochte. Er betrog sie und sie konnte nichts dagegen tun. Wann immer sie es versuchte, drohte er ihr damit, uns Kinder wegzubringen. Esmi wusste davon nichts. Und so sollte es auch bleiben.

»Ich habe gehört, wie er sie angeschrien hat und dann hat sie noch schlimmer geweint.«

»Irgendwann gehen wir nach Costa Rica, dann weint sie nicht mehr«, sagte ich und fuhr mit meinem Bürostuhl rüber zum Bett, um einen meiner Kekse zu bekommen.

»Und Dad? Wird er dann in Costa Rica Bürgermeis-

ter?«, fragte meine kleine Schwester und reichte mir einen Schoko–Cookie. Wir mussten nicht aufpassen, das Papá Krümel finden würde, er kam ja eh nie in mein Zimmer.

»Nein«, knurrte ich. Ich weiß, es war falsch zu denken, was ich dachte. Aber so war es nun mal. Ich hasste meinen Vater. Er war kein guter Mann. Er brachte Mamá zum Weinen. Und mich auch. Aber das verriet ich Esmi nicht. »Er wird dort kein Bürgermeister und in Detroit auch nicht.«

»Mamá sagt, er hat es fast bis ganz nach oben geschafft.«

»Du weißt gar nicht, was das bedeutet.«

Meine kleine Schwester hegte nicht den gleichen Groll gegen meinen Vater wie ich. Doch ich konnte es in ihren Augen sehen, wenn er den Raum betrat. Angst. Die gleiche Angst, die auch im Gesicht meiner Mamá zu sehen war. Und die gleiche Angst, die ich verspürte, sobald mir sein strenges Parfüm unter die Nase kam. Nur mit einem Unterschied: Eines Tages würde ich größer sein als er. Stärker. Dann würde er Angst haben. Nicht ich. Nicht meine kleine Schwester und auch nicht meine Mamá. Allein aus diesem Grund hatte ich mich vor zwei Jahren zum Kickboxen angemeldet. Denn ich würde trainieren, bis ich ihn erledigen konnte.

»Du auch nicht«, nuschelte sie und Kekskrümel aus ihrem Mund verteilten sich auf meiner Bettdecke.

»Papá wird in Costa Rica nicht dabei sein.«

Ich schob mich mit den Füßen zurück an den Schreibtisch. Mein Appetit auf Kekse war vergangen. »Und jetzt halt den Mund, ich muss arbeiten«, zischte ich. Dabei schloss ich die Augen und betete stumm, ich würde Recht behalten. Ich würde sie beschützen. Das war alles, was ich machen wollte, wenn ich groß bin.

Heute

Ich mag den Latinoabend. Es war das erste, das ich nach Eröffnung des Clubs eingeführt habe und ich habe es nie bereut. Es ist ein Stück Heimat. Meine Musik. Meine Wurzeln. Montags bin ich etwas entspannter. Zumindest war ich das, bevor das neue Thekenmädchen mein Verhalten auf den Kopf gestellt hat. Davor waren das die einzigen Abende, an denen ich spät in der Nacht aus meiner Höhle gekrochen bin. Erst, sobald Serge sicher war, dass sich keinerlei Bedrohung für mich im Club befand, habe ich mich genüsslich zurückgelehnt und den Frauen beim Tanzen zugesehen. Mich ausnahmsweise normal benommen.

»Und das hätte ich ihr nicht sagen können?«

Wütend verschränkt Shakira die Arme und drückt ihre Brüste so höher in den Ausschnitt ihres Kleides. Dass ich sie weggeschickt habe, um mit Lis zu sprechen, hat ihr nicht gepasst. Es hat keine fünf Minuten gedauert, ehe sie wieder auf der Matte vor meinem Büro stand. Ich erkenne, wenn Shakira angepisst ist. Dafür müsste ich nicht mal hinsehen und ihre bittere Miene betrachten. Zwar hat sie sorgfältig Mauern um sich errichtet, so wie ich, aber ich durchschaue sie, als seien sie aus Glas.

Es ist mittlerweile knapp vier Jahre her, dass ich

sie aus den Klauen eines miesen Zuhälterrings geholt habe. Damals war sie eine drogensüchtige, kaputte Hure. Und dennoch konnte ich nicht untätig vorbeigehen, als Spencer Donald, ein schmieriger Typ, der seine Mädchen wie Dreck behandelt, sie zu Boden schlug. Es war einfach zu viel. Ich habe ihm ein Messer in die Rippen gerammt und Shakira mitgenommen. In diesem Augenblick war mir nicht bewusst, dass ich damit zwei Meilensteine schaffen würde.

Erstens war das der Anfang eines Krieges gegen das Dreckspack dieser Stadt. Seither habe ich meine Leute überall in Detroit verteilt. Ich führe nicht nur Krieg gegen den Bürgermeister, sondern sorge dafür, dass unsere Straßen nachts sicherer werden. Ich erfahre, sobald ein Zuhälter oder Drogendealer seine Leute schlecht behandelt oder krumme Dinger dreht, die Menschen oder gar Kinder in die Schusslinie bringen. Wir kicken sie raus aus dem Geschäft. Versuchen, die Stadt sauber zu halten. Auch wenn das bei einem Drecksloch wie Detroit so gut wie unmöglich ist. Bringe ich an einer Straßenecke einen Wichser zur Strecke, tauchen an einer anderen zwei neue auf. Es ist ein Fass ohne Boden. Doch ich gebe nicht auf. Und dafür respektieren mich die Leute. Auch wenn sie keine Ahnung haben, dass ich ein doppeltes Spiel spiele. Es gibt nur wenige Menschen, die wissen, dass ich unter dem Namen Alexander Edwards geboren wurde und der Sohn des Bürgermeisters unserer Stadt bin. Shakira, Serge, Mike mit zwei weiteren Security-Männern und

Simon Parker. Sie alle verdanken mir ihr Leben und ich erwarte dafür, dass sie mein Geheimnis mit ins Grab nehmen.

Der zweite Meilenstein, den ich meine, ist, dass ich in dem Moment, in dem ich Shakira mit ins Velvet nahm, einem Menschen Zutritt zu meinem Leben verschafft habe. Das erste Mal, seit ich damals mein Elternhaus verlassen habe, um aufs College zu gehen. Seit diesem Tag kämpfte ich für mich allein. Bis ich Shakira vor meinen Füßen liegen sah. Ich will mich nicht so weit aus dem Fenster lehnen und behaupten, wir seien ein Team. Denn das sind wir nicht. Ich spiele allein in meiner Mannschaft und das soll auch so bleiben. Fakt ist allerdings, sie gehört zu mir und zum Velvet. Sie regelt alles in der Öffentlichkeit, während ich im Schatten bleibe.

»Doch, hättest du«, sage ich schlicht und deute mit einer Hand Richtung Tür. Shakira ist meine engste Freundin, ja, aber sie weiß, wann ich ihr Boss bin. Und das ist genau jetzt. Ihre bissige Miene kann sie gerne einem der Mitarbeiter unter die Nase halten – ich kann darauf verzichten.

»Ich geh dann, bevor der Ansturm kommt«, brummt sie und erhebt sich von meinem schwarzen Ledersessel. Uns ist beiden klar, dass sie nur hier ist, um mich auszuhorchen. Ich habe es in ihrem Gesicht gesehen. Die Art, wie ich Lis behandle, gefällt ihr nicht. Und damit wären wir schon zwei. »Ich nehme an, wir sehen uns später?«

Natürlich weiß sie, wie sehr ich den Montag mag. Außerdem gehört ihr und mir der letzte Tanz in dieser Nacht. Eine kleine dämliche Tradition im Velvet und eine der wenigen Situationen, in denen mein Personal und die Gäste spüren, dass ich ein Mensch bin. Drei Minuten, in denen ich angreifbar bin. Sensibel. In der Regel sind zu dieser Zeit kaum noch Gäste anwesend und meine Paranoia sinkt auf ein Minimum.

Ein knappes Nicken und sie ist verschwunden. Lässt mich allein mit meinen Gefühlen, die in dieser Woche viel zu oft die Kontrolle über mich haben.

Ich drücke meine Zigarette in dem edlen Kristallaschenbecher aus und gehe zurück zum Schreibtisch. Selbst in diesem schallisolierten Raum habe ich das Gefühl, es sei zu laut, um klar denken zu können.

Shakira hat recht. Ich hätte Lis nicht herbestellen dürfen. Es hätte ausgereicht, Bill auszurichten, dass Lis vollwertig mitarbeitet. Die einzigen Gründe, warum Angestellte wie sie überhaupt mein Büro betreten, sind eine Kündigung oder zum Ficken. Mit ihr hatte ich beides nicht vor. Nicht, dass ich mir nicht seit gestern permanent vorstelle, wie es wäre, meinen Schwanz in sie zu schieben, bis sie winselt. Ich verbiete es mir. Warum auch immer.

Ich wollte sehen, wie sie reagiert. Wollte in ihren Augen erkennen, ob sie an unseren Kuss denkt, wenn sie vor mir steht.

Dieser Kuss … ich weiß nicht, was zur Hölle ich mir dabei gedacht habe. Eigentlich bin ich kein Küsser. Ich sehe keinen Sinn darin, denn es führt mich in meiner Befriedigung nicht voran und bringt auch sonst keinerlei Vorteile mit sich. Im Gegenteil. Ich verabscheue es, die Frauen so intim in meinen Mund vordringen zu lassen. Sollen sie sich stattdessen lieber um den Rest meines Körpers kümmern.

Und dennoch wandert das Gefühl ihrer Lippen auf meinen immer wieder in meinen Kopf. Nicht mal eine Nachricht von Simon konnte mich davon ablenken, an ihr Kinn in meinen Händen zu denken. Ihre Zunge, die sich samtig weich um meine schloss.

»Fuck«, knurre ich und rücke meinen Schwanz zurecht, der eng in meiner Hose pulsiert. Wie ein Schuljunge werde ich beim Gedanken an ein Mädchen hart. Das ist mir seit einer Ewigkeit nicht mehr passiert. Und dabei habe ich mir heute schon zweimal einen auf sie runtergeholt. Später werde ich mir eins der Mädchen suchen müssen, um ein bisschen Druck loszuwerden.

Ich klappe meinen Laptop auf und lese erneut Simons E-Mail, in der er mir mitteilt, diese Yvonne Meyers lehne es vehement ab, mit ihm zu reden. Allerdings hat er eine andere Mitarbeiterin ausfindig gemacht, die zur gleichen Zeit wie sie für meinen Vater gearbeitet hat. Sie treffen sich in drei Tagen und er will mich dabeihaben. Das wiederum hätte er nicht sagen müssen. Um nichts auf der Welt würde ich das verpassen.

Wenn es einen Funken Hoffnung gibt, den Bürgermeister von Detroit zu stürzen, dann werde ich ihn entzünden und ein loderndes Feuer daraus machen. Ich werde einen Scheiterhaufen errichten, auf dem ich ihn und seine Bande korrupter Schweine niederbrenne. Ich werde ihn ans Messer liefern. Ihn mit seinen eigenen Waffen schlagen. Korruption, Verrat, Betrug. Ich werde ihn büßen lassen für alles, was er meiner Familie angetan hat. Aber allem vorweg gilt es, eines zu vergelten. Mord.

Mein Blick fällt auf die schwarze Schatulle auf meinem Schreibtisch. Zu gern würde ich ihm mit der Beretta einfach das Hirn wegpusten. Tausend Mal habe ich darüber nachgedacht, seit ich sie ihm vor Jahren gestohlen habe. Nur werde ich nicht derjenige sein, der in den Knast geht. Er wird einsitzen für das, was er getan hat. Es gibt eine Gerechtigkeit in dieser Welt. Daran versuche ich mich seit Jahren festzuklammern. Denn diese Vorstellung ist alles, was mir geblieben ist, um weiterzukämpfen.

Ich trage den Termin in meinen Kalender und schnappe mir meinen Schlüssel. Von Mike habe ich erfahren, dass im *Scotts* vermehrt gestrecktes Koks verkauft wird und ein paar Mädchen sich im *Oldtown Inn* am Riverwalk Park prostituieren. Mal wieder. Wenn die Menschen meinen, sie müssen sich den Körper mit Drogen vollpumpen, ist das ihre Sache. Und auch die Nutten, die sich von reichen, ekligen Säcken ficken lassen, sollen tun, was sie nicht lassen können. Aber es gibt Grenzen. Mir scheißegal, ob mein Dad der verfickte Bürgermeister ist. In der Nacht gehört die Stadt mir und ich sorge dafür, dass das so bleibt.

LIS

Damals

»Jetzt kannst du immer unterwegs CDs hören. Das ist so cool, Lissy.«

Kim und ich saßen seit Stunden vor dem Weihnachtsbaum und betrachteten unsere Geschenke. Ihr Lieblingsgeschenk war eine Puppe, die sprechen konnte. Meines ein Discman und jede Menge CDs, die ich mir gewünscht hatte.

Draußen schneite es seit Tagen und Richmond hatte sich in ein Wintermärchen verwandelt. Die Lichterkette am Baum war das einzige Licht in unserem Wohnzimmer und wir kuschelten uns gemeinsam in die alte Häkeldecke von Grandma Elisabeth.

Die Zeit schien stillzustehen und für einen Moment waren wir einfach glückliche Kinder am Weihnachtstag.

Solange, bis ein dumpfer Schlag die Welt wieder zum Drehen brachte. Kim sah mich an und ich erkannte die Angst in ihrem Gesicht. Die Erkenntnis, wie vergänglich unser Glück war.

»Nein, Richard bitte«, hörten wir Mom hinter der Schlafzimmertür flehen und ich wusste, worum sie bettelte. Denn seit Wochen war es immer das gleiche. Ihr Schmerzen zuzufügen, reichte ihm nicht länger. Ich war sein Ziel. Zwei Jahre war es her, dass seine Handfläche das erste Mal auf meiner Wange gelandet war. Damals war es ein Ausrutscher. Eine Ausnahme, die sich schon nach wenigen Wochen wiederholen sollte. Anfangs hatte ich versucht, mich zu wehren, doch man lernt mit jedem Mal dazu. Umso weniger ich mich verletzt zeigte, desto schneller war es vorbei.

»Geh in dein Zimmer«, flüsterte ich zu Kim. Ein paar Mal war sie dabei gewesen. Tagelang danach konnte sie nichts essen und hatte in jeder Nacht geweint. Ich konnte ihren Schmerz nicht auch noch tragen.

»Nein.« Sie griff nach meiner Hand und drückte sie. »Ich bleibe bei dir. Wir wehren uns«, sagte sie und ich musste schlucken, um meine Tränen zu verdrängen. Sie hatte ja keine Ahnung. Wir konnten uns nicht wehren. Es gab kein verfluchtes Entkommen.

»Ich sagte«, mein Ton wurde schroff und ich entzog ihr meine Hand, »geh in dein Zimmer.«

Aus dem Flur drangen bereits die weinenden Laute meiner Mom zu uns durch und ich wusste, jeden Moment würden sie hier sein.

»Lissy, wenn wir uns nur wehren …«

»Geh jetzt«, unterbrach ich sie und schubste meine Schwester von mir. Sie durfte nicht dabei sein. Ich würde nicht zulassen, dass er ihr wehtat.

»Du bist gemein«, schrie sie, und rieb die Stelle an ihrem Arm, an der ich sie hart von mir gestoßen hatte. Sie

drückte ihre Puppe an sich und rannte weinend die Stufen nach oben. Ich war unendlich erleichtert. Sollte sie sauer auf mich sein. Das war egal. Hauptsache, sie würde nicht Zeuge von dem, was hier unten auf uns lauerte.

»Richard, nicht. Sie ist noch ein Kind«, unterbrach meine Mom meine Gedanken. Mittlerweile stand sie im Türrahmen zum Wohnzimmer, doch mein Dad stieß sie einfach beiseite. Mit torkelnden Schritten kam er auf mich zu. Das Shirt fleckig. Ich konnte den Geruch von Schlaf und Nikotin bis hierher riechen und mir wurde übel.

»Du hast ihr also gesagt, sie soll mir nicht mehr verzeihen, ja?«, spuckte er mir entgegen. Ich schloss die Augen. Niemals bereit für das, was kam, versuchte ich die Enttäuschung über meine Mom auszuklammern. Wie konnte sie mit ihm über mich reden? Sich mit dem Teufel gegen mich stellen. Ich war diejenige, auf deren Seite sie hätte stehen müssen. Ich verstand die Welt nicht mehr.

Kim war in Sicherheit. Das war der Gedanke, an den ich mich festklammerte, während seine Hand auf mein Gesicht donnerte. Mein Kopf schlug zur Seite, mittlerweile kannte ich Schläge ins Gesicht und hielt ihnen stand. »Du undankbare, kleine Schlampe. Du denkst, ich gebe Geld für dich aus, während du deine Mutter gegen mich aufhetzt?« Der zweite Schlag. Ich hörte den Discman unter seinen Schuhen zerknirschen. »Du bist eine Schande für unsere Familie.«

Die Augen fest geschlossen sah ich seine Hände nicht kommen, spürte erst, als das Glas der Kugeln unter meinen Händen zerbarst, dass er mich in den Weihnachtsbaum geschubst hatte.

Ich wollte nicht weinen. Hatte es mir so fest vorgenommen. Aber es ging nicht. Ließ sich nicht aufhalten. Das war jedes Mal so. Die Enttäuschung war einfach zu groß. Auf ihn, weil er mein Leben zerstörte, auf Mom, weil sie nicht für mich einstand. Und zuletzt auf mich, denn so sehr ich es auch versuchte zu verhindern – seine Vorwürfe drangen bis in mein Herz.

»Du hast deiner Schwester das Weihnachtsfest verdorben, Miststück«, schrie er und ich hörte, wie er spuckte. Tränen rannten über mein brennendes Gesicht und ich versuchte trotz der Tritte in den Magen weiter zu atmen. Versuchte mir Kim vorzustellen, wie sie oben mit ihrer Puppe spielte und dachte an all die Kinder, die gerade ihre Geschenke auspackten. Ich kniff die Augen zusammen und versuchte mich am Glück der anderen zu laben. Mich gedanklich weg zu beamen, während immer wieder Schläge meinen Körper erzittern ließen. Nach einer Weile kehrte mein Verstand zurück in unser eigenes Wohnzimmer und das erste Mal wagte ich, die Augen zu öffnen. Er war weg.

Die Wange auf den kühlen Boden gepresst, beobachtete ich durch die bodentiefen Fenster die Schneeflocken, die friedlich durch die Luft tanzten und hörte meine Mom, die schluchzend begann, die Scherben aufzusammeln.

Das sollte unser letztes Weihnachten mit Baum gewesen sein.

Heute

Ich wage es selbst noch nicht zu glauben, aber es scheint gut zu laufen. Offensichtlich mag ich den Latinoabend. Die Musik ist toll. Ich kann weder Salsa tanzen noch kenne ich eine einzige Band, deren Lieder heute gespielt werden. Aber ich liebe es. Selbst während der Rush Hour bewegten wir uns alle wild tanzend hinter der Theke. Und das, obwohl wir kaum Zeit zum Durchatmen hatten. Egal wie stressig die vergangenen Stunden waren, es hat richtig Spaß gemacht. Die Arbeit ist ohne Michelle gar nicht so übel. Meine Füße brennen zwar in den roten Heels und ich schwitze wie verrückt, doch vor allem fühle ich mich gut. Richtig gut. Seit einer Stunde wird der Betrieb weniger und sicher dauert es nicht mehr lange, dann dreht der heutige DJ die Musik ganz ab. Schon jetzt spielt er ruhigere Songs und die Tanzfläche ist in schummrige Violetttöne getaucht.

»Das lief echt gut heute.« Bill, der sich die wilden Locken aus dem Gesicht streicht, strahlt mich an, während er den großen Kühlschrank auffüllt. Ich bin dabei, die letzten Gläser zu polieren und zurück in die Regale zu räumen.

»Fand ich auch«, rufe ich und werfe ihm ein Geschirrtuch zu, weil er offenbar auf der Suche nach etwas ist, womit er seine Hände abwischen kann.

»Da«, er nickt mit dem Kopf an mir vorbei, »Showtime.«

Mit dem Geschirrtuch über einer Schulter

kommt er zu mir und wir lehnen nebeneinander gegen die Arbeitsfläche und sehen in den beinahe leeren Club.

Die einzigen Paare, die noch auf der Tanzfläche waren, haben Platz gemacht, denn Carlos Alvarez höchstpersönlich taucht auf. Sein Gang. Oh mein Gott. Mit welcher Selbstsicherheit er bis in die beleuchtete Mitte des Raums tritt. Als wäre er der König der Welt. An seiner Hand führt er Shakira, die mit anmutigen Schritten hinter ihm herzufliegen scheint. Die beiden sind mit Abstand die schönsten Menschen, die ich je gesehen habe.

»Wow«, entweicht es mir, weil er sie mit einer eleganten Drehung in seine Arme zieht. Ihre Gesichter sind so dicht voreinander, dass ich auf die Entfernung nicht sagen kann, ob ihre Lippen sich berühren. Ich muss schlucken.

»Das ist ihr wöchentlicher Auftritt«, lacht Bill und beginnt damit, den Tresen abzuwischen. »Sie tanzen nur dieses eine Mal in der Woche. Immer montags. Sie tanzen den letzten Tanz. Theatralisch, nicht wahr«, lacht er erneut. »Bis letzte Woche war das der einzige Moment, an dem der Boss sich hier vorne gezeigt hat. Es gibt Mitarbeiter, die haben noch nie sein Gesicht gesehen. Dass er so oft hier vorne rumlungert, ist neu und äußerst eigenartig.«

Ich stehe stocksteif da, und beobachte, wie die Melodie einer sanften spanischen Ballade beginnt. Carlos lässt seine riesigen Hände an Shakiras perfekter Hüfte hinabwandern. Beide komplett in schwarz gekleidet wirken sie wie die Dunkelheit in

Person, die sich mit langsamen rhythmischen Bewegungen im Velvet ausbreitet.

Ohne die Füße auch nur vom Fleck zu heben, lässt Shakira ihren ganzen Körper wellenartig bewegen. Ich habe nie zuvor eine Frau so tanzen sehen. Dazu in den Händen eines solchen Mannes. Carlos' Finger fahren an ihrem Hals entlang, zwischen ihren Brüsten hinunter, während sie sich nach hinten beugt. Beinahe, als hätte sie gar keine Wirbelsäule.

»Tanzt du auch?« Bills Stimme dringt nur durch den Nebel meiner Empfindungen zu mir durch. Ich bin ... neidisch.

»Was?«, kreische ich eine Spur zu hysterisch, »Ich mein ..., nein«, stottere ich und schnappe mir ein neues Glas, um nicht die ganze Zeit auf Carlos und Shakira zu starren, die sich mittlerweile so eng umschlungen im Einklang bewegen, dass mir schlecht wird. Es sollte mir egal sein. Und das ist es im Grunde ja auch, dennoch senke ich den Kopf, während Bill mir seinen Ellbogen spielerisch in die Rippen sticht.

»Solltest es mal versuchen. Ich geb Kurse, hier im Velvet, weißt du?«

Ich presse die Lippen aufeinander und lächele ihn knapp an.

»Danke«, murmele ich und vermeide es aufzusehen, »Ich denke nicht, dass ich sowas kann.«

»Ach Quatsch. Jeder kann tanzen. Komm einfach nächsten Montag dazu. Wir geben immer Kurse vor der Party. Du darfst umsonst mitmachen.« Ich schiele zu ihm hinüber und er zwinkert mir zu, sodass ich kichern muss.

»Ich denk drüber nach«, lache ich und wage es, kurz aufzusehen. Dabei lasse ich beinahe das Glas in meinen Händen fallen, denn Carlos' Blick trifft mich wie ein Stromschlag. Während er Shakira wie eine Elfe über die Tanzfläche schweben lässt, sieht er mich an, als wolle er mich in Stücke reißen. Das einzig Seltsame daran ist, dass ich keine Angst verspüre. Ich wage es nicht mal zu blinzeln, um diese Verbindung keine einzige Sekunde zu unterbrechen.

»Du solltest ihn nicht so anstarren«, flüstert Candy mir von der anderen Seite ins Ohr. Ich habe heute das erste Mal mit ihr gearbeitet und ich mag sie. Sie ist groß und ihre langen blonden Haare reichen beinahe bis zum Saum ihres Minirocks. »Er hat Mitarbeiter schon für weniger gefeuert«, schiebt sie nach und übergibt einem der letzten Kunden ein Bier.

Ich wende meinen Blick von Carlos ab und sehe sie schockiert an.

»Im Ernst? Ich dachte bislang, er sei irgendwie ... nett.« Ich zucke mit der Schulter. Ganz gleich, wie mein neuer Boss ist, nett ist er sicher nicht. Ehe ich mich selbst korrigieren kann, prustet Candy auch schon los.

»Nett?«, lacht sie und schüttelt nur den Kopf, während sie den beiden beim Tanzen zusieht. »Alvarez ist alles, aber sicher nicht nett«, spricht sie meine Gedanken aus.

Ich wage es nicht, noch einmal den Blick zu heben, um nach ihm zu sehen, sondern konzentriere mich voll und ganz auf die dämlichen Gläser, die längst alle poliert sind.

»Mein Cousin Brad hat mal erzählt, so ein Kerl von der Livernois Avenue hätte gestrecktes Zeug an Jugendliche vertickt. Alvarez hat ihm zwei Finger abgeschnitten.« Bill lacht nur, weil ich erschrocken nach Luft schnappe. Genau diese Kreise sind es, vor denen ich mich immer gefürchtet habe. Deshalb war ich mit Phil zusammen. Weil ich für mich und meine Familie ein sicheres Umfeld schaffen musste. Ich wollte mein Geld auf seriöse Weise verdienen und nicht in einem Nachtclub, dessen Besitzer Finger abschneidet.

Scheiße, und ich dumme Nuss habe ihn geküsst. Oder vielmehr habe ich mich von ihm küssen lassen.

»Und damals hat er diesen Typ gefeuert, weil er ihn einen Moment zu lange angesehen hat, nachdem er ihm im Gang über den Weg gelaufen ist.« Bill scheint ein netter Kerl zu sein. Wie kann er über das ganze Gesicht strahlen, während er dabei solche Horrorgeschichten erzählt?

»Na ja. Das …«, Candy starrt nach wie vor auf die Tanzfläche. Wie lang ist bitte schön dieses dämliche Lied? »Es ist jedenfalls ungefähr das, was man so hört. Allerdings sagen die Leute von der Eight Mile, dass die Straßen bedeutend ruhiger geworden sind, seit er hier ist. Er kümmert sich um die, die sonst niemanden haben. Er passt auf seine Mädchen auf und sieht zu, dass kein dreckiges Crack auf den

Straßen verkauft wird. Und ... welche Frau würde wohl nicht gerne für ihn arbeiten?«

»Klapp den Mund wieder zu, dir läuft der Sabber«, brummt Bill und schiebt sie ein Stück zur Seite, um die Spüle sauber zu wischen. Mittlerweile sind so gut wie alle Gäste weg.

»Sind die beiden ...?« Ohne hinzusehen deute ich mit dem Kopf Richtung Tanzfläche. Keine Ahnung, was ich hören will. Aber fragen muss ich einfach.

»Ein Paar?«, lacht Bill und poliert die Theke auf Hochglanz. Das muss man dem Club lassen. So zwielichtig das auch alles hier sein mag. Sauber ist es. Ausnahmslos. »Nein«, erlöst er mich und gegen meinen Willen empfinde ich so etwas wie Erleichterung. Nicht, weil ich irgendetwas von Carlos will, sondern weil er mich geküsst hat. Und ich möchte ungern diejenige sein, die sich in die Beziehung von Bonnie und Clyde mischt. »Carlos hat mehrere Eisen im Feuer«, erklärt er und zieht dabei eine Augenbraue nach oben. »Wenn du verstehst, was ich meine.«

»Was er sagen will«, mischt sich Candy ein, »Solltest du wirklich einmal richtig guten Sex brauchen, frag ihn nach Überstunden und ich versprech dir, du willst nie wieder einen anderen Kerl in dir.«

Nach der Art, wie sie mich ansieht, weiß sie genau, wovon sie spricht und mir wird schlagartig so schwindelig, dass ich mich an der Spüle festhalten muss. Scheiße ...

»So, genug über den Boss. Ich habe keine Lust,

dass er davon Wind kriegt, wie wir über ihn reden.« Bills Miene wird ernster und er legt seine Hand auf meine Schulter. »Das war heute wirklich gute Arbeit, Lis. Du darfst Feierabend machen.«

»Sicher?«, frage ich und automatisch legt sich ein Grinsen auf mein Gesicht. So sehr mich das Carlos-Geschwätz auch verunsichert, und wie ätzend mies ich mir vorkomme, weil ich mich von ihm habe küssen lassen. Gleichermaßen bin ich stolz auf mich. Bill hat recht. Das war gute Arbeit. Vor allem wurde ich nicht schikaniert oder von den anderen zerfleischt. Im Gegenteil. Mit Bill und Candy zu arbeiten war sehr angenehm.

»Sicher«, strahlt er mich an und ich stelle mein letztes Glas ins Regal und mache mich, ohne einen weiteren Blick Richtung Tanzfläche zu richten, auf den Weg zu den Umkleiden. Mittlerweile hat ein neuer Song angefangen. Ich weiß nicht, ob Carlos und Shakira noch tanzen oder bereits im Hinterzimmer weiter an ihrer Show feilen. Es interessiert mich auch nicht. Zumindest rede ich mir das bei jedem Schritt ein, bei dem ich den klebrigen Boden des Velvets fixiere.

Ich bin hergekommen, um Geld zu verdienen. Ich mache einen guten Job und meine Probezeit ist auch beendet. Das ist gut. Ich sollte feiern und singen, so aufgedreht fühle ich mich innerlich. Stattdessen ziehe ich bereits im Flur zum Personalraum die High Heels aus und hinke auf wunden Füßen zu meinem Schrank. Mein Körper ist für heute Game over. Das Velvetshirt klebt so auf meiner Haut, dass ich es samt Sport-BH über meinen Kopf zerre und auf den Boden werfe.

Ich will gerade in meinem Spind nach einem frischen Shirt greifen, als ich einen warmen Atem in meinem Nacken spüre und erstarre. Jede Faser meines Körpers ist sofort in Alarmbereitschaft.

»Das war gute Arbeit«, haucht die tiefe Männerstimme gegen meinen Hals und ich klammere mich an der Tür zu meinem Schrank fest. Ich sollte Angst empfinden. Schließlich bin ich diejenige, die nicht ertragen kann, sobald Männer sich mir nähern. Ich bin diejenige, die nicht ertragen kann, wenn Hände sich um meinen Hals legen, so wie in diesem Augenblick eine schwere Hand von hinten über meine nackte Schulter fährt und meine Kehle umfasst. Ich bin diejenige, der bei jeder unsanften Berührung Tränen in die Augen schießen. Und ich bin diejenige, die in diesem Moment stillhält. Sich nicht bewegt. Weil ich es will.

Ich will, dass Carlos Alvarez mich berührt. Ich will, dass er mich in die Enge treibt und mich dazu bringt zu tun, was er verlangt. Und das tut er.

Er drückt mich am Hals nach hinten, bis ich mit dem Hinterkopf gegen seine harte Brust stoße. Ich schließe die Augen, um mich auf meine Panik vorzubereiten. Um darauf gefasst zu sein, ein Schluchzen zu unterdrücken. Meine Atmung flach zu halten, ehe ich hyperventiliere. Nur, dass heute keines dieser Dinge passiert. Auch nicht, als die kalten Ringe an seinen Fingern über meinen Bauch gleiten und die ersten Fingerspitzen den Saum meiner

Jeans erreichen. Ich will ihn stoppen. Will seine Hand wegstoßen. Weil ich keines seiner Mädchen bin. Weil er die Dunkelheit ist, die ich schon viel zu lange versuche loszuwerden. Und zu guter Letzt, weil ich total verschwitzt bin und er schließlich immer noch mein Boss ist.

Und doch tue ich nichts dergleichen. Denn ein Teil in mir, ein dunkler, tief verborgener Teil in mir, will herausfinden, was als Nächstes passiert.

Nie zuvor habe ich mich freiwillig auf einen Mann eingelassen, den ich nicht kenne. Und selbst nach wochenlanger Beziehung ist es mir schwergefallen. Egal, ob Wochen oder Monate. Eines hatten all meine Beziehungen gemeinsam.

Mein kleines Geheimnis.

Etwas, das ich nie zuvor jemandem gestanden habe. Ich bin Lis, dreiundzwanzig und nie durch einen Mann zum Orgasmus gekommen. Ich hatte schon Sex. Eine Menge sogar und es macht mir auch Spaß. Mehr oder weniger. Nur schaffe ich es nicht zu kommen. Nicht mit einem Mann. Es geht nicht. Nie. Davon weiß niemand etwas. Wer auch? Meine kleine Schwester? Pam aus dem Nachbartrailer oder vielleicht der Walmartkassierer, der schon dreimal nach meiner Nummer gefragt hat?

Schlimm genug, dass es keiner der Männer, die mit mir zusammen waren, je gemerkt hat. Nicht mal Phil, der Idiot. Ich wollte es ihm sagen, hätte er mir nur ein einziges Mal in Ruhe zugehört. Wie ein Irrer hat er mich bearbeitet, bis ich irgendwann einen kurzen Ton von mir gegeben habe, damit er es sein lässt. Ich kann mich unter der Berührung eines Mannes nicht fallen lassen. Es geht nicht. Egal wie oft ich es auch versucht habe.

Meine Atmung wird schneller, ein Schauer breitet sich über meinen Rücken aus. Ich rühre mich nicht vom Fleck. Keinen Millimeter. Spüre, wie Carlos meine Jeans öffnet und dabei in mein Ohrläppchen beißt. Nicht sanft. Nicht liebevoll. Herrisch und mit einem fiesen Knurren.

»Du lenkst mich mit deinen Blicken ab, das muss aufhören«, flüstert er mir ins Ohr, während seine warmen Finger den Weg in meinen Slip finden. Mein Körper keucht auf, ohne dass ich etwas dagegen tun kann. »Das willst du schon die ganze Zeit, hab ich recht?«, knurrt er und übersät die verschwitzte Haut an meinem Hals mit Küssen, während sein Finger sich dabei quälend langsam in meine Spalte schiebt. Ich will widersprechen, doch ich kann mich nicht rühren. Es ist nicht wie sonst. Wenn die Angst mich lähmt. Ich Demütigung und Berührung hinnehme, ob ich sie will oder nicht. Vielmehr hat mein Körper die Kontrolle über sich abgegeben. Nicht, weil ich das hier will. Vielmehr, weil ich es brauche. Und er scheint das zu wissen.

»So verdammt feucht«, murmelt er, »als hätte deine kleine Pussy nur auf mich gewartet.«

Dabei knetet er meine Brust, während sein Mittelfinger der anderen Hand um meine Klitoris kreist. Immer und immer wieder fährt sein Finger am Rande meiner empfindlichsten Stelle vorbei. Ich will ihn anschreien, weil mein Körper unter der Berührung, die einfach nicht genug ist, zuckt und zittert. Ich will betteln, dass er mich endlich richtig anfasst.

Doch ich schweige. Denn Carlos Alvarez weiß auch ohne meine Worte, was ich brauche. Ich kneife die Augen fester zusammen, von einer Woge der Erregung erfasst, weil sein Finger sich endlich mit dem perfekten Druck auf meine Knospe legt. So hat es sich nie angefühlt. Meine Beine zittern und ich schnappe wiederholt nach Luft. Sein Mittelfinger liebkost meine Mitte und ich befürchte, jeden Moment zu explodieren. »Ich wusste, deine Pussy würde sich gut anfühlen«, säuselt er. Seine Worte gelangen kaum bis in mein Gehirn. Er zwirbelt meine Brustwarze mit Daumen und Zeigefinger und ich spüre seine Erektion deutlich in meinem Rücken. Presse mich gegen ihn. Genieße zum ersten Mal in meinem Leben das Gefühl, vollkommen schutzlos zu sein. Ich will keine Kontrolle mehr. Hier und jetzt, unter der Hand meines Bosses, gebe ich alles ab. Meinen Körper. Meinen Willen. Die Kontrolle, steuern zu können, was ich tue oder was ich will. »Sieh mich an«, befiehlt Carlos, und ich lege den Kopf zur Seite, ohne die Augen zu öffnen. Im nächsten Moment schiebt er gleichzeitig seine Zunge zwischen meine Lippen und sein Finger dringt mit einem festen Stoß in mich ein. Ich stöhne laut in seinen Mund und spüre ein triumphierendes Lächeln auf seinem. Der Geruch, gemixt aus seinem Atem, einem herben Parfum und meinem eigenen Körper, ist eine Mischung, die mich erschaudern lässt vor Begierde. Ja, es ist Begierde, die ich empfinde. Eine neue gefährliche Form des Willens, die ich so nicht kenne.

Meine Brustwarze fest zwischen seinen Fingern, die Zunge bestimmend forsch in meinem Mund, zieht Carlos seinen Finger heraus, kreist ein weiteres Mal um meine Klitoris, verteilt meine Nässe, nur um ihn erneut in mich zu stoßen. Meine Beckenknochen schmerzen, weil er mich viel zu grob mit seinem Finger fickt und dabei meine Brustwarze so fest kneift, dass ich schreien möchte. Schmerz oder Lust. Ich vermag es nicht mehr zu unterscheiden. Alles in meinem Kopf verschwimmt. Lust und Angst. Wollen und Nichtwollen.

Meine Arme spannen sich an, meine Beine drohen nachzugeben. Ich jammere, winsle in seinem Mund, während seine Zunge grob meinen Mund erforscht.

Nie zuvor hat es ein Mann so weit geschafft und ich würde gern darüber nachdenken, warum das so ist. Welche Bedeutung dieser Moment in sich trägt, doch mein Kopf kann nicht arbeiten. Ich bin viel zu sehr gefangen in den Stößen, die immer wieder neue Wellen der Erregung über mich schwappen lassen. Alles geschieht wie von selbst. Ich presse meinen Rücken gegen seine Brust, drehe den Kopf noch weiter zur Seite, um ihn fester zu küssen. Dabei kneife ich die Augen zu, beide Hände fest an das Metall meines Schrankes geklammert.

Carlos massiert meinen Kitzler. Die Berührung fühlt sich perfekt an. Schließlich schiebt er zwei

Finger in mich hinein und ich habe das Gefühl, ich verliere den Boden unter den Füßen. Ich stöhne, flehe, wimmere und schließlich ... komme ich. Nie zuvor haben sich meine Muskeln um den Finger eines Mannes zusammengezogen. Dieses Gefühl reißt mich mit sich und ich beiße ihm in die Lippe. Spüre, wie jede Faser meines Körpers sich verzehrt vor Lust. Wie eine riesige Welle ist der Höhepunkt über mich geschwappt und hat mich nass und verwirrt zurückgelassen.

Ohne es wissen zu können, bin ich sicher, dass nie zuvor eine Frau einen solchen Orgasmus erlebt hat. Kurz und heftig. Gleichermaßen zum Lachen wie zum Weinen.

Mein Herz springt jede Sekunde aus meiner Brust.

Ich löse mich von seinem Mund, als ich Blut schmecke. Mit beiden Händen stütze ich mich gegen meinen Spind, um nicht das Gleichgewicht zu verlieren, wage es aber nicht, die Augen zu öffnen. Meine Atmung geht viel zu schnell und es fühlt sich an, als halle sie laut wie Donnerschläge durch den Raum. Ich bin gekommen. So schnell. Im Umkleideraum meines neuen Jobs. Mit meinem Boss.

Die Leere, die er hinterlässt, fühlt sich ebenso ungewohnt und neu an wie der Orgasmus.

Das ist genau die Abkühlung, die eine große Welle an Emotionen mit sich bringt. Der Moment ist vorüber und mein Gehirn meldet sich aus der Versenkung. Gefühle überrollen mich und ich habe keine Ahnung, was ich jetzt tun soll. Ich wollte das hier nicht, schäme mich für das, was ich getan habe.

Carlos ist nicht gut. Ich bin nicht blöd. Weiß, was die Frauen tun, die nicht an der Theke arbeiten, aber jeden Abend im Velvet rumlungern. Ich weiß auch, warum die Security allesamt bewaffnet sind. Das hier ist keine gewöhnliche Diskothek. Und ich hätte das nicht zulassen dürfen. Er hat meinen ersten Orgasmus nicht verdient.

Ich sollte kündigen. Das Velvet verlassen und nie wieder zurückkehren. Oder ich sollte mich umdrehen und ihn bitten, mit mir zu schlafen. Denn ganz gleich, wie falsch das hier gerade war. Ich möchte es noch einmal erleben. Als mir die Kälte in meinem Rücken bewusst wird, öffne ich die Augen und drehe mich um.

Er ist weg.

CARLOS

Damals

Mittwochs war ich grundsätzlich beim Kickboxtraining. Bis spät abends trainierte ich jede Woche. Und ich wurde mit jedem Training besser. Kräftiger. Bereit, meinem Endgegner eines Tages entgegenzutreten. Denn der Wunsch, meinem Vater die Fresse zu polieren, wuchs mit jedem Tag in meinem Kopf zu einem unausweichlichen Bedürfnis heran.

Nicht jedoch an diesem Abend. Bobby, mein Trainer, hatte kurzfristig abgesagt, alle meine Kumpel waren verplant und so blieb mir nichts, außer mich in meinem Zimmer zu verkriechen. Mamá und Esmi waren in der Mall, um Weihnachtseinkäufe zu erledigen.

Ich lag auf meinem Bett und hing meinen Gedanken nach. Allen voran denen an Amanda, einem Mädchen aus der Klasse über mir. Sie hatte schöne Haare und zu gerne würde ich sie küssen. Bislang machte sie mit Paddy aus der Stufe unter mir rum. Eine tiefe Männerstimme ließ mich hochfahren.

»Simon«, fuhr mein Vater seinen Anwalt an. »Ich hasse es, mich zu wiederholen.«

»Sir«, jammerte er, sprach aber nicht weiter.

Ich stieg aus dem Bett und schlich auf Socken bis an meine Zimmertür. Sie war nur angelehnt. Am Ende des Flurs konnte ich die beiden Männer sehen. Simon Parker, der Anwalt der Familie, war ein kleiner Mann mit dünnem Haar und Brille. Ich mochte ihn. Er war immer nett zu mir gewesen.

»Bring sie zum Schweigen, oder du bist gefeuert, haben wir uns verstanden?«

»Mister Edwards.« Sein Blick glitt zu meinem Onkel. In seiner schicken Polizeiuniform stand er zwischen den beiden, die Daumen in den Gürtel gehängt.

»Nein«, donnerte Papá und ging einen Schritt auf Simon zu. »Ich warne dich, Parker.« Seine Hand lag auf Simons Brust. »Vermasselt diese blöde Schlampe mein Geschäft, gehst du mit ihr unter. Ich werde dich drankriegen wegen Unterschlagung, Verletzung der Schweigepflicht und all den anderen schönen Dingen, die du getan hast. Verliere ich, verlierst du ebenfalls.«

Selbst auf die Entfernung konnte ich sehen, wie Simon immer blasser wurde, doch Papá war längst noch nicht fertig mit ihm. Er zog die Krawatte um Simons Hals so eng, dass er nach Luft rang. Mein Onkel schüttelte nur schmunzelnd den Kopf.

»Simon, Simon«, tadelte er lachend, während der nette Mann nach Luft rang.

»Ich werde dein Leben zerstören, deine Familie«, fuhr

Papá fort. »Scheiße, ich bringe sogar deinen verdammten Postboten zu Fall, wenn du mir noch ein einziges Mal widersprichst. Habe ich mich klar ausgedrückt?«

Sein Blick schoss in meine Richtung und ich versteckte mich schwer atmend hinter der Tür. Es tat mir leid für Simon. Ganz ehrlich. Bis hierher hörte ich ihn keuchen, ehe er schließlich mit einem tiefen Zug nach Luft rang. Offensichtlich hatte Papá ihn losgelassen. Bei allem, dessen Zeuge ich gerade geworden war, konnte ich mir dennoch ein leichtes Grinsen nicht verkneifen. Denn wenn mein Papá andere Menschen so behandelte, vor allem einen netten Mann wie Simon, fühlte ich mich ein kleines bisschen weniger schlecht. Das bedeutete nämlich, es lag nicht nur an mir.

Ich schlenderte hinüber zu dem Boxsack, den ich zum letzten Geburtstag bekommen hatte. An teuren Geschenken hatte es in unserem Haus nie gemangelt.

Meine Faust donnerte mit einem Knall gegen das weiche Leder. Eins. Eines Tages würde ich der Stärkere von uns beiden sein. Ein weiterer Schlag. Zwei. Dann würde ich dafür sorgen, dass er nie wieder mit jemandem so umsprang. Schlag. Drei. Ich würde nicht nur meine Mamá und Esmi, sondern auch Simon vor ihm beschützen. Mittlerweile brannten meine Knöchel. Ich schlug erneut so fest, ich konnte. Vier. Ich würde ihm wehtun. Schlag. Fünf. Nein, ich würde ihn zerstören. Es würde nicht reichen, ihm nur wehzutun. Ich würde ihn zu Fall bringen für alles, was er den Menschen antat. Schlag. Sechs. Ich würde ihn umbringen.

Ich kann mich nicht erinnern, wann ich das letzte Mal derart unter Strom stand. Ich habe in den vergangenen Tagen fünf verschiedene Huren gefickt, war quasi rund um die Uhr im Fitnessraum und habe so gut wie kein Koffein zu mir genommen. Trotz allem zittern meine Finger, während ich versuche, die winzige Kaffeetasse anzuheben.

»Du hast ja keine Ahnung, wie sehr mir das hier auf die Nerven geht«, knurre ich und zünde mir eine Zigarette an. Simon sieht sich besorgt um. Uns ist beiden klar, dass hier drinnen Rauchverbot herrscht. Am Tag in der Stadt unterwegs zu sein, fühlt sich falsch an und ich versuche es zu vermeiden, so gut es geht. Wahrscheinlich sollte ich mich bemühen, weniger aufzufallen, nur dass das hier viel zu viel Spaß macht.

»Ich weiß. Das ist nicht zu übersehen«, brummt er auf das siegessichere Grinsen hin, das ich der Kellnerin zuwerfe.

»Es ist nicht clever, hier rumzulungern. Aber wenn es sein muss, soll es wenigstens zu was gut sein.«

Ich asche auf den Boden und beobachte gespannt, wie manche Gäste den Kopf schütteln. Ich bin kein Arschloch. Ja gut, vielleicht bin ich eins, aber ich mache niemals etwas ohne Grund. Mein Verhalten gilt dem Besitzer des Ladens, in dem wir sitzen.

»Sei froh, dass sie sich überhaupt mit uns trifft.

Kein Wunder, dass sie einen neutralen Ort wollte. Carlos, die Frauen haben Angst.«

»Zu Recht«, knurre ich. Simon und ich wissen besser als die meisten Menschen in Detroit, wozu meine Familie fähig ist.

»Vielleicht sollten wir das mit diesem McGrigor vertagen?«, fragt Simon und schenkt mir ein hoffnungsvolles Grinsen.

»McGuire«, korrigiere ich und lehne die Ellbogen auf den Tisch. »Und nein. Lass mir ein bisschen Spaß. Zwei Fliegen, eine Klappe.« Ich asche ein weiteres Mal einfach auf den Boden. John McGuire, der Besitzer des Restaurants, in dem wir die ehemalige Angestellte meines Vaters treffen, soll gerne aus seinem Versteck kommen und sich beschweren.

Es war meine Idee herzukommen, denn dieser Hurensohn schürt schon länger meine Wut. Vor drei Wochen hat er eines meiner Mädchen verprügelt. Etwas, wobei ich keinen Spaß verstehe. Ein Mann, der eine Frau schlägt, ist kein Mann. Seit ich davon weiß, besuche ich ihn hin und wieder, einfach, damit ihm klar ist, dass wir ihn beobachten. Bislang bin ich immer direkt in die Küche marschiert und habe mich an den Kochtöpfen bedient und sein Küchenpersonal ein wenig gekitzelt. Anstatt sich zurückzuziehen, hat der Wichser zwei Dealer in meinem Viertel postiert und verkauft gestrecktes Zeug an Kinder. Einmal mag vielleicht ein Ausrutscher gewesen sein. Doch langsam aber sicher habe ich die Schnauze voll von diesen Spielchen.

»Hier sind die Informationen über das neue

Mädchen, das Shakira eingestellt hat«, Simon schiebt mir einen braunen Umschlag über den Tisch zu, »was auch immer du damit vorhast«, murmelt er und wirkt wie immer in der Öffentlichkeit nervös. Er hat Angst. Auch wenn er vielleicht ein brillanter Anwalt ist, kann er das schlecht verbergen.

Mit mir gesehen zu werden, bringt ihn in Gefahr. Der Tag, an dem mein Vater herausfindet, dass Simon Parker für mich arbeitet, wird sein letzter Tag auf Erden sein. Ich weiß, welches Risiko er eingeht. Und dafür bin ich ihm sehr dankbar. Wann immer ich etwas für ihn tun kann, mache ich das, ohne nachzufragen. Er kennt meine dunkelsten Geheimnisse.

Ich puste den letzten Rauch in das Restaurant und drücke meine Zigarette mitten auf dem weißen Tischtuch aus. ›*Komm schon, McGuire, zeig dich, damit ich dir die Fresse polieren kann*‹. Doch ganz gleich, wie ich mich benehme, keine seiner Bedienungen kommentiert das auch nur mit einem Pieps. Sie haben alle die Hosen voll. Fürchten sich vor dem King, der keine Gnade kennt.

»Und?«, frage ich und ziehe die wenigen Seiten hervor. »Elisabeth Rosalie Turner«, lese ich. Ich hebe den Blick und sehe meinen Anwalt an. »Irgendwas Interessantes?« Ich überfliege die Informationen. Geboren in Richmond. Eltern Richard und Rosalie. Eine Schwester, Kim. In Richmond zur Schule gegangen.

»Nicht wirklich ... bis auf ...«

Erneut sehe ich zu Simon, der an der Serviette auf seinem Platz rumspielt.

»Bis auf?«, wiederhole ich. Ich kann mich auf die Informationen, die er liefert, verlassen. Genau wie auf sein Urteil. Sagt er mir, ich muss die Finger von der Kleinen lassen, tue ich das. Auch wenn ich den Geruch ihrer feuchten Möse den ganzen verschissenen Tag in der Nase trage. Ich kann einfach nicht vergessen, wie es sich angefühlt hat, in ihr zu sein.

»Es ist vielleicht nichts, aber mir kommt es irgendwie komisch vor.«

»Was?«, blaffe ich, weil ich heute noch ungeduldiger bin als sonst. Lis spukt seit Tagen unentwegt in meinem Kopf herum. Das ist etwas, was ich nicht verstehe. Ich interessiere mich nicht näher für Frauen. Nicht so jedenfalls. Daher ist es umso wichtiger, dass ich alles über sie in Erfahrung bringe.

»Na ja ... es ist auffällig wenig.«

»Wenig?« Ich blättere die dünne Akte durch, und in der Tat – nach der Highschool kommen keinerlei Einträge.

»Kein Strafzettel. Kein Umzug. Kein ...« Simon zögert. Er mag es nicht, mich mit Dingen zu konfrontieren, die mir auf die Eier gehen.

»Kein Was?«

»Kein Nichts«, antwortet er und wir sehen beide zur Tür, weil eine üppige Frau mit grauen Strähnen, die gerade hereingekommen ist, sich suchend umschaut. Ihr Blick erreicht uns und sie zieht merklich den Kopf ein.

»Lass mich das machen, okay?«, warnt Simon

und erntet dafür nur ein Knurren von mir. Er hebt gentlemanlike die Hand und winkt die Dame an unseren Tisch. Ich klappe die Akte über Lis zu und versuche die Gedanken an dieses Mädchen beiseitezuschieben. Elisabeth … Elisabeth Rosalie Turner. Um sie und ihre karge Vergangenheit werde ich mich später kümmern müssen.

∞

Mit Zeigefinger und Daumen kneife ich mir in die Nasenwurzel.

»Dieser Wichser«, knurre ich. Simon und die ehemalige Angestellte meines Vaters zucken gleichzeitig zusammen.

»Es hat sich eine ganze Zeit lang hingezogen. Anfangs habe ich Yvonnes Veränderungen nicht mit Mister Edwards in Verbindung gebracht.« Seit nunmehr einer Stunde berichtet uns die ehemalige Putzfrau meines Vaters von der Zeit, in der sie für ihn gearbeitet hat. Zwei Jahre waren sie und diese Meyers die Putzfrauen unseres lieben Bürgermeisters. »Irgendwann wurde es immer auffälliger. Sie zuckte zusammen, sobald er den Raum betrat, übergab sich, sobald er seine Stimme gegen sie erhoben hatte.«

Mein Blick fällt auf Simon, der die Hände vor dem Mund gefaltet hat. Er ist genauso schockiert wie ich.

»Irgendwann hat sie mir dann alles gebeichtet.

Er hatte sie angefasst. Sie gezwungen, seinen …« Ihr Blick senkt sich.

»Ihm einen zu blasen?«, frage ich und Simon zieht eine Augenbraue nach oben.

Es dauert ein paar Sekunden, dann nickt sie zaghaft.

»Herrgott«, stößt der Anwalt aus.

»Ich habe sie dazu überredet, zur Polizei zu gehen und Ihren Vater anzuzeigen.« Tränen sammeln sich in ihren Augen. Sie presst die Lippen aufeinander.

»Und da ist sie auf den guten Onkel Steve gestoßen«, beende ich ihre ätzende Geschichte. Ich weiß nicht, wer von den beiden das größere Arschloch ist. Wobei der Bruder meines Vaters als Polizeichef von Detroit einen noch größeren Verrat an seinen Bürgern begeht. Die Polizei, dein Freund und Helfer. Ich könnte beim Gedanken daran kotzen. Ich habe oft mit dem Gedanken gespielt, Steve einfach zu erschießen. Vorher will ich, dass er mitansieht, wie sein Bruder untergeht. Danach habe ich keine Verwendung mehr für ihn. Ich werde ihn den Wölfen zum Fraß vorwerfen und dabei zusehen, wie sie ihn in Stücke reißen.

»Was ist dann passiert?« fragt Simon und ich reiche der Dame, die sich nach wie vor weigert, ihren Namen zu nennen, eine Serviette. Ich bin vielleicht kein Heiliger. Aber sicher auch nicht so ein frauenfeindliches Arschloch wie die restlichen Männer meiner Familie.

»Sie hat nie wieder ein Wort darüber verloren.

Hat von einem Tag auf den anderen einen neuen Job bekommen und war wie vom Erdboden verschluckt. Erst vor kurzem habe ich sie durch Zufall getroffen, aber sie ist ...« Sie unterbricht sich für einen Schluchzer und sieht uns entschuldigend an, »... sie ist nur noch ein Geist. Mister Alvarez«, wendet sie sich direkt an mich, »ich weiß nicht, was Ihr Vater alles mit ihr gemacht hat und ich will es auch, glaube ich, gar nicht so genau wissen. Aber ich kann Ihnen sagen: Ihr Vater ist kein guter Mensch. Der Bürgermeister unserer Stadt ist der Teufel.«

Einen Moment sehen wir uns in die Augen. Ihre rot vom Weinen, meine kochend vor Wut. Im Grunde genommen liefert uns diese Frau keine neuen Informationen. Simon und mir ist schon lange klar, dass mein Vater und sein Bruder korrupte Schweine sind, die über Leichen gehen. Und dafür werde ich ihn brennen lassen. Aber ich will es richtig machen. Blind draufloszuschlagen ist nicht meine Art. Nicht mehr.

Natürlich habe ich schon Schlägertrupps auf meinen Vater gehetzt. Immerhin habe ich ihm die Nase bereits vor meinem neunzehnten Geburtstag gebrochen. Mit den Jahren habe ich gelernt, dass ich schlauer werden muss. Es sind seine eigenen Waffen, die ihn schlagen werden.

Seit vier Jahren baue ich mir etwas auf. Ich bereite mich vor für den Tag, an dem wir uns gegenüberstehen. Denn diesmal werde ich nicht nur eine Schlacht gewinnen, sondern den gottverdammten Krieg.

»Wären Sie bereit, eine Aussage zu machen?« Simon faltet die Hände auf dem Tisch und lehnt sich ein Stück nach vorne.

»Nein. Nein. Auf keinen Fall«, schüttelt sie den Kopf. »Wissen Sie, was Ihr Vater mit mir macht? Bislang bin ich davongekommen. Habe irgendwann gekündigt und mir einen anderen Job besorgt. Ich bin fertig damit.«

Ich nicke, sehe dabei Simon an. Sackgasse. Schon wieder.

»Können wir irgendetwas tun, um Sie umzustimmen?«, fragt mein Anwalt und legt seine Hand auf ihren Unterarm. »Wir wollen wirklich nicht, dass Sie in Schwierigkeiten geraten, aber Ihre Aussage wäre sehr wichtig.«

Die Frau hört gar nicht mehr auf zu weinen. Ich werfe Simon einen Blick zu und deute ihm mit einem kaum merklichen Kopfschütteln an, er solle es dabei belassen. Es bringt uns ja doch nicht weiter. Sie hat keinerlei Beweise. Ihre Aussage allein reicht nicht. Wir brauchen Yvonne Meyers. Außerdem werde ich keine Frau in Gefahr bringen, indem ich meinen Vater auf sie loslasse. Diesen Fehler mache ich nie wieder.

»Was ich nicht verstehe: Warum ist sie nicht gegangen? Warum haben Sie beide so lange für ihn gearbeitet?«

»Weil wir den Job brauchten«, jammert sie, »wir leben in Detroit, Mister Alvarez. Unsere Kinder dealen mit Drogen auf den Straßen und unsere

Männer werden während der Arbeit erschossen. Manchmal hat man keine Wahl.«

Ich sehe an ihr vorbei und lasse mir ihre Worte durch den Kopf gehen. Dass mein Vater ein Wichser ist, war mir klar. Sexuelle Belästigung allerdings habe ich ihm bislang nicht zugeschrieben.

Dieses Treffen hat mich nicht näher zum Ziel gebracht. Ich atme schwer aus. Und dann denke ich an Elisabeth. An den Ausdruck in ihrem Gesicht, als ich sie gegen den Spind gedrückt habe. Hat sie ebenfalls keine Wahl? Und viel schlimmer, bin ich, ohne es zu wollen, wie mein Vater geworden? Bei dem Gedanken daran muss ich fast kotzen.

∞

»Willst du drüber reden?« Shakira deutet auf mein leeres Whiskeyglas. In der Regel trinke ich nie. Ich gebe die Kontrolle über mich nicht ab. An niemanden. Auch nicht an hundert Dollar teuren Whiskey.

»Je weniger du weißt, desto besser.«

»Für dich oder für mich?«, bringt sie lachend hervor. Shakira steht mir nahe, doch in den Krieg mit meinem Vater würde ich sie niemals mit hineinziehen. Sie weiß, was sie wissen muss. Dass ich sein Sohn bin und ihn hasse. Dass er und die Detroiter Polizei unsere Feinde sind. Emotional muss sie sich nicht mit dieser Scheiße abgeben. Nach außen hin ist sie eine Angestellte. Und das soll auch so bleiben. Alles andere würde mich verletzbar machen. Etwas, das ich mir nicht erlauben kann. Sollte er mich jemals finden, darf es kein Druckmittel gegen mich geben.

Daher müssen ein paar Gläser Whiskey reichen, um mich wieder zu beruhigen. Seit zwei Stunden sitze ich an der Theke, habe Serge den hinteren Bereich der Bar absperren lassen, damit mir keiner auf den Sack geht und beobachte Lis bei der Arbeit. Mein neues Hobby, das mich sicherlich meinen Kopf kosten wird.

Eine Woche steht sie bereits hinter meiner Theke und es wird nicht eine Minute langweilig, ihr zuzusehen. Sie wird lockerer. Offener mit den Kunden, fröhlicher mit den Kollegen. Einzig ihre Blicke in meine Richtung sind genauso undurchschaubar wie am ersten Tag. *Sie braucht den Job ...*, hallt es in meinen Gedanken, und ich sehe wieder zurück zu Shakira.

»Für uns beide«, knurre ich verspätet auf ihre Frage und hebe den Zeigefinger, um Bill zu signalisieren, dass er nachschenken soll.

»Wenn du trinkst, muss es ein harter Tag gewesen sein. Kann ich was tun?«

»Hetz McGuire das Gesundheitsamt auf den Hals. Wegen mir auch die verfluchte Steuerbehörde. Ein bisschen Druck kann nicht schaden. Und sorg dafür, dass Mike nicht jeden verfluchten Abschaum reinlässt.«

Zornig sehe ich über ihre Schulter auf ein paar Idioten, die besoffen über die Tanzfläche stolpern und die Mädchen anmachen.

»Okay.« Sie spielt an dem Ring, den sie grundsätzlich an ihrem Zeigefinger trägt. Ihre langen Haare sind zu einem strengen Zopf gebunden und wie immer ganz in schwarz gekleidet, erinnert sie ein bisschen an eine Domina. Ihr Blick wandert zwischen dem Whiskey, den Bill vor mich gestellt hat, und meinem Gesicht hin und her.

»Lass es«, knurre ich und funkele sie wütend an. »Ich brauche keine psychologische Sprechstunde. Kümmere dich um den Laden. Das ist alles, was ich von dir will.«

»Okay«, wiederholt sie und senkt den Blick.

Ich lasse das Gesicht in meine Hände sinken. Die laute Musik verschluckt mein Stöhnen.

»Ich bin nicht wie er«, flüstere ich vor mich hin und schüttele dabei den Kopf. Diese ganze Scheiße macht mich verrückt. Seit Lis hier angefangen hat, bin ich nicht mehr ich selbst. Ich hänge wie ein Alkoholiker in meinem Club herum und lasse mich vor aller Welt volllaufen. Das muss aufhören.

Ich straffe die Schultern und sehe auf. Shakira ist weg. Der Whiskey brennt in meiner Kehle und ich schreie Bill an, er soll mir eine Flasche Wasser bringen. Schluss mit der Selbstmitleidsnummer.

Dabei fällt mein Blick wieder auf Lis, die versucht, den besoffenen Idioten ihre Bestellung zu reichen. Sie will nach deren Verzehrkarte greifen, aber dieser widerliche Penner mit dem Iro und dem Lippenpiercing gibt sie ihr nicht. Ständig tippt er sich mit dem Finger auf die Wange und fordert sie auf, ihn zu küssen.

Meine Hände ballen sich zu Fäusten, mein Atem

wird schwer. Es ist ihr deutlich anzusehen, wie unwohl sie sich fühlt. Hilfesuchend blickt sie sich um, versucht Bill auf sich aufmerksam zu machen, und sieht schließlich zu mir. Ich möchte diesem Penner die Eier abreißen, ihn in Stücke schneiden und ihr auf einem Silbertablett servieren. Dennoch rühre ich mich keinen Millimeter. Beobachte, wie sie immer ängstlicher wird. Ihn fast schon anfleht, es sein zu lassen. Dieser Wichser beugt sich immer weiter über die Theke, fasst sie am Arm und zieht sie eng zu sich ran. Obwohl es mehrere Meter sind, kann ich sehen, wie sie zittert. Ihre Lippe bebt und ich verwette meinen Arsch darauf, sie steht kurz vor einer Panikattacke. Endlich bekommt Bill die Sache mit und greift ein. Er schiebt den Mistkerl von ihr weg.

Ich nicke Serge zu, der schon die ganze Zeit nervös auf den Fersen wippt. Damit hat er das Okay, seinen Posten bei mir aufzugeben und diese Idioten vor die Tür zu setzen. Er wird ihnen freundliche Grüße von mir ausrichten und anschließend werden sie nie wieder auch nur in die Nähe meines Personals kommen. Darauf kann ich mich verlassen.

Ohne den Kopf zu heben, verschwindet Lis mit schnellen Schritten heulend im Personalraum. Dieses Mal gehe ich ihr nicht nach.

LIS

Damals

»Und? Habt ihr es schon getan?« Shannon beobachtete gemeinsam mit mir, wie sich Mitchell Harris einen Shot nach dem anderen reinkippte.

»Ne. Aber ich denk nicht, dass er noch lange warten will.«

»Mann, Lis. Der Typ ist heiß und er steht voll auf dich. Ihr knutscht jetzt seit zwei langen Wochen. Komm schon, Lissy«, grölte sie eine Spur lauter, »heut ist dein Geburtstag.«

Alle um uns herum fingen an zu jubeln und zu schreien und stießen ihre vollen Bierbecher gegeneinander, sodass die Flüssigkeit durch den ganzen Raum schoss.

Ich lachte, nippte an meinem Wasser und sah zurück zu Mitchell. Sein Blick traf mich und mir wurde heiß. Ich mochte Mitch. Wirklich. Er war cool und groß. Er wirkte wie jemand, der mich beschützen konnte und diese Vorstellung gefiel mir.

Er nickte rüber in Richtung Hintertür und ich setzte mechanisch einen Fuß vor den anderen. »Hol ihn dir«, grölte sie hinter mir her. Meine Freundin kam gut ohne mich klar. Ihr Leben war ein Traum. Ihre Eltern reich und ständig auf Geschäftsreise. Sie feierte eine Party nach der anderen und hatte jede Woche einen neuen Verehrer.

Mit eingezogenem Kopf bahnte ich mir einen Weg durch die betrunkene Menge und spürte ein vertrautes Kribbeln im Nacken. Es waren zu viele Menschen. Zu viel Alkohol. Das machte mir Angst. Ließ mich unsicher werden und bescherte mir Magenschmerzen. Ich richtete den Blick auf den Boden, ignorierte die vielen Berührungen, die mich erschaudern ließen und kämpfte mich bis zu der Hintertür, die in den Garten führte. Die meisten Partys feierten wir im Poolhaus von Shannons Familie. So auch meinen achtzehnten Geburtstag. In dem kleinen Flachdachgebäude im üppigen Garten meiner Freundin befand sich neben einem Pool ein Billardtisch und eine kleine Küche. Die meisten der Mädels hatten sich bereits ausgezogen und sprangen im Wasser umher. Ich gehörte niemals dazu. Ich hatte viel zu große Angst, man könne die Spuren auf meinem Körper bemerken.

Die kalte Nachtluft schlug mir entgegen und ich wollte gerade erleichtert ausatmen, als Mitchell hinter der Tür hervortrat und mich zu sich zog.

»Happy Birthday, Baby«, flüsterte er und leckte dabei über meinen Hals. Die Nähe in Verbindung mit seiner Alkoholfahne ließ mich kurz erstarren.

»Hi«, murmelte ich und versuchte ihn ein Stück von mir wegzuschieben.

»Na komm, entspann dich«, hauchte er viel zu dicht an meinem Ohr und seine Hand glitt ohne Vorwarnung an meine Brust. Mein Mund war trocken und meine Atmung kaum noch unter Kontrolle. War es immer so? Sollte es sich so anfühlen, das erste Mal berührt zu werden? Was wusste ich schon. Ich hatte keine Ahnung. Ich glaubte, was man mich wissen ließ. Nahm die Dinge, wie sie waren. »Heute mache ich dir ein besonders schönes Geschenk«, lallte er. Ich nahm die Hände von seiner Brust, die immer wieder versucht hatten, ihn auf Abstand zu halten und ließ ihn gewähren.

Ich wollte einfach nur so sein wie alle anderen. Nicht die Lis, die sich vor Nähe fürchtet. Nicht die Lis, deren Knie blau waren, weil der Vater sie am Vorabend auf den Asphalt geschubst hatte. Nicht die Lis, die sich Nacht für Nacht in ihrem Zimmer einschloss aus Angst, er könne eine weitere Grenze überschreiten. Ich wollte nicht das Mädchen sein, das ihren achtzehnten Geburtstag von ihrer Familie getrennt verbringt. Den ganzen Tag hatte ich mich versteckt. Vor Kim, vor Mom und vor meinem Dad. Ich hatte heute weder Kraft für seine Aggressionen noch, um für Mom und Kim das glückliche Geburtstagskind zu spielen. Ich hatte ihre Geschenke ignoriert, mich mit Shannon und ein paar anderen aus der Schule im Skatepark getroffen. Mit der Kapuze meines Hoodies tief in die Stirn gezogen hatte niemand die Tränen gesehen, die ich den ganzen Tag über nie wirklich zurückhalten konnte. Und auch jetzt, in der Dunkelheit der Nacht, be-

merkte Mitchell nicht, wie meine Augen überquollen vor Schmerz.

Heute

»Du musst dich wirklich einfach ein bisschen krasser wehren«, schimpft Bill und ich kann nur tief seufzen, während ich den Tresen zum dritten Mal sauber wische. Die Gäste sind ausnahmslos rausgeschmissen worden, die Putzkolonne wird jede Sekunde eintreffen und Sam spielt in angenehm leiser Lautstärke einen Achtzigerjahre-Rocksong nach dem anderen. Candy hat bereits vor einer Stunde Feierabend gemacht und auch meine und Bills Schicht ist jeden Moment zu Ende. Doch ich will nicht gehen. Nicht, solange Carlos an der Bar sitzt und mich ansieht, als sei ich die erste Frau, die er auf dieser Welt entdeckt hat. Warum hat er mir nicht geholfen? Ich bin mir sicher, er hat meine Lage ganz genau durchschaut. Überhaupt, was war das zwischen uns? Oder besser gesagt: Was *ist* es? Ich werde einfach nicht schlau aus der ganzen Situation und bin dazu einfach komplett verwirrt und völlig fertig.

»Solltest du allein nicht klarkommen, kannst du auch jederzeit Mike rufen oder einen von den anderen aus der Security. Dafür sind die Jungs hier. Du musst dich von niemandem blöd anmachen lassen«, mahnt er weiter. Ich weiß ja, dass er recht hat. Natürlich weiß ich das. Ich bin kein Kind mehr. Als dieser Idiot mich heute Nacht bedrängt hat, war ich wie gelähmt. Ich habe kurz die Kontrolle verloren. War wieder fünfzehn und hilflos. *Das darf nicht passieren.*

»Ich weiß«, murmele ich und sehe im Augenwinkel zu Carlos, der mit den Lippen eine Zigarette aus seiner Schachtel zieht und sie anschließend anzündet.

»Bill«, ruft er, sobald unsere Blicke sich treffen. »Mach Feierabend. Den Rest schafft Lis allein.«

Seine Worte lassen mich innehalten. Aus Angst? Oder purer Vorfreude? Ich weiß es nicht. In meinem Kopf ist nichts mehr da, wo es sein sollte.

Dafür, dass er die erste Hälfte der Nacht einen Whiskey nach dem anderen getrunken hat, wirkt er äußerst nüchtern. Wahrscheinlich wirkt ein Kerl wie er selbst stockbesoffen noch wie ein Fels. Mein neuer Boss hat diese besondere Präsenz. Man spürt, dass er sich im Raum befindet. Die Spannung verändert sich allein durch seine Anwesenheit. Ich kann mir nicht vorstellen, dass je ein Mensch es wagen würde, ihm zu widersprechen.

Keine Ahnung, ob er wirklich so brutal ist, wie die anderen behaupten und wenn ich ehrlich bin, möchte ich das auch nicht herausfinden. Auch ganz ohne irgendwen am Kragen zu packen oder laut zu schreien, wirken seine Worte wie Peitschenhiebe. Und dennoch habe ich keine Angst vor ihm.

Bill sieht mich kurz an, nickt seinem Boss anschließend zu und verzieht sich mit Sam in die Umkleide.

Ich konzentriere mich auf die Gläser, die poliert werden müssen und darauf, alle Spirituosen wieder an ihren Platz zu räumen. Bei jeder meiner Bewegungen die Gewissheit im Nacken, dass er mich beobachtet.

Ohne aufzusehen, spüre ich, wie er sich erhebt und zu mir hinter die Theke tritt. Ich beiße so fest ich kann auf meine Unterlippe, um mich zu beruhigen. Mein Körper und mein Kopf fechten einen Kampf aus, ich sitze zwischen den Stühlen.

Ja, ich will, dass er näherkommt. Möchte seinen Körper in meinem Rücken spüren. Genau wie bei unserer letzten Berührung. Ich will, dass er mir gibt, wonach ich mich mein Leben lang gesehnt habe. Und dennoch schreit alles in mir, von hier zu verschwinden. Nie wieder zurückzukehren zu einem Mann, der mehr Dunkelheit ausstrahlt, als ich selbst in meinem Leben je erfahren habe.

»Willst du mir erzählen, was da eben passiert ist, Elisabeth Rosalie Turner.« Ich schnappe nach Luft. Schließe meine Augen. Das kann nicht sein. »Was?«, haucht Carlos dicht neben meinem Ohr, weil ihm meine Reaktion natürlich nicht entgeht, »hast du gedacht, ich kenne deinen Namen nicht?«

Meinen Zweitnamen habe ich auf keinem der Personalbögen angegeben. Rein theoretisch kann er ihn nicht wissen. Er muss Nachforschungen angestellt haben. Weiß er von Kim? Vom Trailer und all den anderen Dingen, die ich zu vertuschen versuche? Weiß er von Luca und unserer Vergangenheit?

Ich spüre seine Hände auf meiner Hüfte und muss mich bemühen, nicht laut aufzuschluchzen.

Dieser Abend, die ganze Woche. Es sind zu viele

Erinnerungen, die immer wieder auf mich einprasseln. Jede Nacht mit von Alkohol getränkten Menschen konfrontiert zu werden, die mich betatschen und nicht mehr Herr ihrer Sinne sind. Das ist anstrengend für ein gebranntes Kind wie mich. Schon ohne den Job im Velvet hatte ich Schwierigkeiten zu schlafen. Seit ich hier angefangen habe, sind die Träume zurückgekehrt. Heftiger denn je.

Hinzu kommt, dass Brad mich heute Mittag bedrängt hat. Auf dem Parkplatz hat er mir aufgelauert und mir die Autotür vor der Nase zugeschlagen. Er will endlich die Miete sehen. Das hat das Fass zum Überlaufen gebracht. Es ist zu viel.

Daher lasse ich die Augen fest zusammengepresst. Auch, als Carlos mich zu sich herumdreht. Sein Finger streicht mir zärtlich den kurzen Pony aus der Stirn. Jede Faser meines Körpers ist angespannt. Weil ich das Gefühl habe, seine Berührungen heilen kleine Wunden in mir.

»Sieh mich an, Elisabeth«, knurrt er und ich öffne die Augen. Nie im Leben könnte ich mich ihm widersetzen. Und ich bezweifle, dass ich es überhaupt will.

»Hast du Angst?« Ich versinke in dem Blau seines Blickes und traue mich, den Kopf zu schütteln. Diese Augen. Mit einem Farbton, der einzig für ihn bestimmt ist. Dunkel wie der Nachthimmel funkeln sie mir entgegen. Durch die rechte Augenbraue zeichnet sich eine feine Narbe, was ihn nur noch attraktiver werden lässt.

Ich kann dabei zusehen, wie sein Blick über

meine Lippen bis zu meinem Ausschnitt wandert. Dann funkelt er mich wütend an. »Lüg mich nicht an«, knurrt er.

Er fasst mich an den Hüften und hebt mich mühelos vor sich auf die Theke. Meine Beine weit gespreizt steht er dazwischen und ich spüre seinen harten Schwanz durch den dünnen Stoff meiner Chinohose. Ich sage nach wie vor kein Wort. Weil es keine Antwort in meinem Kopf gibt.

Ja, ich habe Angst. Vor so vielen Dingen. Ich habe Angst, Kim und Luca niemals ein sicheres Leben bieten zu können. Ich habe Angst, dass unsere Vergangenheit uns eines Tages einholen wird. Ich habe Angst vor morgen und dem Tag danach. Dennoch will ich, dass Carlos nicht aufhört, mich zu bedrängen. So abstrus das auch klingen mag. Er soll die Kontrolle übernehmen. Mich an den Ort bringen, an den kein anderer mich je gebracht hat.

»Weißt du«, trotz seines lockeren Tonfalls, sind all meine Sinne geschärft und beobachten jede seiner Regungen, »normalerweise werfen sich mir die Frauen an den Hals. Wie die Fliegen auf einem Stück Scheiße kommen sie immer wieder zurück, ohne dass ich es überhaupt will.«

Ich kralle die Hände in den Stoff auf meinen Oberschenkeln.

»Oder aber«, er nimmt mein Kinn zwischen Zeigefinger und Daumen und dreht meinen Kopf ein Stück in beide Richtungen. »Sie sind schlau und laufen so schnell sie können davon. Denn das ist das Beste für sie, glaub mir. Aber bei dir kleine Princesa …«, Carlos löst die Finger um mein Kinn und umfasst meinen Nacken, sodass mein Gesicht dicht vor seinem ist.

Sein Griff ist fest. Ich sollte mich fürchten. Sollte den Drang empfinden zu fliehen. Tue es jedoch nicht.

»Warum rennst du nicht, Elisabeth? Du siehst mich an, als sei ich dein Untergang.« Ich schnappe nach Luft, weil er in diesem Augenblick mit der freien Hand den Knopf meiner Hose öffnet und seine Hand unvermittelt in meinen Slip schiebt. »Und doch bist du hier. Lässt es zu«, haucht er.

Quälend langsam fahren seine Finger zwischen meine Schamlippen und treffen auf meinen empfindlichsten Punkt. Die Lippe zwischen den Zähnen beiße ich fester zu, bis ich den Geschmack meines eigenen Blutes auf der Zunge wahrnehme. Er soll nicht aufhören. Niemals.

Ein fettes Grinsen breitet sich auf Carlos' Gesicht aus. »Weil du das hier willst, hab ich recht?« Mit seinen Worten schiebt er einen Finger in mich hinein. Ich öffne meine Beine weiter für ihn, schon wieder kurz davor, in tausend Stücke zu zerspringen. Ich will nicht stöhnen. Auf keinen Fall. Allerdings hat mein Körper den Kampf längst gewonnen. Gibt sich einem Mann hin, der mein Verderben sein wird. Er soll mich kommen lassen. Ein letztes Mal, ehe ich meinen Verstand wieder aktivieren kann. Ich muss dieses Gefühl noch einmal erleben. Es ist, wie über einen Abgrund zu springen mit der Gewissheit, fliegen zu können.

Beinahe hätte ich aufgeheult, weil Carlos seinen Finger aus mir herauszieht. Mit einem fiesen Grinsen hält er ihn mir vor die Lippen und warum auch immer, lockere ich meinen Kiefer und öffne sie. Sein Grinsen wird breiter, je weiter er seinen Finger in meinem Mund steckt. Ohne es zu wollen, nehme ich ihn auf und schmecke mich auf seiner Haut. Ein neuer, unentdeckter Geschmack, von dem ich mehr kosten will.

»Du bist so feucht, Princesa. Und das, ohne dass ich etwas getan habe. Sicher schmeckst du nach purer Lust, habe ich recht?« Er entzieht mir seinen Finger und leckt daran. Seine samtige Zunge an seinem Finger entlangfahren zu sehen, bringt mich dazu, mein Becken gegen seine Erektion zu reiben. Carlos schmunzelt bei meinem ersten Annäherungsversuch und schiebt mich ein Stück von sich weg. »Fragt sich nur, was du wirklich willst?«

Beide Hände links und rechts von mir auf die Theke gestützt, habe ich das Gefühl, ich erfriere unter der Kälte, die er hinterlassen hat, seit er mich nicht mehr berührt. Mit flachem Atem sehe ich ihm ins Gesicht und kann nicht antworten. Denn ich weiß es selbst nicht. Viel zu lange weiß ich nicht mehr, was ich will und hatte auch nicht den Luxus, überhaupt darüber nachzudenken. Ich befürchte, was ich will und was ich in diesem Augenblick brauche, sind zwei verschiedene Dinge.

»Komm zu mir, wenn du es weißt.« Die Schärfe in seiner Stimme lässt mich zusammenzucken und ich möchte schreien, weil Carlos sich abwendet.

Weil er mich sitzen lässt. Erregt, durcheinander und vollkommen am Ende. Weiterhin stumm senke ich den Blick auf den Boden und lasse die Tränen laufen, die sich schon den ganzen Tag hinter meinen Augen aufgebaut haben.

CARLOS

Damals

»Mamá?«

Ich streckte den Kopf in ihr Schlafzimmer. Schon seit Jahren schliefen meine Eltern getrennt. Ich hatte das Zimmer meines Vaters nie betreten. Es war Sonntagnachmittag. Der Nachmittag, an dem Papá Esmi mit Pferdereiten und Shoppingtouren bestach. Seine kleine Prinzessin.

»Carlos«, schluchzte Mamá. Sobald sie mit mir sprach, hörte man ihren Dialekt allzu deutlich. Und dass sie mich Carlos nannte, rührte mich. Das tat sie nur sehr selten. Nicht wie Esmi, die mich seit jener Nacht vor vielen Jahren nie wieder bei meinem richtigen Namen genannt hatte.

»Warum weinst du?«, fragte ich und lehnte mich mit der Schulter in ihren Türrahmen. Es kam nicht selten vor, dass sie es tat, daher war ich nicht sonderlich erstaunt.

Ihr Zimmer hatte lavendelfarbene Wände und die

dunkle Satinbettwäsche verschluckte ihre zierliche Figur beinahe in dem riesigen Kingsizebett.

Ich war an den Wochenenden selten zu Hause. Nicht, solange ER da war. Lieber trieb ich mich mit Freunden herum, legte Mädchen flach oder ging boxen. Ich war gut geworden. Dafür, dass mein achtzehnter Geburtstag erst in drei Wochen war, konnte ich mich im Ring beweisen. Mit illegalen Kämpfen besserte ich mein Taschengeld auf, auch wenn es niemals an Geld mangelte. Ich brauchte das. Die Gelegenheit zu beweisen, wie stark ich war.

»Komm her, mi hijo«, sie klopfte neben sich auf die weichen Laken.

Während ich mich vom Türrahmen abstieß und mit verschränkten Armen auf sie zuschlenderte, wischte sie sich die Tränen aus dem Gesicht und straffte die Schultern.

»Was hat er schon wieder gemacht, he?« Ich kannte meine Mutter. Wenn sie weinte, dann nur wegen ihm. Dem neuen Bürgermeisterkandidaten von Detroit. Mit Hilfe meines korrupten Onkels schaffte es dieser Bastard mit jedem Tag etwas weiter an die Spitze. Allein der Gedanken daran ließ die Galle in mir aufsteigen.

Die Matratze gab unter meinem Gewicht nach und ich schloss kurz die Augen, als meine Mamá ihre weiche Hand auf meine Wange legte.

»Von wem hast du das?«, fragte sie und strich zaghaft über die Platzwunde über meiner rechten Augenbraue. Sie würde definitiv eine Narbe hinterlassen.

»Bin gefallen«, log ich und wand mich aus ihrer Berührung. Die Wahrheit war, ich hatte einem Kerl Namens Sammy die Fresse poliert. Er hatte zwei Mädchen

auf der Party, auf der wir waren, bedrängt und sie angefasst. Da waren mir die Sicherungen durchgebrannt. Ich hatte ihm die Nase und mehrere Rippen gebrochen. Eine Anzeige brauchte ich nicht zu befürchten. Kein Mensch war so dumm, sich mit meinem Vater oder meinem Onkel anzulegen.

»Was ist das?«, deutete ich auf die Unterlagen, die verteilt auf dem Bett lagen und ignorierte dabei den Seufzer meiner Mutter. »Lake Union Academy«, murmelte ich, während ich den Internatsflyer in meine Hände nahm. Mir war klar, was das bedeutete.

»Dein Vater …« Ich unterbrach sie schlicht damit, dass ich meine Hand hob.

»Wirst du es zulassen?« Mein Atem ging ruhig. Seit ich neben dem Boxen auch andere Kampfsportarten lernte, wusste ich mich zu kontrollieren. Meistens jedenfalls. Wenn nicht gerade irgendwelche Penner Mädchen anfassten, die es nicht wollten.

Ich biss die Zähne zusammen und konzentrierte mich, um nicht wie ein Baby loszuheulen oder das Zimmer meiner Mutter in tausend Stücke zu zerfetzen. Dieser Wichser wollte mich ans gottverdammte andere Ende des Landes schaffen. Und ich wusste auch, warum. Ich wurde ihm mit jedem Tag gefährlicher. Ich war beinahe so groß wie er. Besiegte Männer, die seine Lakaien hätten sein können. Und vor allem war ich wachsam. Denn würde ich nur ein einziges Mal mitkriegen, dass er meiner Schwester oder meiner Mamá wehtäte, dann würde ich ihn töten. Ihm war das klar. Allein deshalb schloss er sein Arbeitszimmer seit einigen Monaten ab, sobald er es verließ.

»Ich kann nichts dagegen tun.« Rahel Edwards war keine starke Frau. Ich war der Überzeugung, mein Vater hatte meine Mutter nur geheiratet, weil sie in allem schwach war. Sie war zierlich. Fast schon zerbrechlich. Schon seit ich zwölf war, hatte ich sie in Größe und Gewicht überholt. Doch auch ihr Geist war schwach. Sie ordnete sich ihm unter, ohne seine verdrehten Ansichten zu hinterfragen. Selbst vor dem Hintergrund, sie hätte ihm widersprechen wollen, wäre es dafür längst zu spät. Er hatte sie in der Hand. Und wir Kinder waren ihr größter Schwachpunkt.

»Womit hat er gedroht?«, fragte ich und wendete mich ab. Ich konnte ihr nicht in die Augen sehen. So sehr ich mir wünschte, sie würde etwas unternehmen. Ich verstand sie. Sie hatte keine Chance.

»Entweder, du gehst anstandslos nach Seattle, oder deine Schwester muss auf eine Mädchenschule in Toronto.«

»Er schickt sie nach Kanada?«, brüllte ich und stand auf. Ich raufte mir die Haare, ganz kurz davor auszurasten.

»Carlos, ich kann sie nicht ...«

»Schon gut«, unterbrach ich sie und ging Richtung Tür. »Ich gehe nach Seattle.«

Dieser Wichser von einem Vater wusste, womit er drohen musste. Er wusste, dass ich meine kleine Schwester und meine Mamá mit allem beschützen würde, was ich hatte. Und das wendete er gegen mich an, damit er mich loswerden konnte. Nur er hatte eins nicht bedacht ... ich vergaß nie.

Heute

Was für ein beschissener Tag! Seit Stunden brüte ich über meinen verkackten Immobilienunterlagen und könnte kotzen. Nachdem ich Lis heute früh nach ihrer Schicht einfach habe sitzen lassen, sinkt meine Laune mit jeder weiteren Minute. Ganz gleich, wie oft ich mir versuche einzureden, dass es an dem verschissenen Großhändler liegt, oder an der Tatsache, dass McGuire sich mit mir treffen will, nachdem das Gesundheitsamt seinen Laden zerlegt hat. Mir ist klar, dass weder er noch Shakira oder einer der anderen, die ich heute schon zusammengefaltet habe, irgendwie an meiner Laune Schuld sind.

Es liegt einzig und allein an dem neuen Mädchen hinter der Theke, die mich um den Verstand bringt. Ich habe keine Sekunde geschlafen. Bin gereizt und vollkommen überdreht. Und das nur, weil diese Frau wie ein Buch mit sieben Siegeln für mich ist. Den ganzen Tag schon geistern Hirngespinste in meinem Kopf herum, sie könne eine Spionin meines Vaters sein oder ein Bulle meines Onkels.

Ich habe keine verdammte Ahnung und das geht mir richtig auf die Eier. Ich sollte sie einfach feuern. Ich schmeiße jeden Tag Leute raus, ohne mit der Wimper zu zucken. Warum zum Teufel beende ich dieses Fiasko nicht einfach? Nur, weil ihre Muschi sich gut anfühlt und ich es ihr besorgt habe? Selbst ich kaufe mir diesen Scheiß nicht ab.

Ohne weiter zu grübeln, nehme ich den Hörer in

die Hand und wähle die Kurzwahl für den Barbereich.

»Schick Lis in mein Büro«, knurre ich und lege auf, ehe Bill von der Theke etwas erwidern kann.

Eins, zwei, drei, vier, fünf. Ich atme tiefe Züge ein und aus, um mich zu beruhigen, ehe es zaghaft an der Tür klopft. Es sind keine zwei Minuten vergangen, bis sie endlich vor mir steht. Die kurzen Haare seitlich gestylt und mit der schwarzen Lederhose erinnert sie mich an Halle Berry. Nur, dass sie den Blick wie immer devot auf den Boden gerichtet hat und mich nicht ansieht. Halle Berry hätte mir allein für meine Gedanken die Eier abgeschnitten.

»Kennst du das Alphabet?«

Sie sieht auf und schaut mich an wie ein getretener Hundewelpe.

»Ja«, antwortet sie und ich werde allein durch ihre Stimme hart. Ich sollte mich ernsthaft untersuchen lassen.

»Sortier das alphabetisch und hefte alles in die Ordner in dem schwarzen Schrank«, maule ich und zünde mir eine Zigarette an. Mein Bein wippt unter dem Schreibtisch hoch und runter. Ich muss vollkommen den Verstand verloren haben. So viel zum Thema Rausschmiss. Was bin ich doch für ein ätzend inkonsequenter Pisser geworden.

»Jetzt?«, fragt sie und hebt ihre Augenbraue. Beinahe hätte ich laut aufgelacht.

»Nein, morgen«, scherze ich, ohne dass einer von uns lacht. Ich bin kein Typ für Scherze. Nie gewesen.

Wahrscheinlich, weil ich bisher nicht viel Witziges erlebt habe.

Die Stimmung in meinem Büro ist zum Schneiden dick. »Natürlich jetzt«, zische ich, weil ihre Augenbraue noch immer gehoben ist.

»Okay.« Ich kann sehen, wie sie schluckt. Ihre Hände ballen und öffnen sich dabei immer wieder kurz zu Fäusten.

Sie ist nervös. Gut. Das sollte sie auch sein. Beim ersten Zucken mit der Wimper fliegt sie im hohen Bogen raus. Ich bin es so leid, dass sie sich in meinen Kopf frisst wie ein Parasit. Was zum Teufel will sie? Ich hatte nie ein Problem damit, Frauen zu durchleuchten. Wenn man seinem eigenen Ego erstmal den Mund verbietet, ist das ein Kinderspiel. Doch Elisabeth? Sie ist wie eine Grauzone.

Mit vorsichtigen Schritten nähert sie sich meinem Schreibtisch und ihr zarter Duft weht in meine Nase. Sie riecht so verführerisch süß. Wie ein Garten voller Blumen.

Ich lehne mich in meinem Bürosessel ein Stück nach hinten und ziehe kräftig an meiner Zigarette. Ich sollte sie feuern. Und ficken. Erst ficken, dann feuern. Das wäre das Beste für alle Beteiligten.

»Willst du was trinken?«, frage ich stattdessen wie ein Idiot und schlendere rüber zu dem kleinen Servierwagen. Das hier ist eine ganz miese Idee.

Das Problem ist und bleibt: Ich will sie! Ich könnte jede verdammte Hure dazu bringen, mir kostenlos den Schwanz zu lutschen. Nur will ich eben

Elisabeth Rosalie Turner. Und ich will, dass sie es auch will.

Ich gehe bewusst langsam an ihr vorbei und wende mich ihr dann wieder zu. »Scotch?«, frage ich, weil sie wieder einmal keinen Ton herausbringt. Ich werde sie dazu bringen zu schreien, bis es von den Wänden widerhallt.

»Ich trinke nicht«, antwortet sie. Ihr Blick schafft es nicht, sich vollständig wieder auf den Aktenberg auf meinem Schreibtisch zu konzentrieren. Immerhin trage ich mein T-Shirt in der Hose gestopft, habe meinen Gürtel geöffnet und bin barfuß. Es wäre so leicht für sie. Nur ein paar Schritte und sie könnte mich haben. Auf jede erdenkliche Weise.

Das erste Mal an diesem Tag umspielt ein Lächeln meinen Mund. Denn sie will mich. Das sehe ich in ihren Augen.

»Tja«, lache ich, »da haben wir etwas gemeinsam.« Dabei schenke ich mir einen Scotch ein und kippe ihn in einem Zug hinunter. Unsere Blicke treffen sich. Beinahe hätte ich laut über den Ausdruck in ihrem Gesicht gelacht. »Eigentlich«, beantworte ich ihre stumme Frage, »trinke ich auch nicht.«

»Und uneigentlich?«, fragt sie und ich halte in meiner Bewegung inne. Bislang hat sie mich nie von sich aus angesprochen und schon gar keine kesse Bemerkung gemacht. Ich mag das.

»Bin ich derzeit etwas durcheinander«, gestehe ich und werfe ihr eine Wasserflasche zu. Sie fängt sie. Und lächelt. So viele Premieren an einem Tag.

Die nächsten zwei Stunden beobachte ich Elisabeth dabei, wie sie meine Mietverträge und Kaufbelege akribisch genau sortiert und ein System in mein Chaos bringt. Vermutlich sollte ich währenddessen vorgeben, ebenfalls zu arbeiten. Aber das ist einfach nicht meine Art. Daher lehne ich mich entspannt zurück und verpasse keine ihrer Regungen. Wie sich ihre Brauen leicht zusammenziehen, wenn sie konzentriert liest und wie der Bernsteinton in ihren Augen heller wird, sobald sie es verstanden hat.

Eine beruhigende Stille hat sich in mein Büro gelegt und ich kann zum ersten Mal an diesem Tag durchatmen. Ihre Anwesenheit ist angenehm. Sie ist still, erledigt, was ich ihr auftrage. Nur hin und wieder hebt sie minimal den Blick, um mich anzusehen. Ich fiebere alle paar Minuten dieser Gelegenheit entgegen.

»Warum schreibt sich dein Name mit s und nicht mit z, Elisabeth?«, frage ich und betone den weichen Klang ihres Namens. Mit einer Akte in der Hand hält sie inne und sieht mich an. Ein schüchternes Lächeln in dem engelsgleichen Gesicht.

»Meine Großmutter mütterlicherseits kommt aus Deutschland. Meine Mutter fand die deutsche Schreibweise hübscher als die unsere.«

Bei jedem ihrer Worte starre ich auf ihre Lippen. Sie sind heute in einem sanften rosé Ton geschminkt. *Und würden sich sicher perfekt um meinen Schwanz legen.*

»Dann warst du schon in Deutschland?«,

schlussfolgere ich und versuche so, mehr Informationen über sie zu bekommen.

Ihr Kopf schüttelt zaghaft hin und her. Das Lächeln ist verschwunden und sie senkt den Blick wieder auf die Akte in ihrer Hand. Mittlerweile habe ich einen Stuhl auf die andere Seite meines Schreibtisches gestellt. Ich bin schließlich kein Sklaventreiber.

»Lebst du nicht mehr bei deinen Eltern?« Denn die Adresse in ihrem Personalbogen stammt aus Richmond, Virginia. Dort kann sie unmöglich wohnen.

»Das ist die Letzte«, übergeht sie meine Frage und steht auf, um den schweren Ordner wieder auf seinen Platz zu stellen. Sie dreht mir den Rücken zu, doch ich kann sehen, wie sie sich anspannt.

Ich sollte sie gottverdammt einfach feuern. Warum kann ich es nicht gut sein lassen? Sie bemerkt nicht, wie ich aufstehe, um hinter sie zu treten.

»Du hast meine Frage nicht beantwortet«, flüstere ich stattdessen dicht an ihr Ohr. Elisabeth schließt die Schranktür und ich zögere keine Sekunde, presse sie mit dem Gesicht gegen das kalte Metall. Dabei keucht sie auf. Der Zwiespalt, sie ficken zu wollen und der Angst, sie könne etwas gegen mich planen, macht mich wahnsinnig. Wer ist sie verdammt und was will sie von mir?

»Was willst du von mir?«

Sie atmet schnell, ihr Puls rast und sie bringt keinen Ton hervor. Versucht nicht im Ansatz, sich meiner Berührung zu entziehen. Wenn sie nur eine Ahnung davon hätte, wie wütend sie mich damit macht. Jahrelang habe ich dabei zugesehen, wie meine Mutter sich hat nötigen lassen von ihrem eigenen Ehemann. Nicht stark genug, ihm ihre Grenzen zu zeigen. *Wo liegt deine Grenze, Elisabeth?*

Ich drehe sie um und ohne Vorwarnung zeige ich ihr mit einem Kuss, wie wütend mich ihr Verhalten macht. Ich tauche tief in ihren Mund, ziehe ihren Kopf nach hinten, um besser an ihre Zunge zu gelangen. Mit meinem ganzen Gewicht presse ich sie an den Schrank, zwinge sie dazu, mich zu küssen. Seit Jahren habe ich mich nicht mehr so sehr selbst gehasst, wie in diesem Moment. Ich elender Wichser.

Doch zu meiner Überraschung schlingt Elisabeth ihre dünnen Beine um meine Taille und krallt sich in meinen Nacken. Was stimmt mit dieser Frau nicht? Warum rennt sie nicht davon? Heult nicht, obwohl ich ihren Hinterkopf viel zu fest gegen das Metall presse.

Wie ihre zarten Finger sich in meine Haut graben, stimmt mich milder. Und macht mich verdammt scharf. Ich lege ihr die Hände unter den Hintern und trage sie zu meinem Schreibtisch. Dort setze ich sie auf die Glasplatte und löse zum ersten Mal meinen Mund von ihrem.

»Was willst du von mir?«, wiederhole ich meine Frage und bin genauso außer Atem wie sie. Warum zur Hölle habe ich nie zuvor mit einer Frau richtig geknutscht? Mir war nicht klar, was ich dabei verpassen würde. Ich fixiere ihre Augen.

»Ich weiß es nicht«, flüstert sie und ich versuche in ihrem Gesicht die Wahrheit zu erkennen. Neue Wut flackert in meinem Bauch zu einem lodernden Feuer heran.

»Bullshit«, brülle ich ihr mitten ins Gesicht. Lis zuckt zusammen und ihre Augen glänzen bedrohlich. *Hier*. Hier liegt ihre Grenze.

Sofort löse ich mich von ihr und trete einen Schritt zurück. Die Panik in ihren Augen war wie ein Schwall kaltes Wasser, der mir ins Gesicht geklatscht wurde. Verdammt!

Ich fahre mir mit den Händen über das Gesicht, zwinge mich, ruhig zu atmen. Dabei fixiere ich einen Punkt an der Wand hinter ihr, um nicht vollends auszurasten. Warum zur verfickten Hölle feuere ich sie nicht?

»Geh zurück an die Arbeit.«

Es dauert eine ganze Weile, bis ich das Türschloss einrasten höre und es wage, mich wieder zu bewegen. Was für ein beschissener Tag!

LIS

Damals

»Mitchell«, ich stemmte meine Hände gegen seine Brust. Sein Atem war viel zu dicht vor meinem Gesicht und ich konnte den Geruch nach Alkohol nur schwer ertragen.

»Was denn, Baby? Lass mich dich ein bisschen verwöhnen, ja?« Er griff zwischen meine Beine und ich spürte seine Hand durch die dünne Leggings, die ich trug.

»Ich weiß nicht«, versuchte ich es noch einmal, aber er drängte mich bereits gegen die halbhohe Mauer, die das Grundstück von den Nachbarn trennte. Dabei presste sich seine Hand immer wieder gegen meinen Schritt. Es fühlte sich seltsam an. Nicht gut. Aber auch nicht schlecht. Wir küssten uns und ich versuchte mir immer und immer wieder einzureden, dass es mir gefallen könnte. Alle hatten Sex. Ich war achtzehn. Es war okay.

Tief in meinem Inneren schrie eine Stimme, ich sollte mich nicht von einem Kerl entjungfern lassen, der nicht auf meine Einwände einging oder gar bemerkte, wie elend es mir den ganzen Tag gegangen war. Die Stimme war nicht laut genug. Sie war in den letzten Jahren stetig leiser geworden. Wenn keiner, auf den du dich verlässt, eine deutliche Grenze zwischen falsch und richtig, fair und unfair zieht, dann verschwimmen irgendwann die Linien. Ich ignorierte die Stimme. Wie immer, wenn ich etwas zu akzeptieren versuchte, das sich falsch anfühlte. Und darin war ich mittlerweile verdammt gut.

»Es wird richtig geil werden«, lallte Mitchell und öffnete seinen Gürtel. Er holte seinen Schwanz aus der Hose und fing an, ihn zu reiben. Es war das erste Mal, dass ich einen Jungen dabei beobachtete. »Zieh die Hose runter«, befahl er und ich tat, was er sagte. Was hätte ich auch sonst tun sollen? Dafür hatte er mich schließlich hierhergeholt. Ein Rückzieher kam nicht infrage.

Mitchell hob mich auf die viel zu kalte Mauer. Er schob meine Beine auseinander, ich beobachtete, wie er sich ein Kondom über seinen Penis zog und dann drang er mit einem tiefen Stöhnen in mich ein. Es tat weh. Richtig weh. Doch ich war Schmerz gewöhnt. Also schloss ich die Augen und konzentrierte mich auf etwas Anderes.

»Ich werde dich richtig hart ficken.«

Und das tat er. Immer und immer wieder. Sah mir dabei nicht in die Augen. Berührte mich nicht zärtlich oder sprach mit mir. Rammte sich nur in gleichmäßigen Stößen in mich hinein. Und ich? Ich wartete, bis es vorbei war. Denn auch darin war ich viel zu gut geworden.

Heute

Das kalte Wasser tut gut auf meiner Haut. Immer wieder lasse ich den eiskalten Strahl über meine Unterarme laufen und versuche mich zu beruhigen. Gott sei Dank bin ich allein in der Umkleide und kann mich einen Moment erholen.

Heute ist ein echt beschissener Tag!

Nicht nur, dass ich erst um acht Uhr heute früh in einen unruhigen Schlaf gefallen bin, in dem ich immer wieder von Carlos geträumt habe. Zu allem Überfluss stand um zehn Uhr Brad auf der Matte. Ohne seinen ekelhaften Blick von meinen Beinen zu nehmen, hat er mir bis morgen Zeit gegeben, die Miete aufzutreiben.

Die Wahrheit ist, ich habe das Geld nicht. Ich habe nicht den geringsten Schimmer, wann das Velvet seine Mitarbeiter bezahlt. Dauert es allerdings noch lange, werde ich eh nicht mehr arbeiten können, weil Brad mich an seine widerlichen Rottweiler verfüttert hat.

Den restlichen Tag habe ich mich mit Luca im Trailer verschanzt. Kim habe ich einen freien Tag geschenkt und mit diesem die letzten zehn Dollar, die mir gestern Abend ein Kunde zugesteckt hat. In der Regel sammeln wir das Trinkgeld, nur dieses eine Mal konnte ich nicht widerstehen. Die leuchtenden Augen meiner kleinen Schwester waren Belohnung genug für dieses Vergehen.

Als ich meine Schicht heute Abend angetreten

habe, fühlte ich mich noch ausgelaugter, auch wenn ich nicht dachte, dass das möglich sei.

Ich konnte ja nicht ahnen, was heute auf mich warten würde.

Büroarbeit für Carlos Alvarez. Mit jedem seiner Blicke hat sich die Hitze mehr und mehr in meinem Körper ausgebreitet und ich hatte das Gefühl, in Flammen zu stehen. Einerseits genieße ich das. Denn allein, ihn ansehen zu können. In einem Raum nur mit ihm. Seine Atmung alles, was zu hören ist. Das ist wie ein Traum, aus dem ich nie wieder erwachen will. Andererseits bin ich nicht dumm. Ich weiß, ich spiele mit dem Feuer und dieses Spiel endet meistens nicht gut.

Jedes Mal, wenn ich in seiner Nähe bin, habe ich den Eindruck, die Realität verschwimmt mit meinen Fantasien.

Und dann dieser Kuss. Dieses Machtspiel seiner Zunge, welches mir Angst bereitet, mich aber gleichzeitig so dermaßen erregt hat wie nie zuvor etwas auf dieser Welt. Ich sollte mich in Acht nehmen, denn er berührt etwas in mir. Einen Punkt, den bislang keiner gefunden hat.

Eine Woche arbeite ich jetzt hier und ich werde das Gefühl nicht los, mich zu verlieren. Oder vielleicht finde ich mich auch. Ich weiß es nicht. Ich weiß gar nichts mehr. Mein Verstand scheint leergefegt. Ich kann all diese Gefühle, die ich empfinde, nicht deuten. Frage mich, warum ich plötzlich Gefallen daran finde, hochhackige Schuhe zu tragen oder warum ich in den Tiefen meiner Wäschekiste nach Spitzenhöschen krame. All das gefällt mir nicht und doch gefällt es mir zu gut, um zu kündigen. Ich blicke in den Spiegel über dem weißen Waschbecken und tupfe mir mit den kalten Händen auf die Wangen. Sie sind rot und erhitzt. Denn auch, wenn ich nicht gelogen habe, als Carlos gefragt hat, was ich will – eines weiß ich: Ich will mehr! Brauche mehr von dem Gefühl, das nur er mir geben kann.

»Bill?« Es ist gleich vier Uhr, die meisten Gäste sind weg und langsam wird es ruhiger.

»Was gibt's, Schätzchen?«, er strahlt mich mit seinem Sunnyboylächeln an, welches man nur erwidern kann. Ich mag meine Kollegen. Seit Michelle entlassen wurde, verstehe ich mich mit allen gut. Mit Bill zusammen macht es am meisten Spaß. Er macht aus seinem Job eine riesige Party und das ist ansteckend.

»Denkst du, ich kann schon gehen? Ich habe was zu erledigen.«

Er wippt mit der Hüfte im Takt eines Hip-Hop-Songs, den ich nicht kenne. Sam spielt ihn jeden Abend mehrmals, daher wird es wohl ein aktuell angesagter Hit sein.

»Ja klar.« Er hält während des Gläserpolierens kurz inne und starrt mich an, ehe sich ein diabolisches Grinsen auf sein Gesicht legt. »Jetzt sag aber nicht, das hat was mit dem Boss zu tun.«

Ich schlucke und beiße mir ertappt auf die

Lippe. »Frag mich das nicht, okay?« Ich möchte ihn wirklich nicht anlügen müssen. Denn das, was ich vorhabe, will ich mir selbst nicht mal eingestehen. *Komm wieder, wenn du es weißt ...*

»Nun hau schon ab«, lacht er und tritt einen Schritt zur Seite, um mich vorbei zu lassen.

Auf dem Weg zum Büro atme ich nochmal tief durch, bis ich vor Serge stehe. Der Russe steht wie eine Wand vor der Zimmertür. Soweit ich es beurteilen kann, tut er das tagein tagaus. Die massigen Arme vor dem gigantischen Oberkörper verschränkt, sieht er auf mich herab.

»Ich möchte gerne zu ...«, ich zögere kurz, sehe ihm aber weiter tapfer in die Augen, »Mister Alvarez«, wähle ich die förmliche Variante. Wir beide tragen das vorgeschriebene Velvet-Polo. Nur, dass ich in seinem mit Kim und Luca gemeinsam übernachten könnte.

Es dauert eine Weile, ehe er sich aus seiner steifen Haltung löst und den Kopf in Carlos' Büro steckt.

Dadurch, dass die Musik auf der Tanzfläche nur im Hintergrund läuft, kann ich Stimmengemurmel hören, ehe Serge mir die Tür aufhält. Seine eiskalte Miene verändert sich nicht im Geringsten. Er ist ganz anders als Mike und die Jungs vom Eingang. Mit dem Daumennagel bohre ich tiefe Kerben in die Innenfläche der anderen Hand, während der schwarze Teppich bei jedem meiner Schritte das Geräusch meiner Pumps verschluckt.

Carlos sitzt entspannt mit Shakira in der Sitzecke auf der rechten Seite des Raums. Beide lachen und wirken vertraut miteinander. Ihre Blicke treffen auf mich und sie werden augenblicklich ernst.

»Elisabeth.« Seine Stimme lässt keinerlei Regung durchblicken. Doch allein der Klang meines Namens auf seiner Zunge macht meine Knie weich. Ich weiß jetzt, was ich will. Und das sollte ich ihm nicht sagen, während eine andere Frau im Raum ist.

»Kann …«, ich sehe von ihm zu Shakira und wieder zurück, »ich dich kurz sprechen, bitte?«

Seit Montagabend werde ich das Gefühl nicht los, Shakira könne mich nicht leiden. Ihr Zungenschnalzen jetzt gerade unterstreicht diese Theorie leider nur.

»Mister Alvarez und ich haben keine Geheimnisse, Mäuschen. Außerdem bin ich für Personalangelegenheiten da.«

Ich sehe Carlos an, versuche, ihn mit meinem Blick anzuflehen.

Er steht auf, schlendert barfuß hinüber zu seinem Schreibtisch und lehnt sich mit der Hüfte dagegen.

»Shaki.« Dabei sieht er nur mir in die Augen. Nur mir. Als sähe er geradewegs in meine Seele.

Ich kann kaum noch atmen, so nervös bin ich. »Den Rest dann morgen.«

Meine Schultern sacken ein Stück nach unten. Shakira erhebt sich, kommt auf mich zu und stoppt dicht neben mir. Sie sagt kein einziges Wort. Das muss sie auch nicht. Ihr Blick sagt genug. Mit eisiger Miene starrt sie auf mich herab. Sie hasst mich. Das ist uns beiden klar. Doch in diesem Moment bleibt ihr nichts Anderes übrig, außer das Feld für mich zu räumen.

»Nun denn«, fordert Carlos meine Aufmerksamkeit, nachdem sie gegangen ist und ich viel zu spät bemerke, dass wir allein sind.

Plötzlich ist es viel zu warm und ich bin nicht sicher, ob ich das Richtige tue. Nein. Eigentlich bin ich sogar ziemlich sicher, das Falsche zu tun. Das ändert allerdings nichts an der Tatsache, dass ich es will. *Mehr*.

»Ich habe nicht gelogen«, murmele ich leise vor mich hin, meine Hände nach wie vor fest ineinander gepresst. »Ich bin bereit zu antworten, wenn du fragst.«

»So, bist du das?«

Nichts außer meinem Atem ist zu hören, der ungesund schnell geht.

Ich sehe auf und nicke.

»Dann wohnst du also in …« Er verschränkt die Arme vor der Brust. Den Blick so kalt, dass ich schlucken muss.

»Die Adresse auf meinem Meldebogen gehört zu meiner Grandma in Richmond, Virginia. Ich wohne temporär bei meiner Schwester hier in der Stadt.« *Nicht gelogen. Nicht gelogen.* Ich zwinge mich, so ruhig wie möglich weiter zu atmen.

»Seit wann wohnst du in Detroit?«

Carlos stößt sich am Schreibtisch ab und kommt auf mich zu. Wie ein Raubtier umschleicht er seine

Beute. Und ich weiß, er wird mich mit Haut und Haaren fressen, sobald ich ihn anlüge.

»Seit zweieinhalb Jahren«, flüstere ich. *Nicht gelogen.*

»Kennst du den Bürgermeister?«, fragt er und hebt dabei mein Kinn mit einem Zeigefinger an. Ich runzele die Stirn, nicht sicher, was diese Frage bedeuten soll.

»Äh ... nein?«, frage ich eher, anstatt zu antworten.

Sein Mundwinkel zuckt zu einem Grinsen. Ich kann es nicht erwidern.

»Der Typ gestern Nacht an der Bar. Hat er dir Angst gemacht?«

»Ja«, hauche ich. Ich kann meine Finger kaum noch spüren, so fest drücke ich sie gegeneinander. Dieses Verhör macht mich nervös. Meine Knie zittern und ich spüre, wie sich meine Kehle langsam zuschnürt. So wie immer, wenn meine Dämonen mich einholen.

»Warum?« Carlos, nach wie vor einen Finger unter meinem Kinn, fixiert mich mit seinem Blick. Ich möchte wegsehen, doch irgendwas sagt mir, dass er das nicht akzeptieren würde.

»Er hat mich getriggert«, gestehe ich und spüre, wie meine Beine immer stärker zittern. Tapfer halte ich seinem Blick stand, während mein ganzer Oberkörper sich verkrampft.

Er legt seinen Kopf schief, betrachtet mein Gesicht. Liest darin wie in einem Buch. Als entziffere er all die dunklen Seiten, die ich nie wieder aufschlagen möchte.

»Sagst du mir, weswegen?« Ich spüre seine freie Hand auf meiner Hüfte.

»Nein«, bringe ich mit allerletzter Kraft hervor.

»Und warum nicht, kleine Lis?« Er zieht mich an der Hüfte näher zu sicher heran. Seine Hand wandert von meinem Kinn zu meiner Kehle und verharrt dort. »Mache ich dir auch Angst?«

»Nein«, murmele ich, kurz davor, in Tränen auszubrechen. Denn ich wünschte, es wäre so. Dann könnte ich diesen Ort verlassen, so wie er es mir geraten hat.

»Warum?«, donnern die Silben wie Peitschenschläge aus seinem Mund.

»Ich weiß es nicht«, sage ich mit bebender Stimme die Wahrheit, die ich selbst nicht verstehen kann.

»Ich möchte dich zu gern in mein Bett bringen und die Wahrheit aus dir herausficken, weißt du das?«

Wir atmen im gleichen hektischen Takt ein und aus. Unsere Augen suchen die Wahrheit im Blick des anderen.

»Warum tust du es dann nicht?«, flüstere ich. Die Hand an meiner Kehle drückt etwas fester.

»Ich nehme niemals Mädchen mit in mein Bett.« Er stößt mich leicht von sich, ich schnappe erschrocken nach Luft. »Außerdem lügst du mich an. Und ich kann Lügen nicht ausstehen.«

»Ich lüge nicht«, beharre ich, meine eigene Hand

mittlerweile auf meiner Kehle. Nicht, weil es schmerzt. Vielmehr, um seine Berührung länger nachhallen zu lassen. Tränen bilden sich in meinen Augen.

Carlos hat sich von mir abgewandt, beide Hände auf den Schreibtisch gestützt.

»Verkauf mich nicht für dumm, Elisabeth«, raunt er und seine Stimme wird mit jedem Wort lauter. »Du zuckst zusammen bei jedem Gast, der dir zu nahe kommt. Gestern warst du kurz davor, eine Panikattacke mitten in meinem Laden zu bekommen und mir willst du weismachen, wenn ich dich mit dem Gesicht gegen diesen verfickten Schrank drücke, dass du nicht mal zwei Stunden später wieder auf meiner Matte stehst, um zu betteln?«

Er schreit mittlerweile verdammt laut. Im Augenwinkel sehe ich, wie er auf besagten Schrank deutet.

»Brauchst du diesen Job so sehr, dass du dich vom Boss ficken lässt, wann und wie es ihm gefällt, hm?«, brüllt er und ich spüre, wie eine Träne meine Wange hinabläuft. Carlos' Blick fällt genau in dem Moment auf meine Wange, in dem ich sie hastig wegwische. »Verschwinde!«, raunt er.

Ich drehe mich um und gehe langsam die Schritte bis zur Tür. Dabei atme ich tief durch und sammle mich. Denn ich bin nicht hergekommen, damit er mich einschüchtern kann. Ich bin hier, um zu bekommen, was ich will. Einmal will ich meinen Willen durchsetzen, koste es, was es wolle. Und wenn es meine Würde und mein Stolz sind.

Die Türklinke in der Hand halte ich inne. Schließe die Augen.

»Ja, ich brauche den Job. Aber ich bin ganz sicher keine deiner Nutten«, flüstere ich. So leise, dass ich nicht sicher bin, ob er mich gehört hat.

»Dann sag mir, warum. Warum bist du hier?« Seine Stimme ist wieder ruhiger. Schon beinahe sanft.

Ich nehme all meinen Mut zusammen. Straffe meine Schultern und schiele auf das schwarze Türblatt genau vor meinem Gesicht. Dunkelheit. Beinahe, als sähe ich direkt in meine Seele. Oder seine. Denn Carlos Alvarez ist die Dunkelheit. Vielleicht verspüre ich deshalb in seiner Nähe keine Angst. Weil die Dunkelheit in mir in seinem Schatten verschwindet.

»Weil es bei dir anders ist.«

»Was ist anders?« Ich spüre seine Nähe, ehe ich seine Stimme höre. Er steht dicht hinter mir. Strahlt seine Wärme auf mich ab. Hüllt mich ein in seinen dunklen Kokon.

»Ich kann etwas fühlen …«, flüstere ich, aber meine Stimme versagt.

»Was meinst du damit?«

Ich sehe, wie er eine Hand auf die schwarze Tür legt. Mir so den Weg versperrt. Es macht mir keine Angst. Ich will ja sogar, dass er mich nicht gehen lässt. Seine Lippen fahren hauchzart über meinen Nacken und ich erschaudere. Blicke dabei auf die klobigen Ringe an der groben Hand, nach deren Berührung ich mich so sehr sehne.

»Sag mir die Wahrheit, Elisabeth.«

»Du bist der erste Mann, bei dem ich etwas spüre«, gestehe ich und drehe mich zu ihm um. Denn ich brauche es. Das Gefühl, stark zu sein. Fliegen zu können. Und er allein kann es mir geben. Daher lege ich meine Hände auf seine Wangen und küsse Carlos Alvarez. Denn ich brauche mehr...

CARLOS

Damals

Sieben Monate. Ich hatte sieben Monate Zeit, mich darauf vorzubereiten, nach Seattle zu gehen. Oder einen Weg zu finden, es nicht zu tun. Die Wochen plätscherten vor sich hin. Ich vermied es weitestgehend, mich zu Hause aufzuhalten. Mein Vater ließ mich gewähren. Für ihn war es leichter in unserem Haus ohne mich. Allein deshalb schickte er mich fort. Ein cleverer Schachzug, Mamá damit zu drohen, Esmi in ein anderes Land zu verbannen. Meine Schwester war gerade mal dreizehn. Und sie war nicht so wie ich. Ich überlebte. Allein. Kämpfte für das, was ich wollte und stand für die Konsequenzen gerade. Doch die Kleine kam nach unserer Mamá. Sie war wie eine zarte Pflanze, die keinem Sturm standhalten würde. Sie war in sich gekehrt und still. Und so verletzlich. Mein Vater wusste das und er spielte mit ihr wie mit einer Marionette. Hielt ihr Geschenke und Klamotten unter die Nase. Führte sie in ein Leben voller Luxus, nur, damit sie ihn respektierte. Und es funktio-

nierte. Wir entfernten uns mit jedem Tag, der verging, weiter voneinander. An jenem Abend allerdings überraschte sie mich, indem sie kurz vor Mitternacht an meine Tür klopfte.

»Hi«, murmelte sie und trat zaghaft über die Schwelle, nachdem ich sie reingebeten hatte. Sie war seit Monaten nicht in meinem Zimmer gewesen. In ihrem rosa Pyjama sah sie viel jünger aus, als tagsüber in den schicken Cocktailkleidern, die Vater ihr in den Arsch schob. »Mom und Dad sind unterwegs.« Sie strich mit einem Finger über die Pokale, die ich auf verschiedenen Boxwettkämpfen geholt hatte.

Es ärgerte mich, dass Esmi kein Spanisch sprach. Es hörte sich falsch an, wenn sie über Mamá sprach.

»Und?«, blaffte ich. Ich saß auf meinem Bett, die Beine übereinandergeschlagen und sah mir einen Actionfilm an. Der riesige Fernseher an der Wand war das einzige Licht im Zimmer.

»Kann ich dich was fragen?«

Sie kam zu mir geschlichen und hockte sich ans Fußende. So wie sie es früher immer getan hatte, streckte sie ihre nackten Füße unter meine Decke.

»Sicher«, zuckte ich mit den Schultern. Auch wenn wir keinen Draht mehr zueinander hatten. Ich liebte meine Schwester. Von ganzem Herzen. Ich wäre jederzeit bereit, für sie zu sterben. Und sie wusste das.

»Ich weiß, dass du schon eine Menge Sex hattest.«

Esmi ging auf die Junior High direkt neben meiner Highschool. Sie kannte die Geschichten über mich. Die meisten waren wahr.

»Das ist keine Frage«, murmelte ich, konnte mir ein Schmunzeln aber nicht ganz verkneifen.

»Also. John hat mich geküsst.«

Sofort richtete ich mich auf. Ich würde diese Pickelfresse töten.

»Jetzt bleib locker«, kicherte Esmi und rutschte ein bisschen weiter zu mir hoch.

»Was ist die Frage? Ob ich ihn umbringen will? Denn ja, das will ich.«

»Nein, Dummerchen«, lachte sie. Sie stieß mich leicht gegen das Schienbein und ich kam nicht umher, ebenfalls zu lachen. »Ich habe mich nur gefragt: Was, wenn er Sex mit mir will?«

»Dann sagst du nein und trittst ihm in die Eier.«

»Carlos«, flehte sie und mir fiel zum ersten Mal auf, wie sehr ich meine Schwester vermisst hatte. Den Klang meines falschen Namens aus ihrem Mund weckte so viele Erinnerungen. Ich war schon lange nicht mehr Alexander Edwards. Mit jedem weiteren Tag wurde ich mehr und mehr zu Carlos. Einem Mann, den mein Vater nicht kannte und von dem er keine Ahnung hatte, dass er ihn eines Tages töten würde.

Ich rutschte ein Stück und klopfte neben mich. Sofort krabbelte sie an meine Seite und kuschelte sich in meinen Arm. Beschützend zog ich sie dicht an mich. Ich würde ans andere Ende der Welt ziehen, nur damit sie es gut hatte.

»Du solltest nicht mit ihm schlafen, nur, weil er es will. Die Frage sollte eher lauten, was du willst.«

»Na ja«, sie spielte an den Nähten meiner Bettdecke. »Ich glaub, ich will es nicht.«

»Dann lass es«, sagte ich schnell und atmete erleichtert aus. »Immerhin bist du erst dreizehn. Das ist ohnehin zu früh.«

»Wie alt warst du denn?«

Ich konnte es nicht fassen, dass ich mit meiner Schwester über sowas sprach.

»Sechzehn«, log ich. Denn eigentlich war ich bei meinem ersten Fick vierzehn. Aber das musste Esmi nicht wissen. Dieser John war vierzehn.

»Hast du sie geliebt?«

»Was heißt das schon«, stieß ich hervor. Ich glaubte nicht an solche Sachen. Ich machte die Mädchen glücklich, die darum bettelten. So einfach war das.

»So wie Mom und Dad.«

»Das ist keine Liebe.«

»Bist du sauer auf mich, weil du aufs Internat sollst?«

»Nein, Esmi«, sagte ich und richtete mich auf, damit sie mir ins Gesicht sehen konnte. »Ich bin nicht sauer. Das hat damit nichts zu tun. Aber Papá liebt Mamá nicht.«

»Warum sagst du sowas?«

Ich zog sie eng an mich und legte mein Kinn auf ihren Scheitel. »Wenn du jemanden liebst, dann willst du, dass derjenige glücklich ist. Dann sollte dir sein Glück wichtiger sein, als dein eigenes. Ich denke nicht, dass das auf unsere Eltern zutrifft, oder?«

Ich spürte, wie sie über meine Worte nachdachte. Nach einer Weile seufzte sie tief und wir sahen schweigend gemeinsam auf den Fernseher.

»Ich denke nicht, dass John mich liebt.«

»Dann ist er ein Idiot«, zischte ich, was sie erneut zum Kichern brachte.

Das Schweigen kehrte zurück und irgendwann spürte ich, dass sie eingeschlafen war. Ich zog die Decke bis über ihre Schulter und gab ihr einen Kuss auf den Kopf.

»Ich werde dich immer lieben«, flüsterte ich.

Heute

Ich greife Lis' Arme und halte sie davon ab, sich fester um mich zu schlingen. Alles, wirklich alles in mir, will dieses Mädchen haben. Ich sollte sie nicht aufhalten. Nicht jetzt, da sie endlich zeigt, was sie möchte. Nicht länger dasteht wie eine Schachfigur in meinem verfickten Spiel. Aber ich brauche eine Antwort.

»Erklär mir, wie du das meinst.« Denn großer Gott, wenn die Prinzessin hier Jungfrau ist, ziehe ich die verdammte Glock aus dem Versteck unter meinem Couchtisch und gebe mir eine Kugel.

Sie leckt sich über die Lippen. Macht mich damit, ohne es zu wollen, nur noch schärfer.

»Ich ... also ... ich«, druckst sie. Dabei kommt ihr Mund meinem immer näher.

»Du«, fordere ich sie auf. Wenn sie nicht bald den Mund aufmacht, ist vielleicht sie es, die die Kugel abkriegt.

Sie senkt den Blick. Ihr Brustkorb, der dicht an meinem liegt, hebt sich einmal schwer, ehe sie endlich redet. »Ich bin nie zuvor bei einem Mann gekommen.«

Ich brauche einen Augenblick, um das, was sie sagt, zu kapieren. Schiebe sie ein Stückchen weiter von mir weg.

»Aber du hattest schon Männer?«, frage ich, nur um sicher zu gehen.

»Ja. Ein paar.«

Sie kann mich nicht ansehen. Und dennoch glaube ich ihr. Keine Ahnung, warum. Aber ich vertraue ihr.

»Princesa, du wirst das schon ein bisschen genauer erklären müssen, sonst führt das hier zu gar nichts.«

Ich hole Luft, will ihr damit drohen, ihren Job zu kündigen, schlucke es aber in letzter Sekunde runter.

Unsere Blicke begegnen sich. Lis nimmt ihre Arme von meinem Nacken und verschränkt sie vor der Brust. Sie wehrt sich gegen das hier. Gegen das, was sie fühlt. Gegen das, was sie will. Das erste Mal kann ich deutlich erkennen, was in ihr vorgeht. Wie sie versucht, die Kontrolle zu behalten und sich gegen das abzuschirmen, was in ihrem Inneren brodelt. Ich kenne diese Gefühle nur allzu gut.

»Dieser Raum ist nicht ohne Grund schallisoliert. Was hier gesprochen wird, verlässt diese Wände niemals«, versichere ich ihr, weil sie weiter schweigt. Ich löse mich von ihr, lehne mich mit einer Schulter gegen die Tür. Sie wird dieses Büro nicht ohne eine vernünftige Erklärung verlassen. Die Sekunden vergehen. Nichts passiert. »Elisabeth«, mahne ich schroff und sie hebt das Kinn.

»Ich hatte schon immer Schwierigkeiten, die Kontrolle abzugeben«, bestätigt sie meine stumme Theorie, »mich auf einen Mann einzulassen ..., fällt mir schwer. Na ja ... und ... so ist es eben«, stottert sie vor sich hin. Dabei knetet sie ihre Oberarme, die sie fest umklammert.

Wir sehen uns an und eine Welle an Gefühlen überflutet mich. Ja, ich will diese Frau ficken, bis sie schreit. Aber das ist nicht alles. Ich will sie beschützen. Will wissen, wer ihr Angst macht und alle töten, die sie nicht mit Respekt behandelt haben.

»Wie alt bist du?«

»Dreiundzwanzig.«

»Du willst mir also sagen, du hattest letzte Woche, mit dreiundzwanzig Jahren, deinen ersten Orgasmus? Noch dazu im Umkleideraum einer Diskothek?«

Sie sieht durch die geröteten Augen zu mir hoch und kichert. Ein Geräusch, so süß und lieblich, wie ich es nie zuvor gehört habe. Und es macht mich verdammt scharf.

»Das schon. Mit mir. Also und ... na ja«, ihre Wangen röten sich, »allein jedenfalls.«

Ich trete einen Schritt zurück und sehe sie an. Die schlanken Beine, die in den roten Pumps unendlich lang wirken. Die schmale Taille und die kleinen prallen Brüste. Und ihr Gesicht. Die Augen rot, weil sie mit den Tränen um ihren Stolz kämpft. Die jugendlich erröteten Wangen, eingerahmt von der ungewöhnlich kurzen Frisur. So unschuldig und sexy zugleich.

»Komm mit!« Ich fasse sie grob am Handgelenk und zerre sie einmal quer durch mein Büro. Meine Geduld ist am Ende.

»Was?«, stößt sie aus, hat aber keine andere Wahl, außer hinter mir her zu stolpern.

Ich habe keine Ahnung, was es mit der Sache auf sich hat. Wer sie ist, woher sie kommt und was sie auf einmal hier will. Warum mein ganzes Leben plötzlich in den Hintergrund rückt für eine Frau, die ich nicht durchschaue. Für all die Fragen habe ich gerade keine Zeit. Denn schon während ihres Geständnisses ist der Höhlenmensch in mir erwacht. Keinen Schimmer, ob ich wirklich der Einzige bin, der es ihr bislang besorgt hat. Sollte das tatsächlich der Fall sein, will ich es wieder tun. Und diesmal richtig. Nicht stehend in einem Umkleideraum. Jetzt gerade ist mein einziges Ziel, Elisabeth Rosalie Turner so oft zum Orgasmus zu bringen, bis sie keinen Schritt mehr laufen kann.

Wir gehen durch den langen Flur, der an mein Büro anschließt und nehmen die drei Stufen bis zum Eingang in meine Privaträume. Außer der Putzfrau hat hier niemand Zutritt. Selbst Shakira ist bisher nie hier gewesen. Ich gebe auf dem kleinen Display neben dem Schloss meinen Sicherheitscode ein, ohne darauf zu achten, ob Elisabeth ihn sieht. Handle ich gerade vollkommen unvorsichtig und schwanzgesteuert? Ja, auf jeden Fall. Und nichts und niemand wird mich daran hindern.

»Was ist das hier? Wo bringst du mich hin?«, fragt sie und ich lockere meinen Griff etwas, während wir in den offenen Wohnbereich treten.

»In mein Bett.«

»Carlos, ich …« Sie zerrt an ihrem Arm und ich gebe ihn frei.

»Was?«, frage ich und trete dicht an sie heran. An dieser Stelle dulde ich kein Zurück mehr. »Sag jetzt nicht, das hast du nicht gewollt? Du kannst einem Wolf nicht ein Stück Fleisch hinhalten und ihm dann einen Keks zu fressen geben, Princesa.«

»Nein. Doch. Ich …« sie sieht an sich herunter, die Lippe zwischen die Zähne gezogen.

Ich gehe einen weiteren Schritt auf sie zu. Streiche mit dem Daumen über ihre volle Unterlippe und schiebe ihn ihr in den Mund. Das Verlangen, in ihrem Mund zu kommen, ist überirdisch groß.

»Ich werde das in Ordnung bringen«, flüstere ich. Dabei lege ich die andere Hand in ihren Nacken und massiere ihre angespannten Muskeln. Denn sie soll das hier genauso genießen wie ich.

Sie zögert, doch schließlich leckt sie an meinem Finger, saugt daran, bis sie ihn mit einem ploppenden Geräusch wieder freigibt.

»Ich habe die ganze Nacht gearbeitet. Ich schwitze und …«

Es gibt keine schönere Methode, sie zum Schweigen zu bringen, als ihr meine Lippen aufzudrücken. Denn ich will ihre Ausflüchte nicht hören. Für so einen Kindergartenmist habe ich keine Zeit.

»Hinter dieser Tür«, sage ich, nachdem ich mich von ihr gelöst habe und deute zu der kugelsicheren Tür, durch die wir eben gekommen sind, »gibst du die Kontrolle ab. Hier bestimme ich, was passiert.« Unter meinem Daumen an ihrem Hals spüre ich, wie ihr Pulsschlag sich beschleunigt. »Und glaub mir, du wirst es genießen.«

Ich spüre, wie sie schluckt.

»Verstanden?«

Hätte ich sie nicht genau beobachtet, wäre mir das zaghafte Nicken wahrscheinlich entgangen.

»Du wirst mir vertrauen *müssen*, Princesa.«

Ohne Vorwarnung greife ich an den Saum ihres Velvetshirts und ziehe es ihr über den Kopf. »Ich weiß nicht, warum irgendwelche besoffenen Hirnlosen dir Angst machen, was dich triggert und ob oder wer dir jemals etwas angetan hat.«

Ihre Wangen färben sich rot und sie vermeidet es, mir ins Gesicht zu sehen. »Sieh mich an«, befehle ich und ziehe mein eigenes Shirt über den Kopf. »Hier drin spielt auch all das keine Rolle. Ich werde dich nicht fragen, was du willst.« Meine Finger öffnen den Knopf ihrer Hose, doch mein Blick ist fest mit ihrem verankert. Sie muss meine Worte verstehen. Denn ich meine es todernst. »Ich werde dir geben, was du brauchst.«

Meine Finger streicheln über ihren viel zu flachen Bauch, über den Ansatz ihres Spitzen-BHs. Ich knete gleichzeitig ihre kleinen Brüste, die perfekt in meine Hände passen und greife in ihren Rücken, um den Verschluss zu öffnen.

All das lässt sie über sich ergehen, ohne mit der Wimper zu zucken. Erst, als ich mich vorbeuge und ihre Nippel zwischen meine Zähne nehme, stöhnt sie laut auf und legt eine Hand auf meine Schulter. »Du wirst mir vertrauen«, fordere ich ein weiteres Mal und widme mich auch der anderen Brust. Zwirbele ihre Warze zwischen meinen Fingern, während ich den Abdruck auf ihrer Haut entlang küsse, den der BH hinterlassen hat. »Du wirst dich nicht zurückhalten. Schrei, wenn du schreien willst. Heul, wenn du heulen willst. Kein Gerede, keine schwachsinnigen Safewords.«

Ich richte mich wieder auf, nehme ihr Kinn zwischen zwei Finger und küsse sie. Stürmisch und herrisch.

Nur minimal lässt sie sich gegen meine Brust fallen. »Es gibt nur eine einzige Regel.« Die kleinen Hände auf meinen breiten Schultern fühlen sich viel zu gut an.

»Welche?«, wimmert sie mit zitternder Stimme.

»Hab keine Angst. Niemals. Nicht hier. Nicht vor mir. Lass los. Lass dich fallen und gib mir deine Kontrolle.«

Ich halte ihr Kinn ein Stück von meinem Gesicht fern, um den Ausdruck in ihrem Gesicht zu deuten. »Wenn du willst, dass ich dich kommen lasse, dann hörst du auf der Stelle auf, dich zurückzuhalten. Hör auf damit, mir und dir etwas vorzuspielen.«

Elisabeth kaut unaufhörlich auf ihrer Unterlippe herum. Ihre Atmung rast.

Ich lege den Kopf schief und lächele sie an.

Meine Finger gleiten an ihrem wunderschönen Hals entlang. »Glaub mir, Princesa, wenn ich dir was antun wollte, wärst du ganz sicher nicht hier.«

Ihr Mundwinkel zuckt nur ein winziges bisschen. Ihr Körper ist völlig verspannt.

Ich verkneife mir mein Lachen nicht.

»Ich werde dich schon nicht auffressen, nur, weil du lächelst.«

Beinahe in Zeitlupe zaubert sich in ein zartes Grinsen in ihr Gesicht.

»Viel besser«, lobe ich sie und fahre mit meinen Zähnen ihren Hals hinauf. »Du solltest öfter lächeln«, murmele ich gegen ihre zarte Haut und richte mich wieder vollständig auf. »Also. Wirst du brav sein und das hier genießen oder muss ich dich zurück hinter die Theke schicken?«

Meine Hände finden den Weg über ihren Körper von ganz allein. Nie zuvor habe ich eine Frau so dringend gewollt.

»In Ordnung«, stimmt sie nach quälend langen Sekunden endlich zu und wir sehen uns in die Augen.

Ich kralle meine Hände unter ihren knackigen Arsch und hebe sie hoch. Sie wiegt nichts.

»Schling deine Beine um mich.« Mit ihr auf meinem Arm gehe ich durch mein Schlafzimmer ins angrenzende Bad. Denn hier geht es nicht um einen schnellen Fick. Sie soll sich fallen lassen. Ich will zum Teufel nochmal, dass sie sich wohlfühlt. So wohl, dass sie immer und immer wieder kommt. Bis nichts mehr übrig ist, was sie mir geben kann.

LIS

Damals

Die Zeiten, in denen sich unsere Familie gemeinsam unter einem Dach befand, wurden mit jedem Monat, der verging, seltener. Wir sprachen so gut wie nicht mehr miteinander. Meine Mom und Kim gaben mir und meiner angeblich rebellischen Art die Schuld daran. Ich meinem Dad. So drifteten wir in dem Sommer, der alles verändern sollte, immer weiter auseinander. Ich verdrängte den Schmerz, den ich dabei empfand. Ersetzte ihn durch Zorn. Ich war nicht mehr nur wütend auf meinen Vater. Ich machte alles und jeden dafür verantwortlich, wie mein Leben verlief.

»Morgen Abend kommt Tante Maureen zum Dinner«, verkündete Mom stolz, die dabei war, die Einkäufe in die Schränke zu räumen. Ihre beste Freundin kam nur selten zu uns. Wie alle anderen Menschen wusste sie nichts von dem, was hinter den verschlossenen Türen der Familie Turner vor sich ging.

»Super, dann haben wir ja nochmal die Gelegenheit, ein Schauspiel aufzuführen.« Ich biss kräftig in den Apfel in meiner Hand. Den Blick, den meine Mom mir zuwarf, spürte ich bis ins Herz. Nicht, weil ich Mitleid mit ihr hatte, sondern weil sie keines mit mir hatte. Alles, was sie mir vorheuchelte, war für mich ohne Bedeutung, denn hätte ich ihr wirklich leidgetan, wären wir schon lange über alle Berge.

»Ich freue mich, wenn Mauri kommt«, sang meine Schwester beinahe. Ihre Locken hüpften bei jedem ihrer Schritte. Selbstredend erntete sie ein warmherziges Lächeln von Mom. Immerhin spielte sie im Gegensatz zu mir nach den Regeln des Schauspiels. Ich empfand es sinnlos, uns etwas vorzugaukeln. Wir alle kannten das wahre Gesicht unserer Familie. Mein Dad ein Säufer, der seine Frau und die älteste Tochter regelmäßig windelweich prügelte. Meine Mom die schwache Person, die all das zuließ und uns nicht beschützte. Mich nicht beschützte. Nur Gott allein wusste, wie lange er noch vor Kim haltmachen würde. Der Gedanke daran machte mich unbeschreiblich wütend.

»Und, erzählen wir ihr die Wahrheit, warum die Esszimmerlampe nur noch aus einer einzelnen Glühbirne besteht, oder habt ihr euch schon was Nettes überlegt?« Erst zwei Tage zuvor hatte Dad sie zerschlagen bei dem Versuch, mir einen Kinnhaken zu verpassen. Ich war ausgewichen. Etwas, das ich später an diesem Abend bereuen sollte.

»Es reicht, Elisabeth!«

Ich sprang von dem Hocker, der an unserer schmalen Küchentheke stand und warf den Apfel in den Abfall.

»Da hast du recht, Rosalie«, spie ich ihren Namen aus. »Mir reicht euer Theater nämlich auch langsam. Und deshalb gehe ich weg!«

»Was?«, schrie Kim und hielt mit den Kartoffeln im Arm inne. Eigentlich hatte ich es ihnen in Ruhe sagen wollen, jetzt aber konnte ich keine Minute länger schweigen. Es wurde mit jedem Tag unerträglicher. Dabei konnte ich nicht mal sagen, ob mir die Brutalität meines Dads oder Moms Ignoranz diesbezüglich mehr zusetzte.

»Ich gehe aufs College. Nashville bietet ein gutes staatliches Förderprogramm an. Ich habe mich beworben.«

Die Welt drehte sich, doch in unserer kleinen Küche schien die Zeit still zu stehen. Und das, obwohl die Zeiger der Küchenuhr regelmäßig tickten und allein den Raum beherrschten.

Meine Mom hielt inne, klammerte sich mit einer Hand an der Küchenarbeitsplatte fest. Sie sah mich nicht an.

»Ich wurde angenommen, Mom.«

Sie schnappte nach Luft und taumelte.

»Mom!«, schrie Kim und war an ihrer Seite, um sie zu stützen. Es dauerte eine ganze Weile, bis sie den Blick hob und mich ansah. Dabei seufzte sie laut. Einen Seufzer, wie ich ihn nie zuvor von ihr gehört hatte. Meine Mom sah alles positiv. Wirklich alles.

»Du kannst nicht nach Nashville, Blümchen.«

In ihren Augen standen Tränen und ich wollte nicht hören, was sie sagen würde. Auch ohne die Gewissheit ließ ihr Gesicht mir keine Hoffnung auf ein Happy End.

Kim sah zwischen uns beiden hin und her. Sie ver-

stand meine Aggressionen nicht. Viel zu gut hatte ich sie herausgehalten, wenn mein Dad auf mich losging und Mom tatenlos zusah. Sie begriff die Tragweite dessen einfach nicht und plapperte nach, was sie von Mom aufschnappte. Ich sei schwierig ..., fügte mich nicht gut genug ..., gab mir nicht ausreichend Mühe ... Ich nahm es ihr nicht krumm. Sie war dreizehn. Jung und naiv. Wie ich seinerzeit.

»Warum?«, flüsterte ich. Ganz gleich, was ich dachte. Egal, wie stark ich mich gefühlt hatte, seit ich die Zusage vom College in der Tasche hatte. Auf das, was folgte, war ich nie und nimmer vorbereitet.

»Weil ich sterben werde. Und deine Schwester braucht dich.«

In dieser Sekunde zerbrach das letzte winzige Bruchstück meiner Welt in tausend feine Scherben. Unwiderruflich.

Heute

Ich befinde mich im freien Fall. Wie in einem Märchen. Einem Traum. Oder einer Trance.

Carlos Alvarez, Besitzer eines zwielichtigen Nachtclubs und dazu mein Boss, geht vor mir auf die Knie. Er verteilt sanfte Küsse auf meinem Bauch. Zart und liebevoll. Keine Spur von dem brutalen Mann, den alle in ihm sehen. Doch ich kann mich nicht fallen lassen, bin ich noch immer dabei, all das zu verarbeiten, was er in der letzten halben Stunde gesagt oder getan hat.

Habe niemals Angst vor mir ...

Das Badezimmer, in das er mich geführt hat, ist größer als unser Trailer und alles wirkt so edel. Ich werde das Gefühl nicht los, nicht hierher zu gehören. Der Boden besteht aus dunkelbraunem, glänzendem Stein, die Armaturen sind alle vergoldet. Mitten im Raum befindet sich eine vollverglaste Dusche, unter die locker eine ganze Fußballmannschaft passen würde. Schon seit Minuten fließt heißes Wasser aus den Düsen unter der Decke und der Dampf verteilt sich im Raum.

Ich wage es nicht, mich zu bewegen, sehe nur hinunter auf den Mann, der mir in quälend langsamem Tempo die Hose von den Beinen streift. Dabei legt er den Kopf in den Nacken und sieht mich an. Den Blick so durchdringend wie der eines Raubtiers, die Hände so sanft wie ein Lamm. Seine olivfarbene Haut glänzt unter den hellen Spots und eine Strähne seines dunklen Haares hat sich aus dem Zopf in seinem Nacken gelöst.

Mich juckt es in den Fingern, die markanten Linien seiner Wangenknochen nachfahren zu wollen, doch ich bewege mich nicht vom Fleck. Sehe nur zu, wie er mir die Hose von den Füßen streift. Nur allzu bewusst, dass meine Beine nicht frisch rasiert sind und ich nicht im Geringsten auf das hier vorbereitet bin.

»Ich kann dich bis hier unten denken hören, mi amor«, schmunzelt Carlos gegen meinen Slip, der schon feucht ist, seit er in seinem Büro nach meiner Hand gefasst hat. »Hör auf damit.« In seiner Stimme schwingt ein Befehlston, der mich erschaudern und zweifeln lässt.

Dann schiebt er meinen Slip auf die Seite und fährt mit seinem Finger über meine Nässe. Mein Kopf kippt nach hinten und ich halte mich an seiner Schulter fest. Scheiß auf alle Zweifel.

»Ganz genau so, Princesa. Lass endlich los.« Gemeinsam mit seinen Worten dringt sein Finger in mich ein. So fest und herrisch, jedoch zweifle ich keine Sekunde daran, dass er mir nicht wehtun wird. Er richtet sich vor mir auf und noch ehe ich bereuen kann, dass sein Finger meine Wärme verlassen hat, sehe ich fasziniert dabei zu, wie er seine Jeans von den Hüften streift. Schon seit er sein Shirt über den Kopf gezogen hat, habe ich auf den Bund seiner Versace-Boxerhorts gestarrt, die aus der Jeans herauslugte. Als sei allein sein freier Oberkörper nicht Grund genug zum Starren. Carlos ist unwahrscheinlich muskulös. Seine Brust ist steinhart und jeder Muskel schmiegt sich perfekt an den nächsten. Etwas Vergleichbares habe ich nie live gesehen.

Doch nun habe ich in meinem Kopf keinen Platz mehr für Brustmuskeln oder überteuerte Unterwäsche, denn er entledigt sich auch seines letzten Kleidungsstückes und zeigt sich mir vollkommen unverhüllt. Alles an ihm ist perfekt. Sein Kopf legt sich schief und ein fieses Grinsen breitet sich auf den vollen Lippen aus.

»Gefällt dir, was du siehst?«, fragt er und kneift dabei in meine Brustwarze. Ich keuche auf. Diese Dinge, die er mit meinem Körper anstellt. Wenn er mich liebevoll berührt und gleichzeitig Schmerz auslöst. Ein guter Schmerz. Keiner, wie ich ihn kenne. Dennoch ist es schwer, dem Drang zu widerstehen, davonzulaufen, wenn er mich so ansieht. Aber er hat recht. Dafür ist es zu spät. Ich habe mich entschieden. Und jetzt vertraue ich dem Teil tief in meinem Inneren, der das hier will.

»Ja«, hauche ich, dabei gehe ich einen Schritt auf ihn zu. Die breiten Schultern angespannt, ein Körper wie gemalt. Das seidige Fleisch seiner Eichel berührt meinen Bauch.

Er wartet. Hält ganz still. Der Nebel hüllt den Raum mehr und mehr ein und ich spüre Schweißperlen auf meiner Stirn. Mit zitternden Fingern hebe ich meine Hand. Ich spüre seinen Herzschlag in meiner Innenfläche, als ich sie auf seine Brust sinken lasse. Ich hebe den Blick und wir sehen uns fest in die Augen.

»Scheiß auf die Dusche«, raunt er. Dabei umfasst er grob meinen Nacken und zieht meinen Mund an seinen. Unsere Zungen finden sich, auch wenn ich nicht die geringste Chance habe, bei diesem Kuss mitzumischen. Carlos beißt in meine Lippen, umschlingt meine Zunge und stößt so tief in mich vor, dass ich befürchte zu zerreißen. Und doch ist es nicht genug. *Mehr* ... Ich brauche mehr.

Meine Worte scheinen auch unausgesprochen bei ihm anzukommen. Er schiebt eine Hand unter meinen Hintern und ich schlinge beide Beine erneut um seine Hüften. Sein riesiger Schaft berührt dabei meine Mitte und reizt mich bis aufs Blut. Bin ich vorher nie mit einem Mann gekommen, reicht heute schon beinahe diese kleine Berührung. Ich stöhne, während er keine Sekunde von meinem Mund ablässt. Fest ineinander verschlungen trägt er mich zurück in sein Schlafzimmer und wirft mich mit einem Stoß aufs Bett. Ich kreische lachend auf, meine Brüste springen bei der unsanften Landung in den schwarzen Satinlaken.

»Ich muss in dir sein. Und zwar jetzt sofort.«

Mein Atem stockt, weil Carlos mich an den Fußgelenken zu sich heranzieht und wie ein wildes Tier über mich kriecht. Er reißt mir den Slip vom Körper und platziert sich über mir.

»Was ... was ist mit einem Kondom?«, stammele ich, während seine Schwanzspitze bereits meine Klit reizt. Es ohne mit einem Kerl wie Carlos zu machen, ist ein Fehler, das weiß ich. Ganz gleich, ob Phil vor Monaten darauf bestanden hat, mir eine Spirale zu finanzieren. Er wollte sichergehen, dass ich auf keinen Fall schwanger werde so wie Kim. Mir kam das recht. Ein Kind ist das Letzte, was ich will.

»Halt die Klappe«, zischt er und drückt mir einen feuchten Kuss auf den Mund. »Du hattest genug Zeit zu reden. Jetzt wird nichts mehr zwischen uns passen. Gar nichts mehr.«

So sehr ich mich auch dagegen wehren will, in diesem Moment dringt seine ganze Größe in mich ein und ich kann den Schrei einfach nicht zurückhalten. Heilige Scheiße. Das hier ist neu. Nie zuvor war ich so ausgefüllt von einem Mann.

»Ja, Princesa«, flüstert er, während er sich zurückzieht und erneut kraftvoll zustößt. »Nichts mehr, was uns trennt.«

Ich schlinge meine Beine um seine Hüften, recke mich ihm entgegen und kralle mich an seinen Schultern fest. Alles geht so schnell, dass ich nicht weiter zum Denken fähig bin.

Du wirst dich nicht zurückhalten ..., wenn du schreien willst, schrei.

Und das tue ich. Ich stöhne und schreie bei jedem seiner Stöße, die permanent fordernder werden. Er hatte recht. Er gibt mir, was ich brauche. Und das hier brauchen wir gerade beide. So viel ist sicher. Es geht nicht um Gefühle oder Ängste. Es ist einfach nur pure Befriedigung.

Carlos stützt sich auf den Händen hoch über mir ab, so dass seine Penetration unser einziger Berührungspunkt ist. Dadurch spüre ich ihn viel intensiver in mir und ich kneife die Augen zu – kurz davor zu explodieren.

»Sieh mich an«, befiehlt er und ich öffne unverzüglich die Augen. Versinke in seinem Blick, während er mich mit einem letzten festen Stoß über die Klippe stürzen lässt. Meine Muskeln schließen sich um seinen Schwanz, pressen ihn noch fester in mich hinein. Dabei bohren sich meine Fingernägel in seine Oberarme und ich schreie seinen Namen so laut, dass er von den Wänden widerhallt. Mit einem tiefen Knurren stößt er noch einmal in mich hinein, ehe er sich in mir ergießt. Wider aller Vernunft genieße ich, wie sein Sperma sich warm in mir verteilt, während ich in einem intensiven Orgasmus gefangen bin.

Wir küssen uns.

Sanft. Leidenschaftlich. Der Kuss fühlt sich nach Anfang an und nicht nach Ende. Und ich erwidere ihn nur allzu gerne. Denn ich fühle mich befreit. Alle Anspannung ist aus mir gewichen. So fühlt es sich also an, beim Sex zu kommen? Bislang kam es mir nie wie ein großes Opfer vor, darauf zu verzichten. Jetzt weiß ich nicht mehr, wie ich all die Jahre ohne dieses Gefühl leben konnte.

Entfesselt fahren meine Hände über Carlos' Körper. Genießen die Wärme und Härte seiner Haut. Das Gefühl, gewollt zu werden. Denn das ist es, was er mir mit diesem weichen Kuss vermittelt. Das auch er das hier will. Sein Kopf zieht sich ein Stück zurück und ein jugendliches Grinsen schleicht sich auf sein Gesicht.

»Jetzt können wir duschen«, lacht er und zieht mich mit sich vom Bett. Mit einer Leichtigkeit in der Stimme, wie ich sie nie zuvor bei ihm gehört habe. Das wiederum entspannt mich. Okay, der Orgasmus, der in meinem Unterleib nachhallt, ist wahrscheinlich auch nicht ganz unschuldig an dem Gefühl der Schwerelosigkeit.

Das angrenzende Bad steht mittlerweile komplett im Dampf, weil keiner das Wasser abgestellt hat. Meine Hand fest in seiner führt Carlos mich in die große Duschkabine. Das Wasser prasselt auf uns herab.

Zum ersten Mal sehe ich seine Haare offen und

ich bin mutig genug, um auf die Zehen zu gehen und durch die dunklen Strähnen zu fahren.

»Bei uns beiden bist du derjenige mit den langen Haaren«, kichere ich. Kurz denke ich, ihn verärgert zu haben, dann spüre ich seine warme Hand, wie sie durch meine kurzen Haare fährt. Genussvoll schließe ich die Augen. Früher hatte ich lange wilde Wellen, doch das Leben in einem Wohnwagen fordert einfach seinen Tribut.

»Auf dem College war ich ziemlich engagiert im Kampfsport. Da gab es zwei Möglichkeiten. Ganz kurze Haare, oder so lange, dass ich sie zusammenbinden konnte.« Er zuckt mit den Schultern. Während er einen Schwamm aus der goldenen Ablage nimmt, sieht er gedankenverloren an mir vorbei. »Da habe ich mich für letzteres entschieden und bin dabei geblieben.«

»Du warst auf dem College?«, frage ich. Bislang habe ich nichts wirklich Persönliches über Carlos erfahren. Mir gefällt diese Seite. Ich möchte mehr davon.

»Damit hast du nicht gerechnet, hm?« Sein Gesicht verzieht sich zu einer Grimasse, während das Wasser seine dunklen Haare noch dunkler aussehen lässt. »Seattle«, antwortet er mit kurzer Verzögerung anschließend zwischen zusammengebissenen Zähnen. Er lässt den weichen Schwamm über meine Schlüsselbeine fahren und folgt mit den Augen jeder Bewegung des weichen Materials.

»Kommst du aus Seattle?«

Ich schiebe ihm eine Strähne hinters Ohr. Das

Wasser perlt auf seiner Haut ab und bahnt sich einen Weg über den stählernen Körper.

»Schhh«, haucht er und gleitet sanft über meine Brüste. Er geht leicht in die Knie und leckt das Duschwasser von meinen Knospen. »Du bist ein seltsames Mädchen«, flüstert er. »Wenn du reden sollst, machst du den Mund nicht auf.« Er beißt in meine rechte Brustwarze und ich stöhne auf, als sei ich nicht vor fünf Minuten erst heftig gekommen. »Und dann kriegst du den Mund nicht zu, wenn ich meine Aufmerksamkeit eigentlich viel lieber deiner hübschen Pussy widmen will.«

Er geht auf die Knie, lässt den Schwamm zwischen meine Beine gleiten. Ich lege den Kopf in den Nacken. Genieße die sanften Tropfen aus der Regendusche, die meinen Körper berühren. Sie helfen ihm dabei, mich zu liebkosen.

»Hast du das nicht schon erledigt?« Ich muss mich auf seine Schultern stützen, weil Carlos den Schwamm weggelegt hat und sein Daumen um meine Klitoris kreist. Eine Sekunde hält er inne. Dann schallt sein Lachen durch die Glaskabine. Laut und herzhaft lacht er. Ein neues, durchaus betörendes Geräusch. Dabei legt er seine Hand um meine Oberschenkel und beißt direkt über das Fleisch meiner Schamlippe.

»Ich habe nicht mal richtig angefangen, Princesa«, lacht er wieder und stößt mit seiner Zunge zwischen meine Schenkel.

»Oh mein Gott«, stoße ich aus. Schon ein paar Mal haben Männer das bei mir gemacht und ich sah darin die größte Chance, zum Höhepunkt zu gelangen, doch nie hat es geklappt. Ich wurde jedes Mal nervös, hatte Angst zu versagen und spürte die Ungeduld, wenn sie es mir nicht schnell genug besorgen konnten. Also täuschte ich es vor. Jedes verfluchte Mal. Heute werde ich das ganz sicher nicht tun.

Carlos legt sich eines meiner Beine über die Schulter und ich habe das Gefühl, nicht länger in dieser Position stehen zu können, da seine Zunge tief in mich eindringt. Das wiederum hat so bisher keiner getan. Immer wieder fickt seine Zunge mich mit kleinen kräftigen Stößen und ich sehe nur noch Sternchen. Das ist der Wahnsinn.

Seine Hände umfassen meinen Po. Kneten ihn, massieren meine Muskeln. Finger streicheln über meine Haut, wechseln sich mit seiner Zunge ab, in mich einzudringen. Ich stütze mich mit einer Hand gegen die Glaswand. Der Nebel erschwert meine Atmung. Ich habe das Gefühl zu fliegen und gleichzeitig zu ersticken.

Dann wandert sein Finger durch meine Spalte und verharrt an meinem Anus. Ich will mich winden, ihm zeigen, dass er sich auf verbotenem Terrain befindet, gerate dabei aber nur ins Straucheln, weil er mein Bein fest auf seiner Schulter hält.

»Hör auf zu zappeln, Princesa. Du hast eh keine Chance, mir zu entkommen.«

Seine Worte lassen mich frösteln. Kühlen die Wärme ab, die sein Lachen in meinem Herz hinterlassen hat. Ich spüre, wie alte Gefühle in mir hochkommen und die Erregung mehr und mehr vertreiben. Was, wenn ich einen Fehler mache? Was, wenn er mir früher oder später wehtut? Ich bin so schwach gegen ihn. Habe keine Chance, mich zu wehren.

Selbst als Carlos meine Abwehr bemerkt, gibt er mich nicht frei. Keinen verdammten Zentimeter.

Ich werde dich nicht fragen, was du willst ...

»Hör auf, dich dagegen zu wehren«, raunt er und ich zucke bei der Schärfe seines Tonfalls zusammen. »Elisabeth«, mahnt er, »sieh mich an.« Ich senke den Blick, denn der Ausdruck in seinem Gesicht lässt mich innehalten. Er wirkt irgendwie ... verletzt. »Denk an meine Worte.«

Wenn ich dir etwas antun wollte, wärst du nicht hier ..., hallt es durch meine Gedanken. *Du wirst es genießen ...* Ich bemühe mich, ruhig zu atmen. Schließe die Augen und konzentriere mich einzig und allein auf seine Berührung.

»So ist's gut«, lobt er, und seine Zunge findet den Weg zurück an meinen Kitzler. Warmes Wasser prasselt in meinen Nacken und löst meine angespannten Muskeln. »Hör auf, es kontrollieren zu wollen«, murmelt er und ich erschaudere, weil seine Zunge von meiner Perle bis zu meiner Rosette fährt. Ich stöhne und kann spüren, wie er gegen meine Haut lächelt. Mit einem Finger dringt er in meine Vagina, bringt mich zum Keuchen und umkreist gleichzeitig mit der Zunge meine Klit. Ein Stöhnen erfüllt den Raum. Ich glaube, dass es von mir kam. Doch ich bin viel zu sehr gefangen darin, mich fallen zu lassen, sodass ich an nichts Anderes denken kann. Auch, als ein Finger leicht gegen meinen hinteren Ausgang stupst, ziehe ich mich nicht zurück.

»Vertrau mir«, haucht Carlos und ich lege den Kopf in den Nacken, ignoriere den ersten Schmerz und gewöhne mich an das neue Gefühl, während mich zum ersten Mal in meinem Leben jemand anal penetriert. »Wenn du soweit bist«, spricht er gegen meine Klitoris. Seine Zunge malt zwischen den Worten kleine Kreise um meine empfindlichste Stelle, »werde ich dich so hart in den Arsch ficken, dass du eine Woche nicht laufen kannst. Und du wirst darum betteln.«

Seine Worte stacheln mich an, ich kann spüren, wie sich mein Unterleib in heller Vorfreude zusammenzieht. Ein weiterer Finger taucht in meine Vagina, und es gibt kein Zurück mehr. Ich bin vollkommen ausgefüllt.

Die Welle der Lust schwappt über meinen Körper und bricht schließlich in meinem Unterleib. Ich öffne gleichzeitig Mund und Augen und schreie alles heraus, was sich in mir gesammelt hat. Mein Bein gibt nach, doch starke Arme halten mich. Ich habe nicht mal mitbekommen, wie er aufgestanden ist. Fest umschlungen hält er mich, saugt sich an meinem Hals fest und legt seine Hand in meinen Nacken.

»Das war, um den ersten Druck abzubauen. Ab jetzt lassen wir uns mehr Zeit.« Mit meinem schlaffen Körper in einem Arm, dreht er das Wasser ab und hebt mich mühelos hoch.

»Ich kann nicht mehr«, murmele ich und lasse meinen Kopf gegen seine Schulter sinken. Die Gefühle wollen mich mit aller Macht übermannen.

»Glaub mir, Princesa. Du kannst. Und du wirst«, lacht er und trägt mich nass wie wir sind in sein Bett.

CARLOS

Damals

»Mi corazón!« In dem Moment, in dem Mamá mich am Aufzug unserer Penthousewohnung abfing, wusste ich, es würde ein beschissener Nachmittag werden. Die letzten Wochen auf der Highschool waren anstrengend und der Gedanke an Seattle raubte mir den letzten Nerv. »Dein Vater will mit dir sprechen.«

Mein Rucksack landete laut auf dem glänzenden Marmorboden unserer Diele.

»Ich muss zum Boxen.«

»Carlos, bitte«, flehte sie flüsternd, damit mein Vater den falschen Namen nicht hörte. Dabei fasste sie ihre Strickjacke vor der Brust zusammen und schlang die Arme um ihren viel zu dünnen Körper. Meine Wut flachte etwas ab. Uns war beiden klar, ein Gespräch wäre unausweichlich. Seit seinem Schachzug, mich fortzuschicken, hatte ich kein Wort mit ihm geredet. Jetzt waren es nur noch vier Wochen und ich musste mich ihm stellen.

Mit Füßen schwer wie Blei schlenderte ich zu meiner Mamá.

»Okay«, hauchte ich zusammen mit einem Kuss auf ihren Scheitel. Sie umfasste meine Taille und legte ihren Kopf auf meine Brust.

»Mi querido niño.« Dabei tätschelte sie mir die Brust. Mit ihr in meinem Arm schritt ich durch die Doppelschwingtür in das Büro meines Vaters. Sein Gesicht über unsere Haltung stachelte mich an, meine Mamá ein bisschen enger an mich zu ziehen.

Ich schob meine Nase in ihr Haar und flüsterte nur für sie und mich bestimmt: »Für euch.«

Ihre schmalen Schultern hoben sich, ehe sie alle Luft aus ihren Wangen blies.

»Lass uns allein«, raunte mein Vater. Wie ein König thronte er auf seinem Ledersessel hinter dem massiven Holzschreibtisch. Sein Blick war auf mich gerichtet und auch ich wagte es nicht einmal zu blinzeln, um keinen seiner Angriffe zu verpassen. Der riesige Raum war zu klein für uns beide. Nicht mal das andere Ende der Welt hätte genug Abstand zwischen uns gebracht. Ohne mich abzuwenden, nickte ich meiner Mamá zu, denn ich spürte ihren Blick auf mir. Ich brauchte sie nicht an meiner Seite. Nicht in diesem Krieg. Das war etwas zwischen ihm und mir.

Ich hasste ihn. Oh, wie sehr ich ihn verabscheute. In seinem teuren maßgeschneiderten Anzug und den perfekt liegenden Haaren. Die Ellbogen auf den Lehnen seines Stuhls gestützt, die Hände vor der Brust gefaltet. Der Ehering an seinem Finger stach mir ins Auge und ich war kurz davor, ihm die Fresse zu polieren, ehe er einen weiteren Ton von sich gegeben hatte. Dieser Mann war weder ein guter Ehemann oder Vater, noch der Richtige, um eine Stadt wie Detroit zu regieren. Er war ein elender Feigling. Ein mieser Schwächling, der sich hinter Geld und seinem Bruder versteckte. Aber er war clever. Schickte Handlanger für die Drecksarbeit und ließ die Welt glauben, er sei ein liebevoller Mensch. Niemals hatte ich erlebt, dass er die Hand gegen mich oder meine Familie erhoben hat. Aber das musste er auch gar nicht. Er strafte mit Psychospielchen und ließ uns auf seine Weise leiden.

Bis in die Zehen spürte ich den Hass, der in mir brodelte.

»Setz dich, Alexander«, er nickte auf einen der Stühle auf der anderen Seite seines Schreibtisches.

»Ich steh lieber.«

Es war kein Geheimnis, wie sehr wir uns gegenseitig verabscheuten. Er hatte mir ein dutzend Mal vorgeworfen, welche Schande ich ihm bereitete. Ich hatte keine Gelegenheit ausgelassen, ihm klar zu machen, was ich von ihm hielt.

»Ich habe dir eine Wohnung in Medina gekauft. Das sind die Unterlagen.«

Anstatt auf die Papiere zu achten, die er mir zuschob, schnaubte ich kopfschüttelnd.

»Was?«, stieß er aus. Seine Wut prallte über dem Schreibtisch gegen meine. Unsere Blicke trafen sich und ich ballte die Hände zu Fäusten. Immer bereit zum Angriff.

»Das Studentenwohnheim war wohl ausgebucht«, verspottete ich ihn. Medina gehörte zu den reichsten Gegenden um Seattle. Ich wusste das. Er wusste das. Und jeder, dem er davon berichten konnte, dass sein Latinosohn es nach Medina geschafft hatte, würde das auch wissen.

»In drei Wochen kommt ein Umzugsunternehmen und packt deine Sachen. Sie bringen alles in die neue Wohnung. Um den Rest musst du dich allein kümmern.«

»Was heißt meine Sachen?« Ich richtete mich auf, den Blick starr auf sein Revers gerichtet. Würde ich ihm in die Augen blicken, könnte ich mich nicht länger zurückhalten.

»Was?«, spie er lachend aus. Er stand auf, wandte sich zu der Fensterfront hinter seinem Schreibtisch und blickte auf Downtown. Sein Reich. »Hast du wirklich geglaubt, du kommst eines Tages wieder zurück?«

Jeder gottverdammte Muskel in meinem Körper stand unter Strom.

»Meredith wird ihr eigenes Büro in deinem Zimmer bekommen. Es ist einfacher, wenn sie von hier aus arbeiten kann.« Er drehte sich um, verschränkte die Arme vor der Brust und grinste mich an. »Außerdem brauche ich ihre Unterstützung im Wahlkampf. Deine Mutter ist irgendwie zu …«, er zuckte mit den Schultern, »schwach«, schlug er den letzten Nagel in seinen Sarg.

Wie von Sinnen sprang ich über seinen Schreibtisch und hatte ihm meine Faust ins Gesicht geschleudert, ehe er überhaupt reagieren konnte.

»Ich bringe dich um«, schrie ich und brachte ihn zu

Boden. Immer und immer wieder ließ ich meine Knöchel in sein Gesicht donnern. Blut spritzte auf sein weißes Hemd. Ich drückte ihm mein Knie gegen die Brust, hielt ihn am Boden und zerrte ihn nur an seinem Kragen dicht vor mein Gesicht. »Ich schwöre dir«, wiederholte ich. In meinem Rücken nahm ich wahr, wie die Tür aufgestoßen wurde und Mamá und Esmi hereinstürmten. Ich ignorierte sie. »Eines Tages werde ich dich umbringen.«

»Ich freu mich drauf«, flüsterte er. Dann sah er an mir vorbei, sein teuflisches Grinsen verwandelte sich auf Knopfdruck in ein leidendes Gesicht. Dieser Bastard.

»Rahel«, jammerte er, »er ist vollkommen durchgedreht.« Ich stieß ihn von mir und richtete mich auf. Mir brach beinahe das Herz, als ich es wagte, mich umzudrehen. Esmi weinte. Sie hatte die Hände vor den Mund gelegt und heulte wie ein Baby. Ich sah zu meiner Mamá und in diesem Moment wusste ich es. Sie hielten mich für das Monster. Diese Schlacht hatte er gewonnen. Doch der Krieg war längst nicht vorbei. Ich würde ihn besiegen. Doch vorher musste ich lernen, nach seinen Regeln zu spielen.

Heute

Ich komme mir vor wie ein Perverser. Seit ungefähr einer Stunde beobachte ich Elisabeth beim Schlafen und ich kann mich nicht erinnern, je so etwas getan zu haben.

Sie liegt auf dem Bauch, das Laken verdeckt gerade so ihren zarten Hintern. Die Arme angewinkelt, den Kopf auf die Seite gedreht, hebt und senkt sich ihr Körper unter ruhigen Atemzügen.

Seit ich aufs College gegangen bin, musste ich keine Nacht allein verbringen, wenn ich es nicht wollte. Ich habe mehr Frauen gevögelt, als ich zählen kann. Und doch ist Elisabeth Turner die Erste, deren Gesicht ich betrachte, während sie in meinem Bett liegt und schläft. Ihre Haare sind nach der Dusche weich und ungestylt. Ohne Make-up oder Klamotten ist sie das Reinste, das ich je gesehen habe.

Ich lehne mich in dem schwarzen Sessel nach vorne, stütze die Ellbogen auf die Knie und lasse den Kopf in meine Hände sinken.

Was zur Hölle mache ich hier? Sie hätte nicht mit hierherkommen dürfen. Ich habe meine Grenzen nicht ohne Grund säuberlich gezogen.

In meiner Nähe zu sein, ist gefährlich. Das bedeutet, dem Teufel so nah zu sein, dass man sein Höllenfeuer schon spüren kann. Nichts für einen Engel wie sie.

»Mierda«, flüstere ich vor mich hin. Ich habe keine Ahnung, was diese Scheiße hier soll.

Ich straffe die Schultern und strecke den Rücken durch. Ich habe sie gefickt. Nicht mehr und nicht weniger. Das Leben geht weiter. Sämtliche Gedanken an ihr Leben, die Nachforschungen, das Rätselraten. Das muss aufhören. Sie ist nur eine Angestellte, mit ein paar Geheimnissen und ich habe sie gefickt. Diese Beschreibung passt so ziemlich auf all meine Mädchen. Das Ganze darf keine große Sache werden und ich trage nicht gerade dazu bei, indem ich hier hocke und sie verdammt nochmal im Schlaf stalke.

Daher stehe ich auf und lege meine Hand auf ihre nackte Schulter. Sofort habe ich das Verlangen, mich wieder auszuziehen und zu ihr ins Bett zu kriechen. Doch ich ignoriere den Drang. Rüttele stattdessen sanft ihren Arm.

»Hey«, versuche ich sie zu wecken, »Lis.«

»Hm«, brummt sie und dreht sich schwerfällig auf den Rücken. Aus dem Korridor fällt Licht ins dunkle Zimmer und ihre Brüste strahlen wie Elfenbein. Mein Schwanz wird augenblicklich hart. Ich kann es ihm nicht mal verdenken. Ganze zweimal bin ich lediglich zum Zug gekommen. Weil ich mich aufführen musste wie der verdammte Samariter. Ich habe irgendwann aufgehört zu zählen, doch allein mit dem Mund habe ich es ihr dreimal besorgt. Sie ist in meinen Händen geschmolzen wie Butter. Ich weiß nicht, wem ich beweisen wollte, dass ich sie jedes Mal zum Orgasmus bringen kann. Ihr oder mir. Ich kann nicht glauben, dass sie nie zuvor mit einem anderen Kerl gekommen ist und allein bei dem Gedanken daran will ich sie wieder vögeln.

»Despiertate.« Ich stehe neben dem Bett und beobachte jede ihrer Regungen. Mein Daumen streichelt über ihre Wange, ohne dass ich es will. *So zart.*

»Hi«, murmelt sie und ich lasse meine Hand sinken.

»Hey.« Ich widerstehe dem Wunsch, in ihre wunderschönen braunen Augen zu sehen. Das habe ich die ganze Nacht getan und ich befürchte, die goldenen Sprenkel, die aussehen wie Sterne, die ihr Gesicht zum Strahlen bringen, machen mich weich. »Ich muss los«, flüstere ich. Warum, weiß nur der liebe Gott. Mein Zeigefinger fährt über ihre nackte Schulter. Es bringt mich zum Schmunzeln, zu sehen, wie die kleinen Härchen auf ihren Armen sich aufstellen. Ihre Nippel werden steinhart. Sie will es schon wieder. Genau wie ich.

»Wie spät ist es?«, sie sieht sich um. Ich besitze keine Uhren. Zeit spielt in meinem Leben keine Rolle.

»Noch früh.« Ich lehne mich vor und gebe ihr einen verfluchten Kuss. Meine Lippen auf ihren, halte ich kurz inne und schließe die Augen. Das sollte sich nicht so anfühlen. Meinen Mund dicht vor ihrem, zwinge ich mich dazu, es zu Ende zu bringen. »Bleib, solange du willst. Wir sehen uns dann heute Abend.«

Scheiße! Die Worte ›Es war nett, dich zu ficken und jetzt verpiss dich‹ wollten einfach nicht aus meinem Mund.

Ehe ich eine weitere Dummheit begehen kann, wende ich mich ab und gehe.

»Carlos.«

Die Klinke zum Flur schon in der Hand verharre ich. Ich umklammere den Türgriff so fest, ich kann. *Sieh sie nicht an. Sieh geradeaus.*

Ich hebe den Kopf. Unsere Blicke treffen wie ein Blitzschlag aufeinander.

»Danke.«

»War mir ein Vergnügen.« Mein Mund verzieht sich gleichzeitig mit ihrem zu einem Grinsen. Ihres ist schüchtern und süß. Meines teuflisch und arrogant.

LIS

Damals

Mein Leben lang wurde mir eingebläut, dass schlimme Dinge nicht real waren, wenn man sie nur kräftig genug verdrängte. Ich war quasi von der Meisterin des Verdrängens großgezogen worden. Bei dem Gedanken daran verließ ein Glucksen meine Kehle. Mein Leben lang hatte sie mir beteuert, an meiner Seite zu sein und ausgerechnet sie ließ mich nun im Stich.

»Du wirst mich doch nicht vollkotzen, Baby, oder?«, lallte Mitchell und fummelte weiter an den Knöpfen meiner Jeans herum. Ich wehrte mich nicht. Dafür war ich viel zu müde und mein Kopf zu schwer. Außerdem war in meinem Kopf gerade nur Platz für meinen Dad, der alles kaputt gemacht hatte.

»Es nützt doch eh nichts, sich zu wehren, stimmt's?« Keine Ahnung, wo das herkam. Habe ich das gesagt?

»Was?« Wir waren viel zu besoffen, um ein Gespräch zu führen.

Ich hatte mich seit drei Tagen in Shannon's Poolhaus verkrochen und war seither umgeben von irgendwelchen Richkids. Sie alle hatten keine Ahnung, wer ich wirklich war und was ich durchmachte. Aber sie hatten Alkohol und Drogen und für den Moment reichte das. Denn es betäubte die Hilflosigkeit.

Ich hatte kein Wort mit meiner Mom gesprochen, seit sie uns in den Plan, in naher Zukunft abzutreten, eingeweiht hatte. Ich war so wütend auf sie. Während Kimi weinend in ihren Armen lag, schlug sie uns Worte wie ›Leberkrebs‹ und ›ein paar Monate‹ um die Ohren. Keine Minute länger hatte ich es ausgehalten.

»Hey«, säuselte ein Kerl, dessen Name ich nicht kannte und zog meinen Kopf an meinem langen Pferdeschwanz in seine Richtung. Ich saß rittlings auf Mitchell, der gerade dabei war, meine Brüste zu kneten. Keine Ahnung, warum ich nur einen BH trug. Es war … okay. »Bock aufn bisschen Spaß?« Er deutete auf eine Pille in seiner Hand und ich öffnete bereitwillig den Mund. Die Gedanken in meinem Kopf waren so schrecklich laut. Das sollte aufhören.

»Braves Mädchen.« Das war Mitchell. Er sah dabei zu, wie dieser andere Kerl sich die Pille auf die Zunge legte und sie mir so in den Mund schob. Er legte seine Hand in meinen Nacken und zog mich grob zu sich hoch in den Stand. Er küsste … besser …, aber lange nicht gut.

»Wir werden eine Menge Spaß haben.« Ein fieses Grinsen legte sich auf sein Gesicht und ich spürte wie durch einen Filter, wie Mitchell meine Hose nach unten zog. Die Jeans noch an den Knöcheln schob er einen Finger in mich hinein. Es tat weh. Ich keuchte, weil er so

grob vorging. Er tat mir weh. Aber was machte das schon. Ein bisschen Schmerz mehr oder weniger. Mein Körper war kaputt. Mein Herz leer.

»Scheiße«, das kam von dem Fremden, der meine Brüste ableckte, »die Kleine steht auf die harte Tour, he?«

Ich sah einen dritten Jungen dazukommen. Ich kannte ihn. Er ging eine Klasse unter mir auf die Richmond High.

»Wir werden dir geben, was du brauchst, Turner.« Er war so nah an meinem Gesicht, das seine Spucke in meinem Auge landete.

Ich schloss die Augen. Ließ sie sich nehmen, was sie wollten. Einen nach dem anderen. Sie hatten die Kontrolle über meinen Körper. Genau wie mein Dad. Sie alle taten mit mir, was sie wollten. Doch mein Kopf – der gehörte nur mir. Niemand würde es je dort hereinschaffen. In dieser Nacht baute ich eine hohe Mauer um meine Seele. Denn sie war dunkel. So dunkel, dass niemand es mit ihr hätte aufnehmen können. Und sie gehörte mir allein.

Ich massierte Schwänze, nicht fähig, die Augen aufzumachen, um erkennen zu können, zu wem sie gehörten. Zungen schoben sich in meinen Mund, Hände berührten mich überall. Manche zärtlich, manche gröber, aber unterm Strich hatten sie alle eins gemeinsam. Sie waren mir gleichgültig. Es ist alles egal geworden. Denn mein Leben … es war ohnehin bald vorbei.

Heute

Die Sonne kam mir bislang nie so hell und wunderschön vor. Das rostige Eingangstor zum Forest Trailer Park wirkt auch nicht mehr so trostlos wie gestern Abend, als ich mit müden Beinen zur Arbeit aufgebrochen bin. Okay, meine Beine sind immer noch müde. Streng genommen viel müder. Eigentlich besteht mein gesamter Körper aus einer wabbeligen Masse. Meine Muskeln haben sich irgendwann zwischen drei und fünf Uhr früh heute Morgen verabschiedet. Sie sind in Carlos' Händen zerschmolzen. Genau wie mein Verstand und ich befürchte, ebenfalls ein Teil meines Herzens. Mir ist klar, dass es keine gute Idee ist, sich in meinen neuen Boss zu verknallen. Soll mir doch aber mal jemand erklären, wie zum Teufel ich das hätte verhindern können.

Nie in meinem Leben habe ich eine Nacht wie diese erlebt oder solche Gefühle zugelassen. Wann immer ich mit einem Mann zusammen war, ging es dabei nicht um mich oder das, was ich fühle. Keiner von ihnen hat es je hinter meine Mauern geschafft. Vermutlich bin ich deshalb nie zuvor mit einem Mann gekommen. Ich konnte mich beim besten Willen nicht entspannen. Bis gestern.

Fünf Mal! Verdammte fünf Mal bin ich mit Carlos gekommen.

Alles, wirklich alles, was ich stets zurückgehalten habe – Gefühle, Empfindungen, Schmerz und Lust. Ich habe es gefühlt. Habe die Kontrolle über meinen Kopf ausgeschaltet und mich fallen gelassen. Als wäre es das Normalste der Welt. Wobei sich nichts an den vergangenen Stunden normal angefühlt hat. Weder der Orgasmusmarathon, den ich hingelegt habe, noch die Tränen, die ich anschließend stumm über meine Wangen auf Carlos' Brust habe tropfen lassen. Er hat kein einziges Wort gesagt. Nicht, dass er es ignoriert hätte. Er hat mir das Salzwasser von den Wangen geküsst und mich gehalten. Bedingungslos. Ohne Fragen zu stellen. Und es hat sich wunderbar angefühlt.

»Hey, Alice«, singe ich geradezu, als ich an ihrem Trailer vorbeilaufe. Ich schlüpfe aus meinen Pumps, nehme sie in die Hand und spaziere durch das warme Gras. Seit ich Carlos' Bett verlassen habe, bin ich das dämliche Grinsen in meinem Gesicht nicht mehr losgeworden. Genau wie den herben Duft nach Männerparfum und Sex, den ich nie wieder ablegen will.

»Hi«, murmelt sie mit skeptischer Miene und widmet sich weiter dem Kerl, auf dessen Schoß sie sich gerade mitten in ihrem Vorgarten räkelt.

Weder ihre fragwürdigen Geschäfte, noch die schreienden Kinder der angrenzenden Wagen können mir meine Laune heute verderben. Ein Wunder, dass ich nicht zurück zu unserem Trailer fliege.

»Hey, Kimi!« Ich kicke mit den hohen Schuhen in meiner Hand die Tür hinter mir zu. Doch meine unbekümmerte Miene erstarrt in dem Augenblick, in dem ich meine Schwester sehe.

»Wo zur Hölle warst du?«

Wie vom Blitz getroffen springt sie von der durchgesessenen Sitzgruppe auf und donnert auf mich zu. Ihre Augen sind gerötet, der Blick verschleiert. Scheiße.

»Was ist passiert?«, frage ich und sehe mich panisch nach meinem Neffen um.

»Was passiert ist?«, schreit sie und wirft die Arme in die Höhe. »Kannst du dir ansatzweise vorstellen, wie viel Sorgen ich mir gemacht habe? Wo zur Hölle hast du gesteckt?«

Ein Glucksen zieht meinen Blick hinüber Richtung Schlafzimmer und ich atme erleichtert auf, da Luca sich auf seiner Krabbeldecke windet, nur, weil eine Rassel in unerreichbare Nähe gerückt ist.

»Es ist eben später geworden.« Nicht die beste Ausrede, aber das hier ist auch kein Verhör von zornigen Eltern. Warum ich dennoch verlegen auf den Boden blicke, weiß ich selbst nicht genau.

»Später geworden? Es ist gleich Nachmittag«, blafft sie und fängt an, einen unserer Küchenschränke zu durchforsten. Ihr Arm krabbelt bis in die hintere Ecke des Schranks.

»Es tut mir leid. Ich hätte dir Bescheid sagen sollen.«

Ich habe kein Handy, doch sicher wäre es möglich gewesen, sie aus dem Velvet anzurufen. Nur, dass ich viel zu beschäftigt war, auch nur einen Gedanken an meine kleine Schwester zu vergeuden. Sie zieht eine Schachtel Zigaretten aus der Versenkung und steuert die Eingangstür an. Ich wusste es!

»Oh nein, Mäuschen. Das vergisst du ganz schnell wieder.«

Sobald wir von der Schwangerschaft erfahren haben, hat Kim aufgehört zu rauchen. Vielmehr habe ich sie dazu gezwungen. Mich beschleicht schon länger der Verdacht, sie könnte wieder angefangen haben.

»Das ist nicht deine Entscheidung«, faucht sie wie ein durchtriebener Teenager und versucht, sich an mir vorbei zu schieben.

»Und ob es das ist.« Ich lege eine Hand in den Türrahmen und versperre ihr so den Weg. »Denn weißt du, wer diese Scheiße bezahlen muss? Wir haben für sowas kein Geld.«

»Sie waren ein Geschenk.«

»Verarsch mich nicht, Kim«, brülle ich und gehe zu Luca, der durch unser Geschrei unruhig geworden ist. Ich stelle die Schuhe beiseite und hebe ihn an meine Brust. Dabei erntet er einen Kuss auf seinen kahlen Kopf. Einfach nur, weil er da ist.

»Das musst du gerade sagen.«

»Was soll das denn schon wieder heißen?« Mit dem Kleinen auf den Arm gehe ich auf sie zu. Wir funkeln uns wütend an.

»Es ist später geworden? Echt jetzt?«

»Ich bin dir keinerlei Rechenschaft schuldig. Das geht dich nichts an«, halte ich dagegen und wiege meinen kleinen Schatz sanft hin und her.

»Und dich gehen meine Sachen nichts an.«

»Kim«, versuche ich sie mit scharfem Ton daran zu hindern, rauszugehen. »Ich reiße mir den Arsch für diese Familie auf. Ich meine es ernst. Wenn du die rauchst, haben wir beide ernsthaft ein Problem, mein Fräulein.«

»Haben wir das nicht eh?«, fragt sie und ihre Blicke treffen mich wie Peitschenhiebe. »Sieh uns doch an.« Noch immer mit Tränen in den Augen lässt sie den Blick durch unser schäbiges Zuhause wandern. »Ich bin eine Teenie-Mom, die den ganzen Tag allein in einem verdammten Trailer hockt, während meine Schwester zur Nutte mutiert und ihren neuen Boss vögelt.«

Ehe ich darüber nachdenken kann, landet meine Hand klatschend auf ihrer Wange. Obwohl Lucas Gebrabbel im Raum klingt, hallt mein Schlag nach und meine Augen füllen sich sofort mit Tränen.

»Kim«, flüstere ich panisch und schüttele unaufhörlich den Kopf. Was habe ich getan? Nie zuvor habe ich mich selbst so sehr gehasst. Ich sollte es besser wissen. Ausgerechnet ich sollte diesen Weg niemals einschlagen. Und das wollte ich auch nicht. »Bitte«, flehe ich, niemals etwas so sehr bereuend.

»Lass es«, zischt sie und knallt die Trailertür hinter sich ins Schloss.

»Scheiße!«, murmele ich zu Luca, dem das alles herzlich egal ist. Plötzlich ist der Tag nicht mehr ganz so strahlend wie erst vor drei Minuten.

∞

Ich gebe ihr zwei Stunden. Um nicht vollends durchzudrehen, räume ich auf, sortiere Wäsche, spüle das Geschirr der letzten zwei Tage und spiele mit Luca. Meine Gedanken kreisen unentwegt um die Ohrfeige, die ich Kim im Affekt gegeben habe. Es tut mir so unbeschreiblich leid. Den Blick in ihren Augen, als meine Handfläche ihre Wange getroffen hat. Ich werde diesen Ausdruck nie wieder vergessen. Sie auch nicht. Das ist mir klar und wahrscheinlich das Schlimmste an der Sache.

Während ich Luca in sein Bettchen packe, weil er vor Müdigkeit kaum noch geradeaus sehen kann, höre ich Schritte vor unserem Trailer und hechte direkt hinaus.

Kim sitzt auf unserer Baumstammbank und spielt irgendetwas auf ihrem Handy. Es ist alt und kann fast nichts außer telefonieren, ist aber alles, was ich mir leisten kann.

»Hey«, flüstere ich und trete von einem Fuß auf den anderen.

»Hm.« Das Brummen aus ihrer Richtung ist so leise, ich bin nicht sicher, ob ich es mir vielleicht nur eingebildet habe.

»Können wir reden?« Ich setze mich neben sie und ziehe die Knie vor die Brust. Mein ausgeleiertes ACDC-Shirt klebt an meiner Haut, so heiß ist es. »Bitte«, füge ich hinzu, weil sie nach wie vor nur auf ihr Handy starrt. Ich lege ihr meine Hand aufs Knie und endlich hebt sie den Blick. Sie hat geweint. Das erkenne ich sofort.

Ein gigantischer Tsunami aus Schuldgefühlen haut mich beinahe von der Bank. Ich schließe kurz die Augen. Versuche, mich zu sammeln und den inneren Sturm in mir zu beruhigen.

»Neun Jahre.« Ich kann Kims Blick auf mir spüren, doch ich sehe über ihre Schulter hinweg in die Bäume, deren Wipfel sich in der Schwüle nicht bewegen. »Solange ist es her, dass ich zum ersten Mal geschlagen wurde und ich habe mir seitdem geschworen, niemals …«, ich räuspere mich, weil ich weinen muss, »wirklich niemals irgendeinem Menschen sowas anzutun.«

Unsere Blicke treffen sich. Kim bleibt stumm.

»Und schon gar nicht dem Menschen, den ich mehr liebe als alles andere auf der Welt.«

Eine ganze Weile sehen wir uns an, ehe sie den Kopf schief legt und auf den Boden sieht.

»Na ja …«, sie lässt ihren Blick einmal durch die Umgebung schweifen, ehe ihre blauen Augen auf meine treffen. Sie hat ihre von Mom. Ich meine von Dad. Ich hasse das. »Ich hätte dich vielleicht nicht unbedingt eine Nutte nennen müssen.«

Mit Tränen in den Augen stoße ich einen Lacher aus. »Stimmt.« Sofort werde ich wieder ernst. »Und dennoch. Nichts auf der Welt rechtfertigt, dich zu schlagen. Bitte verzeih mir. Ich sollte es besser wissen und es tut mir unendlich leid. Ich weiß, das klingt hohl, aber es wird nie wieder vorkommen.«

Kim legt ihre Hand auf meine. Unsere Finger verflechten sich miteinander.

»Mir tut es auch leid«, haucht sie. Wir reden nie über das, was unser Dad mir angetan hat. Niemals.

»Es ist nur ...«, sie schließt die Augen und atmet tief durch.

»Was?«

»Ach nichts.« Tränen glitzern auf ihrer Wange, als sie sie schließlich wieder öffnet.

»Bitte rede mit mir, Kimi. Es tut mir leid. Ich war nicht für dich da. Aber jetzt bin ich hier. Rede mit mir.«

»Es ist lächerlich. Du hast auch so genug um die Ohren.«

»Kim«, sage ich und bitte sie, mich anzusehen. »Nichts, was dich betrifft, ist lächerlich. Außerdem bin ich die Queen von lächerlichen Aktionen, immerhin habe ich mit meinem Boss gevögelt.«

Schockiert reißt sie die Augen auf. Eigentlich rüge ich sie ständig für ihre vulgäre Ausdrucksweise.

»Ich wusste es«, stößt sie aus.

Mit Tränen auf den Wangen starren wir uns an und ich muss lachen.

»Seit Tagen bist du nicht mehr du selbst.«

»Entschuldige.« Ich zucke mit den Schultern. Vor lauter Velvet und Carlos habe ich den Blick für das Wesentliche verloren. »Die Nachtarbeit setzt mir außerdem zu.«

»Du musst dich nicht entschuldigen. Ich weiß, wie hart du arbeitest.«

»Ich verspreche, mich wieder mehr um euch zu kümmern. Ehrlich.«

»Schon okay. War's wenigstens gut?«

»Kim!« Jetzt bin ich diejenige, die schockiert die

Augen aufreißt. »Dazu werde ich mich nicht äußern.«

»Komm schon, Lissybär. Ich versauere noch. Kannst du mich nicht mal mitnehmen? Ich muss mal raus, ich halte es hier nicht mehr aus.«

»Ins Velvet?« Ich verschränke die Arme vor der Brust. »Auf keinen Fall.«

Ihre Miene verfinstert sich wieder. Ich fahre mir mit den Händen durchs ungestylte Haar. Noch immer habe ich nicht geduscht, seit ich wieder hier bin. Ich bin nicht bereit, Carlos' Geruch herzugeben.

»Pass auf«, schlage ich vor, »Wir machen einen Deal. Du erzählst mir offen und ehrlich, von wem du die Kippen hast, seit wann du wieder rauchst und was dich bedrückt. Dann denke ich darüber nach, ob wir vielleicht mal zusammen einen Abend im Velvet vorbeischauen, sollte ich freihaben. Pam könnte auf Luca aufpassen und wir machen einen Mädelsabend. Aber du bleibst bei mir und wir gehen, sobald ich es sage.«

Meine kleine Schwester zieht ihre Wange zwischen die Zähne und kaut darauf herum. Eine ätzende Angewohnheit, wenn sie nachdenkt. Das tut sie schon, seit sie ein kleines Mädchen war.

»Und dann zeigst du mir deinen Boss?«

»Wenn er aus seiner Höhle gekrochen kommt, ja.«

»Das klingt, als sei er ein Löwe oder so.«

»Schätzchen«, lache ich, »du hast ja keine Ahnung.«

Wir stecken die Köpfe zusammen und kichern.

Ich erzähle ihr ein paar Details. Von der Wohnung mit Sicherheitscode und seiner Art, alle und jeden zu beherrschen. Wir suchen sogar auf der Homepage des Velvet nach einem Foto von ihm, doch es gibt keins. Das Netz kennt keinen Carlos Alvarez.

Die Sonne verschwindet langsam hinter Pams Trailer und ich bin erleichtert, dass zwischen uns alles wieder gut ist.

»Also.« Ich nehme Kims Hände in meine, »Schluss mit den dämlichen Bettgeschichten. Jetzt erzähl mir, was bei dir los ist.«

»Eigentlich ist nichts«, nuschelt sie und entzieht mir ihre Hand. Sie schlingt die Arme um die Knie und bettet ihr Kinn auf den Knien.

»Und uneigentlich?«

»Ich bin einsam, Lissy.«

Ihr Geständnis trifft mich bis ins Mark. »Oh Süße.«

Kim hatte nie Probleme, Anschluss zu finden. Sie ist ein offener Mensch und alle, die ihr begegnen, lieben sie. Als wir vor zweieinhalb Jahren hier ankamen, fand sie sofort Freundinnen und fühlte sich wohl in der Highschool. Doch ein Jahr später wurde sie schwanger und es dauerte nicht lange, ehe sie die Schule abbrechen musste.

»Was ist mit Luan und Tara?« Ihre besten Freundinnen haben während der Schwangerschaft den Kontakt gehalten. Sie besuchen uns hin und wieder.

»Ich gehöre überhaupt nicht mehr dazu. Ich meine, sie versuchen es ja. Aber ich kann nie mit ihnen um die Häuser ziehen. Nur doof dabei zusehen, wenn sie Kleider für den Abschlussball kaufen, für die ich viel zu fett bin. Und dann machen sie die ganze Zeit Pläne, was sie alles am Mullett Lake anstellen, während ich verdammte Windeln wechsle.« Sie schielt hinter sich zum Trailer.

»Ich liebe Luci, Lis, aber es ist so verdammt anstrengend.«

»Was wollen sie am Mullett Lake?«

»Ethans Eltern haben dort ein Ferienhaus. Alle wollen für eine Woche dorthin und den Abschluss feiern.«

Ich lege mir den Kopf in die Hände und zupfe an meinem kurzen Pony. Kim braucht mehr Freiraum. Ich weiß das. Ich muss mich öfter um Luca kümmern und ihr das Leben eines Teenagers ermöglichen. Ich trage schließlich hier die Verantwortung.

»Manchmal habe ich das Gefühl, ich habe versagt«, rutscht es mir raus und schon im nächsten Moment bereue ich es. Ich sehe Kimi an und schüttele den Kopf. »Ich meine damit, dass ich mich nicht gut genug um dich kümmere. Du solltest all das miterleben dürfen.«

»Aber das ist nicht deine Schuld.«

Nein …, denke ich, doch ich spreche es nicht aus.

Kim presst die Lippen zusammen. Ich tue es ihr gleich.

»Ich vermisse sie«, gesteht sie und eine Träne kullert über ihre pralle Wange.

Ich rutsche auf dem Po so weit nach vorne, dass ich ihren Körper in den Arm nehmen kann. Scheiße.

Ihr fehlt nicht nur eine Schwester und eine Freundin. Mein kleines Mädchen braucht eine Mom.

»Ich weiß. Es tut mir leid.«

»Fehlt dir Mom denn gar nicht?« In ihrem Arm erstarre ich. Denn diese Frage habe ich mir selbst schon tausend Mal gestellt. Ohne sie ist es schwer, das stimmt. Doch ohne ihn geht es mir besser, egal, ob ich in einem Trailer hausen muss oder auf der Straße schlafe.

»Wie wäre es denn«, umgehe ich ihre Frage und lehne mich ein Stück zurück, »wenn du mitfahren könntest zum Mullett Lake?«

Der betrübte Ausdruck in ihrem Gesicht hellt sich kurz auf, fällt aber schnell wieder in sich zusammen.

»Das geht nicht.«

»Und warum nicht?« Ich richte mich etwas auf und streiche ihr eine dicke Locke hinters Ohr. Kim ist ein hübsches Mädchen. Ganz ohne das teure Make-up und falsche Fingernägel, wie ihre Freundinnen es brauchen.

»Was ist mit Luca? Und außerdem kostet es eine Menge Geld.«

»Das lass mal meine Sorge sein.«

»Bist du sicher?«

»Unter einer Bedingung.«

»Die wäre?« Langsam wird sie wieder munterer und macht mich damit sehr glücklich. Auch wenn ich keine Ahnung habe, wie ich das hinkriegen soll.

»Du hörst mit der Raucherei auf. Und …«

»Du hast gesagt, eine«, unterbricht sie mich.

»In Zukunft versprechen wir uns, wieder mehr miteinander zu reden«, spreche ich ohne ihren Einwand weiter.

»Okay. Deal.« Wenn Kim mich anstrahlt, erinnert sie mich an meine Mom. An die frühere Version von ihr. Bevor Dad zum Alkoholiker wurde und uns beiden jegliche Freude am Lachen genommen hat. Und ja, wenn ihre runden Wangen sich beim Lächeln anspannen und die blauen Augen mir entgegen leuchten, dann vermisse ich Mom.

Ich breite die Arme aus und sauge den Vanilleduft ihrer Haare ein, während wir uns fest umarmen.

»Ich habe dich lieb, Kimi-Jimmy.«

»Ich dich auch, Lissybär.«

Diese blöden Namen. Ein Überbleibsel aus längst vergangenen Zeiten.

Wir schunkeln Arm in Arm hin und her und ich drücke meine Schwester so fest ich kann an meine Brust. Ich werde mich um sie kümmern. Ihr das ermöglichen, was sie glücklich macht. Ich muss es schaffen. Gedanklich nehme ich mir vor, heute Abend in Ruhe mit Carlos zu sprechen. Vielleicht kann ich eine kleine Vorauszahlung von meinem Lohn bekommen. Er ist meine einzige Chance. Ich muss mich zurück in die Höhle des Löwen begeben. Die Wahrheit ist: Ich kann es kaum erwarten.

CARLOS

Damals

»Danke, dass Sie gekommen sind.« Ich hielt dem klapprigen Mann mit dem viel zu großen Anzug die Hand hin. Sein Gesicht ließ keine Regung erkennen und er hatte kein Wort gesprochen, seit wir uns in der Ankunftshalle getroffen hatten. Doch er war hier. Das allein zählte.

»Dieser Trip kostet mich hundertfünfunddreißig Dollar und mindestens zehn Stunden meiner Zeit. Mal ganz abgesehen davon, dass dein Vater uns beide im Schlaf erdrosseln lässt, sollte er davon erfahren, dass ich seinen Sohn in Denver getroffen habe.«

In seinem Gesicht las ich, dass es sich keinesfalls um einen Witz handelte.

»Und doch sind Sie hier.« Ich lehnte mich in dem Loungesessel des Flughafenrestaurants zurück und kniff die Augen zusammen. »Warum?«

»Ich bin der Anwalt der Familie. Du gehörst doch zu dieser Familie, oder nicht?«, stellte er sich dumm. »Und

vielleicht sollte eher ich derjenige sein, der die Fragen stellt.«

Ich hatte keine Ahnung, ob ich Simon Parker vertrauen konnte. Doch er war meine einzige und letzte Chance, irgendwie an mein Ziel zu gelangen. Seit nunmehr einem Jahr ging ich auf die Seattle University. Ich lernte fleißiger als jeder andere für mein Wirtschaftsstudium. Besuchte Kurse ohne Ende und hatte überdurchschnittlich gute Noten. Ich hatte die beschissene Wohnung in Medina heimlich verkauft und investiert. Ich scheffelte schon jetzt eine Menge Geld. Und nebenher baute ich mir ein zweites Standbein auf. Ich verschaffte mir Respekt. Verprügelte jene, die es verdienten, half solchen, die es nicht allein schafften und vögelte nebenbei mit sämtlichen Ehefrauen der Seattler Elite. Es ekelte mich an, wie die alten Ladys sich an einem jungen Kerl wie mir aufgeilten. Doch damit hatte ich sie alle in der Hand. Frauen von Senatoren, Polizisten. Scheiße, sogar die Ehefrau des Bürgermeisters ließ es sich regelmäßig von mir besorgen. Doch ganz gleich, wie gut es hier für mich lief, ich war zu weit weg von Detroit. Mein Vater war zum Bürgermeister gewählt worden und hatte direkt im Anschluss Onkel Steve zum Polizeichef ernannt. Er gewann mehr und mehr Macht und ich konnte nichts tun, als dabei zuzusehen. Mamá und Esmi wurden mit jedem unserer Telefonate schweigsamer. Sie sprachen seltener über die Familie, speisten mich mit Ausreden ab oder wechselten das Thema. All das gefiel mir nicht. Es wurde Zeit, etwas zu unternehmen.

»Fragen Sie«, forderte ich ihn auf. Mein Blick war kalt. Gefühllos. Ich wurde jahrelang darauf trainiert, kei-

nerlei Emotionen zuzulassen. Das kam mir mehr und mehr zu Gute. Solange ich nicht wusste, auf wessen Seite Simon Parker spielen würde, gab es keinen Grund, freundlich zu sein.

Er dachte eine Zeit darüber nach. Lehnte sich schließlich nach vorne, die Ellbogen auf die Knie gestützt, die Finger gegeneinandergepresst, stellte er die einzig logische Frage: »Was hast du vor?«

Ich lachte über seine Ehrlichkeit.

»Keine Zeit zu verlieren, hm, Parker?«, stieß ich aus und beugte mich ebenfalls nach vorn. Ich kam ihm so nah, dass unsere Knie sich berührten.

»Ich werde meinen Vater zur Strecke bringen«, erwiderte ich seine Ehrlichkeit. Ein fieses Grinsen legte sich auf mein Gesicht, »und du wirst mir dabei helfen.«

Ohne den Blick von mir zu nehmen, grinste er ebenfalls. »Warum sollte ich, Alexander?«

Ich setzte mich wieder entspannt hin, legte ein Bein über das andere.

»Dafür gibt es sicher eine Menge guter Gründe. Aber an erster Stelle, weil du es auch willst.«

Ich hasste es, bei meinem richtigen Namen genannt zu werden. Nur auf der Uni und in dem Teil meines Lebens, den meine Familie kannte, nannte man mich so.

»Und wie kommst du darauf, dass ich mich nicht in den nächsten Flieger setze und deinem Vater hiervon erzähle?«

»Du stellst zu leichte Fragen, Parker«, lachte ich und strich mir über das glatt rasierte Kinn. »Die Antwort darauf ist so simpel, du solltest von selbst darauf kommen.« Wie zwei Pokerspieler beobachteten wir uns. Jeder *versuchte, die Wahrheit in den Augen des anderen zu finden, ihn zu durchleuchten.*

»Ich weiß, dass er es verdient hat«, antwortete er an meiner statt.

»Ganz richtig, alter Mann. Und ich werde ihm geben, was er verdient.« Ich machte eine theatralische Pause. Herrgott. Ich war gerade mal einundzwanzig und führte mich auf wie der Pate höchstpersönlich. »Wir beide werden das.«

Ich streckte ihm die Hand entgegen. Mein Lächeln war verschwunden. Ich meinte es todernst. Er musste sich entscheiden. Für wen spielte er? Gut oder böse?

Erst als Simon Parker seine schwache Hand in meine legte, atmete ich wieder auf. Ich wusste es. Das hier. Das war der Anfang. Jetzt war ich bereit zu kämpfen.

Heute

Ich bin es leid zu kämpfen. Yvonne Meyers, die ehemalige Angestellte meines Vaters, ist verschwunden. Als unsere Informantin noch einmal mit ihr reden wollte, war sie wie vom Erdboden verschluckt. Simon, der vor einer halben Stunde wieder in sein Büro in Downtown gefahren ist, hat wirklich alles versucht.

Mein Vater hat keine Ahnung, dass sein ehemaliger Anwalt seit neun Jahren für mich arbeitet. Ich habe ihm vor einigen Jahren eine Kanzlei gekauft. Er brauchte eine offizielle Begründung dafür, den Job beim Bürgermeister aufgeben zu müssen. Natürlich kümmert er sich hauptsächlich um meine Belange. Hier und da ein paar Pflichtverteidigungen zur Tarnung, doch ansonsten reichen meine Angelegenheiten für einen Vollzeitjob. Weil ich nämlich immer wieder in der Scheiße lande.

»Fuck«, brülle ich in die Stille meines Büros und fege sämtliche Informationen über Yvonne Meyers vom Tisch. Wieder einmal war er mir einen Schritt voraus. Mein Vater weiß, dass ich ihm auf der Schliche bin. Nur weiß er eben nicht, wer ich bin. Er wägt sich in Sicherheit, weil er seit vielen Jahren den Glauben hegt, ich sei tot. Ein simpel inszenierter Abschiedsbrief und ein gefakter Zeitungsartikel über das mysteriöse Verschwinden eines Studenten. Ich habe meine Kontakte aus Seattle spielen lassen und bin untergetaucht.

Im Grunde genommen war es nicht mal gelogen. Daniel Edwards hat seinen Sohn in den Tod getrieben. Alexander ist vor vielen Jahren gestorben.

Nur deshalb ist er nicht längst dahintergekommen, dass der Wichser aus dem Untergrund, der ihm das Leben schwer macht, sein verdammter Sohn ist. Er hat mich abgeschrieben. Tja. Falsch gedacht, Mister Edwards.

Ich vergrabe mein Gesicht hinter den Händen und denke nach. Denke an Mamá und Esmi. An die Zeiten, in denen wir zu dritt glücklich waren. Seltene Momente, in denen wir einfach nur eine Familie sein konnten. Ich denke an das Velvet. An meine Laufbahn. An den Weg, der wieder und wieder in einer Sackgasse endet … und ich denke an

Elisabeth. Ich kann nichts dagegen tun, die Bilder der vergangenen Nacht blitzen schon den ganzen Tag in meinem Kopf auf.

Nur ihretwegen taucht der ganze emotionale Kram aus der Vergangenheit wieder auf. Ich habe seit vielen Jahren aufgehört zu grübeln, doch seit sie hier hereingeschneit kam, steht alles Kopf. Zumindest tief in mir drin.

Ich senke die Hände, blicke geradewegs auf den braunen Umschlag, den Simon mir mitgebracht hat. Er ist bei meinem kleinen Ausraster mitten im Raum gelandet und sticht mir nun ins Auge.

Natürlich habe ich weitere Nachforschungen über Lis in Auftrag gegeben. Wir haben für alles unsere Leute. Mit der Jeans tief auf den Hüften und ohne Hemd schlurfe ich durch mein Büro und hebe ihn auf. Meine Detektive sind gut. Sehr gut. Sie finden alles heraus. Jedes noch so kleinste schmutzige Geheimnis.

Die Seiten liegen schwer wie Blei in meinen Händen. Bei jedem anderen hätte ich diesen bescheuerten Umschlag schon im Beisein meines Anwalts geöffnet und hätte die Details überflogen.

Ohne weiter zu grübeln, reiße ich jetzt die obere Lasche auf und ziehe eine beliebige Seite heraus. Am oberen Rand des Papiers ist ein Foto angeheftet. Ein schmieriger Downtown-Bubi mit Locken und Milchgesicht.

»Phil Walker«, lese ich den Namen. Er ist offensichtlich ein Finanzprüfer. Und Lis' gottverdammter Ex-Freund. Ich reiße das Foto von der Seite und zerknülle es in meiner Faust. »Du Würstchen konntest es ihr nicht mal besorgen.«

»Führst du jetzt schon Selbstgespräche?«

Shakira hat ihren engelsgleichen Kopf zur Tür hereingesteckt. Schnell schiebe ich die restlichen Informationen über Lis zurück in den Umschlag und werfe ihren verschissenen Ex-Freund in den Papierkorb. In den Müll, wo er hingehört, dieser Versager.

»Alles okay?«, fragt sie, mittlerweile dicht vor meinem Schreibtisch. Nicht, dass ich sie hereingebeten hätte. Mit verschränkten Armen betrachtet sie das Chaos, das ich angerichtet habe.

Zur Antwort knurre ich nur und lasse mich wieder auf meinen Schreibtischsessel fallen.

»Du hast sie also gefickt?«

Mein Kopf schießt hoch, doch meine rechte Hand setzt sich lediglich mit einem fiesen Grinsen mir gegenüber. Wir beide ignorieren sämtliche Akten zu unseren Füßen.

»Seit wann juckt es dich, wen ich in mein Bett mitnehme?«

»Genau das ist der Punkt, Baby, du nimmst nie eine mit in dein Bett.«

Ich ziehe eine Kippe aus der Zigarettenschachtel und zünde sie an. Den Rauch blase ich Shakira mitten ins Gesicht. Wenn sie denkt, sie sei die Einzige mit einem teuflischen Grinsen, hat sie sich geirrt. »Eifersüchtig?«, frage ich und nehme einen weiteren Zug, das Bedürfnis unterdrückend, ihr an die Gurgel zu gehen.

»Ha«, lacht sie. Sie steht auf und bedient sich an meinem Servierwagen mit einem Wasser. »Witzig ist er auch noch. Wer bist du und was hast du mit meinem Arschlochboss gemacht?«

»Dein Arschlochboss ist kurz davor, dich vor die Tür zu setzen, wenn du ihm weiter so auf die Nerven gehen willst.«

»Okay, okay«, mit der Wasserflasche in der Hand hebt sie lachend die Hände und setzt sich wieder. Shakira ist wirklich hübsch. Der Traum eines jeden Mannes. Samtig schwarzes Haar bis zu ihrem knackigen Arsch und Titten wie für eine Männerhand gemacht. Für mich kam sie allerdings nie infrage. Als ich sie damals aufgelesen habe, war sie runtergekommen, drogenabhängig und nicht sie selbst. Heute ist sie wie eine Schwester für mich. Es gibt keinerlei sexuelle Spannung zwischen uns. Völlig abgesehen davon, treibt sie es nur mit Frauen, seit sie unter meinem Schutz steht. Ich weiß nicht, was sie damals alles durchmachen musste und ich will es auch gar nicht so genau wissen.

»Im Ernst. Was ist los, Carlos?«

Ich lasse die Akte über Lis in einer Schublade verschwinden, knurre dabei wie ein Löwe, der die Antilope nicht erwischt hat.

»Die Immobilienpreise in Downtown steigen jede Woche, während die Häuser in unseren Vierteln vor sich hingammeln. Keine Ahnung, ob ich den Kauf an der Oakstreet durchziehen soll.«

»Carlos«, seufzt Shakira und lehnt sich mit den Ellbogen auf meinen Schreibtisch. An ihren Handgelenken klimpern zahlreiche silberne Armreifen. Wenn sie meine Lady wäre, würde ich ihr diese von den Armen reißen. Ich hasse Frauen, die meinen, sich durch irgendwelche Klunker attraktiver machen zu müssen. »Speis mich nicht mit dämlichen Floskeln über Immobiliengeschäfte ab. Wir wissen beide, dass die Preise in Downtown dir am Arsch vorbeigehen.« Unsere Blicke treffen sich. »Seit dieses Mädchen hier ist, bist du nicht mehr bei dir. Du hockst nächtelang vorne rum, trinkst und wirst inkonsequent. Du fängst an, Fehler zu machen.«

»Das hat nichts mit ihr zu tun.«

Wahrscheinlich ist uns beiden klar, dass das eine fette Lüge ist, doch sie lässt es so stehen. »Sie hat darum gebettelt, dass ich sie ficke. Ich hab's getan. Ende der Geschichte.«

Die Lügen kommen mir spielend leicht über die Lippen. So nah wir uns auch stehen mögen, Shakira muss nur wissen, was ich sie wissen lasse. Fakt ist, ich weiß selbst nicht, was diese Scheiße mit Elisabeth soll. Die Kleine hat sich in meinem Kopf festgebissen. Etwas, das ich nicht gut ertragen kann. Ich sollte sie feuern. *Herrgott* … wie oft will ich mir das eigentlich noch androhen. Egal, wie oft ich es mir auch einrede, ich habe ja doch nicht genügend Eier dafür.

»Simon hat eine ehemalige Angestellte des Bürgermeisters aufgetan, die ihn hätte liefern können, aber sie hat gekniffen«, lenke ich vom Thema *Elisabeth* ab.

»Scheiße.«

»Ja. Mierda«, wiederhole ich.

»Und was ist mit McGuire?«

»Was ist mit ihm?«, knurre ich. So langsam fängt sie wirklich an, mir auf die Nerven zu gehen.

»Serge hat erzählt, du hast dich nicht nochmal mit ihm getroffen?«

»Warum sollte ich? Er hat seine Strafe erhalten. Ende. Er hat es nicht anders verdient.«

»Ja, nur, dass er zum Dank ein weiteres unserer Mädchen verprügelt hat. Ihre Dankbarkeit hält sich in Grenzen.«

Mein Gesicht verfinstert sich. Ich spüre, wie all die angestaute Wut sich in meinem Magen sammelt. Seit einigen Jahren habe ich es weitestgehend im Griff, doch die dunkle Seite, sie brodelt in mir. Ist ein Teil von mir. Egal, mit wem ich vögele oder wem ich süße Versprechungen ins Ohr hauche. Ich lebe im Schatten der Nacht. Daran wird sich niemals etwas ändern. Ich bin Teil der Finsternis. Nein. Ich bin der verfluchte König der Nacht. Und ich lasse mich nicht verarschen. Krachend landet meine Faust auf dem Schreibtisch.

»Lass ihn herholen«, knurre ich. Shakira zuckt bei meinem Tonfall leicht zusammen. »Und die Mädchen auch. Es wird Zeit, diesem Wichser zu zeigen, wer hier das Sagen hat.«

∞

»Mister Alvarez, bitte«, fleht dieser kleine Scheißer zwei Stunden später und ich grinse vor mich hin, während ich mir einen weiteren Scotch einschenke. Langsam wird das Trinken zur Gewohnheit und das geht mir voll auf die Nerven.

»Bitte, was?«, säusele ich und schenke den beiden Huren auf dem Sofa in meinem Büro ein liebliches Lächeln. Dass eine der beiden ein angeschwollenes Auge hat und eine Platzwunde ihren Wangenknochen ziert, stachelt mich nur weiter an.

»Ich verspreche, ich werde den Mädchen nichts mehr tun.«

Ich lege den Kopf in den Nacken und lache. Laut und arrogant schallt es von den Wänden wieder.

»Natürlich wirst du das nicht. Dafür werden wir sorgen.«

Ich kippe mir den Scotch in meine Kehle und stelle das leere Glas beiseite. Anschließend schlendere ich ganz gemächlich wieder zu McGuire hinüber, dem das dumme Grinsen aus dem Gesicht gewichen ist. Er heult wie ein Baby. Speichel sammelt sich in seinen Mundwinkeln.

»Es ist nur so, dass du meine Geduld etwas überstrapazierst und ich erteile ungern zweite Chancen.«

Serge hat ihm die Hände vor der Brust gefesselt und hält ihn an den Schultern aufrecht.

Ich lasse mit einem breiten Grinsen das Jagdmesser meines Dads über seinen Brustkorb gleiten. Durch sein billiges Hemd ritzt es seine Haut nur minimal ein, doch der kleine Pisser jammert wie ein kleines Mädchen.

»Weißt du, McGuire. Mein Dad ...« Nie im Leben würde ich meinen Vater mit Dad anreden. Denn er ist kein Dad. Niemand, der seinem Jungen Baseball beibringt oder mit ihm seine erste Zigarette raucht. Doch das weiß dieser kleine Wichser nicht. »Er ist früher nie jagen gegangen und dennoch hatte er immer dieses Jagdmesser auf seinem Schreibtisch liegen.«

Ich bin mir sicher, er hört mir gar nicht zu, auch wenn er pausenlos nickt. »Eines Tages habe ich es geklaut und mir geschworen, die Klinge einer einzigen Sache zu widmen. Weißt du welcher?« Ich drücke das kalte Metall gegen seine Wange.

»N... n... nein«, stammelt er. Sicher pisst er sich jede Sekunde in die Hose.

»Um Wichsern wie dir die Finger abzuschneiden.« Ohne Vorwarnung steche ich das Messer in seine Hand. Er schreit hysterisch auf, seine Beine geben nach, doch Serge hält ihn an Ort und Stelle. Der russische Söldner ist seit sechs Jahren mein Schutz. Es gibt nichts, was er noch nicht gesehen hat. Er und seine Eltern verdanken mir sein Leben. Dafür opfert er seines für mich. Jeden Tag aufs Neue.

Mein Blick fällt auf die Nutten. Eine hat sich die Hand vor den Mund geschlagen, die andere heult. »Er wird Ladys wie euch nie wieder wehtun«, versichere ich ihnen in ruhigem Ton. Sie nicken. Sehen mich mit verstörtem Blick an. Weil sie sehen, wer ich wirklich bin ...

»Nein ..., nein«, jammert er.

»Ich habe nicht mit dir gesprochen, Wichser!«

Ich ziehe das Messer aus seiner Hand und

ramme es in die andere. Er schreit auf. Die Mädchen schnappen nach Luft. Ich werde ihm an jeder Hand zwei Finger abschneiden und es ist mir scheißegal, ob er dabei verblutet oder nicht. Doch ehe ich das Messer wieder hervorziehen kann, wird die Tür aufgerissen.

»Carlos, kann ich vielleicht kurz …«

Wir alle starren zur Tür. Elisabeths Stimme versagt. Wie versteinert steht sie auf der Schwelle zu meinem Büro. Den Türgriff fest umklammert, jegliche Farbe ist ihr aus dem Gesicht gewichen.

»Verpiss dich«, raune ich in ihre Richtung und ziehe dabei das Messer aus McGuires Hand. Er schreit auf und ist kurz davor, das Bewusstsein zu verlieren. Der Blutfluss der ersten Wunde verbindet sich mit der zweiten und tropft unaufhörlich auf den Boden.

Sie bewegt sich keinen Millimeter. Sie starrt McGuires Hände an.

»Elisabeth!«, schreie ich. Als sie mir endlich in die Augen sieht, ist nichts mehr von der Wärme geblieben, mit der sie mich heute Nacht eingehüllt hat. »Ich. Sagte. Verpiss. Dich.«

Die Tür fliegt ins Schloss und ich seufze laut auf.

»Bringen wir es hinter uns. Mir ist der Spaß vergangen«, knurre ich und breche den kleinen Finger von McGuires rechter Hand. So lässt er sich leichter mit dem Messer durchtrennen. Dieser Penner wird nie wieder einem Mädchen wehtun. Das garantiere ich. Auch wenn ich dafür selbst in der Hölle lande.

LIS

Damals

Fünf Monate, nachdem meine Mom ihre Diagnose erhalten hatte, war der erste Krankenhausbesuch unumgänglich. Die Medikamente zeigten starke Nebenwirkungen und auch die Bestrahlung hinterließ ihre Spuren.

Es war ein warmer Sommertag. Ich werde nie vergessen, wie sie und mein Dad in unserem alten Buick aus der Einfahrt fuhren. Mit verschränkten Armen stand ich in der Haustür und winkte ihnen zusammen mit Kim zum Abschied. Während Kim weinte, dachte ich darüber nach, warum zur Hölle sie ihn an ihrer Seite wollte. Ich hatte schon lange einen Führerschein und im Gegensatz zu ihm war mein Alkoholpegel seit Monaten auf null. Ich sollte neben ihr sitzen.

Seit bei meiner Mom die ersten Symptome aufgetreten waren, blieb ich die meiste Zeit zu Hause. Vermied Kontakte wie Shannon und ihre Freunde. Denn je schlechter es meiner Mutter ging, desto weniger konnte ich sie mit ihm allein lassen.

Wir sprachen so gut wie nie über ihre Krankheit. Der Krebs war, genau wie einst die Gewalt, stumm in unseren Alltag eingezogen und machte es sich gemütlich. Er war überall. Auf den Haaren, die sie in der Dusche verlor. Auf den Medikamenten, die sich durchs Haus verteilten, sowie auf unseren Gemütern, die mit jedem Tag düsterer wurden.

»Wie wär's?«, ich strich Kim durch die dicken Locken, »willst du nicht Carry fragen, ob du bei ihr übernachten kannst? Ich kann dir Geld fürs Kino geben oder ihr geht ein Eis essen.«

»Sicher?«, fragte sie und wischte sich die letzten Tränen von der Wange. Sie war einen ganzen Kopf kleiner als ich, worüber sie sich ärgerte. Meine Schwester kam in allem nach unserer Mom. Sie hatte ihre kurzen Beine und ihre geschwungene Hüfte.

»Ja klar. Mach dir einen schönen Abend, Kimi. Du kannst auch bis Sonntag bleiben. Das geht schon in Ordnung.«

Mich plagte das schlechte Gewissen, weil ich meiner Schwester dieses Wochenende keineswegs aus Nächstenliebe anbot. Hierbei ging es um blanke Berechnung. Es war Freitag. Mir war klar, Dad würde den Abend in der Bar am Ende der Bakerstreet verbringen. Er würde gestresst sein, da Mom im Krankenhaus lag. Und er würde ein Ventil brauchen. Ich brachte meine Schwester aus der Schusslinie. Ich hatte Angst, er könne ihr wehtun. Der Schmerz wäre nicht das Problem. Nur würde ich niemals zulassen, dass er ihre Seele genauso zerstörte wie meine.

Denn noch war sie hell und rein und ich würde dafür sorgen, dass das so blieb.

Kim war wie der Frühling nach einem langen Winter. Sie strahlte wie die Sonne und roch wie eine Blumenwiese am Abend. Ihr Kichern erinnerte an Vögel, die munter zwitscherten. Mein Dad würde den Frühling in ihr nicht kaputtmachen. Vorher würde ich ihn umbringen. Ein Gedanke, der nicht zum ersten Mal meinen düsteren Kopf besiedelte. Denn der Frühling in mir – er war längst vergangen. Doch kein Winter, den die Welt je erlebt hatte, hätte mich auf das vorbereiten können, was ich an diesem Wochenende erleben sollte.

Heute

Wie in Trance tragen meine Füße mich durch den schmalen Flur. Der Bass wummert in meinem Magen. Das Licht der Tanzfläche schießt mir im Takt entgegen. Ich atme. Ein. Und aus. Ein. Und aus.

»Scheiße, Lis! Wo hast du gesteckt?«, ruft Bill von Weitem und wirft ein Geschirrtuch nach mir. »Hier ist die Hölle los, deine Schäferstündchen mit dem Boss müssen warten.«

Candy, die ihre wasserstoffblonden Haare heute in einem hohen Zopf trägt, lächelt mich verführerisch an. Wie in Trance wende ich mich an der Theke dem erstbesten Kunden zu und nehme seine Bestellung auf. Dann die des nächsten. Solange, bis die Bilder, die ich in Carlos' Büro gesehen habe, langsam verschwimmen. Vielleicht habe ich in meinem jungen Leben schon zu viel Gewalt erlebt, die mich abgestumpft hat für Szenen wie diese.

Es ist Samstagnacht. Das Velvet brennt regelrecht. Die Menschen stehen eng aneinandergepresst. Wer hier Probleme mit Körperkontakt hat, ist fehl am Platz.

An anderen Tagen bin ich froh, in einer solchen Situation hinter der Theke und nicht davor zu stehen. Heute kann ich nicht mal darüber nachdenken. Ich handele ferngesteuert, reiche den Kunden Bierflaschen, mixe Drinks und spüle Gläser, bis mir die Hände brennen. Doch ganz gleich, wie viel Arbeit ich habe, die Ereignisse aus Carlos' Büro – sie wollen einfach nicht verschwinden.

Wie Serge, ein Berg von einem Mann, diesen Kerl festhält. Sie standen auf einer Plastikplane. Herrgott nochmal – eine verfluchte Plastikplane. In welchem Film bin ich hier gelandet? Ich sehe diesen Typ, wie ihm das Blut aus den Händen rinnt und er mich mit den Augen anfleht. Doch was ich wirklich nicht vergessen kann, ist Carlos. Mit nacktem Oberkörper, triefend vor Perfektion, das schwere Messer in der Hand. Seine Ringe glänzen im Schein der Deckenspots. Die langen Haare ordentlich nach hinten zum Zopf gekämmt. Wie der verfluchte Teufel persönlich. Scheiße. Ich habe mit dem Teufel geschlafen.

»Was ist?«, schreit Candy über die Musik hinweg. Vermutlich ist mir der hysterische Lacher tatsächlich entwichen.

»Nichts«, rufe ich, »nur …« Ich schließe kurz die

Augen und atme aus. Was sollte ich ihr schon sagen? Du, Candy, ist euch allen klar, dass unser Boss ein verfluchter Sadist ist?!

»Du hast Velvetfieber.«

»Was?« Ich öffne die Augen und trockne das Glas ab, das sie aus dem Schaumbecken unter klarem Wasser abspült und mir reicht.

»Du arbeitest seit über einer Woche jede Nacht. Nimm dir mal 'ne Auszeit.« Gekonnt zieht sie eine Augenbraue hoch. »Und mal völlig abgesehen davon: Ich sagte, du sollst nach Überstunden fragen und nicht, dass du dich in den einzigen Mann verlieben sollst, der niemals eine Beziehung führt und noch dazu dein Boss ist.«

»Was?«, kreische ich schon wieder. »Ich hab nicht … ich mein, ich bin nicht …« Scheiße!

»Schon gut, Mäuschen«, sie legt ihre nasse Hand auf meinen Unterarm. »Gib nur auf dich Acht, ja? Du spielst mit dem Feuer.«

»Er ist der Teufel, oder?«, frage ich. Ich weiß, ich sollte sicher keinen Thekenschwatz über Carlos führen, wenn ich alle meine Finger behalten will, aber ich kann nicht anders. Mit irgendjemandem muss ich doch reden.

»Ach Quatsch«, lacht Candy. »Aber du findest im Umkreis von hundert Meilen sicher keine Tussi, die nicht die Eine für ihn sein will. Also tu mir einen Gefallen und sei ein bisschen vorsichtig. Keine Ahnung, was du gehört hast oder was er dir erzählt hat, aber ich verrat dir was, Mäuschen.« Sie lehnt sich ein bisschen näher zu mir, so, dass ich ihr süßes

Parfum riechen kann. »Egal, was wir über ihn reden oder was andere über Mister Alvarez sagen. Ganz gleich, was er macht. Unterm Strich ist er einer von den Guten. Für manche vielleicht sogar ein Heiliger.«

Sie zwinkert mir zu und widmet sich wieder den Gläsern, während in meinem Kopf ein einziges Chaos herrscht. Das, was ich heute Abend gesehen habe, war ganz sicher kein Akt der Heiligkeit. Ich weiß nicht, ob ich damit leben kann, dass mein Boss offensichtlich nicht nur Nutten in seiner Diskothek arbeiten lässt, sondern im Hinterzimmer Menschen verstümmelt. Doch jetzt gerade bleibt mir leider keine Gelegenheit, darüber nachzudenken. Und verdammt, wenn Kim zum Mullett Lake fahren soll und ich mir Brad vom Hals schaffen will, dann brauche ich diesen Job.

∞

»Oh mein Gott, Mike«, stoße ich aus, »die Sonne scheint ja schon.«

»Oh ja, Miss Lis, wir hatten heute Nacht wohl ein bisschen zu lange die Tore geöffnet.«

Er steckt die Schlüssel in die schwere Eingangstür des Velvet und macht den Laden endgültig dicht. Die Schicht war anstrengender denn je. Die Leute wollten gar nicht mehr gehen, haben gesoffen ohne Ende. Ausgerechnet in der Nacht, in der ich eh schon nicht weiß, wo mir der Kopf steht. Jetzt bin ich nicht nur total verwirrt, sondern meine Füße tun weh und mein Magen knurrt wie verrückt. Ich habe Carlos und seine Machenschaften versucht zu verdrängen und heuchle mir vor, dass es ganz gut zu klappen scheint. Ich bin müde. Will einfach nur in mein Bett und nicht mehr darüber nachdenken müssen.

»Hunger?«, fragt Mike, weil ich passend zu dem Geräusch die Hand auf meinen Bauch gelegt habe. Ich trage ein altes Justin Bieber-T-Shirt von Kim und kurze Jeansshorts. Weil meine Füße es keine Sekunde länger in Pumps ausgehalten haben, bin ich in meine alten Sneakers gestiegen, die ich in meinem Spind deponiert hatte. Kurz gesagt, ich sehe höchstwahrscheinlich aus wie eine Vierzehnjährige.

»Und wie.« Ich weiß gar nicht, wann ich das letzte Mal etwas gegessen habe. Nach dem Streit gestern Nachmittag mit Kim bin ich direkt aufgebrochen. Und dann nahm das Elend seinen Lauf.

»Hier«, Mike schiebt mir mit seiner riesigen Pranke einen Zwanziger zu. »Zwanzig Dollar«, holt er unseren alten Scherz nochmal hervor und kichert. Ein Kerl, groß wie ein Bär und dann kichert er verschmitzt wie ein Schulmädchen.

»Mike.« Mein Blick liegt auf dem Geldschein in meinen Händen.

»Da drüben bei Macy's gibt's unglaubliche Donuts. Gönn dir was, Mädchen. Hast es dir verdient.« Seine blitzweißen Zähne strahlen mich an.

»Aber …«

»Nichts aber. Samstags stecken die Cougars mir besonders gerne Scheine zu. Meine Shana sieht das nicht gerne. Du tust mir also quasi einen Gefallen.« Sein Lächeln ist warmherzig und am liebsten würde ich mich auf die Zehenspitzen stellen, um ihn zu umarmen. Wahrscheinlich täte ich es sogar, wenn nicht Serge in meinem Kopf rumspuken würde, wie er hilflose Menschen festhält, damit Carlos sie foltern kann. Ob Mike so etwas auch tut? Ich weigere mich, das zu glauben. Stattdessen schenke ich ihm ein dankbares Lächeln.

»Danke.« Ich weiß nicht, was ich sonst sagen sollte. Ist ihm klar, dass ich mir sonst kein Frühstück leisten kann? Sieht man mir meine Armut an? Oder bezahlt er mich für etwas, das ich womöglich noch gar nicht getan habe?

Mike legt seine riesige Hand auf meine Schulter. »Schon gut. Hauptsache, es schmeckt.« Er presst die vollen Lippen zusammen und nickt mit geschlossenen Augen. Wahrscheinlich kann man mir meinen Zwiespalt ansehen.

Zu meinem Glück funkt mein Magen mit lautem Knurren dazwischen und zwingt mich schließlich doch, über die Straße in das hell erleuchtete Diner zu gehen. Ich habe schon oft den Geruch nach Burgern und Pommes wahrgenommen, wenn ich zur Arbeit gegangen bin und einen sehnsüchtigen Blick auf das schmucke Retrorestaurant geworfen. Doch bislang habe ich es mir immer verboten. Fast Food ist teuer und einfach nicht drin. Aber ein Donut. Was würde ich in diesem Moment alles für einen frischen Donut mit Schokoladenglasur geben.

Eine Glocke über der Tür kündigt mich an und

ein paar ältere Herren, die mit Kaffee und Zeitung an der Theke sitzen, drehen sich zu mir um. An der Fensterfront reihen sich die typischen roten Bänke um Sitzgruppen und laminierte Speisekarten liegen überall verteilt. Die Dame hinter dem Tresen trägt eine rot weiß karierte Schürze und es fehlt nur noch, dass Teenager Milchshakes mit Sahne und Kirschen trinken, während jemand anderes die Jukebox in der Ecke bedient.

»Was darf's sein, Schätzchen?«, fragt die kugelrunde Frau und zückt ein Blöckchen und einen Stift aus ihrer Schürze.

»Auf jeden Fall ein Dutzend Peanutbuttermuffins.« Ich zucke zusammen, weil seine Stimme die Letzte ist, die ich morgens um acht in einem Diner erwartet hätte. »Vertrau mir. Die wirst du lieben, Princesa.«

Nur am Rande bekomme ich mit, wie die Kellnerin ein »Geht klar, Boss«, schmunzelt, während ich mich beinahe in Zeitlupe umdrehe.

Ich schlucke. In einer Sitzecke in der hintersten Ecke des Raums sitzt Carlos. Abgeschottet vom Blick der anderen Gäste. Einen Arm lässig auf der Rückenlehne ausgestreckt, mit der anderen Hand dreht er seinen Kaffeebecher auf dem Tisch hin und her. Mein Blick wandert über die leeren Teller und Schüsseln, die um eine Tageszeitung herumstehen.

»Was?«, fragt er und fordert so meine Aufmerksamkeit zurück in sein Gesicht. »Auch Monster müssen frühstücken, Elisabeth.«

Allein wie er meinen Namen ausspricht, lässt

meine Knie zittern. Schritt für Schritt trete ich näher an seinen Tisch heran. Obwohl ich wahrscheinlich besser davonlaufen sollte.

»Bist du das denn?« Ich ziehe die Unterlippe zwischen die Zähne. Nicht sicher, ob ich gerade einen fatalen Fehler begehe. »Ein Monster?«

»Sag du es mir, mi amor.« Carlos faltet seine Zeitung zusammen und deutet auf den Platz ihm gegenüber. »So wie du mich ansiehst, möchte ich zwar denken, ich kenne die Antwort, aber ich gebe dir gerne die Chance, deine Meinung zu ändern.«

Meinen Zwanzigdollarschein fest umklammert, lasse ich mich auf die Sitzbank gleiten. Natürlich lässt er sich es nicht nehmen, mich dabei von Kopf bis Fuß zu mustern und ich kann spüren, wie meine Wangen rot werden. Wie sollten sie auch nicht? Schließlich wirkt er wie geradewegs einem Armani-Werbespot entsprungen. Die kinnlangen Haare, auf coole Weise verstrubbelt, rahmen sein glatt rasiertes Kinn ein und die kleine Narbe über der Augenbraue zusammen mit seinen stechend blauen Augen erinnern mich an Aquaman. Himmel. Doch all das ändert nichts an dem, was ich über ihn denke.

Nervös knibbele ich mit der Banknote in meiner Hand. Mein Verstand durchschaut die Situation glasklar. Ich habe mich auf einen Kriminellen eingelassen. Ihm meinen Körper überlassen. Und viel schlimmer: Meinen Kopf und mein Herz. Dass ausgerechnet ich mich in einen Mann verliebe, der gewalttätig ist, bringt mich schon fast wieder zum Lachen. Ein wirklich schlechter Scherz.

Die einzige Möglichkeit, meinen Gefühlen diesbezüglich jetzt noch zu entfliehen, wäre, so schnell zu laufen wie ich nur kann.

Die Wahrheit ist, ich habe Angst. Vor ihm. Aber viel mehr vor den Gefühlen, die er in mir auslöst. Und ganz nebenbei davor, meine Finger zu verlieren, wenn ich etwas Falsches sage.

»Hatten wir das nicht schon?«, fragt Carlos und lehnt sich, die Ellbogen auf die Tischplatte gestützt, nach vorne.

Mein Blick hebt sich, sieht ihn fragend an. Dass unsere Knie sich unter dem Tisch berühren, ist nicht gerade hilfreich.

»Ich dachte, wir hätten geklärt, dass du keine Angst vor mir haben solltest.«

»Tja«, schnaube ich und kann ihn keine Sekunde länger ansehen, »das war vermutlich, bevor du wehrlosen Menschen vor meinen Augen Messer ins Fleisch rammst.«

Fehler. Fehler. Fehler. Das hätte ich nicht sagen sollen. Ich warte eine Weile mit gesenktem Kopf auf eine Reaktion, doch Carlos schweigt. Solange, bis ich es keine Sekunde länger aushalte und ihn erneut ansehe. Ein diabolisches Grinsen liegt auf seinem Gesicht. Er wirkt so entspannt. *Weil er das sicher nicht zum ersten Mal getan hat …*

»Hat …«, ich zögere, doch ich muss es einfach wissen. Diese Frage beschäftigt mich bereits die ganze Nacht. »Hat er es verdient?« Meine Stimme zittert mit jedem meiner Worte.

»Liegt Gerechtigkeit nicht auch im Auge des Betrachters, Elisabeth? Wer hat deiner Meinung nach verdient, einen Finger zu verlieren?«

»Ich ..., ich«, sein Blick nimmt mich gefangen. Legt mir Ketten um den Hals, die mir die Luft abschnüren.

»Wenn ich dir sage, dieser Kerl ist ein mieses Schwein, der von Glück reden kann, dass er nur zwei Finger verloren hat, fühlst du dich dann besser?«

Ich nehme mir Zeit, über seine Frage nachzudenken. Die Antwort ist: »Ich weiß es nicht.«

»Ich will dir was verraten, Princesa.« Carlos schiebt das Geschirr auf die Seite und greift nach meiner Hand. Liebevoll und nicht wie der Mensch, der vor wenigen Stunden jemanden gefoltert hat, öffnet er meine Faust und findet meinen Zwanzigdollarschein. Er schließt meine Finger wieder darum und legt meine Faust in seine Hand. »Ich bin ein sehr gerechter Mann. Ich kann zwischen Gut und Böse unterscheiden. Etwas, das die meisten Menschen von sich behaupten, sich dabei jedoch von gesellschaftlichen Einflüssen blenden lassen. Du kannst mir also glauben. Er hatte es verdient.«

Ich sollte ihm beipflichten und gehen. Doch ich kann nicht. Stattdessen entziehe ich ihm meine Hand und funkele ihn wütend an.

»Es gibt Gesetze. Für jeden von uns. Und wenn alle sich daran halten würden, gäbe es keinerlei Gewalt, oder nicht?«

In meinem Leben habe ich oft genug dafür gebetet, dass jeder Mensch sich an die Gesetze hält. Dann wäre mir eine Menge erspart geblieben.

Seine Mundwinkel wandern nach oben. Er grinst über das ganze Gesicht, während mir so schlecht ist, dass ich gar kein Frühstück mehr möchte. Ergo, keine Sekunde länger hierbleiben sollte.

»Jetzt wird es interessant. Warum wirst du wütend, Elisabeth?«

»Nenn mich nicht immer so«, zische ich. Er hat recht. Ich bin verdammt sauer.

»Aber ist das nicht dein Name, Elisabeth?«

»Wie kannst du behaupten, ein gerechter Mann zu sein?« Halt den Mund, Lis. Geh nach Hause. Schreib deine Kündigung. Schließe hiermit ab.

»Kann ich nicht?«, fragt er und der Spott in seiner Stimme stampft auch meine letzte Zurückhaltung in den Boden.

»In deinem Club prostituieren sich die Mädchen. Es gibt keine Droge, die man auf dem Parkplatz nicht kaufen kann und ich bin nicht blöd, Carlos. Ich weiß auch, dass im Putzmittelraum nicht täglich kistenweise neue Putzmittel geliefert werden.«

Lächelnd nickt er mit dem Kopf. Beinahe blitzt etwas wie Anerkennung in seinem Gesicht. »Du bist ein aufmerksames Mädchen.«

»Es gibt Gesetze. Unser System allein bietet Gerechtigkeit. Deine Form von Justiz nennt man Kriminalität.«

Ich sehe, wie sein selbstgefälliges Lächeln verrutscht. Wie ein wildgewordener Stier, der rot sieht, starrt er mich an. Zu meinem Glück tritt die Kellnerin an unseren Tisch und schiebt ihren schweren Körper zwischen uns, um abzuräumen.

»Darf's noch was sein, Boss?«

»Pack Elisabeth doch bitte zu ihren Muffins ein reichhaltiges Frühstück für zwei ein. Das ganze Programm. Und schreib's auf meine Rechnung, Eloise.« Bei keinem seiner Worte lässt er mich aus den Augen.

»Geht klar. Ich mach dir alles fertig, Schätzchen«, wendet sie sich an mich, doch ich kann nicht reagieren.

»Ich möchte dich heute Abend in meinem Büro sehen«, befiehlt Carlos, nachdem wir wieder allein sind.

»Ich habe heute frei«, trotzig recke ich das Kinn. »Du wirst mir meine Finger erst morgen abschneiden können.« Wahrscheinlich sollte ich mehr Angst vor ihm haben und meine Zunge zügeln, doch auch, wenn alle mich für schwach halten, weil ich mich nicht wehre, bedeutet das nicht, dass ich nichts aushalte. Das habe ich schon mehr als einmal in meinem Leben bewiesen.

Carlos legt den Kopf in den Nacken und lacht. Dann steht er auf und beugt sich über den Tisch. Mit festem Griff umklammert er meinen Nacken und bringt seinen Mund dicht vor meinen. Ich kann nur auf seine Lippen starren, die dicht vor meinen verharren.

»Heute Abend um zehn in meinem Büro. Keine Widerrede.« Er drückt seinen Mund auf meinen und ich erstarre. Weil ich mich seit gestern Morgen nach dieser Berührung gesehnt habe. Weil ich es auf keinen Fall will und weil ich das Gefühl habe, unter seinem Kuss zu explodieren. Er löst sich von mir und mir bleibt nichts, außer ihm hinterher zu starren. Wie sein breites Kreuz bei jedem seiner Schritte unbeweglich in dem engen T-Shirt spannt. Die dunkle Jeans, tief auf den Hüften und schwere Stiefel, die er nicht richtig geschlossen hat. Er setzt seine Sonnenbrille auf und nickt der Bedienung zum Abschied zu, die ihn genauso ansieht wie ich. Gierig.

Candy hat sowas von keine Ahnung. Dieser Mann ist Einiges, aber sicher kein Heiliger.

CARLOS

Damals

Drei Jahre. Sechsunddreißig verdammte Monate war es her. Das Mädchen mit den schulterlangen Haaren und der sexy Figur konnte unmöglich meine Schwester sein.

»Carlos!« Sie sprang mir in die Arme und ich ließ meine Tasche fallen, um Esmi so fest an mich zu drücken, wie nur eben möglich.

»Scheiße«, lachte ich, die Nase tief in ihr Haar vergraben. »Wann bist du erwachsen geworden?«

»Ich bin erst sechzehn, Blödmann«, lachte sie ebenfalls und ich wirbelte uns im Kreis. Erst jetzt wurde mir bewusst, wie sehr sie mir gefehlt hatte. Wie ich meine Heimat vermisst hatte. Nach ein paar Umdrehungen setzte ich sie wieder ab und sah ihr über die Schulter. Es fühlte sich an, als setzte mein Herz einen Schlag aus.

»Mamá.« Meine Mutter. Die Jahre hatten sie gezeichnet. Doch noch immer war sie die schönste Frau, die ich je gesehen hatte.

»Carlos!« Tränen standen in ihren Augen. Sie zog ihre zarte Hand aus dem schwarzen Lederhandschuh und legte sie auf meine Wange, nachdem ich vor sie getreten war. Sie wirkte so zerbrechlich. »Mi hijo.«

Ich bückte mich, um sie zärtlich an mein Herz zu drücken. Dort drin waren wir die ganze Zeit über vereint. Sie wusste das. Und ich auch. Meine Mutter hatte niemals Geheimnisse vor mir gehabt. Ich wusste, wie und womit mein Vater sie unter Druck setzte. Sie schickte mir Geld, wann immer ich darum bat. Und sie kannte meinen Plan für den heutigen Abend. Denn ich war nicht grundlos nach Detroit zurückgekehrt. Der Bürgermeister hatte zu einer Wohltätigkeitsveranstaltung eingeladen und ich hatte mich auf die Gästeliste setzen lassen. Denn ich war bereit, in den Ring zu steigen. Heute würde ich die erste Runde einläuten.

∞

»Meine Damen, meine Herren.« Der Sprecher, der die Gäste durch die langweiligen Programmpunkte führte, sah in unsere Richtung. »Wir haben einen weiteren ganz besonderen Programmpunkt für Sie.«

Der Ballsaal, den mein Vater gemietet hatte, strotzte nur so vor Geld. Große runde Tische, deren Dekoration wahrscheinlich mehr kostete als mancher Kleinwagen. Selbstredend saß die Familie des Bürgermeisters direkt vor der Bühne, auf der den ganzen Abend schon große Reden geschwungen wurden.

Neben dem Polizeichef gab es eine Menge anderer

korrupter Politiker in diesem Raum und wäre meine Familie nicht hier, hätte ich am liebsten das ganze Gebäude in die Luft gejagt. Doch ich war klüger geworden. Hatte meinen Vater freundlich per Handschlag begrüßt. Unser Wiedersehen nach drei Jahren bestand aus einem schlichten. »Sohn!« »Vater!« Passend dazu gab es einen teuflisch tödlichen Blickkontakt und dann wurden uns unsere Plätze zugewiesen.

Ich lächelte. Den ganzen verfluchten Abend hielt ich mein falsches Grinsen aufrecht. Erzählte den Gästen an unserem Tisch vom Wetter in Seattle und meinem Studium, das schon bald zum Abschluss kommen sollte.

Simon Parker nickte mir kaum merklich zu, als der Sprecher meinen Namen nannte. Ich stand auf, schloss die Jacke meines Smokings und gab Mamá einen Kuss auf die Wange, ehe ich mich unter Applaus auf die Bühne rufen ließ. Showtime.

Alles lief wie geschmiert. Ich hatte dem Sprecher einen Hunderter zugeschoben, wenn er mich am Ende des Programms mit einer ganz besonderen Überraschung auf die Bühne rief. Er war, wie jeder der hier Anwesenden, bestechlich.

Auf dem Podium angekommen, lächelte ich meinen Vater an, dem der Schock ins Gesicht stand. Er rang um Fassung, doch ich sah, wie er nervös durch das Publikum blickte. Er konnte nichts gegen meine Pläne tun. Denn jetzt war ich am Zug.

»Meine sehr verehrten Gäste. Papá«, sprach ich mit absichtlich hörbarem Akzent. Sie sollten alle hören, dass ich zu den Wurzeln meiner Mamá stand. Ich war kein

Detroiter Junge und ich wollte es auch nicht sein. »Es ist mir eine Freude, heute hier zu Ihnen sprechen zu dürfen. Ein kleiner Student vor einer Menge wichtiger Menschen, die unsere Stadt zu dem machen, was sie ist.« Ich erntete meinen ersten Applaus. Die Menschheit war dumm. Sie hörte, was sie hören wollte. Denn ich hatte mit keiner Silbe behauptet, dass sie etwas Gutes taten. »Wir haben heute schon von einer Reihe toller wohltätiger Zwecke gehört und ich möchte Sie wirklich nicht langweilen. Doch ich bin unglaublich dankbar, Ihnen heute Abend quasi das Tüpfelchen auf dem i präsentieren zu dürfen.« Jetzt sah ich meinen Vater direkt an und richtete mein Wort an ihn. »Papá. Ich habe in den letzten Jahren eine Menge von dir lernen dürfen.« Unbeholfen blickte er durch den Raum. Die Damen seufzten »Ohhhs« und »Ahhhs«, doch er allein kannte die wahre Bedeutung meiner Worte.

»Lange Zeit war ich in mein Studium vertieft, doch nun ist es an der Zeit, mein Augenmerk wieder auf mein eigentliches Ziel zu lenken.« Ich grinste von einem Ohr zum anderen. Wie gerne hätte ich in diesem Moment meine Waffe gezogen und ihm das Hirn weggepustet. »Meine Familie«, sagte ich und die Menge klatschte. Simon Parker hatte die Arme verschränkt und grinste vor sich hin. »Liebe Gäste. Wir alle wissen, Detroit steht im Wandel und es ist mir wichtig, mich um alle Schichten der Gesellschaft zu kümmern. Denn seit mein Papá von Ihnen zum Bürgermeister gewählt wurde, ist diese Stadt Teil meiner Familie.« Erneutes Klatschen. Ich. Würde. Diesen. Wichser. Fertigmachen. »Vor einiger Zeit habe ich *daher die Streetlife Foundation gegründet. Eine Stiftung, die sich mit den Menschen beschäftigt, die auf unseren Straßen leben und denen leider kein so privilegiertes Leben vergönnt ist wie uns.« Ja, ich hatte unter falschem Namen eine Stiftung gegründet und einen Teil des heutigen Erlöses würde dort hineinfließen. Doch der Großteil der Summe diente einzig dem Zweck, gegen meinen Vater zu agieren. Dieser bekam sicher jeden Augenblick einen Herzinfarkt. Sein Gesicht war dunkelrot, er zupfte an seiner Fliege. »Mein Papá war von dieser Idee mehr als begeistert.« Das war der Moment, in dem ihm spätestens klar war, dass ich ihn linkte. Mein Grinsen wurde noch breiter. »Und deshalb bin ich unwahrscheinlich stolz, Ihnen heute mitteilen zu dürfen«, meine Stimme wurde immer lauter, »dass mein Papá, der Mann, den Sie an unsere Spitze gesetzt haben, unser Bürgermeister«, rief ich und streckte den Arm nach ihm aus, »sich mit einer unfassbaren Summe von zwei Millionen Dollar an diesem Projekt beteiligen wird.«*

Ich ließ die Bombe platzen, ohne mit der Wimper zu zucken. Mamá und Parker zeigten das perfekte Pokerface. Der Rest der Gäste, die keine Ahnung hatten, war schlichtweg begeistert. Die Menschen klatschten. Standen von ihren Plätzen auf und würdigten meinen Vater für etwas, das er gar nicht getan hatte. Und auch freiwillig niemals tun würde. Doch ich zwang ihn dazu. Hier und jetzt. Denn wir wussten beide, er würde sich nie in der Öffentlichkeit bloßstellen lassen.

»Dad«, sang ich beinahe ins Mikro und fletschte dabei die Zähne. »Komm nach oben.« Ich klatschte und

führte ein perfekt inszeniertes Schauspiel auf. Natürlich hatte ich zwei billige Nutten in kurzen Kleidchen engagiert, die in diesem Augenblick einen gigantisch großen Scheck hereinbrachten und die völlig übertriebene Summe präsentierten.

Und dann kam Parkers großer Auftritt. Gemeinsam mit meinem Vater kam er auf die Bühne. Unter seinem Arm die fertig vorbereiteten Verträge.

»Eine wirklich tolle Idee«, lobte er meinen Vater und reichte ihm grinsend einen Stift, um vor den Augen aller den Vertrag zu unterzeichnen. Die Presse würde sich darum reißen.

Tapfer grinste mein Vater in die Kamera und unterschrieb. Nach wie vor wurden wir bejubelt und ich ließ es mir nicht nehmen, ihn in den Arm zu nehmen. So fest ich konnte, schlang ich meinen Arm um ihn und drückte sämtliche Luft aus seinen Lungen.

»Das wirst du bereuen«, keuchte er in mein Ohr. Ich drückte etwas fester.

»Glaub mir, Vater. Der Einzige, der noch bereuen wird, bist du.«

Heute

Den ganzen verdammten Tag stelle ich mir immer und immer wieder die gleiche Frage: Warum zur Hölle jage ich Elisabeth Turner nicht zum Teufel? Ich bin der Starke von uns. Es liegt an mir, dem ein Ende zu bereiten. Ich sollte ihr Hausverbot erteilen und dafür sorgen, sie nie wieder sehen zu müssen.

Was fällt dieser kleinen Schlampe ein? Mir einen Vortrag über unsere Gesetze zu halten. Ausgerechnet mir? Wenn ich darüber nachdenke, wie sie mich als Kriminellen bezeichnet hat, möchte ich ihr am liebsten die Fresse polieren. Und was mache ich? Anstatt ihr zu zeigen, mit wem sie es zu tun hat, küsse ich sie. Und stehe zu allem Überfluss um zehn Uhr auf dem Parkplatz und warte, bis sie in ihrem Schrotthaufen auftaucht. Und das tut sie. Pünktlich auf die Minute. Was für eine Heuchlerin.

Das letzte Licht des Tages malt die Welt in einem zarten Orangeton und ich schnappe kurz nach Luft. Ihr Outfit drückt mich regelrecht gegen die Karosserie meines Wagens. Heiliger. Diese Beine. Sie stecken in kurzen Shorts. Und wenn ich sage kurz, dann meine ich so kurz, dass ihr süßer Arsch zu sehen ist. Kein Vergleich zu dem lächerlichen Auftritt von heute Morgen.

»Was wird das?« Sie stemmt die Hände in die Hüften und funkelt mich an. Und ja, das ist es. Genau deswegen feuere ich sie nicht. Wegen dieses undurchdringlichen Funkelns in ihren Augen. Diese Frau birgt eine Menge Geheimnisse. Und ich will sie wissen. Alle. Vornehmlich, während ich dabei mit meiner Zunge tief in ihrer feuchten Muschi stecke. Außerdem will ich verdammt nochmal, dass sie versteht, wer ich bin.

»Kleine Planänderung. Steig ein.«

Mit verschränkten Armen lehne ich an meinem Wagen und schnippe die Zigarette auf den Asphalt, ehe ich zur Fahrertür gehe. Sie kann ihr Zögern nicht verstecken. Genauso wenig wie die Angst, sobald unsere Blicke sich treffen. Ich kann riechen, wie sie sich vor dem Monster in mir fürchtet. Sie hat ja keine Ahnung. Vielleicht verletze ich Menschen, ja. Doch niemals, wirklich unter keinen Umständen, würde ich einer Frau etwas zu leide tun.

»Steig in den Wagen, Elisabeth. Wenn ich dich töten wollte, hätte ich es bereits heute Morgen getan.« Ich grinse sie an. »Es hat mich ganz schön angeturnt, wie du mir die Stirn geboten hast, Kätzchen. Also fahr die Krallen ein und steig in das verfluchte Auto.«

Ich gebe Serge ein Zeichen, dass er uns in seinem eigenen Wagen folgen soll und beobachte, wie Elisabeth mit sich selbst ringt, schließlich aber zur Beifahrertür schlurft.

»Buena chica«, lobe ich sie und warte mit dem Starten, bis sie den Sicherheitsgurt angelegt hat. Dabei wandert ihr Blick durch meinen Wagen. Der Mercedes G63 AMG ist nicht zu vergleichen mit dem Rosthaufen, den sie gewohnt ist. »Du solltest dir ein neues Auto kaufen. Der Buick fällt bald unter deinem hübschen Hintern auseinander.«

Ich zwinkere ihr zu, ehe ich auf die Eight Mile Richtung Osten biege.

Doch Elisabeth sieht mich nicht an, dreht ihren Kopf zur Scheibe und schweigt. Auch gut. Soll sie schmollen. Es ist mir scheißegal. Im Rückspiegel sehe ich die vertrauten Scheinwerfer von Serges Range Rover. Es beruhigt mich, wenn er in der Nähe ist. Nicht, dass ich mich in Gefahr sehe, aber man kann nie wissen. Shakira hat recht. Ich werde nachlässig und fange an, Fehler zu machen.

Wir fahren schweigend bis runter zur Kelly Road. Von dort sind es nur zwei Minuten bis zu Sutherlands Haus.

»Was soll ich hier?« Sie versucht mit allen Mitteln, ihre Nervosität zu verstecken. Doch ich blicke hinter ihre Maske. Wollte sie ihr wahres Gesicht weiterhin vor mir verstecken, hätte sie nicht mit mir ins Bett steigen dürfen. Denn nun kenne ich ihre Körpersprache. Ich bin kein Idiot. Ich habe in der Nacht, die wir zusammen verbracht haben, jede ihrer Regungen beobachtet. Sie war kein unbedeutender Fick, um mich zu befriedigen. Dafür hätte ich eins der anderen Mädchen kommen lassen können. Aber ich wollte sie. Wollte sehen, wie sie tickt. In ihrem Gesicht lesen können, was sie will und wovor sie sich fürchtet. Und ich lerne verflucht schnell.

»Ich möchte dir eine Lektion erteilen.«

Unsere Blicke treffen sich und sie sieht mich an, ohne mit der Wimper zu zucken. Wenn sie ein Mann wäre, würde ich behaupten, sie hat echt Eier in der Hose. Ich hatte schon gestern Abend damit gerechnet, sie nie wiederzusehen. Doch sie überrascht mich immer wieder. Ihr Verhalten ist so gegensätzlich. Bei einem Besoffenen, für den ein Windhauch reicht, um ihn zu Fall zu bringen, gerät sie in Panik, doch bei einem Kerl wie mir hält sie stand.

Ich steige aus und gehe hinüber, um ihr die Tür aufzuhalten. Wie sie es im Velvet gelernt hat, trägt sie schwarze hohe Schuhe und ist somit beinahe so groß wie ich. Mit einem Nicken deute ich Serge an, dass er im Auto warten kann. Ich halte ihr meine Hand hin. Sie sieht mich an, dann das Haus in meinem Rücken und schließlich hinüber zu Serge. Der Russe schüchtert selbst mich ein, so ist es nicht verwunderlich, dass sie ihn die ganze Zeit im Auge behält. Ihre Möglichkeiten sind begrenzt, das muss ihr klar sein, denn sie legt ihre Hand schließlich in meine. Den Widerwillen deutlich ins Gesicht geschrieben.

Wir schlendern zu dem schlichten Einfamilienhaus. Sutherland erwartet mich bereits an der Eingangstür. Ich habe ihn angerufen. Er schnippt seine Zigarette weg, sobald er mich sieht und bläst den Rauch in den Himmel.

»Carlos«, begrüßt er mich und ich reiche ihm die freie Hand.

»Sutherland«, erwidere ich und gehe an ihm vorbei, ohne Elisabeth vorzustellen. Das hier wird schließlich kein Kaffeekränzchen.

»Setz dich«, befehle ich ihr und dirigiere sie zu der geblümten Couch, die in dem kleinen Wohnzimmer neben einem Sessel und dem Fernseher das einzige Möbelstück ist. Sutherlands Haus ist nicht besonders groß, aber sauber und ordentlich.

»Carlos«, ich drehe mich um und sehe schon den Grund meines Besuchs die Treppe herunterhumpeln.

»Maja«, begrüße ich sie tonlos und gebe ihr

einen Kuss auf die Wange. Sie sieht immer noch beschissen aus.

»Habe ich doch richtig gehört. Deine Proletenkarre hört man aus zwei Meilen Entfernung kommen.«

»Neidisch?«, necke ich sie und nicke ins Wohnzimmer, wo Elisabeth nervös an den Fransen ihrer Shorts spielt.

»Hi«, sagt Maja und streckt ihr die Hand hin. Elisabeth ergreift sie, zieht sie jedoch schnell wieder zurück. »Ich bin Maja.«

»Jaja«, maule ich. »Maja – Elisabeth. Elisabeth – Maja. Ich habe nicht die ganze Nacht Zeit. Setz dich«, fordere ich sie auf und sie nimmt gegenüber von Lis Platz.

»So knurrig heute. Welche Laus ist dir denn über die Leber gelaufen?«

Ich sehe mit hochgezogener Augenbraue zu Elisabeth und muss mir ein Lachen verkneifen.

»Sie«, zeige ich mit dem Finger auf sie. »Also. Erzähl ihr, warum du hier bist«, sage ich zu Maja. Die zierliche Puertoricanerin sieht mich flehend an.

»Carlos«, jammert sie.

Ich bin in zwei Schritten bei ihr, beuge mich über den Sessel und keile sie mit den Händen auf den Lehnen ein. »Du erzählst Elisabeth jetzt ganz genau, warum du hier bist. Jedes noch so kleinste Detail. Haben wir uns verstanden?«

Sie senkt den Kopf. Hinter mir höre ich jemanden nach Luft schnappen, doch das ist mir egal. Dann nickt Maja und ich trete zurück. Verziehe mich in den Eingang zum Wohnzimmer und lehne mich gegen den Türrahmen.

»Also«, beginnt sie ihre Geschichte. »Ich bin Zimmermädchen im Downtown Resort in der Stadt. Oder vielmehr war ich es.« Maja schaut traurig zum Fenster hinaus, während Elisabeth verwirrt zwischen ihr und mir hin- und hersieht. »Na ja, jedenfalls bin ich vor drei Wochen auf dem Heimweg überfallen worden. Zwei Männer mit Kapuzen und Masken haben mich geschlagen und mir meine Sachen geklaut. Sie haben mir die Nase gebrochen und meinen gesamten Lohn mitgehen lassen.«

Elisabeth zieht scharf die Luft ein und krallt die Finger auf dem Schoß ineinander. Im Hintergrund pfeift Sutherland in der Küche einen Countrysong mit, während das Geschirr klappert.

»Es war furchtbar und ich hatte wirklich eine Scheißangst. Da diese Penner auch mein Handy eingesteckt hatten, habe ich mich irgendwann aufgerappelt und bin weitergelaufen. Ich hatte Angst, sie könnten zurückkommen. Etwa eine Meile weiter kamen mir zwei Streifencops entgegen.« Maja sieht von dem gelben Teppich zu mir. Tränen stehen in ihren Augen.

»Sag ihr die Wahrheit«, fordere ich. Die beiden Frauen sehen sich an und ich kralle meine Finger in die Oberarme, während Maja Elisabeth alles erzählt.

»Ich bin direkt hingelaufen. Habe ihnen alles erzählt und sie um Hilfe gebeten.«

»Was haben sie getan?«, flüstert Lis und sieht mich an. Maja weint leise vor sich hin. Ich erlöse sie.

»Sie haben sie verdammt nochmal vergewaltigt«, platzt es aus mir heraus. Sie legt eine Hand vor den Mund. Ich gehe auf sie zu. Erspare es Maja, die Details preiszugeben, die sie mir anvertraut hat. Dinge, die ich nicht einmal denken will. »Sie haben ihre dreckigen Schwänze in sie reingeschoben und ihr wehgetan. Deine tollen Gesetzeshüter. Sie haben sie wie einen Haufen Scheiße im Park liegen lassen. Das ist das Gesetz, an das du glaubst! Diejenigen, die Kriminelle wie mich jagen.«

Elisabeths Augen füllen sich mit Tränen, doch sie schluckt sie tapfer herunter. Ihr Blick wandert zu Maja, die ich schon vollkommen ausgeklammert habe.

»Und das ist längst nicht das Ende der Geschichte, Baby«, knurre ich, damit sie mich wieder ansieht, »denn weißt du, was das Gesetz für Leute wie Maja tut?«, ich zeige mit dem Finger hinter mich. »Sie scheißen auf sie, Elisabeth. Sie bezahlen weder ihre Krankenversicherung, noch nehmen sie ihre Anzeige auf.«

Jedes Mal, wenn ich jemanden in Sutherlands Hände gebe, werde ich so wütend. Es tut mir nicht gut herzukommen, denn anschließend möchte ich in mein altes Zuhause fahren und meinen Vater töten.

»Der Krankenwagen, der sie abgeholt hat, hat nicht mal die Polizei gerufen, bevor sie nicht ihre Versicherungsdaten gecheckt haben.« Meine Stimme überschlägt sich beinahe. Ich rücke Elisabeth immer näher, sodass sie mittlerweile mit dem

Rücken fest an die Lehne gepresst dasitzt. »Alles, was dort von Belang war, war, ob sie ihre verdammte Rechnung bezahlen kann.«

Ich sehe sie an. So wütend auf sie und den Rest der Welt. Ehe ich einen Fehler begehen kann, drehe ich mich um und gehe zu der offenstehenden Terrassentür. Ich brauche eine Zigarette.

»Carlos bringt Mädchen her, denen sich keiner annimmt. Menschen, die nirgendwo sonst medizinische Hilfe bekommen. Na ja …«, Sutherland ist in meinem Rücken aufgetaucht und druckst herum, während er mit Elisabeth redet.

»Sag es ihr«, knurre ich. Mittlerweile weiß ich schon gar nicht mehr, warum ich sie überhaupt hergebracht habe.

»Ich war lange Zeit Arzt im Memorial, doch ich wurde verurteilt, wegen … sagen wir ner ziemlich doofen Sache. Seither arbeite ich für ihn.«

»Welcher Sache?«, flüstert Elisabeth.

Ich blase den Rauch in die Dunkelheit. Es ist eine ruhige Gegend, in der ich meinen alten Freund untergebracht habe.

»Sagen wir mal so. Ich habe mich nicht an die Gesetze gehalten. Ich habe Menschen behandelt und operiert, die nicht versichert waren. Habe ein bisschen getrickst, um niemanden abweisen zu müssen. Das hat mich die Approbation gekostet. Mein Leben war am Ende. Doch dann hat Carlos mir dieses Haus zur Verfügung gestellt und ich kann jeden Tag Menschen retten. Ganz gleich, woher sie kommen und ob sie Geld haben oder nicht. Ich helfe Menschen. Das ist alles, was ich immer wollte.«

Elisabeth starrt kreidebleich auf ihre Schuhe.

»Ohne ihn wäre ich höchstwahrscheinlich tot.« Ich sehe über meine Schulter zu Maja, die mich mit tränennassem Gesicht dankbar ansieht. »Im Krankenhaus wurden nicht mal meine Wunden genäht, weil meine Versicherung abgelaufen war. Da hat eine der Schwestern Carlos angerufen. Er ließ mich herbringen und Sutherland hat sich um mich gekümmert.«

Sie beide sehen sich an und der alte rothaarige Doktor lächelt.

»Bleibt ihr zum Essen?«, fragt er aus heiterem Himmel und reibt die Hände aneinander, beinahe, als seien wir zufällig auf ein Pläuschchen vorbeigekommen und er würde im Hinterzimmer keinen illegalen Krankenhausscheiß abziehen.

»Nein«, knurre ich. »Wir fahren.« Ich schnippe die Zigarette vor die Tür und gehe mit strammen Schritten zum Auto. Entweder, Elisabeth sitzt innerhalb der nächsten dreißig Sekunden neben mir, oder sie kann nach Hause laufen. Mir scheißegal.

Im Endeffekt sind es fünfunddreißig und wahrscheinlich stünde ich auch bei fünfzig noch wie ein Idiot mit laufendem Motor in der Einfahrt.

Auf der Fahrt zurück zum Velvet sagt keiner von uns ein Wort. Es ist keine angespannte, unangenehme Stille. Eher ein einvernehmliches Schweigen, bei dem jeder von uns seinen Gedanken nachhängt.

Ich bin weiß Gott kein Heiliger. Das war ich nie

und werde es auch nie sein. Elisabeth hat recht. Ich handele mit Drogen und ab und an auch mit Waffen. Das bringt Geld und ermöglicht mir Geschäftsbeziehungen in die obersten Reihen der Kriminalität. Aber es verschafft mir auch Kontrolle. Mädchen bieten im Velvet ihren Körper an und dennoch kann ich erhobenen Hauptes darauf bestehen, nicht auf der schlechten Seite der Macht zu stehen. Ich sorge dafür, dass die Junkies vernünftigen Stoff zu fairen Preisen bekommen, anstatt sich irgendeine gepanschte Scheiße auf der Straße zu besorgen, die sie umbringt. Denjenigen, die herauswollen, helfe ich beim Entzug und gebe ihnen einen Job. Ich verkaufe Waffen an Menschen, die meine Stadt sicher machen und halte Kinder davon ab, sich auf offener Straße zu erschießen.

Was ich tue, ist Schadensbegrenzung. Ich versuche zu retten, was von diesem Ort, den Ratten wie mein Vater und mein Onkel in die Armut getrieben haben, zu retten ist. Indem sie Menschen wie Ihnen immer mehr Geld in den Arsch stecken und jenen, die es wirklich brauchen, ihre Häuser wegnehmen.

Ich habe Elisabeth heute mitgenommen, damit sie sieht, dass ich kein Monster bin. Denn sie soll mich niemals wieder mit einem Ausdruck in ihrem wunderschönen Gesicht ansehen, der verheißt, dass ich ihr Untergang bin. Das Problem ist nur, wenn sie es nicht verstehen will und daran festhält, was sie zu wissen scheint, dann müssen wir fortan getrennte Wege gehen.

Auf dem Parkplatz zum Velvet ist die Hölle los.

Ich fahre über den Hof einmal um das Gebäude herum bis zum Hintereingang. In den alten Räumen eines Catering Services habe ich vor vielen Jahren meine Wohnung gebaut. Es ist praktisch, dass sie an den Club anschließt, doch ich habe den gesamten Hinterhof abgeriegelt. Hier parken nur meine engsten Vertrauten und eine Abfahrt führt hinein in meine Garage. Dort parken ausschließlich meine Autos und Motorräder. Niemand sonst hat hier Zugang. Das elektronische Tor erkennt mein Nummernschild und öffnet das Tor. Nur eine von mehreren Sicherheitsvorkehrungen. Niemand gelangt ohne meinen Fingerabdruck und dem zehnstelligen Code von der Garage in meine Wohnung.

Mit dem Verstummen des Motors wird es still. Außer der spärlichen Notausgangsbeleuchtung ist nichts zu sehen. Allein Elisabeths stetiger Atem beweist, dass sie neben mir sitzt.

Ich ziehe den Schlüssel, die Innenbeleuchtung des Mercedes springt an und ich erstarre beim Blick in ihr Gesicht. Ihre Augen sind rot geschwollen. Die Wangen glänzen unter der hellen LED-Beleuchtung.

»Hast du ihnen auch die Finger abgeschnitten?« Sie klingt nicht wütend oder interessiert. Vielmehr erschöpft.

»Den Bullen?« Ich drehe den Autoschlüssel in meinen Händen. »Nein. Aber sie haben ihre Strafe erhalten.«

»Du bist nicht Gott.«

»Ich arbeite dran«, schmunzele ich, doch ihr Gesichtsausdruck lässt mein Grinsen erfrieren.

»Was du tust, ist falsch und widerlich.« Sie lässt den Kopf nach unten fallen und wischt sich mit dem Handrücken über die Wangen. So viele Tränen ... Was in ihrem Leben ist schiefgelaufen, um so viel weinen zu müssen? »Ich denke, ich sollte kündigen«, flüstert sie vor sich hin.

Ich steige aus dem Wagen. Versuche mich zu beruhigen, während ich hinüber auf ihre Seite gehe. Ich bin nicht wütend. Mit Wut habe ich gelernt umzugehen, seit ich ein kleiner Junge war. Nein, was in meinem Kopf abgeht, ist etwas viel Schlimmeres. Angst. Denn ich will nicht, dass sie geht. Ich will, dass sie mich versteht.

Ich öffne die Tür, halte ihr die Hand hin. Sie ergreift sie und lässt sich vom Sitz gleiten, doch ansehen kann sie mich nicht mehr. In ihrem Rücken schließe ich die Wagentür und drücke sie behutsam gegen den schwarzen Lack.

»Sieh mich an.«

Elisabeth schüttelt den Kopf. Schluchzer verlassen ihren lieblichen Mund.

»Princesa«, ich lege ihr einen Finger unter das Kinn und dränge sie, mich anzusehen. Ihr Anblick bricht mir beinahe das Herz. »Vor langer Zeit habe ich gelernt, zwischen Gut und Böse zu unterscheiden und mich für eine Seite entschieden. Was ich tue, ist nicht immer leicht und ganz sicher macht es mir keine Freude, das kannst du mir glauben.« Mein Daumen streichelt zärtlich über ihren Wangenknochen. Ich hatte gehofft, sie würde die Wahrheit erkennen. »Aber wenn du damit nicht klarkommst«, ich deute mit dem Kinn zur Tür, die sie geradewegs auf den vollen Parkplatz bringt, »werde ich dich nicht aufhalten.« Mein Lächeln kommt mir spielend leicht über die Lippen. Gott, sie ist so schön. Vor allem, weil sie sich dessen nicht mal bewusst ist. »... Und dir keine Finger abschneiden«, sage ich und zwinkere ihr zu. Elisabeth bleibt ernst. Ihr Blick wandert zwischen meinen Augen und meinen Lippen hin und her. Dieses Mädchen. Es kostet mich den letzten Nerv. Warum rennt sie nicht? Stattdessen steht sie hier und sieht mich mit ihren großen rehbraunen Augen an. Fordert mich quasi auf. Ich weiß, was sie braucht. Und ich gebe es ihr.

Drücke meinen Mund auf ihren. Sie bleibt starr, bewegt sich nicht, doch sie wehrt sich auch nicht. Meine Zunge öffnet ihre Lippen und ich kann spüren, wie ihr Widerstand langsam bröckelt. Auch wenn sie sich gegen meine Nähe sträubt, wir wissen beide, wie sehr sie mich will.

Ihre Hände wollen sich gerade um meinen Nacken schlingen, da halte ich sie auf und löse mich von ihr. Beide Handgelenke in meinen Händen funkele ich sie an. »Du denkst, ich bin ein Monster? Dann solltest du das hier ganz sicher nicht schon wieder tun, Kleine. Geh, solange du kannst.«

Mit diesen Worten drehe ich mich um und verschwinde mit dem Sicherheitscode und dem Abdruck meines Fingers in meine Räume.

Ohne auf irgendetwas zu achten, stiefele ich bis in mein Büro, reiße den Umschlag mit den Informationen über Elisabeth aus der Schublade. Einen Augenblick starre ich auf das braune Papier, dann schalte ich den Schredder ein und vernichte die Akte.

Sie hätte überhaupt nie zwischen mich und diese ganze Scheiße geraten dürfen. Ich muss sie gehen lassen. Ein für alle Mal.

LIS

Damals

Glas ging zu Bruch. Das war das Geräusch, von dem ich mitten in der Nacht aufschreckte. Ich hatte mir im Laufe der Jahre angewöhnt, nie tief zu schlafen und so war ich augenblicklich hellwach.

»Rose«, schrie Dad den Kosenamen meiner Mom durchs ganze Haus. Ich erschauderte. Zog die Knie an die Brust und betete, er würde einfach einschlafen, sobald er zur Ruhe kam. Stille. Ich bewegte mich keinen Millimeter, mein Atem ging so leise wie nur eben möglich.

Dann krachendes Holz. Ein ächzendes Geräusch. »Du miese Schlampe!« Er war offensichtlich vollkommen betrunken. Das hörte ich an seiner Stimme, die zwischen Wut und Verzweiflung schwankte und bei jedem Wort kippte.

Jetzt hörte ich die Treppe knarzen. Ich zählte mit. Sechszehn Stufen. Ich spürte ihn vor meiner Tür, noch ehe er den Mund öffnete.

»Deine Ma hat mich allein gelassen, Lissybär.« Ich presste die Lippen aufeinander, um nicht laut aufzuschluchzen. »Mach auf, Spätzchen. Der Glastisch. Ich habe mich verletzt. Du musst mir helfen.« Er heulte. Das tat er oft, wenn er betrunken war.

Ich umklammerte meine Bettdecke. Rührte mich nicht.

»Scheiße, du blöde Fotze, mach die verdammte Tür auf!« Seine Stimmungsschwankungen waren unberechenbar. Tränen liefen meine Wangen hinab.

Nachdem es eine Weile still war, hatte ich gehofft, er hätte aufgegeben, doch mit einem Mal knallte er mit voller Wucht gegen meine Tür.

»Nein«, schluchzte ich auf. Ich wusste, was mir bevorstand, wenn es keine Grenze mehr zwischen uns gab.

»Ah ... wusste ich doch, dass du da bist.« Wieder knallte er mit voller Wucht gegen die Tür. Diesmal gab sie nach und mein Dad stolperte in mein Zimmer. Seine Hand blutete. Er wankte. War eindeutig vollkommen besoffen. Mit dem Rücken an mein Kopfende gelehnt, zog ich die Decke bis zum Hals, als könne sie mich in irgendeiner Weise beschützen. »Du hast deine Schwester weggeschickt. Du hilfst mir nicht, wenn ich verletzt bin«, heulte er nun wieder und ragte vor meinem Bett auf. Mein Dad war nicht besonders groß oder kräftig, und dennoch gab es keinen Menschen auf dieser Welt, vor dem ich mich mehr fürchtete. »Deine Mutter verlässt mich. Alle verlassen mich.«

Nur ganz kurz davor, meine Hand auszustrecken und sie in seine zu legen, sah ich ihm ins Gesicht. Er litt. Das konnte ich sehen.

Dann holte er aus und schlug mir mitten ins Gesicht.

»Das ist alles deine Schuld«, schrie er und zerrte mich an den Haaren aus meinem Bett. Ich schrie, weil der Schmerz in meinem Kopf so groß war, dass ich befürchtete, ohnmächtig zu werden. »Du«, brüllte er und stieß mich vor sich auf den Boden. »Du machst deiner Mutter nur Kummer.« Sein Fuß landete in meinem Bauch und ich keuchte auf. Noch immer brannte meine Kopfhaut wie Feuer, doch der Tritt in meine Eingeweide raubte mir den Atem. »Weil du dich wie eine Schlampe benimmst. Das ist es, was sie krankgemacht hat. Du allein bist schuld.« Ein weiterer Tritt. Ich würgte.

Mein Vater legte die Hände an den Kopf und fing wieder an zu heulen. Ich nutzte die Gelegenheit, krabbelte auf allen Vieren davon.

»Sieh nur, wozu du mich zwingst«, jammerte er aus meinem Zimmer. Er war durchgeknallt. Unzurechnungsfähig und ich wusste, ich musste weg. An der Treppe rappelte ich mich auf und hielt mir den Bauch. Dann bekam ich von hinten einen Stoß. Schreiend fiel ich die Treppe hinunter. Sechzehn. Sechzehn Stufen knallten gegen meine Arme, meine Beine und schließlich schlug ich mit dem Kopf unten auf.

Ich ließ die Augen geschlossen. Hoffte, ich würde sterben. Doch nichts geschah. Der Schmerz. Er erinnerte mich kontinuierlich daran, dass ich noch lebte. Doch jetzt gerade, hier auf dem Fußboden unserer Diele, wollte ich diejenige sein, die starb. Ich war müde. Mein Kopf tat weh und ich hatte keine Kraft mehr. Doch ein Gedanke schob sich zwischen mich und meine Kapitulation. Was, wenn Kimi morgen heimkommt? Würde sie die Nächste sein?

Das konnte ich nicht zulassen. Mit diesem Gedanken öffnete ich die Augen und robbte in unsere Küche. Ich würde mich wehren. Keinen Tag würde ich länger warten, mich zu wehren. Für meine Mom. Für Kim. Für mich.

Ich hörte meinen Dad heulend die Treppe herunterpoltern, während ich mich an den Griffen der Küchenschränke hochzog. Mein linkes Bein schien gebrochen zu sein, denn ich konnte nicht auftreten.

»Ich hasse dich«, hörte ich hinter mir seine Stimme. So schnell ich konnte, öffnete ich die Schublade und zog ein Messer heraus. Ein großes Fleischmesser mit Holzgriff und Edelstahlklinge. »Du bist Abschaum«, schrie er hinter mir und wirbelte mich in dem Augenblick herum, in dem ich ihm das Messer an die Kehle drückte. Wir hielten beide inne.

Meine Hand zitterte, Tränen verschleierten mir die Sicht. Doch das widerliche Grinsen meines Vaters sah ich dennoch. Er hatte mich am Kragen meines Pyjamas gepackt. Stützte mich auf den Beinen, weil ich kaum allein stehen konnte. Die Klinge an seinem Hals reflektierte das Küchenlicht.

»Tu es«, forderte er auf und sein Alkoholatem war dicht vor meinem Gesicht. Er ließ mich würgen. »Na mach schon«, spornte er mich weiter an. Ich presste die Klinge fester, aber lange nicht fest genug, gegen seinen Hals, um ihn zu verletzen. »Bring. Es. Endlich. Zu. Ende.«

Wir sahen uns an. Ich erkannte meine Augen in seinen. So wie die geschwungene Oberlippe, die ich von ihm hatte. Meine Hand zitterte immer stärker. Ich konnte es einfach nicht.

Ich hatte eine Menge Schläge in meinem Leben eingesteckt, doch keiner tat so weh wie das Lachen, dass jetzt aus seinem Mund kam. Er sah mir in die Augen und lachte. Dann stieß er mich von sich. Ich fiel rückwärts auf den Küchenboden, das Messer flog bis ins Esszimmer.

Er stellte sich breitbeinig über mich und spuckte vor meine Füße.

»Du bist genauso schwach wie deine verschissene Mutter«, lachte er. Ich schloss die Augen. Hörte, wie er ging. Erst nachdem die Tür in die Angel gefallen war, weinte ich. Ich rollte mich zusammen und heulte wie ein Baby.

Heute

Die letzten Jahre habe ich mir so gut es ging verboten zu jammern. Doch in den letzten Tagen scheint zu grübeln und voller Selbstmitleid in meinem Bett zu liegen mein neuestes Hobby zu sein. Den ganzen Montag habe ich damit verbracht, mich zu verkriechen. Kim habe ich vorgegaukelt, mir sei das Frühstück vom Sonntag nicht bekommen. Sie und Luca sind mit einer ihrer Freundinnen spazieren gegangen und sie hat sich am Vormittag für das letzte Highschooljahr angemeldet. Es beruhigt mich, wie gut sie gelaunt ist und den Tag genießen kann. So habe ich Zeit, mich in meinem Elend zu suhlen und nachzudenken.

Das Problem ist nur, egal wie sehr ich versuche, Klarheit in meinen Kopf zu bekommen, es funktioniert nicht. Es ist zu viel.

Das Velvet. Die Mädchen und die Drogen, über die ich schon seit Wochen hinwegsehe. Dann dieser Kerl in Serges Fängen. Der Ausdruck in seinen grauen Augen hat sich in mein Gedächtnis gebrannt. Die Geschichte von Maja und diesem Sutherland schwebt durch meine Gedanken und vernebelt mir die Sicht auf das Wesentliche.

Doch unterm Strich dreht sich alles in meinem Kopf um Carlos. Nicht Mister Alvarez, der Finger abtrennt und Nutten vögelt. In meinem Herzen ist nach all den anstrengenden Tagen nur noch Platz für Carlos. Den Mann, der mir meine Ängste in nur einer einzigen Nacht genommen hat. Der Mann, der mir als einziger je das Gefühl gegeben hat, wertvoll zu sein. Was auch immer ich sehe oder höre, seine Berührungen auf meinem kaputten Körper wiegen mehr. Sie bedeuten mir zu viel. Auch wenn ich weiß, dass das ein Fehler ist. Denn ich sehne mich nach genau diesem Mann.

Gestern war ich überzeugt davon, dass meine Kündigung der einzig richtige Weg ist. Somit ergibt es nämlich überhaupt keinen Sinn, dass ich pünktlich um neun Uhr zur Arbeit aufbreche.

Ich bin zu müde für ein ausgiebiges Styling. Schlüpfe nur in eine enge Jeans und die schwarzen High Heels von Pam.

»Bist du sicher, dass du arbeiten kannst?« Kim liegt ausgestreckt auf der Sitzbank und sieht in den kleinen Fernseher, der von den Vormietern stammt.

»Geht schon.« Ich muss schmunzeln, während ich meine Tasche packe.

»Was ist witzig?«

»Bestimmt habe ich Velvet-Fieber.« Ich erinnere mich an Candys Worte. Wahrscheinlich hat sie recht. Ich brauche eine Pause. Meinen einzigen freien Abend habe ich mit Carlos bei einem illegalen Doktor verbracht. Nicht gerade meine Vorstellung von Erholung.

»Okay?« Kim zappt mit der Fernbedienung durch die Programme. »Und das heißt?«

»Ach«, winke ich ab und knie mich auf die Bank, um ihr einen Kuss auf die Wange zu geben. »Schon gut. Bis morgen früh.«

Sie wischt über die Stelle, die meine Lippen berührt haben. »Hoffentlich ist das nicht ansteckend.«

»Das hoffe ich auch«, lache ich und trete ins Freie. Die Tage werden langsam wieder kürzer und die Abende sind bereits frisch. Ich schlinge die Arme um meinen Körper und gehe schnellen Schrittes zum Buick.

Ich habe keine Ahnung, was mich heute Abend erwartet. Wie soll ich Carlos gegenübertreten? Was ist das genau, was da zwischen uns läuft? Ich bin mir ziemlich sicher, dass die anderen Servicekräfte nicht mit ihm auf Sonntagsausflüge fahren. Viele von den Mädchen, die hinter der Theke arbeiten, haben bisher kein einziges Wort mit ihm gewechselt oder ihn überhaupt zu Gesicht bekommen. Was hat das zu bedeuten? Vor allem für ihn. Was bin ich für ihn? Habe ich womöglich nach gestern Abend gar keinen Job mehr? All das spukt in meinem Kopf und ich bekomme gar nicht mit, dass jemand hinter mir steht, bis ich mit dem Oberkörper gegen den Lack meines Wagens gepresst werde. Mein Puls rast, mein Herz schlägt unregelmäßig gegen mein Auto.

»Na, gehst du jetzt etwa auch anschaffen?«

Brad!

»Lass mich los«, jammere ich. Sein Gesicht kommt dicht an meine Wange und mir wird schlecht. Er stinkt nach Schweiß und Alkohol. Eine Mischung, die mich den Rest meines Lebens zittern lassen wird.

»Du lässt mich ziemlich lange warten diesen Monat, Schätzchen.«

Seine Hand presst mich im Nacken gegen den Wagen. Die andere lässt er über meinen Rücken bis zu meinem Arsch wandern. Alle alten Gefühle. Mit einem Mal sind sie alle wieder da. Nehmen mich gefangen und rauben mir meinen Atem.

»Wenn du anders zahlen willst, musst du es nur sagen«, säuselt er in mein Ohr und ich fürchte, mich jeden Moment übergeben zu müssen.

»Brad, bitte«, flehe ich. »Du bekommst dein Geld.«

»Das hast du schon zweimal gesagt, Täubchen. Langsam ist meine Geduld zu Ende.«

Seine schmierigen Finger fahren über meine Jeans zwischen meine Beine. Ich kann nichts dagegen tun, außer aufzuheulen. »Oder sollte ich lieber bei deiner Schwester vorbeischauen. Vielleicht ist sie nicht so zimperlich.«

»Nein«, rufe ich. »Bitte nicht!« Im Augenwinkel sehe ich, wie Alice den Kopf aus ihrem Trailer streckt. Unsere Blicke treffen sich, doch ohne ein Wort zieht sie sich wieder zurück in ihren Wagen. Miststück. »Morgen früh«, flehe ich. »Du kriegst dein Geld morgen früh. Ich garantiere es dir. Ich fahre jetzt los und besorge es.«

»Das ist deine letzte Chance, Schätzchen.« Er leckt über meine Wange und lässt mich schließlich frei. Ohne mich umzudrehen, steige ich in den Wagen und fahre mit quietschenden Reifen vom Parkplatz.

Die ganze Fahrt über zum Velvet heule ich. Ich brettere die Interstate entlang und schluchze allein in meinem dunklen Wagen. Ich habe Angst um Kim. Und Luca. Ich kann ihr nicht mal schreiben, dass sie abschließen soll, weil ich nicht genug Geld für ein bescheuertes Handy habe. Egal, was ich auch tue. Wie viel Mühe ich mir gebe. Ich lande immer wieder mitten in der Scheiße. Jedes Mal. Und ich bin es so verflucht leid.

Ein Wunder, dass ich den Wagen schließlich unversehrt auf den Parkplatz lenke. Ich muss arbeiten. Meine Schicht hinter mich bringen und Carlos um Geld bitten. Ganz gleich, was ich denke oder dass ich erst gestern vorhatte zu kündigen. Im Endeffekt habe ich keine verdammte Wahl!

Während ich durch den Eingang trete, höre ich schon die ersten lateinamerikanischen Klänge. Klar.

Heute ist Montag. Latinoabend. Ich wische mir einmal über die Wangen.

»Lis«, ruft Mike, der gerade dabei ist, die Absperrungen aufzubauen. Ich drehe mich zu ihm um und er hält inne. Sieht mir ins Gesicht. Bei seinem besorgten Anblick wollen gleich erneut Tränen in meine Augen schießen. Deswegen schüttele ich nur den Kopf. Bitte ihn stumm, nicht weiter darauf einzugehen. »Carlos hat gesagt, wenn du kommst, sollst du bitte direkt in sein Büro kommen.«

»Ha«, stoße ich aus und raufe mir die Haare. Ich habe sie nur mit etwas Haarspray nach oben gestylt. »Das wird echt immer besser.«

Mit dem letzten bisschen Kraft schleppe ich mich an dem Tanzkurs vorbei, ignoriere all die ausgelassen fröhlichen Menschen mit ihren normalen Leben und schlurfe bis zu Carlos' Büro. Serge steht wie ein Fels vor seiner Tür. Ich kann ihn nicht ansehen und Gott sei Dank muss ich das auch gar nicht, denn er tritt zur Seite, sobald ich bei ihm angekommen bin und öffnet mir das Tor zur Hölle.

Ich atme tief ein, während ich über die Schwelle trete. Meine Hand umklammert den Griff meiner Tasche und ich wage es kaum aufzusehen. Carlos sitzt an seinem Schreibtisch. Die Finger mit den vielen klobigen Ringen ineinander verschränkt. Einzig das Licht über seinem Arbeitsplatz leuchtet, der restliche Raum liegt in der Dunkelheit. Ich stehe im Schatten. Wo ich hingehöre.

»Du wolltest mich sprechen?« Meine Stimme ist

dünn. In meiner Kehle sammelt sich der ganze Ballast, den ich nicht länger tragen kann.

Er legt den Kopf schief, beobachtet mich. Dann rollt er seinen Stuhl ein Stück nach hinten und steht auf. Ohne mich aus den Augen zu lassen, kommt er auf mich zu. Alles in mir wehrt sich gegen seine Nähe. Denn ich bin schwach. Verletzlich. Nicht fähig, ihm die Stirn zu bieten. Ich sehe auf den Boden, in der Hoffnung, ihm so entkommen zu können.

Ich starre auf seine Füße, die in schweren schwarzen Stiefeln in mein Sichtfeld geraten. Die kräftigen Beine, die so schnell von nichts und niemand zu Fall gebracht werden können. Er ist so stark. Weiß sich zu wehren. Ich lasse meine Tasche neben mich sinken.

»Elisabeth«, haucht seine sanfte Stimme direkt vor meinem Gesicht. Mein Kinn zittert. Meine Atmung ist außer Kontrolle. Ich hebe den Kopf. Unsere Blicke treffen sich. Ich spüre eine einzelne Träne auf meiner Wange. Sie hat die Mauern, die ich versuche vor ihm zu errichten, überwunden. Und dann … falle ich ihm um den Hals. Ich schluchze ungebremst in seine Halsbeuge. Halte mich an seinen starken Schultern. Denn das brauche ich. Halt. Ich schwimme haltlos in diesem tosenden Fluss und kann mich nicht länger allein über Wasser halten.

Ich habe Angst. Ja, ich habe auch Angst vor Carlos' Grausamkeit. Ich habe Angst vor dem Leben, das er führt. Doch egal wie sehr ich versuche, es zu leugnen. Ich verstehe es. Sehe den Grund für das, was er macht.

Bei der Vorstellung daran, jemand würde Kim wehtun. Oder Luca. Da möchte ich auch den Mut haben, demjenigen die Finger abzuschneiden. Ich möchte Brad wehtun. Ihm eine Lektion erteilen, damit er sich nie wieder an einer Frau vergeht. Ich wünschte, ich hätte damals den Mut gehabt, mich gegen meinen Vater zu stellen. Für die Gerechtigkeit.

Ich will, dass jemand sich für mich zur Wehr setzt, denn ich habe keine Kraft mehr.

»Hey«, flüstert Carlos mir ins Ohr. Er hält mich. Drückt mich an sich, als könnte er mich vor der ganzen Welt beschützen. »Ist schon gut, Princesa.«

Allein dieser blöde Spitzname bringt mich noch mehr zum Weinen. Ich bin ganz und gar nichts Kostbares. Mein Leben lang habe ich gelernt, dass ich nicht gut genug bin. Und ganz sicher keine Prinzessin.

»Nichts ist gut«, schniefe ich und klammere mich stärker an seinen Nacken. Ich kneife die Augen zusammen. Versuche, die Welt auszuklammern. Wenn ich mich nur lang genug verstecke, vielleicht ...

»Komm«, unterbricht Carlos meine Gedanken und schlingt seine Arme unter meine Knie. Wie eine wahrhaftige Prinzessin nimmt er mich auf seine Arme. Nur, dass ich keine gläsernen Schuhe trage, sondern meinen Kopf an seiner Brust verstecke. Ich schäme mich. Für mich. Für mein Leben. Für die Schwäche, wieder zu ihm gekommen zu sein.

Ohne hinzusehen, weiß ich, dass wir den schmalen Gang bis zu seiner Wohnung laufen. Vor der Eingangstür zögert er. Eine Hand unter meinen

Beinen, die andere um meinen Oberkörper, bleibt ihm keine Chance, den Code in das elektronische Verriegelungssystem einzugeben. Er merkt, wie ich mich winde abzusteigen, doch sein Griff verfestigt sich.

»Gib 1311 ein«, fordert er und zum ersten Mal hebe ich meinen Kopf. Sehe ihn an. Ein winziges Lächeln zupft an seinem Mundwinkel, doch ich kann ihn nur anstarren. Er vertraut mir den Zugang zu seinen Privaträumen an. »Das Geburtsdatum meiner Schwester«, gesteht er. »Und nun mach schon auf, Elisabeth«, drängt er und ich gebe die Zahlen auf dem kleinen Bedienfeld ein. Die Tür springt auf und Carlos trägt mich geradewegs in sein Schlafzimmer. Mit mir in seinen Armen setzt er sich auf einen großen Sessel neben dem Bett und streichelt mir die Tränen von den Wangen.

»Was soll ich tun?«, fragt er und seine Hände berühren zärtlich meinen Kopf. Streichen mir die Haare zurecht, halten meinen Nacken liebevoll umfasst. Dabei zeigt er mir etwas, dass ich bei ihm nie zuvor erkennen konnte. Verletzlichkeit.

»Mach, dass es aufhört, wehzutun«, flüstere ich und mein Zeigefinger fährt seine perfekt geschwungenen Lippen nach. Es ist nur ein winziger Augenblick, in dem er nachdenkt, ehe er mein Handgelenk umfasst und mich küsst.

Ein Kuss voller Leidenschaft. Voll Magie und dem reinen Wunsch, einander nah zu sein. Seine Lippen streifen über meine, seine Zunge liebkost zärtlich meinen Mund und ich kann spüren, wie er mich heilt. Wie er Stück für Stück zusammensetzt von dem, was vor so langer Zeit zerbrochen ist. Das Dumme ist nur, dass mich das nur stärker zum Heulen bringt. Doch Carlos hört nicht auf. Als besäße er eine Verbindung zu meinem Körper. Könnte spüren, was ich brauche.

Ein weiteres Mal hebt er mich hoch, nur um mich gleich darauf wieder behutsam auf seinem Bett abzusetzen. Ich kicke mir die Schuhe von den Füßen, während er sein Hemd öffnet. Meine Augen brennen noch immer, während ich auf seinen wunderschönen Körper sehe. Er schiebt sich den schwarzen Stoff von den Schultern und präsentiert seine perfekt geformte Brust. Glatt und stramm zeichnen sich die Muskeln unter seiner olivfarbenen Haut. Sie bilden ein Sixpack, wie gemalt, von einer schmalen Spur schwarzer Haare begleitet. Die trainierten Muskeln gehen in die wohl ausgeprägteste Form an V-Cut über, die je ein Mann zur Schau getragen hat und lenken den Blick auf das, was sich zwischen seinen Beinen befindet. Erst gestern habe ich ihn beschimpft, er sei nicht Gott. Jetzt gerade bin ich mir da nicht mehr so sicher.

CARLOS

Damals

Der Duft nach Meeresfrüchten und teurem Parfum lag in der Luft. Ich genoss es, mit meinen beiden Frauen Zeit zu verbringen. Es war viel zu lange her, seit wir uns das letzte Mal gesehen hatten.

»Und, erzähl mal, wer ist dieser Kerl von dem Foto auf deinem Handy?«

Esmi legte das Telefon neben ihren Teller und schmachtete das kleine schwarze Gerät in der pinken Hülle an. »Oh Gott, ich liebe ihn. Er ist wirklich toll.«

Meine Mamá schmunzelte nur, doch Esmi lehnte sich mit den Ellbogen auf den Tisch. Ihre Augen funkelten wie dunkle Diamanten.

»Er spielt als Wide Receiver bei den Heights und …«

»Wow«, unterbrach ich sie lachend. Sie war mir so fremd geworden. »Du bist jetzt also eines dieser Sporthäschen?«

Ich sah Mamá an, die nur lächelnd mit den Schultern

zuckte. Sie genoss den Abend. So wie wir alle. Ich hatte die zwei ins schickste Restaurant der Stadt eingeladen.

»Mann, Alex«, meine kleine Schwester boxte mir gegen die Schulter. Sie nannte mich absichtlich Alex, um mich zu ärgern. Ich hielt mir gespielt den Arm. Ihre Wangen waren gerötet und sie versuchte, ihre Scham hinter ihrem Glas zu verstecken, während sie einen Schluck Wasser trank.

»Behandelt er dich gut?«, fragte ich. Aller Spott war aus meiner Stimme gewichen. »Beschützt er dich?«, setzte ich nach, »das ist alles, was ich wissen muss, um ihn zu mögen.«

Ich musste wissen, dass sie in Sicherheit war und es einen Mann gab, der sie gut behandelte. Jede Frau verdiente einen Kerl an ihrer Seite, der für sie durchs Feuer gehen würde.

»Ja. Macht er.« Ihr Blick senkte sich. Dabei huschte er für einen Augenblick zu Mamá.

»Was?«, fragte ich und versuchte in ihren Gesichtern eine Antwort zu erkennen.

»Es hat sich viel verändert«, erklärte diese und legte ihre Hand auf meinen Arm. »Dein Vater«, ich wurde schon zornig, ehe ich etwas erfahren hatte, »Durch das Bürgermeisteramt ist er nicht mehr oft Zuhause.«

»Und wenn, behandelt er uns wie Dreck«, ergänzte meine Schwester und legte ihre Serviette neben den Teller. In dem schwarzen Cocktailkleid sah sie so erwachsen aus.

»Sally«, mahnte Mamá, doch ich hielt sie zurück.

»Was meinst du damit, Esmi?«, fragte ich sie direkt. Ich würde sie nie wieder Sally nennen. Mit den

schwarzen langen Haaren und den strahlenden Augen sah sie aus wie Esmeralda. Nicht wie Sally. Wir alle verleugneten uns, sobald wir unsere amerikanischen Namen benutzten.

»Ich fühle mich wie eine Gefangene. Ich darf Terrance nicht mal mit nach Hause bringen. Mittlerweile wohnt diese blöde Meredith beinahe bei uns.«

Schon vor Jahren hatte sich die Assistentin meines Vaters in unserem Leben festgebissen wie ein lästiger Parasit. Mir war nicht klar, welche Ausmaße das inzwischen angenommen hatte. Ich würde darüber mit Simon ein Wörtchen reden müssen. »Sie schläft sogar in seinem Bett, sitzt an unserem Tisch und Mom und ich werden mit Kreditkarten und dummen Ausreden abgespeist. Mom ist ihm völlig egal. Und ich?«, sie kräuselte ihre Lippen, »Ich hasse ihn.« Ihr durchdringendes Fauchen ließ mich zusammenzucken. Ich hatte ja keine Ahnung gehabt, wie schlimm die Lage zuhause war. Ich hatte zwar befürchtet, dass meine Mutter untertrieben hatte. Doch das hier übertraf all meine Vorstellungen.

»Mamá?«, ich sah sie fragend an. Warum zur Hölle ließ sie das mit sich machen? Wir lebten im einundzwanzigsten Jahrhundert. Sie musste nicht bei ihm bleiben. Sie sah kurz zu meiner Schwester, die mit immer wütend werdender Miene in ihr Handy versunken war.

»Mir sind die Hände gebunden«, murmelte sie leise vor sich hin und senkte den Kopf.

Ich nickte vor mich hin. Wir würden später zu zweit darüber reden müssen. Wahrscheinlich setzte dieser Wichser sie mit irgendetwas unter Druck, von dem meine kleine Schwester nichts wissen sollte.

»Noch zwei Jahre, dann bin ich mit dem Master durch und komme zurück. So lange müssen wir das über die Entfernung hinkriegen.«

»Kannst du deinen Master nicht hier machen?«, quengelte Esmi, und steckte ihr Handy in die kleine Handtasche, die ich ihr zu Weihnachten geschickt hatte. Es machte mich stolz, dass sie sie trug.

»Sally, bitte.« Mamá schüttelte den Kopf. »Bitte setz deinen Bruder nicht unter Druck. Sein Studium ist wichtig und sehr anstrengend.«

Ich hatte ein schlechtes Gewissen. Ich vögelte mich durch die High Society, nur mit dem Ziel, mir später einmal Gefälligkeiten einfordern zu können. Ich arbeitete mit Simon einen Finanzplan aus, um möglichst viel Geld anzusparen, damit wir schon bald in Detroit gegen meinen Vater vorgehen konnten. Mein Studium war das am wenigsten Anstrengendste in meinem Leben. Ich mochte es. Stellte mir an schlechten Tagen vor, wie es wäre, an den Abenden mit Gleichaltrigen etwas trinken zu gehen und am Wochenende heim zu kommen in ein Zuhause voller Wärme und Liebe. Mein Vater würde mir auf die Schulter klopfen und meine Ma kochte Gallo Pinto mit Kochbananen. Stattdessen war ich nur hier, um diesem Wichser eins auszuwischen.

»Ich werde in nächster Zeit öfter kommen«, versprach ich. Mein Vater sollte sehen, dass ich da war. Dass es jemanden gab, der dafür sorgte, dass er meine Familie nicht unbestraft wie Dreck behandeln konnte. »Ich verspreche es. Wir schaffen das gemeinsam. Aber vorerst …«, ich schluckte, »… müsst ihr mir vertrauen.«

Heute

Wenn man ein Leben wie ich führt, fällt es schwer, jemandem zu vertrauen. Und wer anderen nicht vertraut, dem wird auch kein Vertrauen entgegengebracht. Neunundzwanzig Jahre hat mich das nicht im Geringsten gestört. Bis heute Abend. Denn seit Elisabeth sich mir weinend an den Hals geworfen hat, will ich nichts außer ihr uneingeschränktes Vertrauen.

Ich beuge mich über sie, öffne die Knöpfe ihrer Jeans und streife sie gemeinsam mit ihrem roten Slip von den Beinen. Diese Beine. Endlos lang und so stramm stützen sie ihren wunderschönen Hintern. Ich knie mich zwischen sie aufs Bett. Fahre mit den Fingerspitzen von ihren Knöcheln über die Waden. Gleite über die Oberschenkel und ganz knapp vorbei an ihrer Mitte. Die kleinen Härchen auf ihrem Körper stellen sich auf. Doch heute schmunzele ich nicht darüber. Jeder Muskel an meinem bereits nackten Körper ist bei ihrem Anblick angespannt. Tiefe Schatten liegen unter ihren verheulten Augen und die Lippen wirken ausgetrocknet. Ich lehne mich über sie. Fahre mit meiner Zunge darüber und versuche sie zu heilen. *Mach, dass es aufhört …*

Ich habe versucht, sie gehen zu lassen. War fest entschlossen, sie heute Abend zu entlassen. Ihr einen anderen Job zu besorgen. Weit weg von mir und meinem Leben.

Doch dieser Blick!

Ich kann sie nicht gehen lassen. Nie wieder. Ich werde sie beschützen. Werde mich darum kümmern, dass es ihr gut geht.

An den Händen ziehe ich sie hoch, um ihr das Shirt über den Kopf zu ziehen und den schwarzen Baumwoll-BH über ihre Schultern streifen zu können. Ganz langsam, behutsam. Sie wirkt so zerbrechlich.

Immer und immer wieder möchte ich irgendetwas sagen. Ihr versprechen, dass ich auf sie aufpassen kann, doch die Worte bleiben mir in der Kehle stecken. Stattdessen lasse ich mich auf sie sinken, schiebe ihre Schenkel mit meinem Knie auseinander und dringe in sie ein. Erst langsam. Stück für Stück. Bis ich mich komplett in ihr versenke und dabei mein Knurren nicht zurückhalten kann. Elisabeth biegt den Rücken durch, wirft den Kopf in den Nacken und kneift die Augen zusammen. Wir brauchen das hier beide.

»Mach die Augen auf«, bitte ich sie. Nicht fordernd. Nicht grob. Denn hier geht es gerade einzig darum, dass sie mir vertrauen kann. Ihre Lider heben sich. Sie sieht mich an. Mit langsamen Stößen schiebe ich mich immer wieder in sie hinein. Lasse mein Becken auf ihrem kreisen. Wir sehen uns an. Blicken in den anderen hinein. In ihren Augen steht so viel Schmerz und es zerreißt mich, wie hilflos mich das macht. Ich greife nach ihren Händen, halte sie mit einer Hand über ihrem Kopf fest und küsse sie. Verführe ihren Mund, während sie sich mit jedem meiner Stöße mehr entspannt. Ihre Lippen liegen fest auf meinen. Ich habe das Gefühl, ganz gleich, wie tief ich in sie eindringe, ich bin ihr noch immer nicht nah genug. Daher lege ich meine Arme um ihren Nacken. Ziehe sie in eine feste Umarmung, während ich sie ficke ... nein, sie liebe. Bei allen Huren, die ich in meinem Leben schon gevögelt habe, keine von ihnen habe ich so geliebt, wie ich gerade Elisabeth liebe. Sie schlingt ihre Arme und Beine fest um mich, nimmt mich so noch tiefer in sich auf. Wir scheinen das gleiche Bedürfnis nach Nähe zu verspüren und diese Erkenntnis bringt mich dazu, ihren Körper mit aller Kraft an mich zu ziehen. Drängender. Bis ich spüre, wie sich ihre Beine anspannen und sie kurz davor ist zu kommen.

Die Tatsache, der Einzige zu sein, der dieses Hochgefühl in ihr auslösen kann, genügt, und ich ergieße mich in ihr, während sie sich fallen lässt und meinen Namen in mein Ohr stöhnt. Ich komme heftiger denn je. Pumpe alles, was ich zu geben habe, in sie hinein.

Mit ihr in meinem Arm rolle ich mich herum, um sie nicht unter meinem Gewicht zu erdrücken. Lasse aber keinen Millimeter von ihr ab.

Schwer atmend liegen wir ineinandergeschlungen. Noch immer tief in ihr versunken. Ich möchte gerade nirgendwo auf der Welt lieber sein.

Ich muss mich räuspern. »Wirst du mir sagen, was heute Abend los war?«

Ich sehe nur ihren Scheitel, weil ihr Kopf auf meiner Brust liegt, doch ich spüre, wie ihre Brust sich unter einem schweren Seufzer hebt und senkt.

»Wir haben Ärger mit dem Vermieter«, flüstert sie. Sie holt einmal zum Sprechen aus, schweigt aber schließlich weiter.

Um ihretwillen zwinge ich mich, ruhig weiter zu atmen und mich nicht zu bewegen.

»Brauchst du Hilfe? Ich kann mich darum kümmern.«

Sie löst sich aus unserer Verbindung. Krabbelt von mir herunter und setzt sich auf die Bettkante.

»Willst du ihm dann auch die Finger abschneiden?« Ihre Stimme klingt so erschöpft. Ich komme mir vor wie der letzte Arsch.

»Je nachdem, was er getan hat«, knurre ich und schwinge meine Beine ebenfalls aus dem Bett. Es ist so hoch, dass ihre süßen Füße den Boden nicht berühren. »Sag mir, wo du wohnst. Ich kümmere mich darum.«

Doch sie schüttelt bereits, bevor ich zu Ende gesprochen habe, den Kopf. »Nein. Ich will das nicht. Das ist …« Sie spricht nicht weiter. Seufzt stattdessen schwer und greift nach ihrem Slip auf der Bettdecke. »Ich muss arbeiten.«

Ich lege meine Hand auf ihren Schenkel, um sie aufzuhalten und greife nach dem Telefon auf meinem Nachttisch. Wir sind in diesem Gebäude perfekt vernetzt. Ich kann jeden meiner Männer von sämtlichen Geräten aus erreichen. Ebenso den Thekenbereich.

»Lis arbeitet heute nicht vorne. Gib Shakira Bescheid, dass sie und ich erst übermorgen wieder zur Verfügung stehen.«

Ich lege auf, ehe Bill in irgendeiner Form reagieren kann. Ich weiß, heute ist Latinoabend. Der Club wird rappelvoll sein und das Personal ist eh schon knapp. Aber das könnte mir gerade kaum gleichgültiger sein.

»Carlos«, fleht Elisabeth. Die Hände liegen schlaff auf ihrem Schoß, den Slip in den Fingern.

»Sag mir, wie ich dir helfen kann.« Sie zieht die Lippen zwischen die Zähne. »Elisabeth«, dränge ich und nehme ihr den dämlichen Slip aus der Hand, nur um ihn aufs Bett zu schleudern. »Jetzt sieh mich an und sag mir was du brauchst. Ich schwöre dir, ich finde auch ohne dich heraus, wo du wohnst.« Sofort denke ich an die vernichtete Akte und ärgere mich schwarz. Ich werde Simon bitten, erneut alle Informationen herbeizuschaffen.

»Ich schulde ihm Geld«, gesteht sie nach einer Zeit und knibbelt an ihren Fingern herum.

Ich atme erleichtert auf. Wenn das alles ist?

»Seit ich meinen alten Job verloren habe, konnten wir die Miete nicht zahlen und ...«, sie zögert, sieht mich kurz an und zuckt mit den Schultern, »er ist ziemlich aufdringlich.« Sofort ballen sich meine Hände wieder zu Fäusten.

»Wie viel brauchst du?« Ich stehe auf, öffne den Safe in meinem Kleiderschrank und hole ein Bündel Geldscheine heraus.

»Ich will keine Almosen, Carlos. Deshalb bin ich nicht hergekommen. Ich habe immer für mein Geld gearbeitet. Aber ich wurde gefeuert, weil die Kanzlei dem Vater meines Ex-Freundes gehört.«

Den Rücken ihr zugedreht atme ich tief durch. Eifersucht ist etwas, womit ich mich bislang nie beschäftigen musste.

»Mister Phil Walker«, fauche ich und wende mich zu ihr.

Der Schock steht ihr ins Gesicht geschrieben. Ich knalle die Tür vom Safe zu und schlendere, nackt wie ich bin, zu ihr hinüber. Die Vorstellung, dieser kleine Scheißer hat nicht nur mit seinem mickrigen Pimmel in ihr gesteckt, sondern ihr auch den Job genommen, macht mich verdammt wütend.

»Woher?« flüstert sie. Die Matratze gibt unter meinem Gewicht nach, während ich mich wieder neben sie setze. Ein nicht zu unterschätzendes Bündel Geld in der Hand. Die Kohle bedeutet mir nichts. Geld ist für mich nicht wirklich von Belang. Sicher, jeder Mensch genießt den Luxus, der ihm zur Verfügung steht, doch glücklich machen kann es einen nicht. Dessen bin ich mir gewiss.

»Ich weiß so Einiges«, bluffe ich. Denn ihrem Gesichtsausdruck nach zu urteilen, weiß ich viel zu wenig, wie es scheint. Elisabeth verschweigt mir offensichtlich so Einiges. Sie dazu zu zwingen, mir zu vertrauen, kommt nicht infrage. Sollte ich ihr mit Geld helfen können, ist das wenigstens etwas. »Hier«, ich halte ihr die Scheine entgegen. »Wenn der Kerl dir weiterhin Probleme macht, kommst du zu mir, verstanden?«

Sie starrt auf die Kohle, die ich in ihre Hände schiebe, weil sie sie nicht annimmt.

»Hast du mich verstanden, mi amor?«

»Das ist zu viel.«

»Du hast hart gearbeitet. Sieh es als kleinen Startbonus.«

»Carlos, kein Mensch verdient so viel mit Drinks ausgeben und Cocktails mischen.«

Ich gebe ihr einen flüchtigen Kuss auf die Wange und stehe auf.

Diese Diskussion führt zu nichts und ich habe verdammt nochmal einen Riesenhunger. Den ganzen Tag habe ich nichts herunterbekommen. Ich habe nicht damit gerechnet, sie je wieder im Arm halten zu können. Das hat sich nicht gerade förderlich auf mein Gemüt ausgewirkt.

»Willst du was essen?« Damit lasse ich sie allein. Ignoriere, wie sie hinter mir herruft und schlendere über den Fliesenboden in meine Küche. Meine Wohnräume sind nicht riesig oder besonders luxuriös. Ursprünglich war es nicht geplant, dauerhaft hier zu wohnen.

Die Nase schon tief in meinem Kühlschrank steckend, höre ich sie weiter quengeln.

»Ich muss nach vorne. Heute ist Montag. Sie schaffen das nicht ohne mich.«

Ich schließe die Kühlschranktür ein Stück, nur um dahinter direkt in ihr hübsches Gesicht zu blicken. Ihre Haut ist makellos glatt.

»Sie haben es sechs Jahre ohne dich geschafft, da wird ein weiterer Abend ganz sicher noch funktionieren. Außerdem hat Shakira gestern ein Mädchen aus dem Garderobenservice für die Theke eingeteilt, um Michelles Lücke zu füllen.« Mit einem schiefen Grinsen im Gesicht blicke ich an ihr herunter. Sie trägt bereits Unterwäsche und ihr T-Shirt.

»Ich kann nicht einfach mit dir hier sitzen und was essen.« Sie weicht einen Schritt zurück. »Nicht nach allem, was passiert ist.«

Mein Magen knurrt boshaft, weil ich den Kühlschrank schließe und mich der kleinen Prinzessin widme, die keine zwei Stunden hier ist, und mich schon wieder um den Verstand bringt. Und doch bin ich verdammt froh, sie in meiner Küche zu wissen.

»Also«, sage ich. Ich greife ihr unter die Arme und hebe sie auf meine schwarze Granitarbeitsplatte. »Ich sag dir jetzt genau einmal, wie wir es machen.«

Sie beißt sich auf die Lippen, um sich ein Kichern zu verkneifen. Ich wünschte, sie täte es nicht.

»Als erstes werden wir jetzt mal sämtlichen Scheiß von hier oben«, dabei tippe ich ihr gegen die Schläfe, »für eine Zeit zur Seite schieben.« Ich gebe ihr einen Kuss. Sie erwidert ihn. »Dann muss ich wirklich dringend was essen.« Ich lege mir die Hand auf den Bauch. Elisabeths Wangen färben sich rot, weil mein Schwanz sich schon wieder gierig nach ihr reckt. »Und dann werde ich dich den Rest der Nacht ficken, bis du in meinem Arm einschläfst und morgen den ganzen verdammten Tag in meinem Bett bleibst.«

Ihre warmen Hände liegen auf meinen Schultern. Ihr Blick zuckt immer mal wieder kurz nach unten. Es ist eines der schönsten Geschenke, die sie mir machen kann, indem sie nickt und sich ihre verheulten Wangen zu einem Lächeln heben.

»In Ordnung.«

Ich streichele ihre Oberschenkel. Meine Lippen dicht vor ihren zieht sie sich ein Stück zurück.

»Aber ich habe zwei Bedingungen.« Sie hält Zeige- und Mittelfinger in die Luft. Ich zögere keine Sekunde, schließe meine Lippen darum und sauge an ihren Fingern. Dabei ziehe ich sie so weit an die Kante, bis mein Schwanz ihre Mitte berührt.

»Carlos«, fleht sie. Meine Lippen streichen über ihren Hals, während meine Hände sich in ihren zarten Arsch krallen.

»Vielleicht überspringen wir Teil eins und zwei meines Planes und ich besorge es dir jetzt gleich.«

»Was ist mit meinen Bedingungen?«, stöhnt sie. So wie sie ihr Becken an mir reibt, haben wir Punkt eins längst abgehakt.

»Ich scheiß auf deine Bedingungen.« Grob reiße ich ihr das Shirt vom Leib. Ich verteile Küsse auf ihrem Hals und … erstarre. Zähneknirschend schiebe ich sie von mir weg.

»Was ist?«, fragt sie.

»Woher kommt das?« Ich kann meinen Blick nicht von dem Hämatom an ihrem Arm nehmen. Warum habe ich das nicht vorhergesehen? »Und wag es ja nicht, mich anzulügen.«

»Ich muss morgen früh meine Miete bezahlen. Ich kann nicht hierbleiben.« Sie ignoriert meine Frage und hat keine Ahnung, welche Wut sie damit heraufbeschwört.

»Ist das deine Auffassung von aufdringlich?«, knurre ich und reiße an ihrem Arm, damit sie hinsieht. An ihrem Oberarm zeichnen sich deutlich Fingerabdrücke ab.

»Das ist ... nichts.«

»Mierda! Das ist ganz sicher nicht nichts. Du sagst mir jetzt sofort, wer dieses Schwein ist.«

»Meine zweite Bedingung ist, dass ich das Geld abarbeite. Ich will dir nichts schuldig bleiben.«

Ganz von allein legt sich meine Hand an ihre Kehle.

»Verarsch mich nicht, Princesa!« Ich muss mich zurückhalten, nicht zu fest zuzudrücken, »Vielleicht habe ich dich geschont, weil ich kein unsensibles Arschloch bin und sehe, wenn es dir scheiße geht. Aber vergiss nicht, wen du vor dir hast.«

Ihre Brust hebt und senkt sich hastig unter ihrer beschleunigten Atmung.

»Du sagst mir jetzt auf der Stelle, wer dir wehgetan hat, damit ich ihm einen Besuch abstatten kann. Ich werde deine Miete höchstpersönlich abliefern.«

Ich hätte damit gerechnet, dass sie wieder heult. Oder davonrennt, denn das hätte sie von Anfang tun sollen. Stattdessen überrascht sie mich, indem sie ihre Hand auf meine legt, die nach wie vor ihre Kehle umschließt.

»Warum kannst du mir nicht vertrauen, wenn ich es schließlich auch bei dir versuche?«

»Du vertraust mir einen Scheiß«, fluche ich, lasse aber von ihr ab.

»Ich bin hier, oder etwa nicht?«, meckert sie. Einen Ton, den ich bei ihr nie zuvor gehört habe.

»Ja«, brülle ich mittlerweile, »und ich habe keinen blassen Schimmer, warum.«

»Weil ich dich brauche«, schreit sie zurück und schlussendlich füllen sich ihre Augen doch wieder mit Tränen. »Weil ich das Gefühl brauche, das nur du mir geben kannst.«

»Du meinst, weil ich dich ficke«, gebe ich spöttisch zurück und stütze mich mit beiden Händen auf die Arbeitsplatte ihr gegenüber. Ich schließe die Augen. Versuche, mich zu beruhigen.

»Nein.« Ich spüre, wie ihr schlanker Körper hinter mich tritt. Sie schlingt ihre Arme um meine Taille und legt die Wange auf meinen Rücken. »Weil du mir das Gefühl gibst, stark zu sein.«

Ich hebe den Arm und drehe mich in ihrer Umarmung zu ihr um. Die Kiefer aufeinander mahlend beobachte ich ihr Gesicht.

»Ich kann dir nicht alles erzählen. Mein Leben ist …«, sie schlägt die feuchten Wimpern auf. »Es ist kompliziert.«

Meine Brust hebt sich unter einem freudlosen Schnauben. Ich denke über ihre Worte nach. Lasse zu, wie sie mit ihren rehbraunen Augen wortlos fleht. Die schlanken Arme um meinen breiten Körper gelegt, das Kinn auf meine Brust gestützt. Zum Teufel nochmal, wenn Geld und ein paar Orgasmen alles sind, was ich derzeit tun kann, dann will ich ihr genau das geben.

»Wenn dieser Kerl dir noch ein einziges Mal auf die Pelle rückt, wirst du es mir sagen.«

»Okay«

»Versprich es.«

»Ich verspreche es.«

Ich bin nicht zufrieden damit. Ganz und gar nicht. Doch ich will lernen zu vertrauen. Weil ich unbedingt will, dass Elisabeth mir vertraut. Darauf, dass ich einer von den Guten bin.

LIS

Damals

Ich hatte offensichtlich eine Menge von meiner Mom gelernt. Nicht nur die Scherben waren verschwunden, auch das Schloss an meiner Tür war wieder halbwegs gerade gebogen. Mein Pokerface saß makellos, als Kim am Sonntagabend wieder nach Hause kam.

Ich war gestern mit dem Taxi ins Krankenhaus gefahren und hatte mein Bein röntgen lassen. Mein Wadenbein war angebrochen und zwei meiner Rippen. Ich hatte angegeben, mit dem Fahrrad gestürzt zu sein. Da das mein erster Besuch in der Notaufnahme war, und ich der Schwester unter Tränen von meiner krebskranken Mutter erzählt hatte, stellte keiner Fragen. Ich bekam eine Schiene für mein Bein und Schmerztabletten für den Rest. Ich kehrte es unter den Teppich. Genau, wie ich es jahrelang vorgelebt bekommen hatte. Ich war wie meine Mutter. Und ich hasste mich dafür.

»Hi«, rief Kim. Ihre Taschen polterten und die Tür

fiel viel zu laut ins Schloss. Doch ich blieb entspannt. Ich konnte darauf vertrauen, für ein paar Tage meine Ruhe vor Dad zu haben. Nachdem er seine Aggression bei mir abgeladen hatte, wurde es grundsätzlich still. Er zog sich zurück, kam tagelang nicht aus dem Schlafzimmer und verließ nur für die Arbeit das Haus. Ich erklärte es mir so, dass er ein schlechtes Gewissen hatte. Das machte ihn in meinem Kopf zumindest etwas menschlicher.

Nach der üblen Nacht von Samstag konnten wir also das restliche Wochenende entspannen, ehe es von vorne begann. Die Abstände seiner Attacken wurden kürzer und das machte mir zu schaffen. Doch für den heutigen Tag war ich schlichtweg froh, überhaupt noch zu leben.

»Hi«, erwiderte ich und humpelte auf Krücken in den Flur.

»Ach du Scheiße«, spie Kim aus und kam auf mich zu. »Was ...?« Der Rest blieb ihr im Hals stecken. Sie sah Richtung Schlafzimmer, dann wieder zu mir. Meine Schwester war ein kluges Mädchen.

»Ich bin mit dem Fahrrad gefallen«, log ich und hasste mich dafür. Ich tat das gleiche mit ihr, wofür ich meine Mom hasste.

»Ehrlich?« Ihr Blick wanderte durch unser Haus. Ihr musste auffallen, dass der Couchtisch fort war und spätestens an meiner Tür würde sie sehen, was passiert war. Doch sie senkte den Blick und atmete tief durch.

Dann trafen sich unsere Blicke.

»Ich hab dich lieb«, sagte sie ohne jeden Zusammenhang. Doch ich verstand sie. Sie wusste genau, was sich dieses Wochenende abgespielt hatte. Ihr war klar, warum

ich sie fortgeschickt hatte und das war ihre Art, »Danke« zu sagen.

»Ich habe dich auch lieb, Kimi-Jimmy.« Mit den Krücken in der Hand schlang ich die Arme um meine kleine Schwester. Wir würden für immer zusammenbleiben. Das schwor ich mir. Ich würde auf sie aufpassen und sie beschützen. Die Frage war nur: War ich mutig genug, das nächste Mal die Klinge nicht zurückzuziehen?

Heute

Als junges Mädchen habe ich immer davon geträumt, einmal eine Familie zu haben. Einen Mann, der samstagsfrüh den Rasen mäht. Zwei Kinder, die mit dem Hund spielen, während ich mich sorglos um den Haushalt kümmere.

Mit einem Clubbesitzer mitten in der Nacht Eier und Speck zu essen, während meine Schwester mit ihrem Baby in unserem Trailer darauf wartet, dass ich die Miete herbeischaffe, zählte irgendwie nicht zu meinen Plänen.

Und doch bin ich schon lange nicht mehr so unbeschwert gewesen wie jetzt gerade. Und das nicht unbedingt des Geldes wegen. Natürlich nimmt mir das Bündel Scheine eine Menge Ballast von den Schultern, doch darum geht es nicht wirklich. Egal, womit ich konfrontiert werde. Sobald Carlos in meiner Nähe ist, habe ich das Gefühl, unbesiegbar zu sein. Er macht mich stark.

»Warum gibt's hier eigentlich keine Fenster?«

Ich lasse meinen Blick durch das offene Wohnzimmer wandern. Alles in dieser Wohnung spiegelt Carlos wieder. Schlicht und dennoch prunkvoll. Wir sitzen eng nebeneinander auf der riesigen U-förmigen Couch. Sie bildet mit einem Flachbildfernseher das einzige Möbelstück in diesem Teil des Raumes. Die angrenzende Küche ist in Schwarz- und Weißtönen gehalten und wirklich edel. Eine riesige Kochinsel und eine schicke Theke trennen den Kochbereich vom Wohnzimmer. Ein Traum für jeden, der gerne kocht. Nicht zu vergleichen mit unserem Zweiplattenherd im Trailer.

»Ursprünglich sollte das keine Wohnung werden.« Carlos schiebt sich den letzten Speck in den Mund. Ich habe niemals jemanden so viel essen sehen. Noch dazu ... nackt. »Erst waren es Lagerräume. Dann habe ich es ausgebaut, eine Lüftungs- und Sicherheitsanlage einbauen lassen.« Er zuckt nur mit den Schultern. »Es hat sich so ergeben.«

Ich sehe mich einmal um. »Fehlt dir nicht das Sonnenlicht?«

Mein Teller ist bereits seit langem leer und ich schwebe auf einer Wolke der Entspanntheit. Ich habe die Beine vor den Körper gezogen. Carlos lehnt sich zu mir, stützt seinen Kopf auf meine Knie.

»Tag und Nacht spielt für mich keine Rolle. Ich schlafe, wenn ich müde bin. Meistens abends. Von daher ...« Er zuckt ein weiteres Mal mit den Schultern. »Nein. Es fehlt mir nicht.«

Seine Hände streicheln über meine Handgelenke. Es ist gleich ein Uhr, doch mir kommt unsere gemeinsame Zeit vor wie die Ewigkeit. Ich beobachte, wie er das Tattoo auf meinem Gelenk mit einem Finger nachzeichnet.

»Warum hast du eigentlich keine Tattoos? Ich meine …«

Seine blauen Augen treffen auf meine, ein spöttisches Grinsen liegt auf seinem Gesicht.

»… weil ich ein Clubbesitzer, Krimineller und obenauf Latino bin?«

Seine gehobene Augenbraue bringt mich zum Seufzen.

»Ich habe keine Vorurteile.«

»Habe ich nicht behauptet«, lacht er, »aber es steht dir ins Gesicht geschrieben.«

Ich fahre ihm über die Stirn, schiebe seine Haare aus dem Gesicht. Zwischen uns hat sich etwas verändert. Ich kann es nicht genau benennen, doch ich fühle mich ihm so … verbunden. Auch wenn das überhaupt keinen Sinn ergibt.

»Nichts hält für die Ewigkeit.« Er gibt einen federleichten Kuss auf meine Hand. »Wie könnte ich mir etwas in die Haut ritzen, das für ewig dort bleiben sollte?«

Sein Blick ruht auf meinem Unendlichkeitssymbol.

»Manches ist für immer«, halte ich flüsternd dagegen. Ich habe den Drang, meine Tätowierung zu bedecken, doch ich verbiete es mir.

»Für wen steht es?«

»Meine Schwester. Wir werden für die Ewigkeit miteinander verbunden sein. Daran kann nichts und niemand etwas ändern.«

Er senkt den Blick. »Das kannst du nicht wissen.« In seiner Stimme schwingt so viel Traurigkeit mit. Ich wage es kaum zu fragen.

»Was ist mit deiner Schwester?«

»Steht ihr euch nahe, du und deine Schwester?« Er ignoriert meine Frage.

»Ja sehr. Sie ist alles, was ich habe.«

Mit einem tiefen Stöhnen legt er sich nach hinten und zieht mich an seine Brust.

»Die Adresse in Richmond. Das ist deine Grandma?«

»Ja. Aber wir haben so gut wie keinen Kontakt. Höchstens eine Karte zu Weihnachten.«

»Dann gibt es also nur euch zwei?«, rührt er weiter im Topf meiner längst vergammelten Vergangenheit.

»Ja«, lüge ich. Ich bete, dass er nicht spürt, wie mein Herz eine Spur schneller schlägt. Niemand weiß, dass es Luca gibt. Ja klar, er ist offiziell gemeldet, aber weder meine Familie noch sonst irgendwer weiß davon. Ich will nicht, dass er in etwas reingerät, was nicht gut für ihn ist. Er soll einmal ein schönes, unbeschwertes Leben haben.

»Was ist mit Verwandtschaft, euren Eltern? Deiner Mom«, er macht eine Pause, »oder … deinem Dad?«, sagt er schon fast fragend.

Alles in mir verkrampft sich. Ich kann nichts dagegen tun. Schweigen erfüllt den Raum und sagt mehr, als Worte es je könnten. Mein Körper schreit, er soll es gut sein lassen. Fleht ihn an, dieses Thema nicht zu vertiefen. Aber ich schreie auch um Verständnis. Jammere ohne einen Pieps um Beistand, den ich nie erfahren habe.

»Du musst wissen«, er schiebt mich von sich, setzt uns beide auf, um mich anzusehen. »Ich bin nicht dumm.«

Ich schlucke nur, keine Ahnung, worauf er hinauswill … oder was er weiß.

»Ich habe eine Menge Mädchen kennengelernt, denen in ihrer Vergangenheit schlimme Dinge passiert sind.«

Mein Puls rast. Ich versuche mich auf alles Mögliche zu konzentrieren. Vor allem darauf, meine Eier nicht auf den Teppich zu kotzen.

»Wenn eine Frau beispielsweise schlecht mit männlicher Nähe umgehen kann, ist das ein ziemlich eindeutiges Zeichen. Viele reagieren auch ungewöhnlich auf Alkohol.«

Ich fürchte, mit jedem seiner Worte zu schrumpfen. Ich will all das nicht hören und doch will ich ihm vertrauen.

»Dass du vor mir keine Orgasmen mit einem Mann hattest, hat einen Grund, das ist uns beiden klar.«

»Ich sollte …« Ich will aufstehen, doch Carlos hält mich am Handgelenk zurück.

»Du hast Schwierigkeiten loszulassen. Dich unkontrolliert gehen zu lassen.«

»Hatte«, korrigiere ich und verschränke die Arme vor der Brust. Ich kann das hier nicht. Er soll aufhören.

»Richtig. Hattest.« Er legt seine Hand an meine Wange und durchbohrt mich mit seinem Blick. Doch ich habe meine Mauern hochgezogen. Trotze seinem Versuch, in mich hinein zu sehen. Denn dort erwartet ihn grenzenlose Dunkelheit.

»Meist ist es der nette Nachbar von nebenan.« Mir ist so schlecht, dass ich nicht atmen kann. »Oder der liebevolle Onkel«, macht er unberührt weiter, »oder Daddy selbst.«

Meine Knie fangen an zu zittern. Eine unwillkürliche Reaktion, die immer aufkommt, sobald es um meine Vergangenheit geht. »Es fängt an bei Psychospielchen. Unterdrückung. Häuslicher Gewalt?«

Ich fixiere seinen Blick. Rege mich keinen Millimeter. Alles, was ich tue, ist atmen. Und dabei tobt ein wilder Sturm in meinem Inneren und kämpft mit meinen Dämonen.

»Sexueller Missbrauch?«, wirft er in den Raum und ich schüttele schnell den Kopf. Seine Schultern sacken ein Stück nach unten. Nickend wischt er mir eine Träne von der Wange, die ich nicht mal bemerkt habe. Weil die alte Taubheit wiederkehrt. Und mich vor der Wahrheit verschließt.

»Dein Dad?«, fragt er und ich kann nur nicken.

Eine Zeitlang sitzen wir schweigend da. Er hakt nicht weiter nach. Lässt mir die Zeit, die ich brauche.

Mit jeder Minute entspannen sich meine Muskeln mehr und ich kann wieder ruhiger atmen. Meine zitternden Knie bibbern leicht vor sich hin.

Carlos stützt die Ellbogen auf die Knie und

streicht sich die Haare aus dem Gesicht. Die Hände im Nacken verharrt er.

»Lebt er noch?«, knurrt er nach einiger Zeit und ich muss mich räuspern, um überhaupt reden zu können.

»Ich weiß es nicht.«

»Ich hoffe für ihn, er ist tot. Andernfalls wird er sich das schon ganz bald wünschen.«

»Carlos«, flehe ich und lege meine Hand auf seinen Unterarm. Er steht so unter Spannung, dass die Sehnen sich beinahe durch die Haut sprengen.

»Nein, Elisabeth. Nein.« Er schüttelt pausenlos den Kopf und sieht mich dann an. Ich zucke zurück, weil der Schmerz in seinen Augen mich umhaut. »Ich weiß nicht, was er dir angetan hat und vielleicht bist du gerade nicht bereit, mir etwas über dein Leben zu erzählen.« Seine Augen glänzen bedrohlich. Nie zuvor hat er sich mir gegenüber so schutzlos gezeigt. Dass es mein Schmerz ist, der den seinen freilässt, macht mich stark. »Ich habe keine Ahnung, warum du nicht aufs College gehst wie die meisten in deinem Alter. Was ein kluges Mädchen wie du in diesem Laden will. Oder von mir?« Er zieht mich auf seinen Schoß, nimmt mein Gesicht in seine Hände. »Aber eins weiß ich. Wenn dein Vater dir wehgetan hat – und das hat er, da bin ich mir sicher – dann wird er dafür bezahlen. Ich werde dich beschützen. Ich werde dich retten. Du bist nicht länger allein. Ich werde jeden töten, der auch nur zu lange in deine Richtung blickt. Das schwöre ich.«

Unsere Blicke sind ineinander verankert. Mit

jedem Mal, mit dem ich diesem Mann in die Augen sehe, verschiebt sich meine Welt ein kleines bisschen mehr. Vor einem Monat habe ich doch tatsächlich gedacht, ich finde einen Weg heraus aus meinem Leben, weg von den alten Dämonen. Doch heute weiß ich, es gibt nur eine Möglichkeit, endlich frei sein zu können. Ich muss mich meiner Vergangenheit stellen. Es wird Zeit, stärker zu sein als das, was mich jahrelang ausgemacht hat. Ich bin kein wehrloser Teenager mehr. Ich kann dagegenhalten. Ich bin stark. Und auch, wenn das so sicher nicht geplant war: Erstmals habe ich das Gefühl, nicht mehr allein für mich kämpfen zu müssen. Mich Carlos zu öffnen, ist der erste Schritt, endlich frei sein zu können. Ich muss endlich loslassen. Vollständig die Kontrolle abgeben.

»Als ich vierzehn war, schlug mein Vater mich zum ersten Mal«, gestehe ich flüsternd, dicht vor seinem Mund. Nie zuvor habe ich es laut ausgesprochen. Bei niemandem. Carlos schlingt seine Arme noch etwas fester um mich. Gibt mir die Stärke, zu dem zu stehen, was ich bin. Was er aus mir gemacht hat. »Das hier«, ich zeige auf die Narben in meinen Händen, »waren Glasscherben. Er hat mich hineingestoßen, nachdem er meiner Mom eine Vase auf dem Kopf zerschlagen hat.«

Carlos sieht mich an. Regungslos. Daher rede ich unbeirrt weiter. Lasse endlich raus, was mich viel zu lange gequält hat.

»Und das«, ich deute auf die zackige Linie in meinem Haaransatz, » war ein Blumentopf. Ich hatte den Fernseher ohne seine Zustimmung eingeschaltet.«

»Großer Gott«, flucht Carlos. Über mich hinweg greift er nach seinen Zigaretten auf dem edlen Steintisch. Er gibt mich ein wenig frei, um sich über das Gesicht zu fahren. Es fällt ihm augenscheinlich schwer, nicht die Beherrschung zu verlieren.

»Er war Alkoholiker. Nicht bei Sinnen, wenn er mich schlug. Anfangs war es selten, dass er seine Aggressionen an mir ausließ. Doch je älter ich wurde, umso schlimmer wurde es.«

»Was ist mit deiner Mutter? Warum hat sie nichts getan?«

»Sie war genauso schwach wie ich«, flüstere ich. Ich nehme ihm die Zigarette ab und ziehe kräftig daran. Ich habe lange nicht mehr geraucht, aber jetzt gerade ist mir danach. Ich reiche sie ihm wieder zurück und puste den Rauch nach oben.

»Du bist nicht schwach«, widerspricht er mir, in den Augen ein tosender Sturm. »Du warst ein Kind, verdammt nochmal.«

»Mit achtzehn hat er mir ein Bein gebrochen und zwei Rippen. Ich habe versucht, ihn zu ...« Meine Stimme verlässt mich. Ich muss schlucken. Kann das Ende meiner traurigen Vater-Kind-Beziehung nicht in Worte fassen.

»Na ja«, stoße ich nach einer gefühlten Ewigkeit aus. Dabei zwinge ich mich zu einem falschen Lächeln. »Vor vier Jahren sind Kim und ich weg aus Richmond. Seitdem gibt es nur uns.«

Nur das Knistern vom Tabak seiner Zigarette ist

zu hören. Es ist so still. So friedlich. Nur meine Offenbarung liegt im Raum und umgibt uns.

Ich habe mich befreit und lege diesen Ballast in seine Hände. Nachdem er den Stummel in den Aschenbecher gedrückt hat, schlingt er seine Arme um mich. Sein Blick gleitet über meinen Körper und verharrt lange auf meinen Augen. Und in diesem Moment erkenne ich es. Carlos. Mein Carlos, der sanfte Küsse auf meinem Körper verteilt. Er ist verschwunden. Der Mann vor mir ist Mister Alvarez.

»Du weißt, dass ich ihn töten werde.«

Das ist alles, was er zu meinem Geständnis sagt. Wir sehen uns an. Beide in der Gewissheit, dass er es ernst meint.

Ich setze mich rittlings auf seinen Schoss, nehme sein starkes Gesicht in meine Hände und lege seine Lippen auf meine. Ich küsse Alvarez, den Mann, der Finger abtrennt und Drogengeschäfte abwickelt. Weil ich es will. Weil ich seine Dunkelheit genauso brauche wie Carlos' Zärtlichkeiten.

»Das alles ist Vergangenheit.« Und dennoch bitte ich ihn nicht, es nicht zu tun.

»Ich werde dich nicht um Erlaubnis bitten.«

Ich sollte ihn aufhalten. Gehen. Anschreien, weil er gerade damit gedroht hat, meinen Vater zu töten.

Stattdessen streicht meine Zunge über seine Lippen und ich stöhne in seinen Mund, weil er sein Becken gegen meins drückt.

»Du musst mich nicht retten«, hauche ich in seinen Mund hinein. Nicht sicher, wen von uns beiden ich überzeugen will.

»Und ob ich das muss, Princesa«, flüstert er zurück. Dabei schiebt er meinen Slip beiseite, und legt seinen Daumen auf meine Mitte. »Ich werde dich beschützen. Mit allem, was ich habe.«

Ich lege stöhnend den Kopf in den Nacken und lasse mich fallen. Lege meine Welt in seine Hände. Denn ganz gleich, wie grausam sie sein können, ich weiß, sie werden mich halten. Er wird immer die Klinge durchziehen, wenn er mich damit beschützen kann.

Keuchend hält Carlos meinen Slip so, dass ich mich auf ihn sinken lassen kann. Ich nehme seine gesamte Länge in mich auf und lecke mir genüsslich die Lippen.

»Ich brauche dich«, teile ich meine Gedanken mit ihm und beginne ihn quälend langsam zu reiten. Dabei nimmt er meine Brustwarzen in den Mund. Saugt daran, beißt hinein, sodass die Lust wie Blitzschläge in meinen Unterleib schießt.

Er umfasst meine Hüften, hebt und senkt mich immer wieder auf seinen Schwanz und beschleunigt unser Tempo. Mein Körper klatscht gegen seinen. Schweiß rinnt zwischen meinen Brüsten hinab, während ich auf ihm reite. Carlos' Stöhnen in meinem Ohr. Seine Lippen auf meinem Hals.

Ich. Habe. Die. Verfluchte. Kontrolle. Es macht mir keine Angst, meine Kontrolle bei ihm abzugeben. Doch es turnt mich gleichzeitig unglaublich an, dass ich einen Mann wie ihn kontrollieren kann.

Dieser Gedanke lässt mich heftiger kommen, als ich es je für möglich gehalten hätte. Ich kralle meine

Fingernägel in seine Schultern. Schreie durch die fensterlose Wohnung, während Carlos mich fest umklammert, seine Finger in meine Hüften bohrt und tief in mir kommt. Er legt die Hände von hinten auf meine Schultern und zieht mich so tiefer auf seinen Schwanz, so dass ich das Pumpen seines Spermas bis in meinen Bauch spüren kann.

Mein Kopf sinkt auf seine Schulter und ich schließe die Augen. Schlucke tapfer die Tränen herunter, die sich schon wieder in mir aufbauen. Jahrelang habe ich versucht, vor meiner Vergangenheit davonzulaufen. Nun habe ich kehrtgemacht, um ihr direkt entgegen zu laufen. Renne, so schnell ich kann, auf sie zu. Denn ich bin nicht länger wehrlos und allein. Ich kann mich wehren. Gegen alles und jeden. Denn ich bin stark.

CARLOS

Damals

Drei Jahre lang hatte ich in Seattle vor mich hin gewütet und dabei etwas Elementares aus den Augen verloren. Zweitausend Meilen von Detroit entfernt war ich Mamá und Esmi keine Hilfe. Ja, vielleicht baute ich mir etwas auf, von dem wir später profitieren könnten, doch das nützte den beiden in ihrem Alltag rein gar nichts. Dieser Gedanke brachte mich seit meiner Rückkehr fast um den Verstand.

»Du wirkst so abwesend heute, Süßer«, schnurrte Elenor und schob ihre riesigen Titten zurück in ihre Bluse. Sie war die Ehefrau von Senator Armstrong und ich hatte sie schon seit mehreren Monaten an der Angel. Auf einer Spendengala hatte ich sie verführt, nachdem sie mir, besoffen wie sie war, gebeichtet hatte, was für eine armselige Wurst ihr Mann doch war. Er konnte es ihr nicht besorgen. Denn Misses Armstrong brauchte es hart. Richtig hart.

»Du verfügst doch über gewisse Kontakte, oder?«

Zu meinem Glück stand sie nicht auf dämliche Kuschelspiele danach und ich durfte mich wieder anziehen, nachdem ich ihr die Seele aus dem Leib gefickt hatte. Elenor war eine starke Frau. Wunderschön dazu. Es bereitete mir Freude, in jedes ihrer Löcher zu spritzen, bis sie schrie, dass die Wände wackelten. Nie zuvor hatte ich einen Gefallen von ihr eingefordert oder sie mit meinem Wissen erpresst. Doch irgendwann kam jeder an die Reihe, seinen Tribut zu zahlen. Ihr Tag dafür war heute.

»Was brauchst du, Schätzchen? Sag es und ich besorge es dir.« Dabei zwinkerte sie lasziv. Sie entlockte mir damit ein Schmunzeln, während ich den Rauch meiner Zigarette in das luxuriöse Hotelzimmer blies. Es interessierte mich einen Scheiß, ob rauchen hier drin erlaubt war. Das war nicht mein Problem.

»Papiere. Reisepässe, Führerscheine. Das komplette Programm.«

Sie pfiff durch die Zähne. »Das ist nicht gerade eine Kleinigkeit, Süßer.« Die langen Beine nur in einem String, doch schon wieder in ihren Heels steckend, stiefelte sie auf mich zu. Entspannt und ausgelaugt saß ich nackt in einem Sessel ihrer Suite. »Du überschätzt meine Beziehungen.«

Sie lehnte sich auf die Lehnen und beugte sich über mich. Die Frau war unersättlich. Ich fasste ihr an die Kehle und drückte zu. Fest. So fest, wie kein Mensch der Welt es dulden würde.

»Und ich glaube, du unterschätzt mich, Schlampe.«

Sie keuchte, rang nach Luft. Doch ihre Finger glitten in meinen Schritt. Dieses dreckige Luder. Ich wusste genau, was ihr gefiel.

Meine freie Hand fasste ihr aschblondes Haar im Nacken und zog ihr gewaltvoll den Kopf nach hinten.

»Du wirst tun, was ich verlange, haben wir uns verstanden?«

Ich hatte mich daran gewöhnt, dass allein Gewalt diese miese Bitch auf Touren brachte. Also gab ich sie ihr. Mir und meinem Schwanz war das vollkommen egal.

Ich kannte sie zu gut. Daher überraschte es mich nicht, wie sie sich stöhnend auf meinem Schoß niederließ und ihr Becken an mir rieb.

»Ich besorge dir alles, was du brauchst, Boss«, schrie sie beinahe, weil ich ihr Haar so fest zog, wie ich konnte. Ich spürte durch ihren String, wie feucht sie das hier machte. Und ich? Ich grinste in mich hinein. Denn Papiere für mich und meine Familie waren eine angemessene Entlohnung für die kranke Nummer hier.

Heute

Ich habe mir nie wirklich darüber Gedanken gemacht, doch heute Morgen fehlt mir das Sonnenlicht. Zwar scheint das Licht aus dem Flur bis in mein Schlafzimmer, aber ich wünschte, es würde schleichend heller und die Morgensonne legte sich samtig weich auf Elisabeths Haut.

Neben ihr zu schlafen ist … ungewohnt. Einengend, beängstigend. Und wundervoll.

In einem Anflug von Großzügigkeit habe ich uns beiden heute frei gegeben. Ich brauche mehr Zeit in ihrer Nähe. Doch ich weiß, sie muss gehen. Seufzend schließe ich die Augen. All die Dinge, die ich gestern Nacht über sie erfahren habe.

»Grübeln macht Fältchen. Hat deine Oma dir das nie erklärt?«

Ich öffne die Augen. Mit ihrem Lächeln vor dem Gesicht zu erwachen, ist, wie die Sonne selbst im Zimmer zu haben.

»Meine Nana liegt in Costa Rica in irgendeinem Hinterhof begraben. Gott hab sie selig.«

»Oh.« Ihre Miene verfinstert sich und ich muss lachen.

»Keine Sorge, sie ist sehr alt geworden und mit einer Zigarre zwischen den Lippen friedlich in ihrem Schaukelstuhl eingeschlafen.«

Ihr zuckersüßer Mund verzieht sich zu einem Grinsen. Wie ein Kind ist sie eingewickelt in meine Laken. Ich liege auf dem Rücken, alle Viere von mir gestreckt. Der Blick unter meine Schlafzimmerdecke hat sich noch nie so richtig angefühlt.

»Guten Morgen«, schnurrt sie dicht an meinem Ohr, die kurzen Haare stehen in alle Richtungen.

»Guten Morgen, Princesa.« Ich will ihr einen Kuss geben, doch sie windet sich, stützt sich auf meiner festen Brust auf und thront über mir.

»Ich will dir was verraten.« Mit einem Zeigefinger fährt sie über meine Brust, hinunter zu meinem Bauch. Ihr Blick fällt auf meinen Schwanz. Er war schon vor uns beiden wach.

»Verrat mir was. Darin wirst du langsam richtig gut.«

Ich bin ganz und gar auf ihren Finger fixiert, der stetig weiter in den Süden wandert.

»Mir ist da am Rande aufgefallen, dass du ziemlich darauf abfährst, dass du der Einzige bist, der na ja …«

Süß, dass nach allem, was wir in den vergangenen Stunden getrieben haben, sie immer noch schüchtern ist.

»Du meinst, dass nur ich allein dich dazu bringe zu kommen.«

Sie zieht kurz eine Grimasse, was mich zum Lachen bringt. Allerdings bleibt mir jeder Ton im Hals stecken, weil ihre Zunge meinen Bauchnabel umkreist. Himmel.

»Jedenfalls gibt es da etwas, wobei du ebenfalls der erste sein könntest.«

»Einzige, mi amor, nicht erste. Das ist ein erheblicher Unterschied.« Ihr Lachen streift meinen Hüftknochen. »Willst du damit etwa sagen, du hast bislang keinem Kerl einen geblasen?«

Denn das kann unmöglich sein. Immerhin ist sie dreiundzwanzig Jahre alt und ihre Lippen sind geradezu dafür gemacht, sich um einen Schwanz zu legen. Seit sie das erste Mal in meinem Büro stand, träume ich von nichts anderem.

Ihr Gesicht unmittelbar vor meinem ungeduldigen Freund zieht sie die Lippe zwischen die Zähne und schüttelt zaghaft den Kopf. Scheiße, allein wie sie mich dabei ansieht und ihre kleinen Brüste über meinen Schenkeln wackeln, bringt mich fast zum Höhepunkt.

»Zum Teufel nochmal, warum?«, rufe ich, die Arme lässig hinter dem Kopf entspannt. »Ich meine«, mein Lachen klingt belegt von der Nacht, »nicht, dass ich mich beschweren will.«

»Ich weiß nicht. Ich wollte es nicht. Es kam mir ...«, ein federleichter Kuss landet auf meinem Oberschenkel, »irgendwie falsch vor.«

»Und das hat sich heute Morgen geändert?«

»Ehrlich gesagt ...« Elisabeth druckst herum. Mir ist schon aufgefallen, dass sie das häufig macht. Wahrscheinlich eine logische Konsequenz, wenn man früh lernt, für falsche Worte bestraft zu werden.

»Was?«, fordere ich sie auf. Meine Hand wandert von allein zu ihrem Kopf und streichelt sanft ihre weiche Haut. Sie soll mir alles sagen, was sie denkt. Alles, was sie will und fürchtet.

»Ich will das schon tun, seit ich ihn zum ersten Mal gesehen habe.«

Wahrscheinlich grinse ich wie das fucking Honigkuchenpferd.

»Bitte«, deute ich auf meinen Schritt. »Tu dir keinen Zwang an.«

Scheiße, ich genieße das hier viel zu sehr. Streichele einmal mit dem Daumen über ihre Wange in heller Erwartung, was passieren wird.

Ganz gleich, wie eingeschüchtert die Kleine vielleicht sein mag. Ich habe Elisabeth von Beginn an für mutig gehalten. Immerhin ist sie noch hier. Nach allem, was sie erlebt hat. Und sie vertraut mir. Allein das ist ziemlich mutig für jemanden, der keine Ahnung hat, wer ich eigentlich bin.

Deshalb überrascht es mich nicht, wie professionell sie sich zwischen meine Beine hockt und ihre Zunge von der Wurzel bis zur Spitze über meinen Schaft wandern lässt.

Ich zwinge mich, die Augen geöffnet zu lassen, halte mein Stöhnen aber nicht zurück. Wenn sie nie zuvor einen Blowjob erledigt hat, sollte ich ihr zeigen, was ich mag.

Angestachelt durch mein Geräusch wiederholt sie das Ganze und schnurrt dabei wie ein Kätzchen. Bei meiner Spitze angelangt, schlägt sie die Augen auf. Ohne unseren Blickkontakt zu unterbrechen, umschließt sie mit ihren Lippen meinen Schwanz. Ich nicke ihr ermutigend zu und sie nimmt ihn tief in den Mund.

Heiße Wellen jagen durch mich hindurch. Immer weiter schiebt sie ihn in ihren Rachen und stöhnt genüsslich, während sie saugt. Ich beobachte sie. Lasse ihren süßen Mund keine Sekunde aus den Augen.

Ich wäre ein Heuchler, wenn ich behaupten würde, das sei der beste Blowjob meines Lebens, immerhin haben die besten Huren Detroits meinen Schwanz schon in ihrem Mund versenkt. Doch Elisabeth hat recht. Die Tatsache, der einzige Mann zu sein, dem sie ihre warmen Lippen zum Vögeln anbietet, turnt mich unfassbar an.

»Ay dìos, ja«, stachele ich sie an, weil ihre Hände meine Eier kneten. Das hier wird ein schnelles Ende haben.

Schließlich lege ich meine Hand auf ihren Hinterkopf und steigere ihr Tempo. Zeige ihr, was ich brauche. Und sie gibt es mir tapfer. Weder würgt, noch keucht sie. Stattdessen nimmt sie mich bis tief in den Rachen auf. Stöhnend hebt und senkt sie sich auf meinem Schwanz, während ich kurz davor bin zu kommen.

»Scheiße, Princesa, ich werde dir jede Sekunde ein Frühstück servieren.«

Ich lege den Kopf in den Nacken und kneife die Augen zusammen. Stoße noch fester zwischen ihre Lippen und ficke mit kurzen Stößen ihren Mund. Das war die letzte Warnung.

Da sie sich nicht von mir löst, umklammere ich ihr Haar und pumpe meinen heißen Saft in sie. Dabei öffne ich die Augen, um zu sehen, wie sie gierig auch den letzten Tropfen aus mir heraussaugt und mein Sperma schluckt, als habe sie nie etwas anderes getan.

Dieses Mädchen hat der Himmel geschickt.

Unsere Blicke treffen sich und ich grinse zufrieden in ihre Richtung.

»Was muss ich dir geben, um so den Rest meines Lebens geweckt zu werden?«, frage ich und streichele ihr mit meinem Daumen die Feuchtigkeit von den Wangen.

»Hm«, auf allen Vieren und so verdammt scharf kommt sie über mich gekrabbelt und ich schmecke bei ihrem Kuss mein Sperma auf ihren Lippen. Ich umklammere ihren Nacken und ziehe sie näher zu mir heran, bis unsere Körper sich vollständig berühren. »Darüber muss ich erst nachdenken.«

»Tu das«, flüstere ich und kralle meine Finger in ihren Hintern. »Und du solltest gut nachdenken, denn du hast das wirklich drauf, meine Kleine.«

Ich küsse und ziehe sie fest an meinen Körper. Mein schlaffer Schwanz liegt zufrieden zwischen uns.

»Aber vorher werde ich mich getrost revanchieren.«

»Nicht heute«, flüstert sie. »Ich muss wirklich los.« Ihre Hände unterbrechen meine kleine Erkundungstour.

»Was muss ich machen, damit du bleibst?«

Herrgott. Ich jammere wie ein pubertierender Junge, der nicht genug bekommen kann. Ich kann dabei zusehen, wie ihr Lächeln erstirbt.

»Bitte Carlos, ich bin so schon viel zu spät dran. Kim wird sich Sorgen machen.«

»Dann ruf sie an.«

Obwohl der Geruch nach Sperma in der Luft liegt, ist sämtliche sexuelle Stimmung mit einem Mal verpufft. Elisabeth steigt aus dem Bett und sammelt ihre Unterwäsche ein.

»Das ist nicht so leicht. Und wenn ich jetzt losfahre, brauch ich das auch gar nicht.«

Ich sehe mich in meinem Schlafzimmer um.

»Deine Tasche liegt noch im Büro. Ich rufe Serge, er kann sie herbringen.«

»Hat der Kerl eigentlich nie Feierabend?«, meckert sie und zieht dabei den BH über ihre kleinen Titten.

»Mach kein Theater, Lis. Lass mich dir wenigstens ein echtes Frühstück machen, bevor du gehst. Ruf sie einfach an und sag Bescheid, dass du in einer Stunde da bist.«

Die Arme lässig hinter dem Kopf verschränkt, zwinkere ich ihr zu. Doch schon ein Blick genügt, um ihren Unmut zu erkennen. Wenn man erst hinter die Mauern dieser Frau geblickt hat, fällt es ihr schwer, sie aufrecht zu erhalten.

Mit dem Shirt bereits über dem Kopf und einem Bein in der Jeans steckend, senkt sie den Blick.

»Ich kann sie nicht anrufen, weil ich kein Telefon habe.«

»Warum hast du kein Handy?«, frage ich und setze mich auf. »Jeder verfluchte Mensch hat ein Handy.«

Ihre Antwort ist ein lautes genervtes Stöhnen.

Sie schließt ihre Jeans und will gerade nach ihren Schuhen fischen, da halte ich sie am Handgelenk zurück.

»Warum hast du kein Handy, Elisabeth?«

Sie sieht mich an. Obwohl ich auf meinem Bett sitze, sind unsere Gesichter beinahe auf derselben Höhe. Der Ausdruck in ihrem Gesicht wird weich und sie streicht mir mit der freien Hand die Haare aus dem Gesicht.

»Handys sind teuer. Und ich brauchte es bislang nicht. Außerdem hat es auch Vorteile, nicht immer gefunden werden zu können, oder nicht?«

»Warum hat dir der Finanzheini kein Handy geschenkt?«

»Du willst über Phil reden?«, fragt sie und hebt

eine Augenbraue, während ihr Blick auf meinen Schritt fällt. »Während du nackt bist?«

»Nein, okay. Du hast recht.« Ich streiche mir die Haare aus dem Gesicht und stehe auf. »Ich ruf Shakira an. Sie soll dir eines von den Prepaidhandys aus dem Club geben.«

»Nein«, faucht sie. »Ich will kein Handy. Und schon mal gar nicht von Shakira.«

Wie sie ihren Namen betont, stinkt gehörig nach einer Portion Zickenkrieg.

»Hab ich was verpasst? Was hast du für ein Problem mit Shakira?«

Ich schlendere zum Kleiderschrank und nehme mir frische Unterwäsche. Die Hoffnung, nackt etwas Weiteres mit ihr anzustellen, schwindet dahin.

»Ich habe kein Problem mit ihr. Aber sie hasst mich.«

»Das ist Quatsch«, halte ich, mit dem Rücken zu ihr, dagegen. »Warum sollte sie dich hassen?«

»Ich weiß nicht«, ist ihre Antwort. Ich ziehe mir die Boxershorts über und wende mich ihr zu. Die Hände in die schmalen Hüften gestemmt, funkelt sie mich an. »Sag du es mir.«

»Oh nein, nein, nein, nein.« Ich kneife mir mit Daumen und Zeigefinger in die Nase, damit sie nicht sieht, wie ich lachen muss.

»Was?«

Ich schlendere auf sie zu und nehme ihr Kinn in meine Finger.

»Da bist du auf dem Holzweg, Princesa. Shaki

und ich sind Freunde. Ich bin nicht das, was sie sucht.«

Es ist zu niedlich, dabei zuzusehen, wie es hinter ihrer Stirn rattert und schließlich die Augen vor Erleichterung aufleuchten.

»Sie steht auf Frauen?«

»Jap. Soweit ich weiß, schon.« Ich gebe ihr einen Kuss auf die Nase. »Aber süß, dass du eifersüchtig bist.«

»Ich bin nicht eifersüchtig.«

Der Versuch, ihre Gefühle zu vertuschen, ist ziemlich lächerlich.

»Sie wird mich allein dafür hassen, dass ich sie heute um ihren dämlichen letzten Tanz gebracht habe.«

Ich kann mein Lachen keine Minute länger unterdrücken.

»Scheiße, du bist wirklich eifersüchtig. Dieser Tanz ist ...« Mir fehlt das passende Wort. Tradition hört sich nicht richtig an.

»Sexy? Intim?«

»Du findest mich sexy, wenn ich tanze?«

»Arrrgh«, stößt sie aus. Ich ziehe sie an meine Brust und löse ihre angespannte Haltung. Nur langsam schwindet mein Lachen, denn das hier ist wirklich höchst amüsant.

»Shakira ist sehr wichtig in meinem Leben. Daran wird sich so schnell nichts ändern.« Ich presse die Lippen kurz aufeinander. Ich kann die Dinge, die Lis mir erzählt hat, nur schlecht ausklammern. »Vielleicht solltest du dich mal in Ruhe mit ihr unterhalten.« Ich lege meine Hände auf ihre Wangen und küsse sie. »Ihr habt einiges gemeinsam.« Ich denke an Shakiras Gesicht, durch ihren Zuhälter dermaßen demoliert, dass sie nicht mehr geradeaus schauen konnte.

Elisabeth sieht hinüber zu meinem Nachttisch, auf dem nach wie vor das Bündel Geldscheine liegt.

»Ich will das Handy trotzdem nicht.«

»Dann geh davon wenigstens deine Miete bezahlen.«

»Das ist zu viel, Carlos.«

»Dann bezahl für zwei Monate. Geh shoppen. Was weiß ich.«

»Alles in mir sträubt sich, das anzunehmen.«

»Nimm es trotzdem.« Ich greife nach den Scheinen, lege sie in ihre Hand und schließe sanft ihre Finger um das Bündel. »Bitte.«

Ich bin eigentlich kein Kerl, der um etwas bittet. Streng genommen bin ich nicht der Kerl für all das hier. Und doch genieße ich jede Minute.

»Okay«, flüstert sie, den Blick konstant auf das Bündel Hunderter gerichtet. Ihre Schultern heben und senken sich und schließlich hebt sie den Kopf. »Danke.«

»Gern geschehen.«

»Ich meine nicht das hier.« Kurz zuckt ihr Blick zurück in ihre Hand, ehe ich wieder in ihren rehbraunen Augen versinken darf.

»Ich weiß«, schmunzele ich. Meine Hände legen sich um ihre Wangen, und ich sauge ein letztes Mal ihren Duft ein, während unsere Lippen aufeinanderliegen. »Sehen wir uns heute Abend?«

Ein Grinsen breitet sich auf ihrem Gesicht aus. Dabei werden ihre Augen schmal und winzig kleine Fältchen liegen in ihren Augenwinkeln.

»Mein Boss hat mir bis morgen freigegeben.«

»Was für ein Idiot!«, lache ich und küsse sie ein zweites Mal. Nie wollte ich eine Frau so dringend küssen wie Elisabeth. Ich habe das Gefühl, meine Lippen saugen Energie aus ihren, sobald sie sich berühren.

»So mies ist er gar nicht.«

»Er ist nicht Gott«, scherze ich und benutze dafür ihre eigenen Worte. Ich könnte stundenlang so weitermachen. Sie necken, während unsere Münder sich bei jedem Wort hauchzart berühren.

»Nein«, lacht sie, »das ist er nicht.«

»Nun geh schon und zahl die verfluchte Miete bei dem Penner. Und sag ihm, sollte er dich noch einmal anfassen, wird er sich wünschen, tot zu sein.« Wenn sie nicht bald verschwindet, überlege ich es mir anders und werfe sie zurück in mein Bett. Und dann bin ich nicht mehr so gnädig wie in den vergangenen Stunden.

Ihr Lachen erstirbt.

»Okay. Mach ich.«

»Sollte irgendwas sein …«, fange ich an zu reden, obwohl mir klar ist, wie sinnlos es ist. Daher schüttele ich nur den Kopf.

»Ich komm klar«, beharrt sie. »Wir sehen uns, ja?«

»Das will ich doch hoffen.« Ich gebe ihr einen Klaps auf den Hintern und sehe dabei zu, wie sie mein Schlafzimmer verlässt. Warum fällt es mir so schwer, sie gehen zu lassen?

Ich weiß nicht, wo sie wohnt oder mit wem sie in ihrer Freizeit verkehrt. Ich weiß nichts über ihr Leben und die Umstände, unter denen sie leben muss.

Was ich aber weiß, ist, dass ich Richard Turner ausfindig machen muss. Denn er wird bezahlen für das, was er seiner Tochter angetan hat. Ich schnappe mir mein Handy und wähle Simons Nummer, sobald Elisabeth aus meiner Wohnung verschwunden ist.

»Zieh dich an und komm in mein Büro«, knurre ich und lege auf, ehe er etwas erwidern kann. Mir ist scheißegal, dass es nicht mal acht Uhr ist. Wir haben eine Menge zu erledigen.

LIS

Damals

Mom schlief seit Wochen in einem Pflegebett im Esszimmer. Ihre Kräfte ließen nach und die Therapie schlug nicht an. Mein Dad war die meiste Zeit nicht da. Seit unserer besonderen Nacht in der Küche hatte er mich nicht mehr angerührt. Ich war nicht naiv genug zu glauben, es sei vorbei. Es war die Ruhe vor dem Sturm. Ich wusste das.

Die Tage wurden dunkler. Der Herbst verdrängte mit jedem Tag den Spätsommer. Nicht mehr lang und die Dunkelheit würde Einzug halten.

Ich lehnte mich gegen den Türrahmen im Esszimmer. Strich über die Macke, die Kim in einem anderen Leben mit ihrem Fahrrad hineingehauen hatte. Meine kleine Schwester lag bei Mom im Pflegebett. In die Arme unserer kranken Mutter gekuschelt las sie ihr aus Moby Dick vor. Moms Lieblingsbuch. Alles schien so still, fast friedlich.

Es brach mir jeden Tag aufs Neue das Herz, wie Kim

litt. Mit gerade mal vierzehn Jahren würde mein Dad ihre einzige erwachsene Bezugsperson sein. Diese Tatsache beschäftigte mich jeden Tag mehr und ich versuchte in meinem Kopf Pläne auszuarbeiten, mit denen ich sie davor schützen konnte. Denn ich war die Einzige, die sie retten konnte.

Mom strich ihr über die Haare. Unsere Blicke trafen sich.

Wir wussten es. Wir alle. Die Zeit unserer Familie. Sie war abgelaufen.

Heute

Wahrscheinlich sollte ich mich schlecht fühlen. Wenn mein Gefühl mich nicht täuscht, habe ich heute Nacht das Todesurteil für meinen Vater unterschrieben. Doch ich fühle keine Reue. Kein Mitgefühl oder Angst. Ganz im Gegenteil. Mein Leben lang habe ich mich nach jemandem gesehnt, der uneingeschränkt hinter mir steht und mich verteidigt. Ich habe mich so sehr nach Loyalität verzehrt wie nach nichts anderem.

Während meine hohen Schuhe im Kies versinken, grinse ich in mich hinein. Wer hätte gedacht, dass ausgerechnet ein düsterer Clubbesitzer diesen Wunsch erfüllen könnte. Solange habe ich versucht, der Dunkelheit aus dem Weg zu gehen. Mir war nicht klar, dass ich ihr lieber hätte entgegenrennen sollen.

Jedes Mal, wenn ich mit Carlos zusammen war, fühle ich mich anschließend wie ein Superheld. Eine unbesiegbare, starke Frau, die es mit jedem Gegner aufnehmen kann.

Wahrscheinlich knalle ich deswegen die Tür zu Brads widerlich stinkendem Container auf und gehe erhobenen Hauptes auf ihn zu. Langsam verstehe ich die Sache mit den High Heels. Sie machen jeden Auftritt zu etwas Besonderem.

Er hängt in seinem Schreibtischstuhl. Die Haare fettig ins Gesicht, das Shirt voller Flecken. Bei dem Geruch hier drin muss ich fast würgen.

»Hier«, ich knalle ihm die Geldscheine auf seine Unordnung und funkele ihn böse an. »Das sind zwei Monatsmieten.«

»Na geht doch, Schätzchen«, lacht er und lehnt die fetten Unterarme auf die Tischplatte.

Beflügelt durch die Sicherheit, die mir die ganze Nacht gegeben wurde, lehne ich mich dicht zu ihm heran und ziehe ihn fest am Kragen zu mir heran.

»Kommst du jemals auch nur in die Nähe meiner Schwester, sorge ich höchstpersönlich dafür, dass dir die Eier abgeschnitten werden. Du wirst dir wünschen, tot zu sein.«

Bei meinem Tonfall entgleitet ihm das schmierige Grinsen.

»Und«, zische ich und ziehe ihn noch dichter zu mir. Ich habe ihn eiskalt überrumpelt. Es ist derart ekelhaft, ihn so nah an mich heranzulassen, doch ich beiße im Geist die Zähne zusammen und ziehe es durch. »Nenn mich nie wieder Schätzchen, Arschloch.«

Mit der letzten Silbe lasse ich von ihm ab und verlasse diese siffige Bude mit dem Sieg in meiner Tasche. Dabei lache ich laut vor mich hin und höre mich wahrscheinlich an, wie eine durchgeknallte Psychopathin. Ohne ihm ein Haar gekrümmt zu haben, fühle ich mich wie Uma Thurman in Kill Bill. Und es fühlt sich verdammt gut an.

Dreiundzwanzig Jahre habe ich mich nicht gewehrt. Weder gegen meinen Vater noch gegen das Verhalten meiner Mutter. Nicht gegen Phil, Brad oder sonst wen. Doch damit ist Schluss. Hier und heute beschließe ich, nie wieder wehrlos zu sein. Ich bin stark. Ich bin erwachsen. Kein kleines Mädchen mehr, das sich unterm Bett verstecken muss, weil der Vater betrunken nach Hause kommt. Ich. Wehre. Mich.

Mir ist klar, welche Rolle Carlos in dieser Verwandlung spielt. Es ist leicht zu behaupten, stark zu sein, wenn ein Kerl ohne Skrupel einem den Rücken stärkt. Dazu bereit, jeden umzubringen, der sich einem in den Weg stellt. Doch es ist mir egal. Ich will mich nicht länger klein und schutzlos fühlen. Nie wieder. Und wenn ich dafür alles, woran ich bislang geglaubt habe, über Bord werfen und mich in die Welt der Dunkelheit begeben muss, bin ich dazu bereit. Vielleicht hat Carlos mit allem von Anfang an recht gehabt. Wo sind unsere Gesetze, um Mädchen wie mich vor ihren Vätern zu beschützen? Oder Frauen wie Alice, die ihre Miete mit Sex an einen

Widerling zahlen müssen? Vielleicht ist es falsch gewesen, an eine Welt zu glauben, in der Recht und Ordnung herrschen und in der die starken Menschen den Armen helfen. Es wird Zeit, unser Glück selbst in die Hand zu nehmen und nicht darauf zu warten, dass uns irgendjemand hier herausholt.

Ja, ich bin keine zielstrebige Collegestudentin und meine Zukunftsaussichten sind nicht besonders rosig. Aber ich bin die Prinzessin vom verdammten Boss und das fühlt sich gerade absolut richtig an. Denn ich weiß, egal, was kommen mag: Er wird mich und alles, was mir lieb ist, mit seinem Leben beschützen.

»Kim«, rufe ich noch, bevor ich unseren Trailer erreicht habe. Ich bin völlig aufgekratzt. »Kimi«, wiederhole ich und hüpfe die zwei Stufen in unser spartanisches Zuhause. Die Tür steht offen und der Staub im Inneren glitzert im hereinfallenden Sonnenlicht.

»Lissy?« Sie streckt den Kopf aus ihrem Zimmer. Luca auf der Hüfte sitzend. »Ist was passiert?«

»Allerdings«, quietsche ich und hüpfe auf und ab. Meine Wangen schmerzen schon vor lauter Grinsen.

Kim beobachtet meinen Gesichtsausdruck und kommt mir entgegen. Luca lacht vergnügt. Seine speckigen Bäckchen präsentieren die hübschesten Grübchen der Welt, als er mich sieht.

»Du fährst zum Mullett Lake.«

»Was?« Sie starrt mich nur an, wie ich klatschend auf der Stelle hüpfe.

»Und wir gehen shoppen. Zieht euch an. Heute ist unser Glückstag.«

»Elisabeth Rosalie Turner.« Kims Gesicht wird ernst. Todernst, um genau zu sein. »Was hast du getan?«

»Kim«, mahne ich und nehme ihr Luca ab. Er ist der Einzige, der meine Euphorie gerade teilt. Er klatscht mit seinen süßen Händchen in mein Gesicht und gräbt seine Finger in meine Unterlippe. »Ich habe gar nichts getan. Das Geld ist von Carlos. Ein Vorschuss sozusagen. Ich habe die Miete bezahlt und einiges übrig. Jetzt komm«, nuschele ich mit Lucas Finger in meinem Mund. »Sei kein Spielverderber.«

»Und er hat dir das Geld einfach so gegeben?«

»Ja.« Ich hebe den kleinen Schatz auf meinem Arm an und küsse sein Bäuchlein, das unter dem T-Shirt hervorlugt. Er quietscht dabei in den höchsten Tönen. »Wir …« Ich sehe Kim an. Nicht sicher, wie ich erklären soll, was Carlos und ich sind. Ich weiß es ja selbst nicht genau. »Wir sind Freunde.«

Ich schüttele mich kaum merklich. Ich glaube, Freunde ist das unpassendste Wort für das, was zwischen uns läuft.

»Freunde?« Kim scheint den gleichen Gedanken zu haben wie ich.

»Okay. Vielleicht nicht unbedingt Freunde … ach …«, ich seufze. Erinnere mich an seine Hände, die überall auf meinem Körper liegen. Jeden noch so verborgenen Winkel an mir erforschen, meine Narben liebkosen und mich … heilen. Denn das ist es, was heute Nacht passiert ist. Ich habe mich ihm bedingungslos anvertraut. Obwohl ich lange nicht mehr so viel über die Vergangenheit nachgedacht habe wie in den letzten Stunden, macht es mir keine Angst mehr. »Es ist kompliziert.«

»Ist es das nicht immer, Baby?«, lacht Kim und ich kann mich ihr nur anschließen.

»Also«, hole ich aus und spüre, wie die Vorfreude sich weiter in mir ausbreitet, »wir machen es folgendermaßen.«

Ich gebe Luca zurück an meine Schwester und schlüpfe aus den unbequemen Schuhen. »Wir fahren rüber nach Novi in die Twelve Oaks Mall. Wir kaufen uns ein paar Klamotten, einen neuen Duschvorhang und vor allem eine Mikrowelle. Und dann ...« Die Augen meiner kleinen Schwester werden mit jedem meiner Worte größer, was total ulkig aussieht. Mit ihren Locken und nichts am Leib außer ihrem pinken Big Shirt. »... fragen wir Pam, ob sie auf Luca aufpassen kann und gehen aus. Nur wir zwei.«

»Du willst mit mir ausgehen?«

»Du wolltest doch ins Velvet.« Und ich halte es unter keinen Umständen aus, Carlos erst morgen Nacht wiederzusehen. Seinen Atem auf meiner Haut zu spüren, fehlt mir schon jetzt ganz fürchterlich.

Kim lässt sich auf unserem abgewetzten Sofa nieder.

»Keine Ahnung, was da heute Nacht mit dir passiert ist, aber ich hoffe, es kommt in Zukunft öfter vor.«

»Oh, Schätzchen«, lache ich und lasse mich neben sie fallen. »Das hoffe ich auch.«

∞

»Danke, Pam. Das ist wirklich toll von dir.«

Kim blockiert seit Stunden das Bad, während ich dabei bin, meine Fingernägel zu lackieren. Das habe ich seit Jahren nicht getan. Wobei das auf so ziemlich alles zutrifft, was wir heute erlebt haben.

»Ach kein Problem. Ihr Mädchen habt es euch verdient. Und wir zwei …«, wendet sie sich an Luca, der in seinem Hochstuhl sitzt und gierig den Mund öffnet, wenn der Löffel in sein Sichtfeld gerät. »… machen es uns gemütlich.«

Ich vertraue Pam. Sie ist eine von den Guten. Dennoch fühlt es sich komisch an, Luca die ganze Nacht mit ihr allein zu lassen. Seit fünf Monaten waren Kim oder ich immer bei ihm. Doch unsere Nachbarin hat recht. Wir haben uns diesen Abend verdient. Und heute habe ich zum ersten Mal das Gefühl, etwas richtig gemacht zu haben. Kim war den ganzen Tag über so glücklich.

Wir sind Stunden durch die Mall geschlendert. Haben uns so viele Klamotten gekauft, wie wir tragen konnten. Luca ist für den kommenden Winter ausgestattet und hat so viel neues Spielzeug, dass ihm die nächsten Monate nicht mehr langweilig werden kann.

»Es wird sicher spät«, warne ich sie vor. Denn wir

wollen zuerst bei Macy's Burger essen und dann so gegen elf ins Velvet.

Meine Knie zittern in vorfreudiger Stimmung, sobald ich daran denke. Seit Wochen gehe ich jeden Abend dorthin, doch heute ist mein erster privater Besuch. Außerdem kann ich kaum erwarten zu sehen, wie Carlos reagiert, wenn ich unangekündigt auf seiner Matte stehe.

»Macht euch keinen Stress. Ich schlafe auf dem Sofa, bis ihr wieder da seid. So kann ich wenigstens mal ein paar Stunden ohne Georges Geschnarche schlafen.«

Ich kichere bei dem Gedanken an ihren fülligen Ehemann. Er sieht auf jeden Fall aus wie jemand, der schnarcht.

»Ich wäre dann soweit.«

Kim tanzt aus dem Bad und mir verschlägt es die Sprache. Sie hat ihre Locken zu einer trendigen Hochsteckfrisur gesteckt und trägt das kurze Kleid, das ihr heute früh im Schaufenster aufgefallen ist. Es ist schwarz und schulterfrei. Das Oberteil ist relativ schlicht, wie ein T-Shirt. Das Unterteil flattert bei jeder ihrer Bewegungen um ihre vollen Hüften. Sie sieht toll aus.

»Wow«, entweicht es mir. »Kimi.« Meine Schwester ist, ohne mich zu fragen, erwachsen geworden.

»Untersteh dich ja, mich vor deinen heißen Kollegen Kimi zu nennen.« Sie kichert und schlüpft in meine schwarzen Riemchensandalen. Obwohl wir

Schwestern sind, könnte unser Style nicht unterschiedlicher sein. »Wobei mich neben dir eh kein Mensch bemerken wird. Es ist unfair, dass du so scharf aussiehst.«

»Ich sehe nicht scharf aus«, beschwere ich mich und puste den dunkelroten Nagellack trocken.

»Oh und ob du das tust«, lacht Pam und schiebt Luca einen weiteren Löffel Brei in den Mund. »Ihr seht beide toll aus.«

Ich trete neben Kim vor den bodentiefen Spiegel, der an die Badezimmertür geklebt ist. Ich trage einen wirklich unverschämt kurzen Jeansrock und dazu neue Stiefel. Cowboy Ankle Boots in braunem Wildleder. Solche wollte ich schon immer mal haben und heute habe ich sie mir gegönnt. Das schwarze Spaghetti Top, unter dem ich nichts trage, legt sich schmeichelnd um meinen Oberkörper. Kim hat mir die Haare eine Nuance dunkler getönt und mein Make-up ist definitiv eine Spur auffälliger als gewöhnlich. Ich sehe aus wie ein waschechtes Cowgirl.

»Bereit?«, frage ich meine kleine Schwester und zwinkere ihr im Spiegel zu.

»Sowas von«, lacht sie und legt ihren Kopf gegen meine Schulter. Sie wird niemals meine Größe erreichen.

»Na dann los.«

Wir geben Luca ungefähr eine Million Gute-Nacht-Küsse, sodass er hinterher den ganzen Kopf voll roter Lippenabdrücke hat und haken uns auf dem Weg zum Wagen unter. Kim ist gerade mal achtzehn. Durch die Schwangerschaft und unser leicht kompliziertes Leben hat sie nicht oft die Chance auszugehen. Und schon gar nicht in einen Club, in den man erst mit einundzwanzig darf. Viel zu oft muss sie erwachsen sein. Die Verantwortung für ihren Sohn übernehmen und ihre Bedürfnisse hintenanstellen. Heute kann ich ihr zum ersten Mal die Vorteile des Erwachsenendaseins zeigen.

Brad grüßt freundlich, indem er mit Zeige- und Mittelfinger gegen die Stirn tippt. Er lehnt gegen seinen Container und beobachtet uns beim Vorbeigehen. Am liebsten hätte ich laut darüber gekichert, doch ich nicke nur zurück und steige mit Kim in den Buick.

Bis zum Parkplatz von Macy's singen wir laut zu unseren Lieblingssongs und tanzen im Auto wie zwei völlig verrückte Hühner. So ausgelassen Zeit mit Kim zu verbringen, ist wie Balsam für meine Seele und ich wette, ihr geht es genauso. Bis auf dreihundert Dollar haben wir heute Carlos' gesamtes Geld ausgegeben. Ein paar Wochen und es wird höchstwahrscheinlich wieder eng. Sicher bin ich nicht das letzte Mal mit Brad aneinandergeraten und ein paar neue Klamotten in unseren Schränken verändern nichts an unserer Lage. Doch all das zählt heute nicht. Diese Nacht sind wir lediglich zwei junge Frauen, die zusammen Spaß haben wollen. Freundinnen.

Wir genießen unsere Burger und gönnen uns tatsächlich den klischeebelasteten Milchshake mit Kirsche oben drauf. Ich werde etwas stutzig, weil die Kellnerin meint, wir müssen nicht zahlen. Doch ich kann mir schon vorstellen, wessen Werk das war.

»Ist dieser Carlos eigentlich Millionär?«

Wir haben uns dazu entschieden, den Buick bei Macy's stehenzulassen und überqueren gerade zu Fuß die Greenfield Road, auf der dichter Verkehr herrscht.

Eigentlich bin ich viel zu satt, um zu tanzen, doch die Vorfreude, Carlos zu sehen, knistert wie eine Wunderkerze in meinem Bauch.

»Ich weiß nicht«, zucke ich mit den Schultern. Die Nacht wird sicher kalt und ich friere ohne Jacke in meinem Top. »Kann schon sein.«

Allein die vielen Bündel in seinem Safe waren ein halbes Vermögen. Kim hat sich in meinen Arm untergehakt und wir kuscheln uns dicht aneinander.

»Und, wirst du mich ihm vorstellen? Darf ich irgendwas nicht sagen?«

Wie vom Blitz getroffen bleibe ich mitten auf dem schlecht beleuchteten Gehweg stehen.

»Was?«, meckert Kim, weil sie meinen besorgten Gesichtsausdruck sieht. Bis gerade habe ich nicht darüber nachgedacht, dass sie heute Abend eine Brücke zwischen meine beiden Welten schlagen wird. Ich Idiot.

»Also«, flüstere ich und sehe mich um. Bislang stehen nur hier und da ein paar Gäste herum, dennoch will ich kein Risiko eingehen. »Hier drin weiß niemand von Luca.« Ich sehe die Verwirrung in ihren Augen. »Oder dem Trailer.«

»Okay?«, murmelt sie und es klingt mehr nach einer Frage.

»Hör mal, Kim«, ich lege meine Hand auf ihre Schulter. »Ich kenne diese Leute kaum. Sie müssen nicht alles wissen. Wo wir wohnen, was wir tun. Beschränk dich auf Small Talk, okay?«

Gestern Nacht hat sich alles verändert und ich bin bereit, Carlos die volle Wahrheit zu sagen. Nur nicht heute. Der Abend soll unbeschwert werden.

»Beinhaltet Small Talk flirten?« Wie ein Hundewelpe legt sie den Kopf auf die Seite.

»Kim«, lache ich.

»Komm schon, Lissybär. Ich bin nur noch die Teenie-Mom. Ich will ein bisschen Spaß haben.«

»Flirten gilt als Small Talk.« Wir setzen uns wieder in Bewegung und ich knuffe sie in die Seite. »Und nenn mich vor meinem Boss ja nicht Lissybär.«

»Wieso nicht, Lissybär? Ist dir das peinlich, Lissybär? Denkst du, er nennt dich dann auch so, Lissybär?«

»Kim«, lache ich und versuche, ihr die Hand vor den Mund zu halten. Mittlerweile stehen wir kurz vor dem Eingang und um uns herum drängeln sich die Menschen. Wir quetschen uns an ihnen vorbei.

»Oh wen schneit's denn da an ihrem freien Abend zu uns rein?«

Wir lassen die anderen Gäste hinter der Absperrung zurück und schieben uns unmittelbar vor Mikes Füße.

»Hi, Mike«, ich gehe auf die Zehen und gebe

dem Riesen einen Kuss auf die Wange. Ich weiß, dass er einer von der guten Sorte ist. Sicherlich naiv und dumm von mir. Aber ich weiß es einfach. Mike duftet grundsätzlich nach Aftershave und einem Hauch Schokolade. »Darf ich dir meine Schwester vorstellen?«

Ich löse mich von ihm und ziehe Kim an meine Seite, der es offenbar die Sprache verschlagen hat. Ich erinnere mich gut, wie ich zum ersten Mal vor dem Bären stand und mir fast in die Hose gemacht habe, als sein vergoldeter Eckzahn mir entgegenfunkelte.

»Es ist mir eine Ehre.« Er sieht an uns beiden herunter. »Ihr seht toll aus, Mädels.«

»Hi«, murmelt Kimi schüchtern neben mir und ich kichere.

»Dann wohl vierzig Dollar«, lache ich wieder an Mike gewendet.

»Hey. Willst du, dass ich meinen Job verliere? Der Boss macht mich kalt, wenn ich Geld von dir annehme, Süße.«

Mir entweicht ein hysterisches Geräusch, nicht sicher, ob er scherzt oder nicht.

»Komm schon. Die anderen bezahlen auch an ihren freien Tagen.« Ich halte ihm die Scheine bereits unter die Nase, was irgendwie vollkommen witzlos ist, da es sich dabei um Carlos' Geld handelt.

»Aber keiner von den anderen besucht Big C in seinen Privaträumen, Süße.« Er spricht diskret leise und lehnt sich nah in meine Richtung, trotzdem höre ich meine Schwester neben mir nach Luft schnappen.

»Also gut«, gebe ich klein bei und ziehe Kim hinter mir her. Während ich wie selbstverständlich durch den engen Gang mit den roten Wänden stiefele, sieht meine Schwester sich in aller Ruhe um. Der Bass wummert bereits in meinem Magen. Ein mittlerweile vertrautes Gefühl.

»Komm«, lache ich und wir biegen um die letzte Ecke, sodass sie endlich sieht, wo ich wirklich arbeite.

Ich gebe ihr einen Moment. Beobachte, wie sie über die bunten LED-beleuchteten Wände bis zur Tanzfläche sieht, die mit schweren Metallträgern eingerahmt ist.

»Sam legt heute Abend auf«, schreie ich ihr ins Ohr und deute auf den DJ. Obwohl es nicht mal Mitternacht ist, tanzen die Menschen dicht an dicht zu den Technobeats, weil es so voll ist. »Er ist richtig gut.«

Kim legt den Kopf in den Nacken und ihr Mund bleibt offen, weil sie die Käfige entdeckt, in denen Sandra und Peggy sich räkeln. Die beiden tanzen an drei Abenden die Woche hier und ich habe mich nicht besonders häufig mit ihnen unterhalten. Vor allem, weil ich weiß, wie sie ihr Geld nach der Schicht im Käfig verdienen.

Ich presse die frisch geschminkten Lippen aufeinander, nicht sicher, wie Kim reagieren wird.

Wie bei einem Pflaster ziehe ich auch den Rest meiner Lüge mit einem Mal ab.

»Ich arbeite übrigens nicht an der Garderobe«, gestehe ich und zucke die Schulter. Die Luft ist heiß und stickig wie immer.

Sie reißt die Augen auf. »Ich weiß nicht, was ich sagen soll.« Kim sieht mich an, dann wieder das Herz des Velvet. Ihr Blick schweift weiter und bleibt hinter der Bar hängen.

»Komm mit«, sage ich und ziehe sie zu einem freien Stück an der Theke. Wie erstarrt sieht sie auf Bill. Ich wusste es!

»Bill«, rufe ich und bin froh, dass er mich direkt beim ersten Schreien seines Namens entdeckt. Er trägt wie so oft eine Kappe falsch herum auf dem Kopf und seine wilden Locken kräuseln sich unter dem Rand.

»Hey«, sein Gesicht hellt sich mit jedem Schritt in unsere Richtung auf. Ich beuge mich vor und umarme ihn flüchtig. »Ich dachte, du hast heute frei«, fragt er dicht an meinem Ohr.

»Ja, ich gehe mit meiner kleinen Schwester aus.« Ich deute neben mich und Bills Augen weiten sich bei Kims Anblick. Dann sieht er fragend zu mir, als wolle er sagen ›Warum zur Hölle weiß ich nichts von ihr?‹.

Ich lache nur und schreie in Kims Ohr: »Das ist Bill. Mein Lieblingskollege.«

Sie reicht ihm die Hand und der Charmeur gibt ihr doch tatsächlich einen Handkuss. Wir bestellen ein Wasser für mich und einen Wodka Kirsch für Kim. Ich werde höchstpersönlich dafür sorgen, dass es einer von wenigen bleibt. Meine Schwester trinkt so gut wie nie. Sie war bislang erst einmal richtig betrunken. Das hat uns zehn Monate später Luca beschert. Und auch wenn ich ihn liebe, brauchen wir keine weiteren Überraschungen.

Natürlich muss ich mir von Bill und den anderen keinerlei Standpauken anhören, dass sie gestern ohne mich klarkommen mussten. Was Carlos anordnet, hinterfragt niemand. Das würde keiner seiner Mitarbeiter wagen.

»Ist der Boss hinten?«, schreie ich, nachdem Bill uns die Getränke gereicht hat.

»Nein. Er ist im VIP«, ruft er zurück und ich muss mich bemühen, nicht direkt hinüber zu starren. Hin und wieder kommen wichtige Gäste, mit denen Shakira oder Carlos sich in einen abgegrenzten Bereich hinter der Tanzfläche zurückziehen. Grundsätzlich stehen ein bis zwei seiner Männer davor und sperren den erhöhten Sitzbereich ab, von dem man den ganzen Club überblicken kann.

Ganz unauffällig sehe ich hinüber zu der Absperrung am Treppenaufgang. Ich sehe Serge. Das bedeutet, Carlos ist dort. Die Musik hallt laut in meinen Ohren. Im Augenwinkel sehe ich Kim mit Bill schäkern, und dann spüre ich das vertraute Kribbeln in meinem Nacken.

Ich spüre Carlos' Anwesenheit mit jeder Faser meines Körpers. Ich lehne mich mit dem Rücken gegen die Theke, die Ellbogen hinter mich aufgestützt und versuche an den Lichtstrahlen vorbei in den VIP–Bereich zu sehen.

Mein ganzer Körper zuckt zusammen, weil über die Köpfe einer tanzenden Menge zwei Augen auf meine treffen und mich beinahe umhauen. Ein teuflisches Grinsen liegt auf seinen Lippen. Doch mein Gesicht bleibt ernst. Vielleicht war es keine so gute Idee herzukommen. Denn die Nutte, die auf Carlos' Schoss sitzt und sich auf ihm räkelt, gehört nicht unbedingt zu meiner Vorstellung eines perfekten Mädelsabend.

CARLOS

Damals

»Und? Hast du was gefunden?«

Seit Wochen suchte Simon für mich eine billige Immobilie in Detroit. Ich brauchte einen Ort in der Nähe meiner Familie, an dem ich mich aufhalten konnte, ohne dass mein Vater etwas davon erfuhr.

»Ich habe ein altes Firmengelände. Liegt auf der Eight Mile. Nicht gerade eine tolle Gegend.«

»Ein Firmengelände? Gab es nichts Unauffälligeres?«

»Schon.«

»Aber?«

»Dein Vater plant das Grundstück zu kaufen. Er hat vor, dort Sozialwohnungen zu errichten. Ich denke, er sucht nur einen Weg, Geld zu scheffeln und es nach außen hin gut aussehen zu lassen.«

Ein breites Grinsen schlich sich auf mein Gesicht.

»Perfekt.«

»Es gibt neben den Hallen ein Gebäude. War früher

ein Catering Service mit Lagerhallen. Es ist recht billig, und im jetzigen Zustand so gut wie nicht zu gebrauchen. Der Käufer würde einen Scheck nehmen und besteht nicht sonderlich auf Papierkram, wenn du weißt, was ich meine.«

»Wir nehmen es.«

Das war genau das, was ich suchte. Meinem Vater mit dem Kauf gleichzeitig seine Geschäfte zu vermasseln, war, wie zwei Fliegen mit einer Klappe zu schlagen. Es kam nicht infrage, teure Immobilien unter meinem echten Namen zu kaufen. Mein Vater schmierte die halbe Stadt. Es würde kein Tag vergehen, ehe er davon Wind bekam. So würden die neuen Papiere zum Einsatz kommen, die die gute Misses Armstrong mir besorgt hatte. Ich nahm den Geburtsnamen meiner Mamá an. Alvarez. Ihr wiederum hatte ich eine komplett neue Identität verschafft. Esmi konnte sich endlich offiziell Esmeralda nennen. Ich gab ihr den gleichen Familiennamen wie mir. Denn ich würde immer ihr Bruder sein. Neue Identität hin oder her.

Nächste Woche würde ich nach Detroit fliegen und mich mit ihnen treffen. Ich wollte ihnen ein Bankschließfach mieten, in dem sie Pässe und etwas Geld für den Notfall fanden.

»Dann sehen wir uns nächste Woche.«

Simon Parker und ich wuchsen mit jeder weiteren Woche enger zusammen. Der Anwalt litt unter den falschen Machenschaften des Bürgermeisters, und ich würde dafür sorgen, dass ich ihn mindestens so gut bezahlen konnte wie mein Vater, wenn es erst so weit war.

»Da ist noch was, Carlos.« Seine Stimme wurde dünn

und ich ahnte, es konnte nichts Gutes kommen. Auch er nannte mich mittlerweile Carlos. Man konnte nie wissen, wer uns belauschte. Und es gefiel mir, dass er mit meinem neuen Ich zusammenarbeitete und nicht mit Alex Edwards.

»Meredith Morgan ist weg.«

»Was heißt weg?« Die Assistentin meines Vaters klebte an seinem Arsch wie Kindermünder an Zuckerwatte.

»Mein Junge«, flüsterte er, »Ich sag dir, da stimmt was nicht. Von einem Tag auf den anderen war sie fort. Ihr Büro ist leer. Sogar die Möbel sind weg. Als hätte es sie nie gegeben.«

»Was?« Ich schloss die Augen und strich mir die Haare aus dem Gesicht. »Maldita sea«, fluchte ich. Ich war stundenlang beim Boxen gewesen und meine Knöchel schmerzten. Ich versuchte meine Gedanken zu sortieren, kramte in meinem Verstand nach einer logischen Erklärung.

»Und das ist nicht alles. Mir ist da was aufgefallen.«

»Was?« wiederholte ich mich. Diesmal blaffte ich ihn ungeduldig an.

»Deine Mom und Sally.«

»Was ist mit ihnen?«, donnerte ich und sprang dabei auf die Beine. Der kleine Couchtisch in meinem Wohnheimzimmer fiel um.

»Ich habe sie seither nicht gesehen. Dein Vater speist mich mit Ausreden ab, aber ich habe ein ungutes Gefühl.«

Ich legte den Kopf in den Nacken und atmete tief durch. All das ergab überhaupt keinen Sinn. Esmi hasste Meredith. Sie hatte seit Jahren ein Verhältnis mit meinem

Vater und dafür verabscheuten wir sie. Warum sollte sie schmollen, nur weil er sie rauswarf?

»Hast du versucht, Meredith ausfindig zu machen?«

»Sicher. Aber das ist nicht so leicht. Dein Vater wird immer misstrauischer. Ich habe mit Merediths Schwester in Oklahoma geredet. Sie hat sie seit Wochen nicht gesprochen. Mehr weiß ich nicht.«

»Mierda«, murmele ich.

»Wir müssen rausfinden, was da los ist. Die Angelegenheit gefällt mir nicht.« Wenn Simon Parker so deutlich Stellung bezog, musste etwas an der Sache dran sein.

»Ich versuche, meinen Flug umzubuchen und rufe Esmi an. Meld dich, sobald du was weißt.«

Ich legte auf und wählte sofort die Nummer meiner Schwester. Esmi hatte ihr Handy immer dabei. Sie ging nicht mal ohne das verfluchte Ding auf die Toilette. Doch dieses Mal war sie nicht zu erreichen. Fuck!

Heute

Lis hat mich eiskalt erwischt. Sofort schiebe ich die Nutte auf meinem Schoß ein Stück nach vorne. Nicht wegen Elisabeth. Nur will ich unter keinen Umständen, dass die kleine Blondine, die sich seit Stunden auf mir räkelt, denkt, ich wäre ihretwegen hart. Denn das wird nicht passieren. Mein Schwanz drückt nur wegen einer Frau so kräftig gegen meine viel zu enge Anzugshose. Und die tanzt gerade zu meinen Füßen in einem wirklich verdammt kurzen Rock, als hinge ihr Leben davon ab.

Ich habe Elisabeth nie zuvor tanzen sehen, nehme mir aber fest vor, sie dabei in nächster Zeit öfter zu beobachten. Wobei es keine Überraschung sein sollte, mit welcher Geschmeidigkeit sie sich über die Tanzfläche bewegt.

Es wird immer behauptet, man tanzt, wie man fickt und ich denke, da ist etwas Wahres dran. Sie ist eine Raubkatze. Ihre Hüften schwingen sich perfekt im Takt und sie wirft die Arme in die Luft, sodass ein schmaler Streifen Haut an ihrem Bauch aus dem engen Top lugt.

Unsere Blicke treffen sich immer wieder und ich kann mich keine Sekunde länger auf das Gespräch konzentrieren, das ich zu führen versuche.

Offensichtlich hat im Osten der Stadt ein neuer Club eröffnet, und die Besitzer sind hier, um eine Art Bündnis einzugehen. Ich bin nicht dumm. Mir war von vornherein klar, dass sie lediglich die Lage abchecken und vorfühlen wollen, wie weit meine Kollegialität reicht. *Pendejo*! Mir gefallen solche Treffen nicht. Nicht zuletzt, weil ich immer den Verdacht hege, mein Vater hätte mich entlarvt. Doch niemand, den Serge und Simon nicht auf Herz und Nieren geprüft haben, gelangt in diesen Bereich. Diese Pisser hier haben keinerlei Verbindung zum Bürgermeister oder der hiesigen Polizei.

Einer der Abordnung, die ich in meinem VIP-Bereich mit Getränken und Nutten zur Höflichkeit zwinge, versucht mich wieder ins Gespräch einzubinden. Doch ich werde abgelenkt, weil Elisabeth in diesem Augenblick ihre Arme um einen blonden

Schnösel legt. Ich schiebe die Nutte gänzlich von mir herunter und stehe auf. Lehne mich über die Brüstung und beobachte sie.

Dieses kleine Luder sieht zu mir hinauf und ich weiß sofort Bescheid. Sie ködert mich. Denn ich sehe auch trotz spärlicher Beleuchtung, wie sich alles in ihr gegen diese Berührung sträubt. Das junge Mädchen, das mit ihr da ist, dreht sich im Kreis und hüpft auf der Stelle. Ich schwöre, die Kleine ist nie und nimmer einundzwanzig. Elisabeth ist nur auf mich fixiert. Sie leckt sich die Lippen, während der Kerl, der seine schmierigen Hände auf ihre Hüften gelegt hat, sie angafft.

Das reicht!

Ich gebe Serge ein Zeichen und er bahnt uns den Weg durch die Menge. Ich tanze nicht in meinem Club. Die einzige Ausnahme bildet der Bachata mit Shakira am Montagabend.

Auch jetzt habe ich nicht vor, mit Elisabeth zu tanzen. Noch nicht jedenfalls. Eines Tages werde ich es tun. Werde meine Hüfte gegen ihre drücken und sie im Takt in meinen Armen wiegen. Doch dieser Tag ist nicht heute.

»Es reicht«, flüstere ich ihr dicht von hinten ins Ohr und sie zuckt zusammen. Ich umklammere ihr Handgelenk und ziehe sie hinter mir her, ohne auf den Milchbubi oder ihre Begleitung zu achten. Dafür gebe ich Serge ein Zeichen. Er soll auf die Kleine aufpassen.

»Carlos«, höre ich sie hinter mir schimpfen, während ich die Tür vom Personalraum aufreiße und sie hineinstoße. Beth und eine der Tänzerinnen sitzen am Tisch. Ich nicke mit dem Kopf, damit sie verschwinden. »Was soll denn das? Ich kann Kim nicht allein lassen«, meckert sie immer weiter, auch nachdem die Tür hinter den Mädchen ins Schloss gefallen ist. Die Musik klingt nur gedämpft hierher und ich nehme mir einen Moment Zeit, sie zu betrachten.

»Serge kümmert sich um sie«, fauche ich, ohne ihr ins Gesicht zu blicken. Dieser Rock. Diese Beine in diesem Rock. Scheiße.

»Na das beruhigt mich jetzt nicht gerade!«

Ich muss lachen. Trete einen Schritt näher und fühle mich direkt ein bisschen geerdeter, weil ich ihr süßes Parfum wieder in der Nase habe. Sie steht dicht vor den Schränken. Ist mir gänzlich ausgeliefert.

»Du wirst ihm wohl oder übel vertrauen müssen.« Ich lecke mir die Lippen. »Kommt das übrigens dabei raus, wenn ich dich zum Shoppen schicke, sollte ich das definitiv öfter tun«, raune ich mittlerweile dicht an ihrem Gesicht. Ich kann sehen, wie sie die Lippe zwischen die Zähne zieht. Streiche mit meinem Daumen darüber. »Was sollte das da gerade?« Ich drücke mein Knie zwischen ihre Schenkel. Sie weicht einen Schritt zurück und stößt im Rücken auf kaltes Metall, was sie zusammenzucken lässt.

»Ich habe getanzt.« Trotzig reckt sie das Kinn. Ein Lächeln umspielt meine Mundwinkel. Kleines zickiges Kätzchen. Verdammt, ich steh drauf!

»So sehr ich es genieße, dass du mir Widerworte

gibst, Princesa.« Ich greife ihre Handgelenke, halte sie über unseren Köpfen gegen den Schrank gepresst. »Verarsch mich nicht. Ich mag es nicht, wenn man versucht, mich zu linken. Also«, meine Lippen streifen ihren Hals, »warum hast du das getan? Und sag mir die Wahrheit. Ich merke dir die Lüge an, bevor du sie ausgesprochen hast.«

»Weil ich eifersüchtig war«, gesteht sie, zerrt dabei aber an ihren Handgelenken. Ich gebe sie nicht frei. Keinen Millimeter.

»Auf eine billige Hure?« Mein Atem trifft ihr Schlüsselbein und ich puste sanft gegen ihre verschwitzte Haut. Das fiese Grinsen will einfach nicht aus meinem Gesicht verschwinden. »Süße, du solltest nicht eifersüchtig auf ein Mädchen sein, das einen Zwanziger von mir zugeschoben kriegt, wenn sie eine kleine Show für unsere Gäste abzieht.«

»Dann hast du nichts mit ihr?«

»Tztztz, Elisabeth. Was wird das hier? Willst du, dass ich nie wieder eine andere anrühre? Willst du, dass ich für immer dir gehöre? Denn dann müsste ich wenigstens wissen dürfen, wo du wohnst oder was du den ganzen lieben langen Tag treibst, findest du nicht?«

Ihre Hände hoch oben über unseren Köpfen fixiert, reibe ich mich an ihrem Körper. Schiebe mein Knie weiter zwischen ihre Beine. Wie eine Katze versucht sie sich mittlerweile daran zu reiben.

»Dann kann ich auch mit diesem Kerl machen, was ich will.«

Ich löse mich ein Stück von ihr. Lege den Kopf in

den Nacken und lache. Es klingt tief durch den leeren Raum.

»Könntest du, ja. Aber wir wissen doch beide, dass es zu nichts führt.«

»Ich hasse dich«, spuckt sie mir mitten ins Gesicht und ich lache noch lauter.

»Tust du nicht, mi amor.«

Da ich sie auch problemlos mit einer Hand fixieren kann, nehme ich die andere herunter und fahre über ihre Brüste. Sie trägt nicht mal einen fucking BH.

»Und jetzt? Willst du erst mich anmachen und dann die kleine Blonde mit in dein Büro nehmen?«

»Was hast du nur immer wieder mit ihr?«, schmunzele ich und zwirbele durch den dünnen Stoff ihre Nippel. Es turnt mich so unfassbar an, wie sie versucht, Besitzansprüche geltend zu machen. Sie hat ja keine Ahnung. Diese Frau könnte mich als einziger Mensch der Welt in Fesseln legen und ihr ist das nicht im Geringsten bewusst. »Willst du, dass ich sie hole, dann können wir sie uns teilen.«

Sie reagiert nicht und ich sehe hoch in ihr Gesicht. Sie hat ein beschissenes Pokerface. Keine Ahnung, wer mir dieses Mädchen geschickt hat, aber ich danke ihm von Herzen.

»Scheiße«, raune ich und küsse sie stürmisch auf den Mund. »Das würde dir gefallen, oder?«

»Ich …« Sie dreht den Kopf zur Seite und versucht meinem Blick zu entkommen.

»Du was?« Mit einer Hand an ihrem Kinn, zwinge ich sie, mich anzusehen. »Du würdest ernsthaft in Erwägung ziehen, sie mit ins Bett zu nehmen?«

»Nein«, sagt sie schnell und meine Hoffnung schwindet kurz. Es gibt nicht viele Frauen, die sich unbezahlt auf einen Dreier einlassen. »Nicht ins Bett«, schiebt sie hinterher und ein teuflisches Grinsen legt sich auf ihr Gesicht.

»Du kleines verdorbenes Luder«, hauche ich und beiße sie in den Hals. Sie muss nicht weitersprechen. Mein Bett gehört uns. Das sehe ich ganz genauso. Das bedeutet jedoch nicht, dass sie es nicht in Erwägung zieht, eine Nutte zwischen uns zu lassen.

Lis zieht mein Gesicht in ihr Blickfeld. Ich meine, Sorge in ihren Augen lesen zu können. Wenn nicht sogar Angst.

»Was?«, frage ich auf ihren Blick hin. »Sag mir, was du willst, Princesa.«

»Ich will nicht, dass du sie fickst. Oder irgendeine andere.«

»Okay.«

Erstaunt reißt sie die Augen auf. Ich bin von meiner schnellen Antwort mindestens genauso überrascht wie sie. Doch Elisabeth Rosalie Turner hat mich an den Eiern.

»Okay?«, wiederholt sie und ich möchte sie am liebsten von hier wegbringen und den Rest meines Lebens allein mit ihr sein.

»Wenn du nicht willst, dass ich sie vögele, lasse ich es.«

Ich musste nie einer Frau die Treue schwören und

ich glaube auch nicht an so etwas. Sollte ich sie jedoch an mich binden können, indem ich keine andere mehr ficke, bin ich bereit dazu. Sofern sie mir gibt, was ich brauche. Die Frau, die ich gerade vor mir habe, erinnert nicht im Geringsten an das schüchterne Mäuschen, das ich vor Tagen genau an die gleiche Stelle gegen die Schrankwand gepresst habe. Ich bin stolz darauf, wie sie meinem Blick standhält. Zur Belohnung lasse ich meine Hand unter den unverschämt kurzen Rock gleiten. Ihr Slip ist genauso nass wie erwartet.

»Na, für wen bist du so feucht, Princesa? Für den Loser da draußen?« Ich nicke zur Tür.

»Nein«, stöhnt sie.

»Sondern?«, fordere ich. Ich lasse ihre Handgelenke frei. Sofort legen sie sich um meinen Nacken. »Muss ich dich erinnern, wer der Einzige ist, der dich so ficken kann, wie du es brauchst?«

Sie kaut auf der Innenseite ihrer Wange. »Vielleicht«, flüstert sie und ich kann mich keine Sekunde länger zurückhalten. Ziehe sie an den Ellbogen heran, nur um sie hinter mir auf den Personaltisch zu drängen.

»Beug dich darüber«, befehle ich und schiebe ihren Oberkörper auf die Tischplatte. Das Geräusch meines Reißverschlusses durchdringt die Stille und schon im nächsten Moment drücke ich ihr meine Schwanzspitze gegen den Hintern. Elisabeth krallt sich am Tisch fest und ich zerre den Slip unter ihrem Rock herunter. Dieser ist so kurz, ich muss ihn nicht mal hochschieben, um mich in sie zu drängen. Wir stöhnen gleichzeitig erleichtert auf, während ich mich komplett in ihr versenke.

»Dieser Rock«, keuche ich, während ich beginne, sie zu ficken. Härter als je zuvor. »Verdammt. Er schreit danach, dass ich dich ficke.«

Sie stöhnt laut und ohne Zurückhaltung. Ich hebe ihr Becken ein Stück an, stoße noch tiefer in sie. Ich weiß mittlerweile, was sie braucht, um schnell zu kommen. Es ist wie ein Schalter, den nur ich umlegen kann.

»Das nächste Mal werde ich dir eine der besten Nutten mitbringen«, lache ich, während ich dabei zusehe, wie mein Schwanz immer wieder in sie hineinstößt. Sie dreht den Kopf und sieht mich an. Dieser Blick. Wer hätte gedacht, dass die kleine Lis so verdorben ist. »Du wirst dabei zusehen, wie sie mir einen bläst, und anschließend wird sie dich lecken, während mein Schwanz tief in dir steckt.« Das Aufeinanderklatschen unserer Körper wird immer lauter. »Denn ich bin der Einzige. Ich. Allein. Ficke. Dich«, stoße ich in sie hinein und wir kommen gemeinsam zu einem unwahrscheinlich intensiven Orgasmus.

Elisabeth bleibt keuchend auf dem Tisch liegen. Ich streiche über ihren zarten Rücken und richte sie an der Schulter auf.

»Beim nächsten Mal komm und sag mir einfach, dass du gefickt werden willst. *DU* hast es nicht nötig, so eine billige Show abzuziehen.«

Vollkommen außer Atem funkelt sie mich wütend an.

»Ich mein's ernst, Princesa«, lache ich. Dabei ziehe ich sie zu mir heran und küsse sie flüchtig. »Wenn du den King für dich allein haben willst, solltest du dich wie eine Königin verhalten, nicht wie eine Straßennutte.«

Ich schlendere hinüber zu ihrem Schrank und fische das kleine Smartphone heraus, das Shakira für sie dort deponiert hat.

»Hier«, halte ich es ihr entgegen.

»Hatten wir das nicht erst heute Morgen?« Sie wirkt erschöpft und ihre Stimme ist dünn. *Wahrscheinlich, weil du ihr gerade das verdammte Hirn rausgevögelt hast, du Penner.*

»Du stellst Besitzansprüche, aber ich darf dicht nicht anrufen?« Ich hebe beide Augenbrauen. »Was kommt als Nächstes? Du schneidest mir die Eier ab und hängst sie über die Eingangstür?«

Ich ziehe sie am Nacken zu meinem Mund heran und küsse sie. Seit ich Elisabeth kenne, verstehe ich den Unterschied zwischen Sex und Küssen. Und ich finde derzeit beides großartig. Das ist neu.

»Nimm das verdammte Handy, damit ich dich erreichen kann. Und du mich.«

»Warum sollte ich dich erreichen wollen?«, fragt sie scheinheilig und ihre Lippen verziehen sich zu einem süffisanten Grinsen.

»Du hättest mich eben anrufen und um eine Nummer im Personalraum bitten können.«

»Haha«, spottet sie und zieht sich den Slip wieder hoch.

»Eines Tages«, sage ich und aller Spott ist aus

meiner Stimme gewichen. Ich meine es todernst. Sie erkennt es und auch ihr Lächeln schwindet ganz langsam. »Wirst du mich brauchen. Du wirst keine andere Lösung mehr sehen, außer, mich um deine Rettung anzuflehen. Und dann bist du froh, wenn du dieses Ding besitzt.«

Wir sehen uns in die Augen. Wahrscheinlich sieht sie, wie ernst ich es tatsächlich meine. Das ist mein Teil der Kontrollsucht. Ich flehe sie stumm an und schließlich fallen meine Schultern ein Stück herab, weil sie mir das Gerät abnimmt.

»Es ist nichts Falsches dran, die Option zu haben, den edlen Ritter auf dem weißen Pferd zu holen, sobald es nötig wird.«

Lis schnaubt lediglich. »Nur, dass du eher an den schwarzen Reiter erinnerst. Mit dem edlen Ritter hast du nicht viele Gemeinsamkeiten.«

»Auch der kann dir den Arsch retten, wenn's drauf ankommt. Und er sieht dabei wahrscheinlich sogar besser aus als ein schwuler Ritter in Strumpfhosen.«

Elisabeth kichert nur und schiebt das Handy in die winzige Gesäßtasche ihres Jeansrocks.

Mein Blick folgt der Bewegung.

»Gut, dass ich nur so ein kleines genommen habe, hm?«

Verlegen streicht sie den Rock glatt. Sie hat überhaupt keinen Schimmer, wie sexy sie ist.

»Ich habe mich heute Abend gewundert«, murmelt sie und hat Schwierigkeiten, mich anzusehen. Wenn das mit uns weiterlaufen soll, wird sie lernen müssen, sich gegen mich zu behaupten. Sie muss verstehen, dass ich niemals meine Hand gegen sie erheben würde. Ganz gleich, was sie zu sagen hat.

»Worüber?«, frage ich und schließe dabei den Reißverschluss meiner Hose.

»Wir waren eben drüben bei Macy's. Ich wollte bezahlen, aber die Kellnerin meinte, das sei nicht nötig.«

Mir ist klar, wie ungern sie Almosen annimmt, aber das ist mir vollkommen egal. Wenn sie mein Mädchen sein will, hat sie genug zu Essen und vernünftige Klamotten. Da dulde ich keinerlei Widerrede.

»Ich habe sozusagen eine Kooperation mit ihnen. Du kannst dort so oft und so viel essen, wie du willst. Ohne zu bezahlen.«

Das Macy's steht unter meinem Schutz. Ich halte Eloise die fiesen Dealer und Gangster vom Hals, dafür warnt sie mich, sobald auch nur ein Polizist in die Nähe ihres oder meines Ladens kommt. Und sie kennt sie alle. Zivil oder nicht.

»Gilt das für alle Mitarbeiter?«

»Nein«, lache ich über ihre Naivität. »Das gilt für mich und seit einigen Tagen auch für dich. Und deine Schwester.«

Sie sieht auf den Boden, spielt nervös mit dem Ring an ihrem Finger. »Aber warum?«

»Weil ich es will.«

Ich habe aufgehört, mir darüber Gedanken zu machen und vor allem, es leugnen zu wollen. Sie hat mich berührt. Tief in mir drin und ich kann sie nicht wieder gehen lassen.

»Das ist aber nicht nötig.«

»Nötig sind die wenigsten Dinge, die wir tun. Oder nicht?«

Sie sieht mich an. Ein winziges Lächeln auf den Lippen.

»Ja, vielleicht.« Ich bleibe regungslos stehen. Die Arme vor der Brust verschränkt warte ich. Und sie lässt mich nicht lange warten. Kommt auf mich zu geschlendert und legt ihre Hände um meinen Nacken. »Ich muss zurück«, haucht sie gemeinsam mit einem Kuss auf meinen Hals.

»Dann ist die Kleine da draußen also deine Schwester, hm?« Ich deute Richtung Ausgang. »Ich gehe mal davon aus, sie ist bereits einundzwanzig, du bist ihr ordnungsgemäßer Vormund und dass sie hier ist, ist vollkommen legal?«

»So legal wie der Rest, der hier vor sich geht.« Sie legt ihre Hände auf meine Brust und sieht mich durch dunkel geschminkte Wimpern an. »Sie und ich haben uns heute einen schönen Tag gemacht. Mein göttlicher Boss hat mir nicht nur frei gegeben, sondern auch eine Menge Kohle, die wir heute zum Fenster rausgeschmissen haben.«

»Ich mag deinen Boss«, schmunzele ich und drücke ihr einen weiteren Kuss auf die Lippen. Was bin ich doch für ein Softie. »Er sollte dir öfter Geld zustecken.«

»Das sieht Kim genauso«, lacht Elisabeth und macht Anstalten zu gehen.

»Hey«, halte ich sie zurück und sehe sie ernst an. »Hast du die Miete gezahlt?« Den ganzen Tag schon male ich mir aus, wie ich ihrem Vermieter einen Besuch abstatte. Simon hat bereits die Anweisung, noch einmal alles über Elisabeth in Erfahrung zu bringen. Ich werde diesem hijo de puta die Fresse polieren. Ob ihr das gefällt oder nicht.

»Für zwei Monate«, nickt sie und ich sehe sofort, wie sie sich schämt.

»Gut«, sage ich und löse meine Arme vor der Brust und schlinge sie um ihren zarten Körper. »Und jetzt …«, unsere Blicke treffen sich, »lass mich deine Schwester kennenlernen.«

Wer weiß, vielleicht sollte ich doch mal in meinem eigenen Club tanzen.

LIS

Damals

Das bunte Herbstlaub unter unseren Füßen raschelte bei jedem Schritt und der Wind pfiff eisig durch die beinahe kahlen Bäume in unserem Garten.

Der Winter kam. Ob wir dafür bereit waren oder nicht.

»Ist dir kalt? Wir können zurückgehen, wenn du frierst.«

»Es ist schön zu frieren«, erwiderte meine Mom und klammerte sich noch etwas fester an meinen Arm. »Endlich mal ein echtes Gefühl außer Schmerz und Übelkeit.«

Ich kickte mit dem Fuß ein paar Kastanien auf die Seite, immer darauf bedacht, ihr nicht ins Gesicht zu sehen. Ich konnte den Ausdruck, der seit Tagen in ihren Augen lag, nicht mehr ertragen. Ich konnte, genau genommen, gar nichts mehr ertragen.

»Ich weiß, du redest nicht gerne darüber.« Sie unterbrach sich, da ein starkes Husten ihren schlaffen Körper

schüttelte. Ich legte meine Hand auf ihren Rücken und selbst durch die dicke Strickjacke konnte ich ihre Wirbelsäule spüren. Sie bestand nur noch aus Haut und Knochen. Je schwächer sie wurde, umso größer wurde mein schlechtes Gewissen. Ich hätte öfter für sie da sein sollen. Hätte mir mehr Mühe geben sollen, sie zu verstehen. Doch nun war unsere Zeit so gut wie abgelaufen. Die wenigen Schritte, die ich jeden Tag mit ihr durch den Garten schlurfte, waren alles, was uns blieb.

»Schon okay, Mom«, log ich. Denn im Grunde war nichts in Ordnung.

»Blümchen, es gibt etwas, das wir besprechen müssen.«

Sie sah hinüber zum Haus. Dad war in der Garage und Kim lag ausgestreckt vor dem Fernseher.

Wir schlenderten in Zeitlupe weiter über unsere Wiese in Richtung des Bachs, der hinter unserem Haus verlief. Als Kinder hatten wir hier häufig gespielt.

»Wenn ... also, wenn ich ...« Wir blieben stehen, weil sie stoppte. Dann fasste sie meine Hand und sah mich an. Eine Zeitlang sahen wir uns stumm an. Dann straffte sie die Schultern und kratzte den Rest ihrer Stimme zusammen. »Du darfst nicht zulassen, dass er ihr wehtut.«

Beinahe hätten meine Knie nachgegeben. Niemals zuvor hatte meine Mom mit einer solchen Deutlichkeit über die Taten meines Vaters gesprochen. So oft hätte ich mir gewünscht, sie hätte sich mir und ihr seine Grausamkeit ehrlich eingestanden. Ich hätte mich dann wesentlich weniger einsam gefühlt.

»Das werde ich nicht«, versprach ich. Denn eher würde ich ihn umbringen.

Wir erreichten unsere alte Holzbank und sie ließ sich erschöpft darauf nieder. Bisher schafften wir es jeden Tag, doch das würde sicher nicht mehr lange der Fall sein. Ich hockte mich vor sie. Die Hände auf ihrem Schoß. Sie legte ihre kalten Hände auf meine Wangen. Ihr Kinn bibberte.

»Du bist so viel stärker als ich.«

Dieses Geständnis trieb mir die Tränen in die Augen. Meine Mom wischte sie mit zitternden Fingern weg.

»Ich will, dass du etwas weißt.«

»Was, Mom?«, fragte ich. Mir war klar, es würde nicht mehr viele Gelegenheiten für solche Gespräche geben.

»Ich habe den Buick auf deinen Namen umgemeldet.«

Ich starrte sie an. Denn das war nicht alles. »In einem Schließfach bei der Bank«, sie kramte in der Tasche ihrer Strickjacke und zog einen kleinen silbernen Schlüssel hervor, »liegt ein bisschen Geld, eure Pässe und etwas, das nur für den Notfall bestimmt ist.«

Ich musste schlucken. Von welchem Notfall sprachen wir hier? Waren allein dieses Gespräch und die Tatsache, dass sie ein Schließfach für uns eingerichtet hatte, nicht Notfall genug?

»Es ist mein Tagebuch, Blümchen.«

Ich schnappte nach Luft. Mir war nicht klar, dass meine Mom überhaupt so etwas pflegte.

»Darin steht alles, was in den letzten Jahren passiert ist. Ich will nicht, dass Kim es liest oder sonst irgendwer. Doch wenn es sein muss und du etwas brauchst, was deinen Vater ...«

Sie sprach nicht weiter. Doch ich war nicht blöd. Ich

konnte ihn mit diesem Buch vernichten. Konnte erwirken, dass er uns nie wieder zu Gesicht bekommen würde.

»Ich wünschte, ich hätte durchgehalten, bis ihr erwachsen seid«, schluchzte sie mit einem Mal auf. Ich ignorierte das nasse Gras, ging auf die Knie und schlang meine Arme um ihre Taille. Nicht fähig, irgendetwas zu sagen. »Es tut mir leid, Blümchen. So leid«, weinte sie, und mir schnürte es die Kehle zu. Warum erst jetzt? Wieso musste sie erst sterbenskrank werden, um mir beizustehen? Ihr Wimmern ging mir durch Mark und Bein. »Ich wünschte, ich hätte dich beschützen können.«

»Das wünschte ich auch«, murmelte ich und schließlich löste ich mich aus unserer Umarmung. Ich nahm ihr den Schlüssel aus der Hand und sah sie an. Wischte ihr die Tränen aus dem blassen Gesicht und taxierte sie. »Ich werde sie beschützen. Das verspreche ich dir.«

Meine Mom legte ihre Hand auf meine Wange. Wenn es das war, was ich in meinem Leben für sie tun konnte, dann würde ich dafür sorgen. »Er wird sie nicht bekommen«, schwor ich uns beiden. Doch hatte ich keine Ahnung, wie ich diesen Schwur einhalten sollte.

Heute

In meinem Leben gab es bislang nicht viele Zeiten, in denen ich behaupten konnte, alles sei gut. Doch in den vergangenen Wochen ist es leichter geworden. Seit ich vor über zwei Monaten im Velvet angefangen habe, hat sich unser Leben verändert. Nicht offensichtlich, doch es fühlt sich anders an. Vor wenigen Wochen hat mich die Sorge um Geld fast in den Wahnsinn getrieben. Die Menschen, die behaupten, Geld mache das Leben leichter, haben recht.

Noch dazu werde ich mit jedem Tag mutiger. Die Albträume werden auch seltener. Ich schlafe viel besser und ich habe das Gefühl, stark zu sein.

Ich entlaste Kim mehr mit Luca und habe wieder Hoffnung, unserem Leben bald eine Wendung zu geben. Letzteres liegt an dem Mann, der mir das Gefühl gibt, fliegen zu können. Eigentlich liegt alles an ihm, denn Carlos macht mein Leben einfacher. Ich weiß, dass viele Dinge, die ich sehe und blind akzeptiere, vor dem Gesetz nicht richtig sind, doch ich vertraue ihm. Und ich lerne jeden Tag aufs Neue zwischen Gut und Böse zu unterscheiden. Der einzige Punkt, an dem wir diesbezüglich nach wie vor unterschiedlicher Meinung sind, ist Shakira. Denn irgendetwas in ihrem Blick gefällt mir nicht. Carlos will davon nichts wissen und ich habe beschlossen, das Thema sein zu lassen. Dafür ist die wenige Zeit, die wir zu zweit haben, zu kostbar. Ich habe keinen Schimmer, was genau Carlos für Geschäfte führt, jedenfalls ist er der geschäftigste Mann, den ich kenne. Er hat so gut wie nie frei.

»Wir schlafen jetzt schon seit sieben Wochen miteinander. Ist das nicht verrückt?«

»Erstens, schlafe ich nicht ausschließlich mit dir. Ich ficke dich, Princesa. Und zweitens ist es nicht verrückt. Es war klar. Du standst von Anfang an auf mich.«

Ich schleudere ein Geschirrtuch mitten in Carlos' Gesicht. Jeder andere Mitarbeiter wäre dafür gefeuert worden. Doch von mir ist er mittlerweile nichts Anderes gewohnt. Die Tage, an denen ich ihm das schüchterne Mädchen präsentierte, sind vorbei. Ich habe keine Angst vor ihm. Nicht mehr. Da kann er in dem schwarzen Hoodie samt schwarzer Jeans und Stiefeln noch so düster aussehen.

Natürlich setzt mir die Grausamkeit, mit der er andere Menschen behandelt, zu. Doch mit mir ist es anders. Das weiß ich. Ich bin zu ihm vorgedrungen und ich vertraue ihm. Ich fühle mich ihm so nah wie nie jemandem zuvor, was völlig verrückt ist, weil ich sehe, wie er tickt und es nur schwer ignorieren kann.

Erst vor einer Stunde wurde ich Zeuge davon, wie er ein Mädchen angeschrien und anschließend entlassen hat, weil sie ihn zu lange angesehen hat. Ich wollte einschreiten, aber er hat mich mit einem einzigen Blick zum Schweigen gebracht. Ich weiß, wo meine Grenze liegt.

Im Velvet weiß mittlerweile jeder, dass wir ... na ja ... irgendwie zusammen sind. Das hat Vorteile für mich, aber leider auch Nachteile. Die Mädchen verachten mich und wenn ich den Umkleideraum betrete, werden die Gespräche unterbrochen.

»Tu nicht immer so hart. Du bist so eingebildet«, werfe ich ihm über die Theke zu und kreische auf, weil er sich auf seinem Barhocker aufrichtet und mich am Kragen meines Velvet-Polos über die Theke zieht. Das schwarze Shirt mit der rosa Lotusblüte auf dem Rücken liegt mittlerweile wie eine zweite Haut auf mir. Ich gehöre hierher.

»Darauf stehst du doch«, lacht er und drückt mir einen viel zu feuchten Kuss auf. Er weiß, wie sehr ich das hasse.

»Blödmann«, kichere ich und wische mir mit dem Handrücken über den Mund.

Im Augenwinkel sehe ich die ersten Gäste auftauchen und langsam aber sicher dreht Sam die Musik lauter. Es ist Samstag. Das bedeutet, es wird sicher eine lange Nacht.

Ich muss sämtliche Kühlschränke befüllen und ein bisschen aufräumen, bevor die Show losgehen kann.

»Ich hab noch zu arbeiten«, sagt Carlos, und wirft Serge und einem der anderen Türsteher einen seltsamen Blick zu. Er ist neu im Team und mir ist diese Woche schon öfter aufgefallen, dass er um mich herumschleicht. Langsam fange ich an, mir Gedanken zu machen.

Seit dem Abend, an dem Kim hier war, hat er den Club nicht mehr betreten, sobald Gäste da sind. Ich checke das nicht so ganz. Anfangs war er immer hier vorne, wenn ich gearbeitet habe. Es kränkt mich auf kindliche Weise, dass diese Zeiten vorbei sind.

»Stimmt was nicht?«

Während ich die Flaschen für den Abend bereitstelle, kommt er um die Theke herum und schlingt seine Arme von hinten um mich.

»Mach dir keine Sorgen.« Ich bekomme einen Kuss auf den Hals und einen auf den Kopf. Mit den neuen hochhackigen Schuhen, die ich mir gekauft habe, bin ich beinahe so groß wie er. Mittlerweile haben meine Füße sich daran gewöhnt.

»Du weißt schon, dass man eigentlich erst nach einem Satz wie ›*Mach dir keine Sorgen*‹ anfängt, sich wirklich welche zu machen.«

Das Licht wird gedimmt und die ersten hellen Strahler beleuchten die Tanzfläche. Seine Arme um mich gelegt, spüre ich an meinem Rücken, wie er seufzt.

»In letzter Zeit tauchen immer mal wieder ein paar Leute hier auf, die mir nicht schmecken. Ich will nur, dass Tarik das im Auge behält.«

»Das oder mich?«, frage ich und drehe mich zu ihm um. Egal, wie nah wir uns inzwischen stehen. Carlos und seine Geschäfte bleiben ein Buch mit sieben Siegeln für mich. Ich dränge ihn nicht, mehr preiszugeben. Vornehmlich, weil er mich auch nicht zwingt, mich zu öffnen.

Bislang habe ich es nach wie vor nicht geschafft, den Trailer, meinen Neffen und unser recht armseliges Leben vor ihm zu offenbaren. Ich rede mir ein, die passende Gelegenheit noch nicht gefunden zu haben. Doch die Wahrheit ist, ich schäme mich. Ich vertraue ihm. Zu hundert Prozent. Das ändert allerdings nichts daran, wie unterschiedlich unsere Leben sind. Keine Ahnung. Mein Schweigen diesbezüglich ergibt überhaupt keinen Sinn und doch schaffe ich es nicht, über meinen Schatten zu springen. Bis auf den einen Abend, an dem Kim und Carlos sich hier im Velvet begegnet sind, konnte ich meine beide Welten gut voneinander trennen. Beim Gedanken an diesen Abend zucken meine Mundwinkel. Kims Vorstellungskraft hatte wohl nicht für einen Typ wie Carlos Alvarez gereicht. Ich sehe sie noch mit weit aufgerissenen Augen vor mir, nachdem Carlos und ich sie an der Bar gefunden haben. Natürlich bei Bill. Das große Kennenlernen blieb Gott sei Dank aus, weil er sich bereits nach wenigen Minuten irgendeinem Job widmen musste. Kim hat dennoch die ganze Nacht ohne Punkt und Komma über ihn geredet.

Carlos legt seine Hände in meinen Nacken und sieht an mir vorbei. Seine Kiefermuskeln bewegen sich unter dem glatt rasierten Kinn. Ein Zeichen dafür, wie angespannt er ist. Ich kann nicht anders und hake nach.

»Also ist er nur hier, um mich zu beobachten, oder? Gibt es etwas, das ich wissen sollte?«

Schon seit Tagen macht mich der Albaner von den Securityleuten nervös.

»Reine Vorsichtsmaßnahme«, presst er hervor, sieht mich aber nach wie vor noch nicht an. »Bleibst du heute Nacht?«

»Nein«, fauche ich eine Spur zu zickig. Sein Blick schießt zu mir. Warnt mich, es nicht zu übertreiben. »Kim bricht übermorgen zum Mullett Lake auf. Wir müssen ein paar Dinge vorbereiten.«

»Okay«, murmelt er, doch ich sehe an der Dunkelheit in seinen Augen, wie wütend er ist. Sobald man Carlos erst etwas näher kennt, kann man ihm seinen Gemütszustand auf den ersten Blick ansehen.

Die hellblauen Augen, die an die Südsee erinnern, verwandeln sich dann in ein stürmisches, schwarzes Meer, in dem man lieber nicht schwimmen sollte. »Wenn was ist, ruf an. Hast du das Handy?«

»Klar«, beruhige ich ihn. Es ist ihm wichtig, mich erreichen zu können. Mir hat ein Handy nie wirklich gefehlt, doch nun trage ich es kontinuierlich mit mir herum.

Er küsst mich auf die Stirn und zieht sich in sein Büro zurück. Serge an seiner Seite. Tarik an meiner.

Erst als Bill hinter die Theke kommt und ein bisschen Schwung in den Abend bringt, kann ich das Gefühl, das mir der Albaner verschafft, verdrängen und mich auf meinen Job konzentrieren, den ich mittlerweile wirklich gerne mache.

Ich mag es, wenn der Club voll ist und wir den Leuten die Party ihres Lebens bescheren. Nichts daran macht mir noch Angst oder schüchtert mich ein. Im Gegenteil. Ich genieße es sogar.

Ein paar Abende habe ich Carlos mit dem Bürokram geholfen, aber wir haben beide schnell gemerkt, dass es zu nichts führt. Ich stelle zu viele Fragen. Shakira ist angepisst, weil sie sich in ihrem Revier bedrängt fühlt und Carlos kann die Finger nicht von mir lassen, kaum, dass ich in seinem Büro hocke. All das ist nicht wirklich produktiv. Nicht für uns und erst recht nicht fürs Geschäft.

Der Abend verläuft im Grunde genommen wie jeder andere. Bis auf die Tatsache, dass der Securitytyp mich nervös macht. Ein paar Mal bekomme ich mit, wie er etwas über Funk durchgibt. Einmal kommt daraufhin sogar Carlos nach vorne, verschwindet aber recht schnell wieder. Ich weiß nicht genau, woran es liegt. Doch mit jeder Stunde, die vergeht, werde ich deswegen unruhiger.

Er macht mich glücklich. Wirklich. Ich fühle mich in seiner Nähe so wohl wie nirgendwo sonst. Ich habe mich damit arrangiert, dass Kriminelle meinen Weg kreuzen und vor meinen Augen Drogen verkauft werden. Ich komme auch damit klar, dass Carlos die Menschen barsch behandelt und seine Dominanz über diesen Club herrscht. Er ist der King. Das habe ich kapiert.

Und dennoch bin ich tief in meinem Inneren ein einfach gestricktes Mädchen. Wenn ich einen Freund habe, möchte ich auch mal mit ihm ausgehen. Ins Kino gehen, Händchen halten oder schlicht fernsehen. Unsere Beziehung, sollte man es überhaupt so nennen können, besteht aus dem Velvet und Sex.

∞

Es ist nicht mal drei Uhr und wir beschließen, dass zwei Servicekräfte für den Rest der Nacht genügen. Da ich diejenige bin, die mit dem Boss vögelt, darf ich grundsätzlich zuerst Feierabend machen. Unfair? Mit Sicherheit. Doch ich wehre mich nicht dagegen. Schließlich warten zuhause ein Baby und ein Teenager auf mich.

Bevor ich mich umziehen gehe, statte ich Carlos in seinem Büro einen Besuch ab. Seine Männer wissen, ich habe uneingeschränkt Zugang zu allen Räumen. Keiner hält mich auf, was ich mir hin und wieder wünschen würde. Denn wie sich ein paar Tussis mit irgendwelchen Geschäftsleuten Koks auf seinem Tisch reinziehen, brauche ich nicht unbedingt zu sehen.

»Du kannst deinen Wachhund wieder an die Leine nehmen«, brumme ich, nur den Kopf zur Tür reingestreckt und deute auf Tarik, der dicht hinter mir steht. Die Nacht war anstrengend. Ich bin müde. »Ich fahr nach Hause.«

»Elisabeth«, donnert es hinter mir, nachdem ich schon fast wieder im Gang bin.

Stöhnend trete ich vollständig zurück in sein Büro. Carlos lehnt in seinem Bürostuhl. An dem Durcheinander seiner Haare kann ich erkennen, dass er gestresst ist.

»Willst du mir freiwillig verraten, was dich so zornig macht oder muss ich dich erst dazu zwingen?«

Er nickt und ich verstehe den Hinweis. Schließe die Tür und sperre den Rest der Welt aus. Dieser Raum ist wie eine Blase. Unreal und angsteinflößend. Ich bin nicht besonders gerne in diesem Zimmer. Wenn wir zusammen sind, dann meistens in Carlos' Wohnung oder vorne im Club.

»Ich wüsste einfach nur gerne, warum du mir diesen Stier auf den Hals hetzt. Er macht mich nervös.« Ich verschränke die Arme vor der Brust.

»Seit ungefähr einer Woche sind immer mal wieder Männer von McGuire im Club gesehen worden. Ich denke nicht, dass unsere guten Cocktails sie anlocken.« Er lehnt sich nach vorne, die Ellbogen auf die Tischplatte gestützt und zündet sich eine Zigarette an. Der Qualm tanzt um das Licht seiner Schreibtischlampe.

»Wer ist McGuire? Ich kenne niemanden, der so heißt.«

Ein freudloses Schmunzeln umspielt seine Mundwinkel.

»Du hast ihn mal kurz gesehen. Ich kümmerte mich damals um seine Finger.«

Er nimmt einen weiteren Zug, wobei er mich ansieht. Ich lasse seine Worte einen Moment sacken. Dann setze ich mich auf einen der Stühle vor seinem Schreibtisch.

»Oh mein Gott«, murmele ich, nicht sicher, was das genau bedeutet. »Und du denkst …« Ich spreche nicht weiter.

»Ich denke gar nichts«, unterbricht er mich. »Ich will nur, dass jemand die Augen ein bisschen offen hält, solange du hier bist.«

»Weil ich …«, ich wage es kaum auszusprechen, »sonst in Gefahr bin?«

»Nein, Chica«, schmunzelt Carlos. Er drückt die Zigarette, erst halb geraucht, in den Aschenbecher und kommt zu mir herüber. Ich greife nach seiner Hand, die er mir hinhält und lasse mich in den Stand ziehen. »Es ist alles in Ordnung. Okay?«

Zum ersten Mal, seit wir uns kennen, bin ich nicht sicher, ob er mir ins Gesicht lügt. Sofort denke ich an Kim. An Luca.

»Hey«, durchbricht er meine Gedanken. »Es ist alles okay«, wiederholt er, doch seine Worte dringen nicht bis zu mir durch.

»Nein«, erwidere ich, »das ist nicht okay. Wenn ich in Gefahr bin, dann will ich das wissen.«

»Elisabeth«, seufzt Carlos.

»Nein, Carlos. Weißt du? Ich bin wirklich froh, dich …« Ich entziehe ihm meine Hand und werfe verzweifelt die Arme in die Luft. »Siehst du. Nicht mal diesen Satz kann ich beenden. Weil was? Ich froh bin, dich zu haben? Habe ich das denn überhaupt?«, meckere ich und starre ihn an. »Ja klar, du fickst mich und ich kann im Geld baden. Aber was sagt das überhaupt über mich aus, he? Bin ich auch nur eine deiner Huren? Denn das ist das Letzte, was ich will.«

»Bezeichne dich noch ein einziges Mal als Nutte und du kannst dich auf was gefasst machen«, warnt er, doch es ist mir egal.

»Was Anderes ist es doch aber nicht, Carlos«, stöhne ich erschöpft. »Die einzige Zeit, die wir zusammen verbringen, ist in deinem Nachtclub oder in deiner fensterlosen Wohnung. Ich habe dich nie im Sonnenschein gesehen. Heilige Scheiße, wäre das hier ein Film, würdest du dich wahrscheinlich in der letzten Szene als Vampir entpuppen.«

Ich sehe, wie seine Mundwinkel zucken. Ich muss mir ebenfalls ein Lachen verkneifen.

»Ich habe mich wirklich bemüht. Ignoriere seltsame Anrufe in der Nacht. Komme klar, wenn du gehen musst ohne irgendeine Erklärung. Scheiße, sogar die Huren auf deinem Schoß machen mir nichts mehr aus.«

»Was dann? Was ist es, was du willst, Elisabeth?«

»Dich«, antworte ich, ohne zu zögern. »Das ist alles, was ich will. Aber es wäre auch einfach schön, mal ins Kino zu gehen … und in Restaurants. Ich will mit einem Mann an meiner Hand zum Einkaufen fahren oder einfach nur spazieren gehen.«

»Spazieren gehen«, wiederholt er. Sein Gesicht sieht aus, als hätte ich ihn geschlagen. Seine Arme hängen reglos an den Seiten runter. Er wirkt ausgelaugt und dabei ist ein dämliches Date doch alles, worum ich gerade bitte. Ein bisschen Normalität in einem Leben voller Chaos. Ich habe Windeln und Geldprobleme mit Partynächten und krummen Geschäften getauscht.

Ich bin bereit dazu, doch er könnte mir ruhig ein kleines Stück entgegenkommen.

Der Klingelton seines Handys durchbricht die Stille und ich kann nur wütend schnauben.

»Ich muss da rangehen.« Nie zuvor hat Carlos mich mit einem solchen Gesichtsausdruck angesehen. Verzweifelt und irgendwie … hilflos. Das passt ganz und gar nicht zu ihm.

»Ich fahre nach Hause«, erwidere ich erschöpft. Ich drehe mich um, höre, wie er knurrend den Anruf annimmt.

Schon fast bei der Tür hält er mich noch einmal zurück. »Mi amor.« Ich drehe mich um. Er hält eine Hand über sein Handy. »Sei morgen um zwölf hier. Ich habe gehört, die Sonne soll scheinen.«

Mit einem Grinsen im Gesicht starre ich ihn an, doch er widmet sich wieder voll und ganz dem Telefonat. Im für ihn typischen Geschäftsführertonfall knurrt er in den Hörer.

Die Musik empfängt mich im Gang. Ebenso wie Serge und Tarik.

»Tarik. Würdest du mich zum Auto begleiten?« Ich glaube, bislang habe ich den Security-Mann nie direkt angesprochen. Doch irgendwie fühle ich mich unwohl dabei, allein über den dunklen Parkplatz zu laufen.

»Sicher Ma'am.« Er nickt mir zu und begleitet mich hinaus. Morgen um zwölf dann.

CARLOS

Damals

Mit jedem gottverdammten Anruf, den Esmi nicht annahm, verdichtete sich mein Verdacht. Etwas stimmte nicht. Daher zog ich noch am selben Abend meine Reisetasche unter dem Bett hervor und packte so schnell wie möglich ein paar Sachen zusammen. Planänderung. Ich würde schon heute nach Detroit fliegen. Etwas in mir schrie, ich müsse mich beeilen und umso öfter ich vergebens versuchte, zu Hause jemanden zu erreichen, desto schneller bewegte ich mich.

Der eisige Wind blies durch mein T-Shirt und ich band mir die Schuhe im Taxi, weil ich keine Minute weiter vergeuden wollte. Mir war kotzübel. Immer wieder drückte ich auf Wahlwiederholung. Doch nichts tat sich.

Mittlerweile trommelte der Regen auf das Dach des Taxis genauso laut wie mein Herz. Online hatte ich einen Inlandsflug für neun Uhr heute Abend ergattert. Blieb also eine Stunde auf dem Boden, ehe ich fliegen würde. Ich hatte Simon eine kurze E-Mail geschickt und drückte in dem Moment auf Senden, als das Telefon in meiner Hand anfing zu vibrieren.

»Mamá«, nahm ich ab und sank erleichtert in den Sitz, endlich mit jemandem reden zu können.

»Alex«, schon beim Erwähnen meines alten Namens spannte sich alles in mir erneut an. Ich hörte es an ihrer Stimme. Etwas stimmte nicht.

»Was ist los?«, fragte ich und presste den Hörer fest an mein Ohr.

»Ich habe ... Esmi ... Mierda«, schrie sie zusammenhanglos und ich war kurz davor, in das verfluchte Taxi zu kotzen. Gerade wollte ich antworten, da hörte ich Esmi schluchzen. Offensichtlich hatten sie die Freisprechanlage aktiviert.

»Was ist da los? Esmi?«

»Carlos, du musst uns helfen«, heulte sie und ich konnte spüren, wie mir die Kontrolle wie Sand durch die Finger rann.

»Was. Ist. Los?«, schrie ich so laut, dass der Taxifahrer zusammenzuckte.

»Wir sind im Auto. Auf der Interstate. Raus aus Detroit. Wir können nicht länger bei deinem Vater bleiben. Deine Schwester ... sie hat ihn ... er hat.«

»Mamá«, ermahnte ich sie. Ich drehte jeden Augenblick durch.

»Sie hat Dinge gesehen, die sie nicht hätte sehen sollen.«

»Wo zur Hölle seid ihr?«

»Wir nehmen die 96 Richtung Süden.«

»Du willst nach Kanada?«

»Ich muss sie von ihm wegbringen!«, schrie meine Mutter und ich erstarrte. In meinen vierundzwanzig Jahren hatte ich sie nie so aufgebracht erlebt.

»Okay. Ich bin auf dem Weg zum Flughafen. Ich fliege direkt rüber nach Ottawa. Fahr bis dahin durch. Halte nicht an!«

Immer lauter hörte ich Esmi schluchzen.

»Carlos.« Meine Mutter sprach meinen neuen Namen auf eine Art und Weise aus, die mir nicht gefiel. »Sie sind bereits hier. Drei Geländewagen. Sie haben uns eingekeilt.«

»Fuck!«, schrie ich und schlug gegen den Beifahrersitz vor mir. »Du musst über die Grenze. In Kanada kann er nichts bewirken. Wie weit ist es noch?«

»Ich weiß es nicht. Nicht weit. Ich kann die Brücke schon sehen.«

Meine Schwester heulte so laut, dass ich Mamá kaum verstehen konnte.

»Esmi, reiß dich zusammen!«, brüllte ich. Ich legte eine Hand vor mein Gesicht, versuchte, mich zu beruhigen. Irgendwie musste ich ihnen doch helfen können.

»No!« Meine Mutter jammerte und Esmi schrie auf.

»Was?« Ich wies den Taxifahrer an, rechts ranzufahren. Ich konnte keine Minute länger in diesem Auto bleiben. Er lenkte den Wagen auf den Standstreifen und ich sprang hinaus. Diese Hilflosigkeit ließ mich durchdrehen.

»Sie rammen uns. Er versucht mich von der Straße zu drängen.« Jetzt heulte auch meine Mutter und ich erstarrte.

»Sind Autos in der Nähe? Kannst du irgendwen auf dich aufmerksam machen?«

»Weiter vorne fährt ein Auto. Hinter uns sind nur die Geländewagen. Einer hält Abstand.«

Ich biss mir in die Faust. Einer der Wagen hielt Zeugen fern. Scheiße.

»Mamá, du musst Gas geben. Versuch den Wagen vor dir auf euch aufmerksam zu machen.«

Wieder ein Schrei.

»Oh mein Gott. Carlos!«, schluchzte meine Mamá, während Esmi sie anbettelte, irgendwas zu tun.

»Mamá«, flehte ich. Nicht wissend, worum ich sie bat. Zu überleben. Sie mussten einfach nur überleben. Ich war doch schon auf dem Weg. Neue Pässe in der Tasche. Als hätte ich es geahnt.

»Te amo, mi querido hijo«, sprach sie bedacht ruhig. Meine Schwester schrie. Kreischte so laut und erbärmlich, wie ich nie zuvor jemanden hatte schreien hören.

»Nein. Nein.« Ich sank auf die Knie. Spürte den nassen Beton durch den Stoff meiner Jeans. Der Regen hatte bereits mein Shirt durchnässt. »Nein.« Das war alles, was ich immer wieder sagte. Ich wiederholte diese unbedeutenden Buchstaben wieder und wieder. Während meine Familie schrie und ich das Geräusch von auseinanderberstendem Metall hörte. Auch noch, nachdem der Anruf abbrach.

Der Krieg mit meinem Vater. In diesem Moment war er vorbei. Denn er hatte mir alles genommen, wofür es sich zu kämpfen gelohnt hatte.

Ich halte nichts von Beziehungen. Höchstwahrscheinlich hat meine Art und Weise, aufgewachsen zu sein, zu dieser Einstellung beigetragen, denn in den letzten Tagen erwische ich mich immer wieder dabei, mich zu fragen, warum das eigentlich so ist.

Mir wurde nie eine glückliche Beziehung gezeigt. Ich kenne niemanden, der seit zwanzig Jahren mit ein und demselben Partner glücklich und zufrieden ist. Und das gehörte auch nie zu meinem Plan.

Tja ... und dann stand sie da, die Kleine mit den kurzen Haaren und dem schüchternen Blick. Ein scheues Kätzchen, das sich im Laufe kürzester Zeit zur geschmeidigen Raubkatze entwickelt hat. Elisabeth hat alles durcheinandergebracht. Mein Leben. Meine Einstellung zur Liebe. Meine Dominanz im Club und zu guter Letzt meine Gewohnheiten.

Warum sonst sollte ich sonntagmittags an meinem Wagen lehnen und auf meine kleine Katze warten.

Ich verstehe sie. Das tue ich wirklich. Elisabeth hat sich von Anfang an große Mühe gegeben, in meine Welt zu passen und das rechne ich ihr hoch an. Sie hat niemals einen Aufstand erprobt oder mich infrage gestellt. Das zeugt von wahrer Stärke. Sie denkt, sie braucht mich, um eine starke Frau zu sein, doch das ist Bullshit.

Allerdings will sie unterm Strich eben das volle Programm. Wie alle Frauen. Ihr wird mittlerweile genauso klar sein wie mir, dass sie das an meiner Seite nicht bekommen kann. Niemals. Das bedeutet aber nicht, dass ich mich nicht bemühen muss. Das wiederum ist mir klar.

»Damit sollte die Vampir-Theorie vom Tisch sein«, lache ich, nachdem sie auf dem Parkplatz vor dem Club parkt und ihren süßen Hintern aus dem hässlichen Buick schwingt.

Es ärgert mich, dass ich sie nicht zu Hause abholen darf. Sie hält auch weiterhin geheim, dass sie und Kim in einem Trailer drüben am Forest Park wohnen.

Natürlich habe ich Nachforschungen angestellt. Weiß genau, wann ihre Mom gestorben ist und wo ihr Dad sich aufhält. Doch von all dem werde ich kein Wörtchen sagen. Das muss von ihr kommen. Sie behauptet, mir zu vertrauen. Doch ich sehe die Zweifel in ihren Augen. Und das wiederum schürt meine eigenen.

»Du glitzerst weder, noch verglühst du«, lacht sie und beobachtet, wie ich in der Vormittagssonne stehe. »Also ja. Das kann ich abhaken.« Dabei hebt sie ihre Sonnenbrille an und nimmt mein Outfit unter die Lupe. Ich trage nur eine Jeans und einen schwarzen dicken Strickpullover. Schließlich war sie diejenige, die spazieren gehen wollte.

»Alles okay zwischen uns?« Denn wenn ich ehrlich zu dem kleinen unsicheren Jungen tief in mir sein will, sollte ich dazu erwähnen, dass ich die ganze verschissene Nacht wach gelegen und mir Sorgen gemacht habe.

Selbst, ich wäre Mister Charming persönlich, hätte ich gute Gründe, nie eine Frau so nah an mich heranzulassen. Und daran habe ich mich bislang gehalten. Doch mit ihr ist alles anders.

Ich habe mir vor fünf Jahren geschworen, nie wieder einen Menschen, den ich liebe, in die Schussbahn zu bringen. Bis Elisabeth kam.

Die Frage ist nur – liebe ich Elisabeth Turner? Oder genieße ich es schlichtweg, sie zu ficken? Die Antwort darauf ist simpel. Doch ich bin nicht bereit, sie mir einzugestehen. Denn dann müsste ich sie gehen lassen. Und das kann ich einfach nicht.

Ihre zarten Arme schlingen sich um meine Taille und sie legt das Kinn auf meine Brust, um mich anzusehen.

»Tut mir leid. Ich hätte dich nicht zu irgendetwas drängen sollen.«

»Es gibt nichts, wofür du dich entschuldigen musst.« Meine Hände streicheln ihre Oberarme. In den letzten Wochen ist sie kräftiger geworden. Hat wieder richtige Kurven bekommen. Das ist allerdings etwas, das zu lieben ich eingestehen kann.

Ich sehe in den wolkenlosen Himmel.

»Magst du den Herbst?«

Noch schafft die Sonne es, alles in ihrem Schein zu erwärmen, doch die ersten Blätter fallen von den Bäumen und das wenige Grün in unserer Stadt färbt sich allmählich orange.

»Es geht«, gesteht sie. Mittlerweile kenne ich diesen Blick. Schmerzhafte Erinnerungen. Ich klappe die Sonnenbrille von ihrem Haar zurück auf die Nase und gebe einen Kuss darauf.

»Heute wirst du ihn lieben lernen.«

Ich stoße mich vom AMG ab und deute auf die Beifahrerseite.

»Wir können auch mit meinem Auto fahren«, schlägt sie vor und ich verschlucke mich beinahe an meiner eigenen Spucke.

»Klar, lass uns den Hunderttausend-Dollar-Wagen mit Panzerglas und fast sechshundert Pferdestärken gegen die Rostlaube tauschen.« Ich lache auf und steige in mein Auto. Ich fahre ausschließlich deutsche Autos. Sie bieten die größte Sicherheit.

»Nur fast sechshundert? Ich bin enttäuscht«, neckt Elisabeth mich, während sie in ihrer engen schwarzen Jeans auf die hellen Ledersitze gleitet. Ich sollte sie allein für ihr freches Mundwerk direkt hier auf dem Parkplatz zum Schweigen bringen, indem ich ihr meinen Schwanz in den Rachen schiebe.

Stattdessen lache ich nur und heize vom Parkplatz.

Es ist nicht leicht, mir das vorzustellen, doch ich befürchte, es könnte tatsächlich so etwas wie Liebe sein.

∞

»Ich kann nicht glauben, dass du nie hier warst, obwohl du seit zweieinhalb Jahren in der Stadt bist.«

Mit Elisabeths Schenkeln zwischen meinen

Beinen und der Sonne in meinem Gesicht fühlt sich das Leben viel leichter an.

Ich schließe die Augen, genieße die letzte Wärme des Tages und schlinge meine Arme noch etwas fester um sie. Ich weiß, es birgt eine Gefahr, am helllichten Tag in einem Park zu sitzen, doch sie hat sich das hier verdient und ich muss dafür beten, nicht von den falschen Menschen entdeckt zu werden.

»So ist es viel schöner. Hätte ich all das schon gekannt, wäre der Tag nur halb so toll.«

Ich bin mit ihr raus nach Belle Isle gefahren. Die kleine Insel ist schon seit jeher mein Rückzugsort, wenn ich eine Auszeit von der Stadt brauche. Wenn mir der Druck, der auf meinen Schultern lastet, zu viel wird oder mein Gewissen mich niederringt. Dann komme ich hierher, schlendere ein bisschen durch den botanischen Garten. Sehe Familien zu, wie sie ihre Nachmittage zusammen verbringen und bereue, was aus mir geworden ist.

Allerdings habe ich dann grundsätzlich meine Haare unter einer Mütze versteckt und mindestens zwei Männer in der näheren Umgebung gehabt.

Nicht so an diesem Tag. Denn heute laufe ich nicht zähneknirschend über die saftigen Wiesen. Und ich verstecke mich auch nicht. Ehrlich gesagt bin ich das Versteckspiel schon lange leid.

Heute liege ich mit Elisabeth auf einer Picknickdecke und genieße ihre Nähe. Stundenlang sind wir über die Insel geschlendert, haben uns jeden Winkel angesehen, der sie interessiert hat. Doch langsam wird es dämmrig und der Tag neigt sich dem Ende zu.

»Wahrscheinlich hast du recht. So ist es schöner. Wir sollten unbedingt öfter herkommen.«

»Sollen wir zurückfahren?« sie richtet sich auf. Natürlich ist ihr nicht entgangen, wie ich mich hinter ihr winde.

»Hör mal, Princesa.« Ich stelle einen Fuß auf und lege meinen Ellbogen aufs Knie. »Ich wollte dir noch was sagen.«

»Scheiße«, flüstert sie und setzt sich aufrechter hin.

Ich muss über ihre Reaktion schmunzeln und streichele ihre zarte Wange.

»Eigentlich wollte ich nur, dass du weißt ...«, Fuck. Ich bin echt mies in so einem Gefühlsscheiß. »Du hast mich.«

Sie sieht mich stutzig an.

»Ich meine. Wenn du mich das nächste Mal anmeckern willst. Dann schrei ruhig ›Seit ich dich habe‹, denn du hast mich.«

Ihre Schultern sacken ganz langsam ab und dabei zieht ihr Mund sich zu einem erleichterten Lächeln.

Ihre Hand auf meiner Wange fühlt sich kühl an und doch wärmt mich diese Berührung von innen heraus.

»Ich weiß nicht, was ich sagen soll«, murmelt sie und die Zärtlichkeit in ihrem Blick ist mir fast zu viel. Wir hatten einen wirklich traumhaft schönen Tag. Ich könnte mich an solche Stunden gewöhnen.

Ohne die Dunkelheit. Ohne Serge, der sich an meine Fersen hängt. Nur wir zwei. Doch ich darf nicht vergessen, wer ich bin. Und was das für sie bedeutet. Denn lasse ich sie in meiner Nähe sein, hänge ich ihr damit eine Zielscheibe für eine Menge schlechter Menschen um den Hals.

»Gar nichts. Sag nichts.« Ich beuge mich vor und gebe ihr einen flüchtigen Kuss. In dem Moment, in dem sie mir ihre Liebe gesteht, müsste ich sie endgültig wegschicken. Daher ist es besser so. »Chica, ich weiß, es ist nicht leicht. Mein Leben, meine ich. Und es gibt vieles, was wir voneinander nicht wissen, und das Meiste werde ich dir auch niemals sagen können. Ich …« Ich blicke in den Himmel mit der Hoffnung, dort die richtigen Worte zu finden. »Ich bin nun mal der, der ich bin. Ich kann dir niemals das geben, was du verdienen würdest. Aber du sollst wissen, solange du mich brauchst, solange du mich willst, hast du mich.« Denn Scheiße, wenn ich ehrlich bin, bin ich doch eh viel zu egoistisch, um sie gehen zu lassen.

»Und das ist für heute alles, was ich wissen muss.«

Ihr Kuss schmeckt süß von den Erdbeeren, die ich in meinen üppig beladenen Picknickkorb gepackt habe. Überrascht keuche ich auf, weil Lis auf meinen Schoß krabbelt und ihre Arme sich um meinen Hals legen. »Und du sollst wissen«, schnurrt sie, nachdem ich sie leidenschaftlich geküsst habe, »du gibst mir schon jetzt mehr, als jemals ein Mensch vor dir.«

»Ich bin eben gern dein Einziger«, schmunzele ich. Die Menschen, die an uns vorbeilaufen, starren uns an, weil meine Hände sich fest in ihren Arsch graben. Scheiß drauf.

»Erster«, korrigiert sie lachend und ich beiße ihr in den Hals.

»Einziger«, beharre ich und lasse mich mit ihr gemeinsam nach hinten fallen.

Den Drang, sie küssen zu wollen, ist schon mit einer Sucht zu vergleichen, der ich nur allzu gerne nachgebe.

Das letzte Licht des Tages lässt ihr Gesicht so jugendlich wirken. Ich habe nie etwas dringender gewollt, als Elisabeth Rosalie Turner heute glücklich zu machen. Der Krieg, der seit Jahren meinen Kopf beherrscht, ist so nebensächlich geworden und zum ersten Mal wünschte ich, ich könnte all das ein für alle Mal hinter mir lassen und irgendwo weit weg von Detroit von vorne anfangen. Zusammen mit ihr.

»Da du diesen Tag eingefordert hast, darfst du bestimmen, wie er ausgeht.«

»Hm.« Ich spüre ihr Vibrieren auf meiner Brust. »Was steht denn zur Auswahl?«

»Was immer du möchtest. Ein schickes Restaurant. Spa. Ein, zwei Mädchen, vornehmlich nackt, in einer schicken Hotelsuite.« Ich wackele mit den Augenbrauen. Seit Wochen spekuliere ich auf einen Dreier. Sie will das. Das sehe ich in ihren Augen. Doch sie ist zu stolz, es sich selbst einzugestehen.

Auf meinem Bauch sitzend fasst sie meine Handgelenke und fixiert sie über meinem Kopf. Ich könnte sie mit einer Bewegung von mir herunterkatapultieren, lasse ihr jedoch das Gefühl, mich zu kontrollieren. Denn das ist etwas, worauf sie mindestens genauso abfährt.

»Es ist total verrückt.«

»Was? Dass wir beide das Bedürfnis verspüren, uns eine Hure zu teilen?«

»Nein!«, kichert sie, »Die ganze Zeit wollte ich raus aus deiner Wohnung und dem Club. Aber jetzt ...«

Eher würde sie sich die Zunge abbeißen, bevor sie es zugibt.

Kleine, süße Lis. So durchschaubar. Sie gibt sich so große Mühe, ihrer Vergangenheit zu trotzen, doch alles, was sie wirklich braucht, um sich wohlzufühlen, ist Sicherheit. Meine vier Wände sind der sicherste Ort in dieser Stadt. Sie weiß das. Ich weiß das. Wir teilen dieses Bedürfnis.

»Was willst du, Princesa. Sag es mir und ich kann es dir geben. Haría cualquier cosa por ti.«

Gerade verfluche ich die Jahreszeit. Im Sommer säße sie jetzt in einem luftigen Kleid auf mir statt in einer dicken Teddyjacke, bis obenhin zugezogen.

»Können wir nicht einfach ein bisschen fernsehen? Uns ein paar Filme ausleihen? Ne Pizza und jede Menge Süßigkeiten holen und ...«, sie seufzt so süß in die kühle Abendluft, »normal sein?«

Ich möchte wirklich ernst bleiben, doch es fällt mir schwer.

»Ach ver...«

»Schhhh«, blitzschnell löse ich meine Hand aus

ihrem Griff und lege sie ihr auf den Mund. »Sag nichts«, lache ich und setze mich auf. »Nimm es nicht zurück.« Sie rutscht auf meinem Schoß weg, aber ich ziehe sie eng an mich. »Du bestimmst, welche Pizza, ich suche den Film aus.«

Niemals in meinem Leben hätte ich gedacht, dass so simple Worte ein so wunderschönes Lächeln auf ein Gesicht zaubern können.

∞

»Das ist wirklich ein unrealistischer Scheiß«, schimpfe ich bei der Abspannmusik.

Elisabeth kichert nur und steckt sich eine weitere Handvoll Schokolinsen in den Mund. Unfassbar, wie viele Süßigkeiten in ihren zarten Körper passen.

»Ein guter Liebesfilm muss unrealistisch sein«, nuschelt sie.

Natürlich habe ich sie den Film aussuchen lassen. Wir spielen *›normale Leute‹* und ich muss zugeben, ich liebe es.

Eng umschlungen liegen wir auf meiner Couch. Sie nur in Slip und einem meiner Pullover. Ich in Jogginghose und T-Shirt. Wäre das Velvet, mein Büro und die Erinnerung daran, was und wer ich bin, nicht in so greifbarer Nähe, könnte ich diesen Abend wirklich genießen. Fast schon frei sein. Denn Elisabeth erfüllt mich so dermaßen, dass kein Wunsch offenbleibt.

Frieden. Das ist es, was mich umgibt. Eine friedliche Stimmung, die mich müde macht. Mir zeigt, wie menschlich ich bin. Das Tragische ist nur – meistens währt Frieden nie lange. Und schon gar nicht bei meiner Art von Leben.

Mein Telefon klingelt. Durchbricht die friedliche Ruhe, die uns umgibt. Gleichzeitig bollert jemand an meine Wohnungstür. Nur ein Mensch schafft es durch die erste Codeabfrage bis dorthin. Serge. Wenn er mich stört, bedeutet das nichts Gutes.

»Fuck!« Ich springe auf. Renne als erstes zum Esstisch und ziehe meine Glock aus ihrem Geheimversteck. Mit ihr in beiden Händen schleiche ich zur Tür. Ignoriere Lis, die wie vom Blitz getroffen aufspringt und nach Luft schnappt.

»Boss«, schreit Serge und ich atme erleichtert auf, ziehe die Tür auf, erstarre allerdings direkt beim Blick in sein Gesicht. »Razzia«, knurrt er und ich reagiere sofort.

»Riegel hier hinten ab. Ich komme«, knalle ich ihm zusammen mit der Tür ins Gesicht.

So schnell ich kann, renne ich ins Schlafzimmer, öffne den Safe und stopfe ein paar Sachen in die Tasche, die immer griffbereit danebenliegt. Geld, Papiere, Beweise.

»Zieh dich an«, knurre ich Elisabeth entgegen, die ich im Augenwinkel im Türrahmen stehen sehe. Ich habe keine Zeit, mich um sie zu kümmern. Nicht jetzt. Wenn die Polizei im Haus ist, kann das nur eins bedeuten. Er hat mich gefunden! Der Krieg steht nicht mehr nur bevor, wir befinden uns bereits mitten im verdammten Schützengraben.

»Carlos?«

»Zieh dich an!«, brülle ich und öffne meine Kommode. Zwei Kilo reinstes Koks verstecken sich unter meinen Socken. Ich lege sie ganz unten in die Tasche und flitze hinüber zum Bett. Hinter dem Nachttisch verstecken sich ein paar nichtregistrierte Knarren, die niemand in die Hände bekommen sollte.

»Los!«, schreie ich Elisabeth an, die kreidebleich im Zimmer steht. Bereits in Jeans und meinem Pullover schlüpft sie in ihre Boots.

»Was ist hier los?«

»Eine Razzia. Du musst sofort hier weg.«

»Wir«, korrigiert sie und ich knurre sie nur an. Jetzt bleibt keine Zeit zum Diskutieren.

»Komm«, ich nehme sie an der Hand, zerre sie aus dem Hinterausgang in die Garage zu meinen Wagen. Per Knopfdruck öffne ich den Kofferraum. »Die Bullen kommen nicht so schnell auf den Hinterhof. Fahr den Schotterweg und dann hinten vom Grundstück runter. Auf gar keinen Fall über den Parkplatz.«

»Nein. Ich meine … Scheiße«, heult sie. »Was passiert jetzt?«

Ihr Blick bricht mir fast das Herz.

»Sie werden alle festnehmen und sehen, ob sie was in der Hand haben, um mich länger festzuhalten.«

»Haben sie?«, keift sie. Ich sehe mit einem schwachen Grinsen auf die Tasche, die ich gerade im Kofferraum des Mercedes verstecke.

»Nein.« Aber mir ist klar, dass sie es so drehen werden. Fünf Jahre haben die Affen, die für meinen Vater arbeiten, mich nicht gefunden. Ich habe ihn schikaniert, Pläne zerstört und ihm sein Leben schwergemacht. Wenn er tatsächlich weiß, dass sein Sohn dahintersteckt, wird er mich büßen lassen. So schnell wird Onkel Steve mich sicher nicht aus dem Knast lassen, sobald ich erstmal drin bin.

Ich halte Elisabeth die Fahrertür auf. »Fahr zu dir nach Hause. Stell den AMG nicht auf den beschissenen Trailer-Parkplatz. Es würde keine fünf Minuten dauern, bis die Outlaws ihn schlachten und diese Tasche da hinten darf keiner finden. Du beschützt sie. Verstanden?«

Geschockt reißt sie die Augen auf. »Woher …«, murmelt sie.

»Dafür haben wir jetzt keine Zeit. Lass dir was einfallen. Ich vertraue dir. Ich melde mich, sobald ich kann. Hast du das Handy?«

»Ja.« Sie nickt. Wie ferngesteuert. Ich glaube, so sieht jemand aus, der unter Schock steht. Hinter dem Lenkrad des riesigen SUV wirkt sie zerbrechlich wie eine Elfe.

»Pass auf dich auf.«

»Carlos.«

»No tengo otra opción.« Ich lehne mich ins Auto und drücke ihr einen flüchtigen Kuss auf den Mund. »Und jetzt fahr.«

Es kostet mich alle Überwindung, die Tür zu schließen. Sie aus meiner Welt auszusperren. Das Garagentor öffnet sich, weil ich meinen Daumen auf den Scanner lege. Die roten Rücklichter sind alles, worauf ich starre. »Te quiero, princesa«, flüstere ich vor mich hin. Genau in dieser Sekunde fliegt hinter mir die Tür auf und die Cops drücken mich sofort zu Boden.

LIS

Damals

Die Sonne schien hell vom Himmel am bislang kältesten Tag des Jahres. Natürlich tat sie das. Meine Mom liebte den Sonnenschein. Heute schien sie für sie allein und tauchte die bunten Herbstwälder Richmonds in eine unnatürlich schöne Farbe.

Schon während der gesamten Zeremonie hatte ich Kims Hand gehalten, die sich an meiner festklammerte wie an einem Rettungsanker. Sie schluchzte pausenlos und ich reichte ihr ein Taschentuch nach dem anderen. Den Blick starr auf den Rücken meines Dads gerichtet. Mit bebenden Schultern stand er an ihrem Grab. Seine Mom, meine Grandma, die ihren Sohn schützte wie einen Heiligen, trat neben ihn und legte ihre Hand stützend an seinen Arm.

Ich wollte kotzen. Einfach nur kotzen. Er hatte kein Recht, um sie zu weinen.

Nachdem sie ein Stück zur Seite getreten waren, wurde es Zeit, sich endgültig von unserer Mutter zu ver-

abschieden. Wir stellten uns nah an ihr Grab. Ich hielt Kim, während sie weinte und sah dabei auf den Sarg meiner Mom. Er war hell und freundlich, die roten Rosen darauf zeugten von so viel Liebe.

Der kalte Wind bewies, dass meine Wangen feucht waren und ich wischte hastig meine Tränen weg. Sie kamen mir falsch vor. Denn an diesem Nachmittag im November weinte ich nicht um meine Mutter. Ich weinte um die vielen Stunden, die uns durch meinen Vater genommen worden waren. Ich weinte um die unbeschwerte Zeit, die wir niemals hatten. Ich weinte um mich. Und dafür hasste ich mich umso mehr.

Sie war die Einzige außer mir, die meinen Dad so kannte, wie er war. Und nun ließ sie mich allein. Mit ihm. Mit Kim und der Verantwortung, auf sie aufzupassen. Etwas, das sie nie gekonnt hatte.

»Komm«, flüsterte ich meiner kleinen Schwester ins Ohr. Meine Grandma hielt die Arme für uns auf, doch ich führte meine kleine Schwester in eine andere Richtung. Weg von den Freunden, Nachbarn und Verwandten, die alle keinen Schimmer von dem hatten, was uns bevorstand. Vielleicht hätte ich mich jemandem anvertrauen sollen. Ja, eventuell hätte sich etwas geändert. Doch das war nicht mein Plan. Ich würde es nicht darauf ankommen lassen. Jugendämter. Besuchszeiten. Psychologen. Das würde nicht unsere Zukunft werden.

Nach der Highschool hatte ich mich an keinem College beworben und nun war meine Aufgabe eine andere. Ich würde meine Familie beschützen.

»Wohin gehen wir?«, schniefte Kim und legte dabei ihren Kopf auf meine Schulter.

»Weg«, murmelte ich. »Wir gehen weg.«

Mit diesen Worten verließen wir den Friedhof und gleichzeitig unser Leben.

Heute

Unser Trailer ist zu klein. Eigentlich war mir das schon immer klar, aber wenn man stundenlang darin auf und abläuft, wird es nochmal äußerst deutlich. Ich kann gar nicht so viel denken, wie ich verarbeiten müsste.

Eine Razzia. Im Velvet. Was bedeutet das? Wurde jemand festgenommen? Dürfen wir heute Abend wie gewohnt aufmachen? Und wo zur Hölle ist Carlos? Warum meldet er sich nicht? Es ist mittlerweile Stunden her. Was heißt das alles?

Gestern Nacht habe ich seinen Wagen in einem Parkhaus drei Blocks von hier entfernt abgestellt. Es ist videoüberwacht und nicht ganz billig. Deswegen hoffe ich, dass das eine gute Entscheidung war. Worüber ich mir allerdings nicht so sicher bin, ist, ob die Tasche, die ich aus dem Kofferraum mit hierher genommen habe, hier gut aufgehoben ist. Ich habe sie nicht geöffnet. Sie liegt vor mir auf meinem Bett und lacht mich aus für meine Dummheit. Immerhin habe ich gesehen, was Carlos alles hineingepackt hat. Nichts von diesen Dingen hat etwas in der Nähe eines Babys zu suchen.

Vor einer Stunde ist Kim zu ihrer Ferienwoche aufgebrochen. Das erleichtert mich einerseits, weil ich weiß, wie viel Spaß sie haben wird und von alldem nichts mitbekommen kann. Ihr vollgepackte Taschen mit Essen und schönen Klamotten mitgeben zu können, fühlt sich gut an, doch andererseits macht es mich immer unruhig, wenn sie nicht in meiner Nähe ist. Noch dazu habe ich Luca und bin dadurch nicht gerade einsatzbereit für illegale Machenschaften. Schlimm genug, dass das Baby mein einziges Hindernis darstellt, Waffen und Koks durch die Stadt zu fahren. Mein Gewissen hat sich schon vor Wochen verabschiedet und allein diese Tatsache macht mir eine Heidenangst.

Das Handy neben der Tasche klingelt und ich zucke zusammen. Hechte quer durchs Zimmer und gehe ran.

»Hey, Princesa«, murmelt Carlos. Er klingt erschöpft.

»Es ist vier Uhr nachmittags«, keife ich unnötigerweise. »Wo bist du?«

»Im Club. Kannst du kommen? Ich fühl mich einsam ohne …« er räuspert sich lachend, »mein Auto.«

»Es ist nicht gerade die Zeit, um Scherze zu machen.«

»Ich weiß«, seufzt er.

»Gib mir eine Stunde.«

∞

Aus einer werden zwei, weil ich Pam erst suchen muss, um auf Luca aufzupassen, und dass das bescheuerte Auto Meilen entfernt steht, habe ich auch vergessen.

Die schwarze Tasche über der Schulter betrete ich das Velvet und erstarre. Wer oder was auch immer hier gewütet hat, war sicher richtig angepisst. Sämtliche Spirituosenflaschen sind zertrümmert. Hinter der Theke schwimmt ein Meer aus Schnaps und Scherben. Die Möbel sind kaputtgeschlagen. Die Wandverkleidung durchlöchert. Es sieht aus wie nach einer heftigen Explosion. Darf die Polizei bei einer Razzia derart mit Eigentum anderer Menschen umgehen? Bei dem Anblick meines zerfetzten Arbeitsplatzes schürt meine Unwissenheit weitere Wut in mir.

»Er ist hinten.« Ich zucke zusammen. Habe Shakira nicht gesehen, die in Jeans und T-Shirt ganz fremd aussieht. Ihre Haare sind zu einem unordentlichen Dutt hochgesteckt. Zusammen mit Serge sitzt sie auf der Stufe zum VIP-Bereich und raucht. Ihre Augen sind rot und geschwollen. Sie tut mir leid.

»Danke.« Mit schnellen Schritten flitze ich den Flur entlang. Meine Wut. Meine Hilflosigkeit. Alles verpufft. Ich will nur zu Carlos.

»Mi amor«, bringt dieser erschöpft hervor, nachdem ich in sein Büro gestürmt bin.

Wir laufen uns entgegen und ich falle ihm in die Arme. Er nimmt mir die schwere Tasche von den Schultern, was mich erleichtert aufatmen lässt. Waffen und Drogen bei sich zu haben, ist anstrengend.

»Was ist hier passiert?«

Über seine Schulter betrachte ich sein Büro. Es sieht noch schlimmer aus. Hier ist nichts mehr, wie es war.

»Mein Leben. Das ist passiert.« Er löst sich von mir. Wie ein Tiger schleicht er durch den Raum. Dabei rauft er sich die Haare und knurrt wie ein wildgewordenes Tier im Käfig. So habe ich ihn zuvor erlebt.

»Mierda«, schreit er aus heiterem Himmel und tritt gegen die Reste seines zerborstenen Schreibtisches. Die schwarze Glasplatte liegt in Scherben verteilt und das Gestänge fliegt unter seinem Tritt durch den Raum.

»Hey.« Ich trete hinter ihn und lege meine Hand auf seinen Rücken. »Was ist hier passiert? So sieht es doch nicht nach einer Polizeirazzia aus.«

»Nicht?«, blafft er mich an, ohne sich umzudrehen. »Wonach sieht es denn für dich aus, Elisabeth? Immerhin bist du doch die große Befürworterin unserer Gesetze. Sieh dich um, das ist ihr Werk.«

»Ich versteh das nicht. Warum machen die alles kaputt? Das waren doch Polizisten, oder nicht?«

»Ganz recht«, knurrt er, »dein Freund und Helfer.«

»Haben sie denn … irgendwas gefunden?«

»Das ist vollkommen egal, Lis«, schreit er und dreht sich mir zu. In den Augen ein dunkel schäumendes Meer. »Ich bin nur auf Kaution wieder draußen. Man wird prüfen, ob es zur Anklage kommt. Und es wird zur Anklage kommen. Selbst würde ich hier ein beschissenes Kloster führen – er wird mich drankriegen.«

»Carlos.« Ich greife nach seiner Hand und versuche seinen Blick einzufangen. Ich will ihn nur beruhigen. »Wenn du nichts verbrochen hast, kannst du auch nicht belangt werden. Diese Sachen waren nicht hier.« Ich deute auf die Tasche hinter uns. »Also hast du doch nichts zu befürchten.«

Er sieht mich an und bei dem Ausdruck in seinem Gesicht läuft es mir kalt den Rücken herunter. Vor mir steht nicht der Mann, mit dem ich picknicken war. Das hier ist Mister Alvarez, der Kerl, der Finger abtrennt, wenn er genervt ist.

»Du kapierst es immer noch nicht, he?« Seine Stimme schneidet die Luft im Raum und ich weiche ein Stück zurück. Nie habe ich ihn so zornig gesehen. Nie. »Glaubst du nach allem wirklich an deine verschissenen Gesetze?« Sein Blick durchbohrt mich. »Glaubst du wirklich, wenn der Bürgermeister und der Polizeichef einer Stadt jemanden fallen sehen wollen, hält das Gesetz sie auf?«

»Warum sollten sie dich fallen sehen wollen? Und ja, das glaube ich«, antworte ich mit fester Stimme. Das hier ist mir eine Nummer zu hoch. Ich verstehe nicht, was hier eigentlich los ist. »Das alles hier ist doch kein Zufall. Was ist hier passiert, Carlos?«

Er geht ein paar Schritte, wendet sich von mir ab.

»Ich habe dir nie von meinem Dad erzählt.«

Er nimmt ein Foto von der Wand. Es zeigt das

Gebäude, lange bevor der Club darin entstand. Es ist das Letzte, das noch an den Wänden hängt. Der Rest ist in Scherben verteilt.

»Was hat das mit deinem Dad zu tun?«

»Mein Vater ist der Bürgermeister dieser Stadt, Lis. Sein Bruder der fucking Polizeichef.«

»Der Bürgermeister von Detroit ist dein Vater? Daniel Edwards?«

»Ganz genau der.«

Wir sehen uns einen Moment an und tausend Fragen schießen mir durch den Kopf.

»Er wusste nicht, dass ich wieder in Detroit bin. Zumindest dachte ich das. Bis gestern.«

»Ich kapier das nicht. Du denkst, er war ...«

Ich sehe mich in dem verwüsteten Zimmer um. Ja, ich weiß, wozu Väter fähig sind. Aber einen kompletten Polizeieinsatz sabotieren? Der Bürgermeister einer Metropole? Noch immer gelangt die Tragweite dessen, was er mir gerade erzählt hat, nicht bis in mein Gehirn. Warum lebt er im Untergrund, wenn er der Sohn des Bürgermeisters ist? Warum wusste er nicht, dass er hier ist? All das macht doch überhaupt keinen Sinn. Carlos, der Sohn des wichtigsten Mannes dieser Stadt? Daher also die gute Schulausbildung. Der Collegewerdegang? Warum führt er dann einen verdammten Club und handelt mit Waffen und Drogen?

Carlos dreht sich zu mir um. Ohne Vorwarnung schleudert er das Bild in seinen Händen neben mir gegen die Wand und ich zucke zusammen. Mir wird wieder einmal schmerzlich bewusst, wie normal es mir erscheint, wenn jemand Dinge nach mir wirft. »Dein Gesichtsausdruck widert mich an!«, brüllt er.

»Was?« keife ich. Aus alter Gewohnheit weiche ich einen Schritt zurück. »Was kann ich denn jetzt dafür?«

»Sieh dich an. Noch immer hast du Angst vor dem Falschen. Du weichst vor mir zurück. Willst es einfach nicht kapieren, dass ich nicht zu den Bösen gehöre!«

»Carlos.« Er kann das nicht ernst meinen.

»Das würde dir gefallen, he?« Er kommt ein paar Schritte auf mich zu. Scherben knirschen unter seinen Schuhen. »Wenn ich mit dem Bürgermeister auf einem Podest stünde und die Menschen belüge.«

»Hör auf damit! Ich verstehe es nur nicht. Wie denn auch? Ich weiß nichts über dich. Ständig verlangst du Antworten, aber ich weiß so gut wie nichts von dir. Du warst auf einer Elite-Uni. Bist schlau. Deine Familie hat dir den besten Start ins Leben beschert. Warum zur Hölle muss ich jetzt nachts Drogen für dich durch die Gegend fahren? Was ist da passiert?«

»Du weißt gar nichts über meine Familie«, schreit er. »Bist du wirklich so naiv? Denkst du, ein teurer Anzug und ein falsches Lächeln vor der Kamera macht einen zu einem guten Menschen? Denkst du so? Gerade du solltest gelernt haben, hinter die Fassade zu blicken.«

»Das versuche ich ja!«, halte ich dagegen. Dachte ich gestern, wir hätten endlich einen Schritt in die richtige Richtung getan, gerät heute alles außer Kontrolle und ich weiß nicht, was ich tun soll. Jedes seiner Worte verletzen mich zutiefst.

»Ganz ehrlich, Elisabeth. Wenn du noch immer nicht verstanden hast, wer gut und wer böse ist, dann hast du nichts länger in meinem Bett verloren.«

»Ich … ich«

»Du … du …«, äfft er verletzend meine Stimme nach und ich zucke zusammen. So grausam will ich ihn nicht erleben. »Was ist mir dir? Das ist es, wonach ein Mädchen aus dem Forest Trailer Park eigentlich sucht, nicht wahr? Es würde dir besser in den Kram passen, wenn ich für Daddy im Anzug die Drecksarbeit erledigen würde so wie dein armseliger Ex-Freund.«

Seine Worte treffen meine Wange härter, als es ein Schlag je könnte. Schon gestern hat er diese Andeutung zum Trailerpark gemacht. Wir haben nie zuvor wirklich gestritten und ich habe das Gefühl, Carlos zerquetscht mich gerade unter seiner Schuhsohle wie ein lästiges Insekt.

»Woher …«

»Simon hat es herausgefunden, Cinderella. Ich weiß alles über dich.«

»Du weißt gar nichts über mich!«, schreie ich mittlerweile ebenfalls. Am liebsten möchte ich mich heulend auf den Boden legen. Doch ich halte seinem Blick stand. Denn ich bin stärker als die Gefühle, die versuchen, mich schutzlos und klein fühlen zu lassen. Ich weiß, er meint das nicht ernst. Er ist verzweifelt und verletzt. Das ist seine Art, mich von sich zu schubsen. Doch so leicht werde ich es ihm nicht machen. Eine Zeit lang stehen wir voreinander und sehen uns an. Ich will nicht gegen ihn kämpfen. Nicht, weil ich keine Chance hätte. Die hat so gut wie niemand, sondern weil ich auf seiner Seite bin.

»Wer ist Simon?«, frage ich das Dümmste, was es in diesem Moment zu sagen gäbe. Doch es wird Zeit, dass ich das Chaos in meinem Kopf ordne, damit ich ihm irgendwie helfen kann.

»Mein Anwalt. Er würde dir gefallen. Gebügelte Krawatten, makelloser Ruf, ein Haus in Poletown.« Er funkelt mich fies an. »Ich nehme mal an, in deinen Moralvorstellungen spielt es keine Rolle, dass er beinahe hundert ist und nebenbei verheiratet. Hauptsache, der gesellschaftliche Stand stimmt und der Schein des guten Mannes wird gewahrt.«

Ehe ich darüber nachdenken kann, hole ich aus. Doch noch bevor meine Hand seine Wange erreichen kann, fasst er mein Handgelenk.

»Dein Ernst?«, haucht er in mein Gesicht. Aus seinen Augen sprühen Funken. »Nach allem, was du in deinem Leben erfahren hast, ist ein Schlag deine erste Idee? Ich bin enttäuscht, Elisabeth.«

Tränen brennen hinter meinen Augen. Er hat recht. Doch ich bin hier nicht die einzig unfaire. Was er sagt, ist gemein und alles andere als fair.

»Ich hasse dich«, brülle ich und löse mich aus seiner Berührung.

»Und doch bist du hier.«

»Du bist ein Arschloch.«

»Ich habe nie etwas anderes behauptet.«

Ich weiß nicht, wie lange ich noch stark bleiben kann.

Carlos hebt einen heilgebliebenen Stuhl vom Boden auf und setzt sich darauf. Wir sehen uns nicht an. Es ist ... zu viel.

»Ich hätte es nie so weit kommen lassen sollen«, bringt er nach einiger Zeit heraus.

»Was meinst du damit?«, frage ich und schlinge die Arme um meinen Oberkörper.

»Ich habe dir aus gutem Grund nie von meiner Familie erzählt.« Er holt tief Luft. »Weil es sie nicht mehr gibt.«

Er hebt den Kopf und unsere Blicke treffen sich. Er sieht so müde aus. Dunkle Schatten liegen unter seinen Augen und zum ersten Mal erkenne ich einen deutlichen Bartschatten in seinem Gesicht.

»Mein Vater hat mir meine Mutter und meine Schwester genommen. Er ist der grausamste Mensch, den ich kenne, Elisabeth. In meiner Nähe zu leben, ist gefährlich. Du musst dich fernhalten von mir.«

Pausenlos schüttele ich den Kopf. »Ich versteh das nicht.«

»Ich weiß.« Er steht auf und kommt auf mich zu. »Und das ist vielleicht auch besser so. Sie konnte ich nicht retten. Verstehst du? Ich will dich nicht in Gefahr bringen. Du solltest nicht bei mir sein. Wenn ich dich retten kann, indem du gehst, dann musst du gehen.«

»Carlos«, unterbricht Shakira uns. Sie hat lediglich den Kopf zur Tür hereingesteckt. »Simon ist da.«

»Ich komme«, antwortet er, den Blick dabei starr auf mich gerichtet.

Ich sehe ihn an. Flehe ihn ohne ein Wort an, zu bleiben und mit mir zu reden. Was zur Hölle ist seit gestern passiert? Wie kann dieser Simon wissen, wo wir wohnen? Wie kann es sein, dass der Bürgermeister unserer Stadt sein Vater ist und was hat all das mit dem Club und den Waffen zu tun? Ich verstehe langsam überhaupt nichts mehr. Und vor allem zerreißt es mein Herz, dass er mich wegschickt. Das hier kann unmöglich unser Ende sein.

»Dann schickst du mich weg?«

»Ja«, bringt er erschöpft hervor. »Fahr nach Hause. Das hier wird ein paar Tage dauern. Shakira kann sich melden, wenn wir wieder aufmachen.«

»Shakira kann sich melden?« Ich sehe ihn mit großen Augen an. Sein Blick sticht mir mitten ins Herz.

»Ja. Du wirst von uns hören.« Und damit wendet er sich von mir ab.

Ohne ein weiteres Wort renne ich so schnell ich kann durch den Club. Vorbei an Shakira. Vorbei an einem schmächtigen Mann im Anzug und Mike, der dabei ist, die Möbel aufzuräumen. Ich sprinte zu meinem Buick, der noch von gestern auf dem Parkplatz steht, und knalle die Tür hinter mir zu.

Während der Heimfahrt heule ich ununterbrochen. Ich weine um das Gefühl dazuzugehören. Und ich weine um unbeschwerte Zeiten, die ich im Club verbracht habe. Aber vor allem weine ich um den Mann, den ich liebe. Ja, ich liebe Carlos. Auch ohne zu wissen, wo er herkommt oder was er tut. Und ganz gleich, wie sehr er mich heute verletzt hat. Ja, ich liebe ihn. Aus tiefstem Herzen. Er hat unrecht. Ich kann zwischen Gut und Böse unterscheiden. Und ich bin nicht oberflächlich. Mit dem Handrücken wische ich mir über die Nase. Wie kann er so etwas behaupten, nachdem ich sein Auto und die Tasche versteckt habe, ohne eine einzige Frage zu stellen? Ich habe mir Mühe gegeben, ihn zu verstehen. Doch es sind so viele Fragen offen. Was ist mit seiner Familie passiert? Warum zerstört sein Vater das Velvet? Und warum kann der Polizeichef einer großen Stadt wie unserer einfach so ein Gebäude in Schutt und Asche legen? Ich will wirklich bei ihm sein. Bin bereit, mich auf seine Dunkelheit einzulassen, wenn ich dafür bei ihm sein kann. Denn das ist es, was ich will.

∞

Bis ich den Wagen geparkt und Luca bei Pam eingesammelt habe, sind meine Tränen versiegt und ich habe mich wieder einigermaßen im Griff. Zumindest nach außen. In meinem Inneren fühlt es sich an, als wäre jeder noch so kleine Funke Hoffnung erloschen. Und jetzt herrscht in meinem Herzen Dunkelheit. Und zwar mehr denn je.

Immer und immer wieder versuche ich mir einzureden, dass ein paar Tage Abstand mir sicher guttun. So sehr mein Herz auch schmerzt. In den kommenden Nächten hätte ich sowieso frei gehabt, um auf Luca aufzupassen. Wenn erst ein wenig Gras über die Sache gewachsen ist, wird sich alles klären. Das ist alles, worauf ich hoffen kann.

Ich muss lernen, nicht nur für meine Familie einzustehen, sondern auch für mich. Das ist mir inzwischen klar. Ich muss zu dem stehen, was ich bin. Ehrlich damit umgehen, wo ich herkomme und was mich ausmacht. Vielleicht kann Carlos sich mir öffnen, wenn ich es ihm vormache.

Denn ich möchte das mit uns wirklich. Es ist kein normaler Flirt oder eine Vernunftbeziehung wie damals mit Phil. Da ist eine höhere Macht, die mich zu Carlos zieht. Die mich tiefer atmen lässt. Ich habe mir nie große Gedanken darüber gemacht, ob ich an die wahre Liebe glaube. Mein Leben hat mich bisher nie über die Wege der Romantik oder der selbstlosen Liebe geführt. Und dennoch glaube ich an Carlos. Ganz gleich, wie viele Fragezeichen in meinem Kopf schwirren. Ich will mit ihm zusammen sein. Unbedingt.

Aber ich will Luca und Kim auch auf keinen Fall in Gefahr bringen. Deshalb müssen wir ehrlicher miteinander umgehen. Ich bin es ihm schuldig, von meiner Familie zu erzählen, und er muss mir offenlegen, worauf ich mich einlasse, wenn ich in seiner Nähe bin.

Gesetzt den Fall, er möchte das überhaupt noch. Allein der Gedanke daran treibt neue Tränen in meine Augen, die ich schnell wegwische.

Mittlerweile ist es längst dunkel und Luca schlummert friedlich in seinem Zimmer. Es ist ruhig ohne Kim und sie fehlt mir schon jetzt. Ich bin nicht gern allein.

Gerade als ich den Fernseher einschalten will, um mich abzulenken, höre ich leises Stimmengemurmel vor dem Trailer und setze mich auf. Die Rollos sind bereits heruntergezogen und ich kann durch die Fenster nicht nach draußen sehen. Doch ich höre eindeutig Menschen vor unserer Tür.

Mein Herz pocht laut gegen meine Brust. Unser Trailer liegt am Ende eines Weges. Wer nicht gezielt zu uns will, kommt hier nicht zufällig entlang.

Ich schleiche hinüber zu dem kleinen Sichtfenster neben der Tür. Bewege mich lautlos und langsam, sodass mich niemand erkennen kann.

Ganz vorsichtig lege ich den Kopf zur Seite und spähe hinaus. Ein Glück, dass Pam und George abends ihre Außenbeleuchtung anlassen.

Meine Schultern sacken ein Stück ab. Es ist ein Polizist. Die Daumen in den Gürtel eingehängt redet er mit einem Mann. Sie lachen und wirken vertraut miteinander. Als würden sie auf etwas warten. Oder jemanden. Der zweite Kerl dreht sich um ... und ich erstarre. Ich kenne ihn. Sofort fällt mein Blick auf seine Hände. Weiße Verbände zieren die Stellen, an denen eigentlich seine kleinen Finger sein sollten. Scheiße!

CARLOS

EPILOG

Ich lasse den Kopf in den Nacken fallen und schließe die Augen. Die Bilder darin sollen endlich verschwinden.

»Ja«, stöhne ich, während die kleine Hure zwischen meinen Beinen fest an meinem Schwanz saugt.

Egal, wie weit sie ihren Mund für mich öffnet. Es ist immer nur Elisabeth. In meinen Gedanken ist nur Platz für sie. Der Ausdruck in ihren Augen will einfach nicht verschwinden. Wie sie mich angesehen hat. Verletzt. Enttäuscht. Voller Angst.

Es ist erst wenige Stunden her und doch reißt es mir beinahe das Herz aus der Brust, nicht bei ihr sein zu können.

Nicht bei ihr sein zu dürfen. Denn ich kann sie nicht beschützen. Ich kann niemanden beschützen.

»Fuck«, knurre ich und schiebe mich weiter in die Blondine. Sie stöhnt billig gegen meinen

Schwanz und ich gebe ihr einen Klaps auf den Hinterkopf. »Halt die Fresse«, knurre ich. Ich will ihre Stimme nicht hören. Sie ist falsch. Denn es ist nicht ihre.

Ich presse die Augen weiter zusammen. Versuche, das in meinem Büro zu verdrängen. Er hat gewonnen. Mein Vater. Er hat endgültig gewonnen. So viele Jahre habe ich mich in Sicherheit gewogen. Konnte ihm aus dem Nichts heraus immer wieder kleine Stiche verpassen. Doch er hat mich gefunden und, ohne zu zögern, mein Herz auf einen Pfahl gespießt.

Ich bin müde. Ich will nicht mehr kämpfen. Es ist vorbei. So oder so. Es wird zu einer Anzeige kommen. Beweise wird er schon irgendwelche arrangieren. Und dann lande ich im Knast.

Aber all das ist mir egal. In meinem Kopf zählt nur Elisabeth. Nur sie.

Die Kleine steigert ihr Tempo. Bläst mich beinahe um den Verstand. Doch ich kriege meine Princesa nicht aus dem Kopf.

Mein Handy piept und ich schrecke hoch. Öffne die Nachricht und erstarre.

»Hey«, protestiert die Hure, weil ich sie unsanft beiseiteschubse und sie auf dem Hintern in den Trümmern meines Büros landet.

Nie zuvor hat Elisabeth mir von ihrem Handy geschrieben. Doch jetzt schießen ihre Worte durch meinen Körper wie Pistolenkugeln. Ich sehe auf das Display und seit langem nimmt ein vertrauter Feind von mir Besitz. Angst.

Er wird sie mir nehmen. Wie alles. Denn ich weiß, sie meint diese zwei Worte ernst, die auf meinem schwach beleuchteten Display stehen. »Rette mich!«

Ende Band 1

DANKSAGUNG

Es war einmal an einem Weihnachtsmorgen. Die Lichter am Baum funkelten und die Kinder spielten selig mit ihren Geschenken. Da klingelte mein Handy …

Liebe Jane, an diesem Vormittag hast du mit deiner Zusage mein Leben kurzfristig auf den Kopf gestellt. Und ich liebe es! Ich kann meinen Dank gar nicht in Worte packen!

Es macht mich stolz, Teil deines Verlags zu sein. Beim Federherzverlag arbeiten eine Menge talentierter Menschen, denen allen ebenfalls mein Dank gebührt. Egal, ob den Mädels von der Grafik, dem Buchsatz, Instagram … Mir schießen da spontan so viele Namen durch den Kopf. Daniela, Sophia, Lucia, Nicole, Corinna, Christina und Lisa und noch so viele mehr. Ihr macht unglaublich gute Arbeit. Weiter so!

Kein Buch aus meiner Feder stellt sich jedoch einem Verlag ohne die Meinung meiner Crew. Jenny,

Nelli, Reni und Lis. Ich danke euch. Ihr seid die Besten!! Ohne euch wäre ich verloren.

Liebste Lis, du hast nicht nur deinen Namen in diesem Buch untergebracht. Du hast mir mehr beigestanden als jeder andere. Von der Titelwahl, die deine Idee war, bis hin zu vielen Gesprächen, in denen du mich aufgebaut hast. Ich bin so froh, dass es dich gibt und hab dich lieb!!

Ein nicht unerheblicher Teil meiner Dankbarkeit gebührt meinen Testlesern und meinem Korrektor. Toll, wie ihr jeden noch so kleinsten Fehler aufgedeckt habt. Feli, es ist so toll, dass wir uns kennengelernt haben. Aber genauso Theona, Tina, Cara, Kathrin, Daniela, Eva und Kristina. Ohne euch wäre der Roman nicht das, was er heute ist!

Johannes, mit dir hatte ich erstmals einen männlichen Lektor an meiner Seite und was soll ich sagen? Ich finde, wir haben das Ding zusammen gerockt. Es hat mir sehr viel Spaß gemacht, mit dir zusammenzuarbeiten und ich hoffe, *Darker* wird nicht unser letztes gemeinsames Projekt bleiben.

Erstmals habe ich mich bei diesem Roman an einen spanischsprechenden Protagonisten gewagt. Das wäre ohne die Hilfe von Sophie-Marie, Gina und Theona nicht möglich gewesen. Ich danke euch!

Wie in jeder meiner Danksagungen kommt natürlich an einer bestimmten Stelle meine Familie an die Reihe. Boah ... diesmal weiß ich wirklich nicht, was ich sagen soll. Wie habt ihr das bloß ausgehalten? Ich weiß, dass ich in den vergangenen Monaten für euch mehr Be- als Entlastung war, und das tut mir furchtbar leid. Umso dankbarer bin ich, dass ihr trotzdem bedingungslos hinter mir steht. Ich liebe euch über alles und gelobe, zukünftig öfter einfach mal alles liegen zu lassen. (Und ich weiß, ihr versteht es, sollte ich es doch wieder nicht schaffen)

Mit *Darker* hat für mich ein ganz neuer Lebensabschnitt begonnen. Und dazu gehören auch eine Menge neuer Leser. Danke, dass ihr den Weg zu meinem Roman gefunden habt. Ein Autor ist ohne seine Leser nur ein halbes Herz. Ich hoffe, euch hat die Geschichte rund um Carlos gefallen und ihr begleitet uns auch im zweiten Band, wenn wir uns gemeinsam der Vergangenheit stellen und Lis und Carlos heraus aus der Dunkelheit und hinein ins Licht führen.

Fühlt euch gedrückt

Eure Mica

P.S. Ich freue mich immer über Meinungen, Kritiken oder einfach einen lieben Gruß! Besucht mich gerne auf Facebook (www.facebook.com/mica.healand) oder Instagram (Mica.Healand)

Das Bike ist sein Thron, die Lederjacke ist so schwarz wie seine Seele. Parker O'Neil ist der King des Vikings MC und damit der gefährlichste Mann der gesamten Ostküste.

Man respektiert ihn.
Man fürchtet ihn.
Niemand traut sich,
ihm die Stirn zu bieten.
Bis auf SIE.

Linda Miller vertritt nicht nur die kriminelle Unterwelt von Fremont, sie ist auch ein Teil davon und hat kein Problem damit, sich selbst die Hände schmutzig zu machen. Allerdings hat sie nicht mit IHM gerechnet. Dem geheimnisvollen Mann mit den stechend blauen Augen.
Und dem großen Vikingstattoo auf der Brust.

Sie erkennt ihn erst, als er verboten heiß und schweratmend unter ihr liegt. Sein Angebot ist unmoralisch und doch die pure Versuchung. Nur eine einzige Nacht, die ihr Geheimnis hätte bleiben sollen. Einmal dürfte sie all seine stahlharten Muskeln unter ihren Fingern spüren. Dürfte sie hinter seine harte Schale schauen und ihm verfallen – dem King höchstpersönlich.

Aber nichts im Leben bleibt ohne Konsequenzen. Jemand hat die beiden gesehen und Linda gerät in einen Strudel aus Gefahr. Doch ihr neuer Feind hat seine Rechnung ohne den King der Vikings gemacht. Parker wird Linda beschützen. Niemand wagt es, dem skrupellosen Biker zu drohen. Und erst recht nicht der Frau, der sein Herz gehört.

Können sie gemeinsam der Gefahr trotzen oder wird ihre Verbindung sie noch tiefer in den Abgrund stürzen?

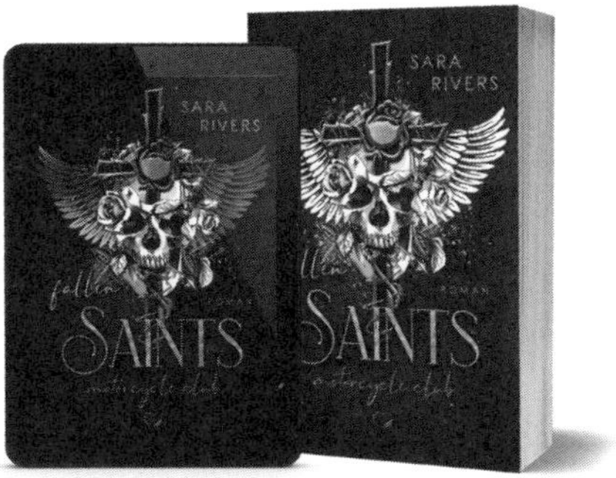

Shadow ist der Vice President der Fallen Saints. Niemand stellt sich ihm entgegen. Er tötet – und er genießt es. Und er wird auch deine Seele zu sich in die Dunkelheit holen ...

Als die junge Storm nach einem Streit mit ihrem gewalttätigen Vater an den Falls River flieht und Augenzeugin eines brutalen Mordes wird, zerbricht ihr Traum von einem Leben in Freiheit. Noch bevor sie flüchten kann, wird sie von Shadow Cane – dem Vizepräsidenten der Fallen Saints – geschnappt. Der Outlaw-MC ist für seine Skrupellosigkeit in ganz Arizona bekannt. Shadow bekommt die klare Anweisung, Storm notfalls mit Gewalt vom Club fernzuhalten, aber es gibt einen Teil in ihm, der die schöne Studentin beschützen will. Die beiden geraten in einen Sog aus dunkler Begierde, bis Storm einen folgenschweren Fehler begeht und ihr Leben riskieren muss, um dem MC zu helfen.
War es die richtige Entscheidung?
Und wird Shadow rechtzeitig kommen, um sie zu retten?

Sammle Herzpunkte und sichere dir

kostenlose Wunschbücher

Du hast Lust, Feedback zu den Verlagstiteln des Federherz Verlages zu geben? Du möchtest dabei Punkte sammeln, von denen du dir in regelmäßigen Abständen Wunschbücher aussuchen kannst?

Dann mach mit beim Herzlesen. Alles, was du dafür brauchst, ist ein Konto auf unserer Federherz-Homepage. Sobald du dieses hast, kannst du direkt damit loslegen, Herzpunkte zu sammeln.

Wir freuen uns, bald mehr von dir zu lesen!

Dein Federherz Verlag